D1563325

LAUREL COUNTY PUBLIC LIBRARY

LAUREL COUNTY PUBLIC LIBRARY

Título original: *Morning Song*
Traducción: Aníbal Leal
1.ª edición: febrero, 2015

© Karen Robards, 1990
© Ediciones B, S. A., 2015
   para el sello B de Bolsillo
   Consell de Cent, 425-427 - 08009 Barcelona (España)
   *www.edicionesb.com*

Printed in Spain
ISBN: 978-84-9070-032-7
DL B 179-2015

Impreso por NOVOPRINT
              Energía, 53
              08740 Sant Andreu de la Barca - Barcelona

Todos los derechos reservados. Bajo las sanciones establecidas en el ordenamiento
jurídico, queda rigurosamente prohibida, sin autorización escrita de los titulares
del *copyright*, la reproducción total o parcial de esta obra por cualquier medio o
procedimiento, comprendidos la reprografía y el tratamiento informático, así como la distribución de ejemplares mediante alquiler o préstamo públicos.

# Canción de amanecer

**KAREN ROBARDS**

*A Doug y Peter,*
*como siempre, con mucho amor;*
*y a Peggy,*
*mi amiga más querida,*
*por sus veinte años (¿no es increíble?).*
*¡Te dedico este libro!*

# Prólogo

Clive McClintock jugaba al póquer. Estaba sentado en su silla favorita, la espalda contra la pared, frente a una mesa redonda en el más pequeño de los tres salones públicos del barco fluvial *Mississippi Belle*. Un fino cigarro colgaba del costado de su boca, tenía la camisa abierta, y las largas piernas protegidas por botas se extendían negligentes frente a él. La mujer que estaba detrás, una dama de curvas generosas, escasamente vestida y bella, se pasaba los dedos entre las ondas negras de sus cabellos.

—Acábala, Luce, estás arruinando mi concentración —rezongó Clive, dirigiéndole una mirada por encima del hombro. Ella le sonrió, con una mirada astuta e intencionada que provocó expresiones de envidia en los tres hombres restantes que estaban alrededor de la mesa. Luce los ignoró, solo prestaba atención a Clive.

—Querido, nada arruina tu concentración. —Con los dedos acarició la mejilla mal afeitada, pero después, como concesión a la protesta del hombre, retiró las manos, aunque manteniendo su posición detrás de Clive. Los ojos azules de la mujer se entrecerraron mientras estudiaba las cartas de Clive. Los ojos de Clive, de un matiz de azul aún más claro y atractivo, volvieron a fijarse en los naipes, sin trasuntar la más mínima expresión.

—Maldición, McClintock, ¿qué piensa hacer?

El hombre que estaba a su izquierda, de quien Clive sabía solo que se llamaba Hulton, estaba tenso, y era lógico que así fuese. La mayoría de sus dólares estaba en el centro de la mesa. Los pocos que aún le restaban muy probablemente no le permitirían continuar el juego. Ya había intentado agregar su reloj de bolsillo al pozo en lugar de efectivo, pero se había rechazado la oferta. Eso era poco profesional, se jugaba con elevadas apuestas, y solo en efectivo. Se había permitido la incorporación de Hulton porque tenía los diez mil dólares necesarios para apostar. Cuando se quedase sin dinero, como parecía que sería el caso en unos minutos más, estaría fuera del juego. Así de sencillo era, y Hulton, como los demás, conocía las reglas antes de sentarse.

Pero la desesperación nerviosa del hombre provocaba en Clive una extraña compasión, levemente despectiva. Había sido evidente, a juzgar por las desordenadas apuestas del hombre, que tenía o creía tener la mano suprema, pero no podría aprovecharla porque no estaba en condiciones de continuar la partida. Era una situación en que Clive se había encontrado también unas pocas veces, y podía simpatizar con la frustración de Hulton. Pero, en todo caso, ese hombre no hubiera debido jugar. Si no sabía perder con un encogimiento de hombros y una sonrisa, nada tenía que hacer frente a una mesa de naipes. Clive solamente abrigaba la esperanza de que no hubiese una esposa y un grupo de niños en algún lugar contando con el dinero que Hulton acababa de arriesgar. Aunque el propio Clive no podía determinar por qué debía de molestarse cualquiera que fuese el resultado.

Había sido un jugador profesional durante doce años, después de abordar su primer barco, cuando era un jovencito de mejillas sonrosadas y tenía dieciséis años de edad. Esos sentimientos que podían distraerlo, como la compasión frente al antagonista —y sobre todo si era un hombre como Hulton—, hubieran debido estar muy lejos de él. En ese momento, su atención debía concentrarse en una cosa y solo una: el juego. Pero, últimamente, su famosa concentración tendía a debilitarse, y eso no era un buen signo. Quizá, después de esta partida, le convendría descansar un tiempo, e incluso salir de excursión. Y no en un barco fluvial. Comenzaba a fatigarse de los barcos fluviales, lo mismo que del póquer. La conciencia de esta situación, al llegar precisamente cuando estaba a un paso de ganar, y de ganar una suma importante, le inquietó. Clive frunció el entrecejo casi imperceptiblemente, y después se aplicó él mismo una severa represión mental. Ahora no podía pensar en eso. Tenía que concentrarse en la partida.

Hasta donde Clive podía calcularlo —y su cabeza para las cifras era casi tan buena como para los naipes— ahora yacían en el centro de la mesa cuarenta y un mil doscientos seis dólares. Era una fortuna, y si la suerte continuaba acompañándolo un poco más —y él podía evitar las lágrimas ante el aprieto en que se hallaba Hulton— ese dinero sería suyo.

—Apuesto sus cien y aumento doscientos.

Sin responder directamente a Hulton, Clive dirigió la observación a LeBoeuf, sentado a su derecha, y al decir esto acompañó la palabra con la acción.

Era el turno de Hulton. Durante un minuto, miró contrariado sus naipes, y después, con una maldición, arrojó las cartas sobre la mesa.

—Quedo fuera —dijo amargamente, y recogió los pocos dólares que continuaban siendo suyos, mientras observaba el dinero que estaba en el centro de la mesa, como si hubiese deseado también apoderarse de esa suma. Se puso de pie, con un movimiento torpe. Su silla cayó al suelo con un fuerte golpe. Comenzó a girar, y después se volvió, inclinándose hacia delante, con las manos apoyadas sobre la mesa, los ojos brillantes, mirando con odio uno tras otro a los tres jugadores. Un murmullo recorrió a los que miraban, y unos pocos se adelantaron para detener a Hulton.

Los ojos de Clive tenían una expresión engañosamente perezosa cuando se apartaron de sus naipes para mirar a Hulton. Las muertes a causa de una pérdida de juego mucho más pequeña que la que acababa de sufrir Hulton no eran desusadas. En el curso de los años Clive había visto bastante. A pesar de la prohibición de usar armas a bordo, aplicada celosamente por el capitán del *Mississippi Belle*, Clive estaba preparado. Una minúscula pistola se hallaba disimulada en una cartuchera bajo la bota. Si Hulton intentaba algo, se convertiría en hombre muerto en pocos segundos.

Pero, a diferencia de Clive, al parecer, Hulton estaba desarmado. Se limitó a mirar alrededor de la mesa, moviendo los labios sin pronunciar palabra, y después maldijo enérgicamente y de nuevo se volvió. Los espectadores se separaron para darle paso. Clive le observó atentamente. Hulton parecía desesperado, y los hombres desesperados podían ser peligrosos. Pero si Hulton había contemplado la posibilidad de ejercer un acto violento, en todo caso lo había pensado mejor. Arrancando su sombrero de un perchero cercano, Hulton se lo encasquetó y salió violentamente del salón sin mirar hacia atrás. Cuando las puertas se cerraron detrás de Hulton, los ojos de Clive volvieron a sus naipes. El juego continuó sin más dificultades.

Cuando terminó, tal como lo había previsto, Clive tenía cuarenta y cinco mil dólares más.

—¡Con un par de tres! —canturreó Luce al oído de Clive mientras le daba un resonante beso de victoria. Ahora que el juego había terminado, Clive se permitió un cierto descanso.

—No es tanto lo que tienes, sino cómo lo usas —respondió Clive con una sonrisa sugestiva, mientras sus manos buscaban y pellizcaban dos nalgas bien redondeadas para ilustrar su propia afirmación. Mientras ella reía y le acariciaba el cuello, él introdujo un fajo de billetes en el escote tentador que presionaba contra su pecho.

—Oh, Clive —jadeó la mujer, sintiendo el frío cosquilleo de los billetes. Dejó instantáneamente el cuello de Clive para extraer el dinero.

—Por ser mi prenda de buena suerte —dijo Clive, y le pellizcó el trasero revestido de satén. Ella emitió un chillido automático, lo besó de nuevo, y se volvió para contar su dinero. Clive sonrió, observándola. Luce tenía sobre los hombros una cabeza que era por lo menos tan dura como la del propio Clive. Le agradaban los hombres, y sobre todo él, pero más le agradaba el dinero. Solamente tocarlo la emocionaba.

Clive aceptó las felicitaciones con un gesto de la cabeza y una mueca, consciente de que casi todos los presentes lo observaban mientras él metía las ganancias en el sombrero. Era una buena ganancia, y limpia. Clive había aprendido años atrás todos los trucos que se utilizaban en el oficio. La capacidad de manipular los naipes era necesaria para el jugador que ansiaba sobrevivir. Apelaba a eso cuando era necesario, pero no le agradaba. Esta noche no había necesitado recurrir a ninguno de sus ardides, y por eso se sentía muy bien con su triunfo. Unos pocos más por el estilo, y podría comprar algunas tierras y alejarse del condenado río y despedirse para siempre del olor del lodo del Mississippi.

No era tan tonto como para conservar encima más tiempo que el necesario una suma como esa. Al salir del salón, examinó cuidadosamente el puente en ambas direcciones. Era tarde en la noche, o más bien temprano en la madrugada, y la mayoría de los pasajeros se habían retirado mucho tiempo antes a sus camarotes. Había un hombre solo, desconocido por Clive, de pie a no mucha distancia, las manos aferrando la baranda del barco mientras contemplaba la orilla este del río. Transcurría el mes de diciembre de 1840, y el río estaba crecido por la lluvia y olía especialmente. Era una noche clara, con una luna llena que proyectaba luz suficiente para revelar las aguas pardas y lodosas, y los puentes escrupulosamente limpios. Los únicos sonidos eran el chapoteo rítmico de la rueda del barco que giraba, y las voces del salón que él acababa de abandonar. Todo parecía exactamente como tenía que ser, pero Clive no había vivido tanto tiempo porque le agradara correr riesgos. Se inclinó, extrajo la pistola de su bota y la depositó sobre el dinero, en su sombrero. Después, fue a su cabina. Por la mañana llevaría esa suma a la oficina del comisario de a bordo, y así el dinero recorrería el resto del camino hasta Nueva Orleans en la caja fuerte del *Mississippi Belle*. Una vez que estuviese en Nueva Orleans iría directamente a su banco, donde esa suma duplicaría holgadamente el pequeño pero interesante caudal que él había estado acumulando. Un día, ahora no tan lejano, pondría fin a sus episodios de juego, excepto, claro está, la ocasional apuesta entre caballeros. Había ganado su vida apelando a recursos que le permitirían vivir en tierra firme.

Pocas horas más tarde, Clive dormía tranquilamente en su camarote, y, de pronto, la sensación de que algo estaba muy mal lo despertó. Reaccionó instantáneamente, los sentidos afinados por varios años de correr riesgos, y comprendió que en la habitación había otra persona. No Luce, acurrucada en su espléndida desnudez, durmiendo al lado, sino otra persona. Alguien que, si los sentidos no lo engañaban, ahora mismo se acercaba a la cama.

El camarote estaba sumido en sombras. Clive no alcanzaba a ver nada.

Su mano se deslizó bajo la almohada, se cerró sobre la culata de la pistola, la extrajo y la apuntó a la presencia, aún más intuida que vista.

—Quienquiera que sea, deténgase ahí o...

No llegó a decir el resto de la frase. En el momento mismo en que sus ojos consiguieron al fin ver la sombra más confusa que se deslizaba en la oscuridad, y cuando ya retiraba el seguro de la pistola y estaba hablando, se desató el infierno. Otra sombra cobró vida partiendo del piso, junto a la cama, donde él había creído que no había nada, y se elevó en la oscuridad sin más advertencia que una ronca maldición. Sobresaltado, Clive tuvo una reacción defensiva. Consiguió sentarse, y desvió el cañón de la pistola hacia el nuevo peligro. Pero antes de que pudiese orientarse, antes de reaccionar ante la impresión de esta segunda amenaza, hallar el blanco y oprimir el disparador, un brillante hilo de plata se reflejó en la hoja reluciente de un cuchillo que descendió...

—¡Ahhh!

Clive gritó, cuando el cuchillo se hundió en la mano que sostenía la pistola, y sintió el acero primero frío como el hielo, y después cálido como fuego, al hundirse en su mano y clavarla, la palma hacia abajo, los dedos temblorosos, en el colchón...

—¡Clive! —Al lado, Luce despertó sobresaltada.

—¡Vamos! —Ahora que el silencio ya no era necesario, el hombre que estaba más cerca de la puerta la abrió bruscamente y saltó hacia fuera, llamando a su socio, que abandonó la lucha para correr tras el otro. A la luz grisácea del alba, que penetraba por la puerta abierta, Clive vio al segundo hombre, y lo identificó: era Hulton. Después, vio la silueta de su propia bota alta sostenida por la mano de Hulton, su bota, donde había escondido el dinero.

—¡Maldito sea! —exclamó, sin oír los gritos asustados de Luce, que descendió de la cama, ni advertir la sensación dolorosa al aferrar la empuñadura todavía vibrante y arrancar de la mano el cuchillo. El dinero; tenía que recuperar su dinero...

Apenas consiguió liberar su mano, Clive echó a correr, recogiendo con la mano sana, la izquierda, la pistola del lugar en que había caído solare el colchón, y persiguiendo a esos ladrones que además habían intentado asesinarlo y le habían robado. La sangre manaba de la palma herida, y el líquido tibio le regaba las piernas y los pies. No le prestó atención, del mismo modo que no prestó atención al dolor y a su propia desnudez. Corriendo tras la pareja que huía, descendió la escalera de a dos peldaños cada vez cuando vio que los hombres huían al puente inferior, hacia el lugar en que la rueda del barco se hundía en el agua. Estaba gritando, pero no tenía conciencia de lo que decía. Detrás, Luce también gritaba algo mientras corría detrás de él. El oficial de guardia se asomó desde el puente para descubrir la causa de la conmoción, pero estaba demasiado lejos para ser útil a Clive. Los canallas tenían una lancha atada a la baranda.

—¡Edwards! —gritó Hulton a su cómplice, que le llevaba una delantera de unos dos metros. El primero de los dos hombres se volvió para mirar, sin disminuir en lo más mínimo la velocidad de su fuga. En el momento mismo en que Clive levantó la mano, y trató de aminorar la carrera para apuntar, porque nunca había tirado tan bien con la izquierda como con la derecha, Hulton arrojó la bota. El hombre que iba delante la recogió.

El primero de los dos hombres estaba en la baranda, y se disponía a saltar a la lancha. Clive desvió la boca de la pistola del blanco destinado, que era Hulton, para apuntar al hombre que ahora tenía la bota. El hombre que se había apoderado de su dinero...

La pistola ladró. El hombre que tenía la bota lanzó un grito, trastabilló y se volvió, y cayó pesadamente sobre el piso de la cubierta. A pesar de las condiciones poco favorables, la puntería de Clive había sido buena: había alcanzado al maldito ladrón con un balazo que le atravesó la nuca.

Cuando el hombre todavía se retorcía con los espasmos de la muerte, Hulton saltó sobre él, se paró en la cuerda de la baranda, y de un salto cayó en la lancha. El *Mississippi Belle* continuó su marcha. Hulton, remando furiosamente en dirección contraria, desapareció en la oscuridad brumosa y gris de la madrugada sobre el río.

Clive corrió hacia el hombre caído sobre la cubierta. Hubo ruido de pasos detrás, pero no les prestó atención, del mismo modo que no prestó atención a la fuga de Hulton.

La bota. ¿Dónde estaba la bota?

No estaba sobre la cubierta, pero el hombre la tenía cuando Clive lo alcanzó con el disparo. ¿Quizás había caído al agua? Maldiciendo, Clive empujó al cadáver, y volvió el cuerpo de modo que yació boca arriba. La sangre corría por la cara y el cuerpo, brotando por el orificio de salida del ojo derecho, y ensombreciendo los cabellos hasta que alcanzaron un color tan sombrío como los del propio Clive. Los ojos azules miraban sin ver hacia arriba. Clive dedicó al cadáver apenas una mirada. Quería su bota, y ahí estaba. El cuerpo había caído sobre el objeto. Al descubrirlo, Clive experimentó una oleada de alivio. Se inclinó para recuperar su dinero, y por primera vez tuvo conciencia del dolor en la mano. ¡Dios, la herida le dolía!

Pero eso no fue nada comparado con el sufrimiento que experimentó cuando examinó el interior de la bota, y para mayor seguridad introdujo en ella la mano izquierda, y la encontró vacía.

—¡Canallas, condenados canallas! —aulló, arrojando al costado la bota vacía e incorporándose de un salto. Corrió hasta la baranda, y se inclinó para horadar con los ojos la densa oscuridad en la cual se había hundido la lancha. Ahora era muy evidente que Hulton había arrojado la bota nada más que como un señuelo, y que se había guardado el dinero...

—Usted lo mató, señor McClintock —dijo la voz del joven oficial, con acento que expresaba su impresión y su inquietud.

—¡Canalla! —rezongó Clive, refiriéndose al muerto. Salvo que decidiera nadar para ir en busca de su dinero, no habría persecución. Invertir la dirección de la marcha de un barco de paletas no era trabajo de pocos minutos. Se necesitaba una hora o más, y el asunto podía ser difícil incluso con las mejores condiciones. El *Mississippi Belle* no saldría a perseguir al ladrón. A lo sumo, Clive podía abrigar la esperanza de que la nave hiciera escala en el próximo poblado, y de que así él pudiera denunciar el robo ante las autoridades. Y eso no le serviría de mucho.

Apartándose de la baranda, Clive se acercó al muerto, y apenas pudo resistir la tentación de descargar el pie desnudo sobre el cuerpo.

—Oye, querido. —Luce había llegado jadeante tras el oficial, que se había inclinado sobre el cuerpo. Le pasó una sábana. Clive vio que ella se protegía con la manta que los había cubierto a los dos un rato antes, y que la había envuelto alrededor de su cuerpo, y comprendió entonces que él estaba de pie, completamente desnudo, en el frescor de la hora que precede al alba, sobre una cubierta expuesta, mientras las miradas curiosas comenzaban a volverse hacia él desde las puertas abiertas de los camarotes próximos. Aceptó la sábana y se la envolvió a la cintura, mientras su sangre manchaba la tela blanca, tiñéndola de escarlata.

»Oh, Clive, tu mano...

—¡Al demonio con mi mano! Esos sinvergüenzas me

robaron el dinero. Hulton y este. ¿Quién demonios es? Jamás lo había visto antes.

—Creo que se llama Edwards. Stuart Edwards. Subió a bordo en Saint Louis. —El oficial del barco se incorporó—. Señor McClintock, lamento abordar el tema en un momento como este, pero está el asunto de su pistola...

El hombre, absurdamente valiente, o estúpido, extendió la mano con la palma hacia arriba. Clive lo miró incrédulo durante un momento y después, meneando la cabeza, entregó la pistola sin pronunciar palabra.

—Gracias. Estoy seguro de que este asunto no provocará consecuencias legales...

—¿Consecuencias legales? —Clive se echó a reír, con una risa de sonido desagradable. La mano derecha, todavía sangrando, colgaba al costado de su cuerpo, y latía y le dolía como si el diablo mismo la hubiese perforado con su tridente, pero esa era la menor de las preocupaciones de Clive. ¡Deseaba recuperar su dinero!—. ¿Consecuencias legales? Acaban de robarme cuarenta y cinco mil dólares, ¿y usted cree que me preocupan las consecuencias legales por haber liquidado al hijo de perra que me robó? ¡Estoy preocupado por recuperar mi dinero!

—Sí, pero...

Era evidente que alguien había llamado al capitán, que estaba en su camarote, porque ahora avanzó hacia ellos caminando sobre cubierta, y abotonándose la camisa al mismo tiempo.

—¡Señor Smithers! Señor Smithers, ¿qué demonios está sucediendo aquí?

El señor Smithers, sin duda el oficial del barco, pareció aliviado al ver a su superior. Suspendió lo que había pensado decir, y se apresuró a conferenciar con el capitán hablando en murmullos. Luce se acercó a Clive y le palmeó animosa el brazo desnudo, mientras él miraba con el entrecejo fruncido el cuerpo del hombre a quien había disparado.

—Stuart Edwards, usted me la debe —murmuró al cadáver—. Me la debe, canalla ladrón, y estoy decidido a cobrarme la deuda.

# 1

Apenas lo vio, Jessie supo que él provocaría dificultades.

Con los cabellos en desorden y bastante empapada en sudor a causa de su cabalgada matutina, acababa de llegar a la casa desde los establos, y se había desplomado en una mecedora de la galería del primer piso, la cual, felizmente, era un lugar sombreado, dispuesto de tal modo que aprovechaba la más mínima brisa. Los cabellos castaños, espesos y rizados, que se habían liberado mucho antes del moño descuidado, ahora caían alrededor de la cara y sobre la espalda. Un mechón sobremanera irritante se le había metido bajo el cuello y le hacía cosquillas. Con una mueca, se rascó el lugar irritado, sin advertir la mancha de lodo en los nudillos, que su gesto transfirió inmediatamente a la mejilla derecha. Ciertamente, la mancha de su suciedad no era la atrocidad que podía haber sido, pues se combinaba perfectamente con el desaliño general de su apariencia.

El traje de montar que usaba había sido confeccionado para ella cuando tenía trece años, es decir cinco años antes. Otrora había sido verde botella intenso, pero estaba tan descolorido por los años de uso continuo que en algunos lugares mostraba el color del pasto de primavera amortiguado por el polvo. Venía a empeorar las cosas el hecho de que cinco años atrás ella había sido una jovencita bastante menos desarrollada. Los botones del frente de la pechera se esforzaban por mantener unidos los bordes, y en el intento le achataban casi totalmente el busto, y eso a pesar de que apenas un año atrás Tudi había agregado anchos retazos de tela a las costuras laterales de la prenda. La falda estaba muy remendada, y era unos siete centímetros demasiado corta, de modo que las gastadas botas negras se veían más de lo que era propio. No era que el sentido del decoro preocupase en lo más mínimo a Jessie, que ahora alzó los pies, los cruzó de los tobillos, y los apoyó en la baranda que corría alrededor del porche, de modo que exhibió una extensión escandalosa de medias de algodón blanco y de enaguas con tres hileras de puntillas.

—¡Eh, vamos, no puedes hacer eso! ¡Baja esas piernas y siéntate como una dama! —protestó Tudi, escandalizada. Ocupaba otra de la media docena de mecedoras distribuidas en el amplio corredor, y sus manos negras y nudosas estaban hundidas en un cuenco de habichuelas que preparaba para la cena. Jessie emitió un suspiro rutinario pero obedeció, y dejó caer ruidosamente los pies. Con un gruñido satisfecho, Tudi volvió a concentrar su atención en las habas.

Junto al corredor, un colibrí de pecho rojizo aparecía y desaparecía entre las flores rosadas de la mimosa, la misma que daba su nombre a la extensa plantación de algodón. El sonido característico del minúsculo pájaro y su plumaje brillante atrajeron la atención de Jessie. Mientras lo observaba, mordía complacida el pastel de cerezas que había recibido de Rosa, la cocinera, mientras se dirigía a la casa, en espera de que la llamasen a almorzar.

Del camino que pasaba frente a la casa llegó una serie de chirridos y ruidos de cascos, y poco después apareció un carricoche. Su presencia distrajo a Jessie del colibrí que se alimentaba, y la joven observó interesada su aproximación. Cuando vio que se internaba por el largo sendero que conducía a la casa, en lugar de continuar la marcha hacia el río próximo, frunció el entrecejo. Podría ser solo un vecino, y a ella no le interesaba especialmente verlos porque con toda probabilidad todos desaprobaban su conducta y no lo disimulaban. «Esa díscola muchacha Lindsay», decían las mujeres de los plantadores. Sus delicadas hijas la rechazaban como compañera de juegos, y los varones elegibles parecían ignorar que ella existía siquiera. Y, por su parte, Jessie se decía siempre que ese estado de cosas le acomodaba perfectamente.

Entonces, con entusiasmo todavía menor que el que había manifestado ante la llegada de uno de sus vecinos, Jessie reconoció a la mujercita de exquisita belleza instalada junto al hombre que manejaba las riendas: era su madrastra, Celia. Los ojos de Jessie se posaron en el hombre de cabellos oscuros, y lo examinaron atentamente. No lo reconoció en absoluto, y en una comunidad en que cada uno conocía a todos sus vecinos, desde los plantadores más acaudalados hasta los agricultores más pobres, ese hecho era motivo de sorpresa.

—¿Quién es? —Tudi también miró, mientras el vehículo avanzaba hacia ellos por el sendero bordeado de robles. Sus manos, atareadas con las habas, no vacilaron.

Pero los ojos agrandados y curiosos se clavaron en el forastero.

—No lo sé —replicó Jessie, y lo que dijo era hasta cierto punto verdadero. Esquivaba los episodios sociales del vecindario con la misma energía con que se alejaba de un nido de víboras, y por eso siempre era posible que alguien hubiera recibido un visitante que ella no conocía. Parecía evidente que ese hombre, quienquiera que fuese, no era un extraño para Celia. Celia se había acurrucado muy cerca del cuerpo de su acompañante, tan cerca que los dos se tocaban. No acostumbraba sentarse así con un caballero recién conocido. Además, Celia sonreía y charlaba en actitud evidentemente provocativa, y su mano se movía de tanto en tanto para acariciar la manga del extraño, o aplicar una palmada al brazo. Ese comportamiento era realmente atrevido. Unido a lo que Jessie sabía de su madrastra, le aportaba una visión terrible e inexorable de lo que el extraño debía ser: el nuevo amante de Celia.

Desde hacía varias semanas, sabía que Celia tenía otro hombre. Después de diez años de vivir con su bonita y rubia madrastra, Jessie sabía a qué atenerse. El padre de Jessie había fallecido nueve años antes, y durante ese lapso, Celia había tenido un gran número de hombres. Celia era cuidadosa, pero no tanto que pudiese ocultar sus indiscreciones ante la mirada aguda de su hijastra, que por cierto no la veneraba. El primer atisbo de Jessie en el verdadero propósito que se escondía tras las frecuentes y prolongadas ausencias de Celia lo tuvo el día en que tropezó por casualidad con una carta que Celia había estado escribiendo a su último amorío, y que por accidente había quedado en el salón del fondo. Jessie sabía que era prueba de mala educación leer la correspondencia ajena, pero sin embargo la leyó. El lenguaje romántico de la misiva y el tono apasionado habían provocado una impresión indeleble en la jovencita inocente que ella era entonces. Una vez que abrió los ojos, Jessie aprendió a interpretar los pasos de su madrastra como si hubiese sido un libro abierto: el nerviosismo y la mezquindad cuando estaba entre hombres, su tendencia al secreto y la despreocupación ante las más atroces desobediencias de Jessie cuando Celia estaba comprometida con alguien.

Durante las últimas semanas, Celia se había movido en la casa con una sonrisa astuta, que sugería que guardaba un secreto, y que indicó a Jessie que había comenzado la relación con un nuevo amante. Sobre la base de su experiencia, Jessie había adivinado que pronto Celia iría a hacer compras a Jackson, o sería invitada a pasar varios días en una casa de Nueva Orleans, u ofrecería otra excusa cualquiera para desaparecer varias semanas sin provocar escándalo, mientras desarrollaba su nueva relación lejos de las miradas vigilantes y las limitaciones de la rectitud. Esta actitud tortuosa podía engañar a los vecinos, que se hubieran sentido asombrados y habrían manifestado una actitud condenatoria de haber sabido que la encantadora viuda Lindsay tenía tantos amantes como una gata en celo; pero no engañaba a Jessie. Después de pasar la mitad de su vida observando a su madrastra, Jessie estaba perfectamente familiarizada con la auténtica Celia, que tenía apenas una semejanza superficial con la dulce mujer, un poco tonta, que fingía ser. La auténtica Celia era tan dura e implacable en la búsqueda de la satisfacción de sus deseos como podía serlo una tigresa, y poseía también tanta bondad como una hembra de esa especie.

—La primera vez que trae a casa a uno de ellos —murmuró Tudi, con el entrecejo fruncido, con las manos inmóviles en el cuenco de habas, cuando al fin el carricoche se detuvo frente a la escalera de la entrada. Era cierto, Celia nunca llevaba a la casa a sus hombres, y por supuesto esa era una de las razones por las cuales Jessie se sentía tan inquieta ante lo que estaba viendo ahora. Pero oír que su inquietud se reflejaba tan brevemente en las palabras de Tudi, antes de que ella siquiera hubiese podido definir la causa de su desasosiego...

Jessie miró de reojo, sorprendida, a la mujer que había sido su niñera, y que manejaba las riendas de la casa desde hacía mucho tiempo, es decir, desde el momento en que la recién casada Celia había demostrado que no tenía ninguna inclinación en ese sentido. Aunque la propia Jessie no podía comprender por qué debía sorprenderla que Tudi entendiese de una ojeada la situación. A pesar de su cuerpo redondo y su carácter plácido, Tudi tenía los ojos de un halcón y la mente de un zorro. Los subterfugios de Celia no la engañaban, del mismo modo que de nada le servían a Jessie sus excusas para justificar las fechorías que cometía de pequeña.

El forastero descendió del carricoche, y los ojos de Jessie volvieron a posarse en él. Uno de los muchachos del establo corrió para hacerse cargo del equipaje, pero la mirada de Jessie no se apartó ni por un instante del hombre. Tan absortos estaban él y Celia uno en el otro que ninguno de ellos advirtió que se encontraban sometidos a la observación intensa y hostil de la galería alta. Las manos de Tudi continuaban hundidas profundamente en el cuenco de habas, inmóviles, y, por su parte, Jessie había cesado de balancearse y de comer para observar.

Incluso visto desde atrás, el extraño era digno de la atención femenina. Era un hombre alto, de anchos hombros, las piernas largas y musculosas, y abundantes cabellos negros ondulados. Por lo que Jessie podía decir, su chaqueta blanca y los breches marrones no tenían ni siquiera una mota de polvo o una arruga, lo cual era suficiente para distinguirlo de los plantadores y sus hijos, los visitantes oficiales de Celia. Estaban a mediados de mayo de 1841, y no hacía tanto calor como sucedería más avanzado el verano en la húmeda región del Delta, pero aun así el tiempo era caluroso, y ya los hombres de los alrededores mostraban las ropas arrugadas y a mediodía olían a transpiración. Pero en este hombre, vaya, ¡sus botas incluso relucían! En ese cuero pardo brillante, en su misma pulcritud, había algo que indujo a Jessie a rechinar los dientes. Y la joven sabía que ese no era un hombre con quien ella simpatizaría.

Frunció el entrecejo cuando el forastero acercó las manos para tomar por la cintura a Celia y ayudarla a descender del vehículo. Aunque el gesto no era más que lo que un caballero cualquiera podía ofrecer a una dama, esas manos de dedos largos enfundados en los guantes de montar de cuero cerrados sobre la minúscula cintura de Celia exhibían excesiva intimidad, y él la sostuvo demasiado tiempo como para creer que era un gesto apropiado. Al verlo, Jessie experimentó una sensación de vergüenza, como si ella hubiera estado presenciando algo que debía haber sido personal y privado. Por supuesto, Celia le sonreía, lo cual no era nada sorprendente. Si era su amante, y con cada minuto que pasaba Jessie se convencía más de que lo era, ciertamente debía sonreírle, y él debía mirarla con ese enfermizo ardor, y sentirse poco dispuesto a apartar sus manos del cuerpo femenino. En otras palabras, debía comportarse como estaba haciéndolo.

Celia reía festejando algo que él decía, y sus manos se demoraban sobre las mangas impecablemente cortadas de la chaqueta de moda, mientras él la depositaba en el suelo y finalmente apartaba las manos de la cintura de la mujer. El gesto transido con que ella le sonreía, la actitud posesiva de las manos de Celia sobre los brazos del hombre, incluso el modo en que parecía inclinarse sobre él mientras hablaba, completaron el asunto, por lo menos en lo que se refería a Jessie. El hombre era el amante más reciente de Celia, y ella había tenido el mal gusto abrumador de llevarlo a Mimosa. El dilema era: ¿por qué?

Fuera cual fuese su nombre, no importaba de dónde viniese, ese individuo traería problemas. Jessie lo sintió en los huesos, del mismo modo que Tudi solía sentir la aproximación de la lluvia.

## 2

—Realmente, ¿qué se propone? —A decir verdad, Jessie pensaba en voz alta más que formulaba una pregunta, pero de todos modos Tudi contestó—: Querida, hace años que renuncié al intento de imaginar lo que piensa la señorita Celia. Vamos, no claves así la mirada. No es de buena educación. —La recomendación de Tudi era un ejemplo del caso de la sartén que dice que la olla está tiznada, o por lo menos eso pensó Jessie, pero este no era el momento apropiado para decirlo. Además, Tudi tenía razón. De nada serviría que las sorprendiesen mirando. Mientras se alejaban el caballo y el vehículo, Jessie puso de nuevo en movimiento la mecedora con una suave presión del pie sobre el piso encalado, y mordió otro pedazo de pastel de cerezas. Al lado, Tudi bajó los ojos hacia su regazo, y de nuevo comenzó a extraer habas.

Ahora, el extraño se volvió para acompañar a Celia, quien comenzó a subir los anchos peldaños que conducían a la galería, y a las habitaciones de la familia, que se abrían después. Jessie dirigió una mirada a la cara del visitante e interrumpió de nuevo su comida. El pedazo de pastel quedó en el aire, olvidado en su mano, mientras ella miraba con desaliento cada vez más acentuado.

Incluso para ella, que miraba con ojo crítico, el hombre era un ser deslumbrante. Cuando la pareja comenzó a subir la escalera, él sonrió a Celia, que apoyaba la mano en el hueco del brazo del visitante, cuyos dedos largos cubrían los dedos pequeños de la dama en el lugar en que se apoyaban sobre la manga. Los dientes del hombre relucían muy blancos sobre el fondo bronceado de la cara, y tenían los rasgos apuestos y bien formados. Cuando él echó la cabeza hacia atrás para reír de algo que Celia dijo, Jessie vio que bajo las cejas espesas y negras los ojos eran muy azules, tanto como el cielo que se extendía ese día sobre el valle Yazoo.

Algunos de los plantadores locales y sus hijos eran hombres atractivos, y en su fuero íntimo Jessie pensaba que Mitchell Todd, cuya familia era la propietaria de la vecina Riverview, en efecto era muy apuesto. Pero Mitch y los restantes palidecían ante el verdadero esplendor físico de ese hombre, que además de su apostura estaba envuelto en una atmósfera de excitación, peligro y encanto perversos que evidentemente faltaba en los otros.

Jessie pensó: «Quienquiera que sea, no pertenece a esta región.» Entonces, la pareja llegó al final de la escalera, y Celia y el extraño al fin vieron a Jessie y a Tudi. Jessie depositó cuidadosamente sobre el regazo el pastel de cerezas, abrigando la esperanza de que el almíbar no se le derramara sobre el vestido, y aferró con fuerza los brazos del sillón.

—¡Caramba, Jessie! ¡Dios mío, qué aspecto tienes! Oh, bien, imagino que eso es inevitable. Querido Stuart, esta es mi descarriada hijastra. —Celia elevó los ojos al cielo como si deseara subrayar lo que ya había dicho a ese hombre acerca de Jessie. El visitante sonrió a Jessie. Era una sonrisa capaz de ablandar a una estatua, y ahora él parecía aún más apuesto que nunca. Como reacción, las manos de Jessie se cerraron sobre los brazos del sillón, en un gesto involuntario de resistencia física a ese poderoso encanto. También se le endureció la cara, y la joven comprendió que había adoptado esa conocida expresión hosca por la cual Tudi siempre la reprendía, y que al parecer no podía evitar cuando estaba cerca de Celia. Celia, que del modo más ingenuo posible, siempre trataba de llamar la atención sobre los muchos defectos de su hijastra.

Sin hacer caso de Tudi, como hacía siempre con los esclavos, a menos que los reprendiese o estuviera impartiéndoles una orden, Celia sonrió también a Jessie —un hecho tan desusado que debía acentuar los presentimientos de Jessie, si esta hubiese estado en condiciones de advertirlo— y arrastró al hombre hacia el extremo del corredor, donde estaba sentada Jessie. Alarmado, el colibrí comenzó a alejarse, agregando el zumbido de sus alas al tintineo del carricoche que se alejaba. La falda de seda del elegante vestido de Celia crujió con el movimiento de la dama.

Celia apareció inmaculada como siempre, desde el extremo superior de su pequeño sombrero hasta la punta de los minúsculos zapatos de satén que apenas asomaban bajo la falda. Su vestido tenía casi el color del cielo y de los ojos del forastero —Celia sentía predilección por el celeste— y, con ese atuendo, Celia parecía elegante y esbelta, y exhibía una sorprendente juventud. Jessie se preguntó con escasa compasión si el nuevo galán tenía idea de que Celia había cumplido treinta años el invierno precedente. Ahora Celia y el hombre que venía detrás se detuvieron frente a ella. Jessie miró imperturbable la cara sonriente del extraño, mientras Celia parloteaba con la voz artificiosamente tierna que usaba cuando se encontraba en compañía de hombres.

—Jessie, te presento a Stuart Edwards. ¡De verdad, querida, se diría que te arrastraron a través de un matorral! ¿Y estás comiendo un dulce? ¡Sabes que no debes comer dulces si quieres perder esa gordura de niño pequeño! Realmente, deberías esforzarte un poco más con tu apariencia. Sé que nunca serás una belleza, ¡pero al menos tendrías que tratar de ser una persona presentable! ¡Stuart, por favor, perdónala! ¡En general, por lo menos tiene la cara limpia! Por Dios, Jessie, hasta ahora no lo había advertido, pero te has convertido en un gran mamarracho mientras yo te daba la espalda, ¿no te parece? Conseguirás que Stuart se disguste conmigo y lo llevarás a pensar que soy una terrible madrastra, y además horriblemente vieja, pese a que tenía varias décadas menos que mi finado marido, y en realidad, por mi edad, podría ser la hermana de Jessie más que su madrastra.

Dijo esto último frunciendo el entrecejo a Jessie y al mismo tiempo emitiendo una risita y dirigiendo una mirada de reojo a Stuart Edwards.

—Para quien tenga ojos y sepa ver, sin duda es evidente que tú y la señorita Lindsay tenéis una edad parecida —la interrumpió amablemente Edwards—. ¿Cómo le va, señorita Lindsay?

El amable cumplido agradó a Celia, que agitó sus

pestañas y gimió para beneficio de Stuart, exclamando con voz enfermiza:

—¡Oh, Stuart!

Edwards sonrió a Celia, y después se inclinó cortésmente ante Jessie, que reaccionó con pétreo silencio frente a tanto encanto. Los halagos podían convertir en almíbar a Celia, pero de nada servían con ella. A espaldas de Edwards, Celia entrecerró los ojos a Jessie, en una mirada que prometía el castigo de tanta grosería cuando ambas estuvieran solas. Jessie ignoró la amenaza implícita. Una ventaja que sus proporciones físicas le conferían frente al cuerpo menudo de su madrastra era que ya no necesitaba temer físicamente a Celia.

—De veras, Jessie, ¿no tienes modales? Tienes que decir por lo menos: «¿Cómo le va?», cuando te presentan a alguien. —Jessie sabía que el tono de amable reprensión de Celia disimulaba su verdadera ansia de retorcer las orejas de su hijastra. De todos modos, Jessie no dijo nada. Se limitó a mirar a los dos recién llegados de un modo que intentaba manifestar su desprecio. Al ver esa expresión, Celia emitió por lo bajo un ruidito de disgusto, y tomó el brazo de Edwards como si tratara de alejarlo de allí—. Por favor, Stuart, ¡no hagas caso de su mala educación! Como ves, hice todo lo posible con ella, pero no presta atención. Quizás ahora que de nuevo tendrá un padre, ella...

—¿Qué dijiste? —Jessie habló al fin cuando comprendió lo que acababa de oír, y su voz fue un graznido de incredulidad. No podía haber oído bien, o había entendido mal lo que oía. Celia miró nerviosa, en un gesto de ruego, al hombre que estaba al lado. Jessie comprendió que sus oídos no la habían engañado. Se puso de pie con movimientos lentos y cuidadosos, retirando de su regazo el pastel de cerezas, sin advertir siquiera lo que estaba haciendo. La impresión la llevó a actuar como si de pronto ella misma hubiese envejecido.

Celia tenía poco menos de un metro cincuenta y el cuerpo delicadamente formado, y en cambio Jessie tenía unos buenos quince centímetros más, y estaba lejos de ser una persona delicada. De pie, Jessie se elevaba sobre su madrastra, y su actitud no era afectuosa, ni mucho menos. Edwards realizó un movimiento, como si deseara interponerse, pero no lo hizo, y Jessie lo ignoró. Tenía los ojos clavados en Celia. Celia, que estaba de pie, de espaldas a Edwards, mirando a Jessie con la malicia que, cuando estaban solas, era su actitud habitual frente a la hijastra.

—Bien, Jessie, querida, temí que te conmovieras un poco, pero comprenderás, Stuart y yo estamos enamorados y...

La voz artificialmente tierna irritó a Jessie como si escuchara las uñas de una mano raspando un pizarrón. La mano que no sostenía el pastel de cerezas se cerró al costado de su cuerpo.

—Su madrastra me ha hecho el gran honor de prometer que será mi esposa, señorita Lindsay —interrumpió Edwards, acercándose a Celia, y su voz y su mirada habían cobrado cierta dureza, en defensa de Celia—. Confiamos en que nos deseará felicidad.

Era evidente que esta esperanza no se realizaría. Jessie miró al hombre y después a Celia durante un momento prolongado, sin hablar, mientras la terrible noticia penetraba en su cerebro. El estómago se le contrajo, y su cara palideció intensamente.

—¿Piensas... casarte de nuevo? —graznó al fin.

—Apenas podamos arreglar las formalidades. —La respuesta provino de Edwards, aunque la pregunta cargada de incredulidad había sido dirigida a Celia. Jessie ignoró a Edwards, como si él no estuviese allí.

—¿Eso significa que tú... te marcharás? —Jessie continuó hablando a Celia con una voz que parecía la de una persona que se asfixiaba. Pero en el mismo instante de formular la pregunta, ya supo cuál era la respuesta: Celia jamás se iría de allí.

—Por supuesto, haremos un breve viaje de bodas, pero no podría dejarte sola demasiado tiempo, ¿verdad, querida? No, está claro que no. Tu querido padre te dejó a mi cargo, y yo jamás faltaría a esa responsabilidad sagrada, por mucho que eso provoque tu odio. Stuart vendrá a vivir aquí, para afrontar parte de las cargas que he soportado en el intento de administrar esta propiedad como tu padre lo habría deseado, y él intentará ser un padre para ti. Quizá, solo quizá, su disciplina tendrá sobre ti el efecto que no tuvo la mía. Yo...

—¡No puedes hacer esto!

—Oh, Jessie, ¿por qué siempre tienes que dificultar así las cosas? Yo solo deseo lo que es mejor para todos...

La voz quejosa de Celia destruyó por completo el control de Jessie.

—¡No puedes... hacer... esto! —gritó, dando un rápido paso hacia su madrastra. Celia chilló y retrocedió con igual rapidez. Jessie aferró uno de los brazos frágiles de su madrastra y lo sacudió.

»¿Me oyes, Celia? ¡No puedes hacer eso!

—¡Domínese, señorita Lindsay! —Esta vez Edwards, en efecto, se interpuso, y sus manos aferraron los hombros de Jessie con fuerza suficiente para dolerle. Jessie se desprendió, y al mismo tiempo soltó a Celia, como sin duda había sido la intención de Edwards.

—Jessie, querida. —Celia se frotó el brazo y pareció que estaba al borde de las lágrimas. Sabiendo que era falsa y mentirosa, Jessie la miró con expresión asesina.

—Creo que sería mejor que postergáramos la discusión de este asunto hasta que tu hijastra recupere el dominio de sí misma —propuso Edwards, pasando protectoramente el brazo sobre los angostos hombros de Celia, y dirigiendo a Jessie una mirada que combinaba la antipatía con una clara advertencia.

—Ella no ha perdido el control de sí misma. —Celia pareció desesperada cuando elevó los ojos hacia Edwards, y sus manos pequeñas aferraban la pechera de la camisa de su caballero, de un modo que, incluso Jessie, habría considerado patético si no hubiese conocido tanto a Celia—. Siempre es así. Me odió desde que me casé con su padre. Ella... nunca quiso que yo fuese feliz...

Con gran disgusto de Jessie, Celia comenzó a llorar ruidosamente. Por supuesto, Edwards se tragó el anzuelo, con caña y plomada. Jessie miró con odio a los dos, mientras Edwards se acercaba a la sollozante Celia y le murmuraba al oído palabras de confort. Tudi, que continuaba sentada en la mecedora, con los ojos fijos discretamente en las habas, mientras sus orejas prácticamente se le desprendían de la cabeza en el ansia de recoger cada palabra, aprovechó la distracción de los miembros de la pareja para dirigir a Jessie una mirada de advertencia, acompañada por un leve movimiento de la cabeza cubierta por un turbante. Jessie vio la señal, pero estaba demasiado conmovida para prestar atención al mensaje silencioso. Sentía que, de pronto, se había zambullido en una verdadera pesadilla.

—No puedes hacer esto —repitió. Dirigió esas palabras a la espalda angosta de Celia, que se sacudía mientras ella lloraba ruidosamente sobre la pechera de la camisa de Edwards.

—Me casaré con su madrastra, señorita Lindsay —dijo Edwards con voz serena, mirando a la joven con ojos fríos—. Más vale que se acostumbre a la idea, y que se abstenga de imponernos estos sainetes. Puedo advertirle que apenas sea el esposo de su madrastra usted estará bajo mi control, y soy perfectamente capaz de tratar como corresponde a los niños malcriados.

Jessie lo miró fijamente, clavó la mirada en unos ojos que eran fríos e inflexibles como el hielo, y sintió tanta cólera y tanto odio que el cuerpo le tembló. Estaba tan irritada que contuvo la respiración en lo que era casi un sollozo. Pero no pudo llorar. Jamás lloraba, y hubiera preferido morir antes que caer tan bajo frente a ese hombre —¡a los dos!—. Elevó el mentón, como desmintiendo el brillo húmedo de los ojos. No lo sabía, pero en ese momento se parecía a un niño, un niño enojado y perdido. La comisura de los labios de Edwards se curvó en un gesto de impaciencia cuando vio las lágrimas incipientes, y realizó un movimiento como si quisiera consolarla tocándole el hombro. Jessie percibió la súbita compasión en los ojos de Edwards, y mostró los dientes. ¡Cómo se atrevía a compadecerla!

—Señorita Lindsay... —La mano del hombre tocó el brazo de Jessie, y le aplicó una ligera palmada. Jessie apartó violentamente la mano de Edwards.

—¡No se atreva a tocarme! —escupió, y sus ojos despedían llamas de odio a través de las lágrimas que se negaba a derramar. Después, con un grito salvaje, se volvió y corrió hacia la escalera, pasando bruscamente al lado de Edwards y de Celia, que había reaccionado y conseguido dominar sus lágrimas, y gemía dolorosamente contra el pecho de su prometido, mientras sus ojos, que miraban de costado a Jessie, relucían de triunfo.

—¡Qué demonios...! —La exclamación provino de Edwards cuando Jessie pasó al lado, pero ella no miró hacia atrás mientras descendía deprisa los peldaños y corría hacia los establos. Así, no tuvo la pequeña satisfacción de ver que la mano con que había apartado a Edwards era la misma que sostenía el pastel de cerezas, y que su gesto había aplastado la masa cubierta de almíbar sobre la manga de la inmaculada chaqueta negra.

## 3

Anochecía cuando Jessie entró por el largo sendero que conducía a la casa. Montaba en *Luciérnaga*, y el pelaje de la esbelta alazana estaba manchado de lodo negro y avanzaba con paso lento, pese a que se estaban acercando a la casa. Jessie experimentó una momentánea punzada de su conciencia a causa del salvaje galope que los había llevado a las profundidades del pantano de la Pantera. Al final, el lodo casi había llegado a los corvejones de *Luciérnaga*, y no había sido fácil recorrer el camino de regreso para salir del lodo pegajoso y resbaladizo. Detrás de *Luciérnaga* trotaba *Jasper*, el enorme perro de áspero pelaje y linaje indefinido que le había pertenecido desde que era cachorro. *Jasper* estaba todavía más enlodado que *Luciérnaga*, y le colgaba la lengua; pero se había divertido muchísimo persiguiendo zarigüeyas y ardillas, de modo que Jessie no se sentía muy culpable por él. Pero lamentaba lo que había sucedido con *Luciérnaga*. Hubiera debido mostrar un poco más de criterio, y abstenerse de ir con la yegua al pantano. Sin embargo estaba tan conmovida que no atinó a medir las consecuencias.

Celia proyectaba casarse de nuevo. La idea era tan terrible que parecía irreal. Jessie se había divertido con la noticia en el curso de la tarde, pero no estaba más preparada para aceptarla que en el momento en que había huido de la galería, varias horas antes. La idea era sencillamente inconcebible. No atinaba a soportarla.

El sendero, un camino de tierra, tenía dos ramales, y uno formaba un círculo frente a la casa, y el otro conducía al establo. Los enormes y antiguos robles, que ya estaban verdes a causa del follaje nuevo, enlazaban las ramas cerca de las copas para formar un dosel que conducía al establo y llegaba aún más lejos, a las chozas de los esclavos y la casa del capataz. Jessie llevó a *Luciérnaga* en dirección al establo. Dos columnas de humo brotaban de la cocina que estaba cerca de la gran casa y de la cocina común, correspondiente al sector ocupado por los esclavos. El olor acre del humo de la madera de nogal perfumaba el aire.

Cuando Jessie estaba acercándose a la casa, las altas ventanas se iluminaron una tras otra, primero en las salas de la planta baja y después arriba, en las habitaciones de la familia. Sissie, la joven hija de Rosa, a quien se estaba enseñando de modo que un día ocupase el lugar de su madre como cocinera, pasaba de una habitación a otra encendiendo lámparas y palmatorias, la tarea que cumplía todas las noches. La luz que provenía de las ventanas confería un cálido resplandor al ladrillo encalado con el cual se había construido la parte principal de la casa. Construida inicialmente como un rectángulo de ladrillo sólido antes de principios de siglo, Mimosa había sido ampliada en el curso de los años, de modo que ahora tenía la forma de una T, con el palo de la T formada con madera de ciprés, y toda la estructura pintada de modo que disimulase la unión del ladrillo con la madera. Dos imponentes columnas dóricas se elevaban más allá de la galería del primer piso, hasta los aleros de complicada talla. La majestuosidad de las columnas estaba complementada por el largo tramo de peldaños que marcaban el final del sendero, y conducían al pórtico más alto.

Jessie sofrenó a *Luciérnaga* y se acomodó mejor en la montura, mientras absorbía las imágenes conocidas del hogar. Amaba a Mimosa, con una fiereza que solo ahora descubría. La plantación había pertenecido a los Hodge, la familia de su madre, durante generaciones. Cuando su madre Elizabeth Hodge, que era hija única, se había casado con Thomas Lindsay de Virginia, al parecer, nadie había dudado acerca del lugar donde vivirían los recién casados. En el curso natural de las cosas, Mimosa pertenecería un día a Elizabeth, y los años siguientes concederían a Josiah Hodge tiempo sobrado para enseñar a su nuevo yerno las complicaciones de la administración de una propiedad formada por más de cinco mil hectáreas de plantaciones de algodón, un aserradero, un molino, una herrería y novecientos noventa y dos esclavos adultos.

Lo que nadie podía haber previsto era que Elizabeth Hodge Lindsay viviría apenas dos años más que sus padres. Thomas Lindsay se casó nuevamente apenas un año después —Celia Bradshaw era una bonita joven a quien conoció en un viaje a Nueva Orleans— y falleció poco más de un año después. Todavía enamorado de su joven esposa, Thomas había redactado un testamento que dejaba la propiedad absoluta de Mimosa a Celia, con dos cláusulas: Primero, que Jessica, su hija de Elizabeth, debía contar allí con un hogar permanente, si deseaba usarlo; y segundo, que ninguno de los esclavos que pertenecía entonces a la propiedad al momento de su muerte sería vendido.

Jessie tenía solo nueve años al fallecer su padre, de modo que el legado de Mimosa a Celia no la había molestado demasiado. Mimosa era su hogar, lo había sido siempre, y siempre lo sería, y ningún tecnicismo legal acerca de la propiedad podía modificar esa situación. Había sido necesario el *shock* del anuncio formulado por Celia esa tarde para que Jessie comprendiese cuán insegura era su posición. Quién sabe por qué, nunca había previsto que Celia volviera a casarse, aunque era natural que lo hiciera. Por supuesto, más tarde o más temprano lo haría. Pero Jessie nunca había pensado realmente en eso. Incluso si lo hubiese hecho, probablemente habría llegado a la conclusión de que a Celia le agradaban los hombres, una gran variedad de hombres, y demasiado para aceptar uno solo. Como un avestruz que hunde la cabeza en la arena, Jessie había rehusado prever un desenlace desagradable. ¡Qué estúpida había sido! Y qué estúpido había sido, después de conocer las noticias de Celia, abrigar siquiera la esperanza de que el nuevo matrimonio significaría que Celia debía marcharse.

Por supuesto, Celia no pensaba alejarse de Mimosa. Era la dueña. Podía llevar allí un marido o un amante o a quien se le antojara, y hacerlo impunemente, y entregarle la plantación que por derecho de sangre y afecto pertenecía a Jessie. ¿Celia podía vender la propiedad? Jessie concibió la horrible idea, al mismo tiempo que advirtió que no sabía cuál era la respuesta. Nunca había contemplado la posibilidad de preguntar. Con la ciega confianza de la juventud había creído que la vida continuaría exactamente como siempre.

Nunca había contemplado siquiera la posibilidad de que las cosas cambiaran, hasta el momento en que tuvo que mirar de frente la idea. Ahora, afrontaba un abrumador sentimiento de pérdida. Mimosa, su hogar, pertenecía a Celia, y la propia Jessie nada podía hacer para modificar ese estado de cosas. Si Celia y Stuart se casaban y tenían hijos, estos casi seguramente serían los herederos, y no ella. La idea era dolorosa, paralizadora, e insoportable. Por cierto, Jessie no pensaba soportarla. Jessica Lindsay podía ser muchas cosas, pero no era una niña remilgada. Era una luchadora nata, y se proponía luchar con uñas y dientes por su hogar.

En el curso de la tarde, Jessie había decidido que, no importaba lo que costase, impediría ese matrimonio, aunque para lograrlo tuviese que pisotear con los cascos de *Luciérnaga* al futuro marido. La idea de que la inmaculada personalidad de Edwards rodaría por el polvo, originó una sombría sonrisa en los labios de Jessie. Si para preservar su hogar tenía que tirotearlo, lo haría. Pero era más probable que no se necesitara nada tan drástico. Casi seguramente sería suficiente informarle acerca de la propensión de Celia a tener relaciones con otros hombres, y al escucharlo se sentiría tan molesto que abandonaría deprisa el terreno. Jessie detestaba la idea de representar el papel de informante, pero en este caso creía que no le quedaba alternativa. En todo caso, Celia no merecía su fidelidad.

Aquí, Jessie advirtió que todas las luces de la casa estaban encendidas, y que *Jasper* se había alejado para dirigirse al establo y tomar su cena. Con una suave presión de las rodillas, Jessie puso de nuevo en movimiento a *Luciérnaga*.

No había necesidad de desesperarse. Celia y su galán aún no se habían casado. Como afirmaba el refrán, del dicho al hecho hay un gran trecho, y ella se proponía aportar la iniciativa necesaria, de modo que ese trecho se ampliase bastante.

Progreso, que era delgado, encorvado y envejecido —todos los rasgos que había demostrado desde el momento en que Jessie lo conoció—, estaba a la puerta del establo, y miraba ansiosamente alrededor al aproximarse Jessie. Su cara oscura y arrugada se aflojó visiblemente cuando vio que la joven se acercaba montada en el caballo.

—Señorita Jessie, ya era hora de que regresara —dijo a modo de saludo mientras ella sofrenaba el caballo.

—Progreso, la llevé al pantano. Está cubierta de lodo, y confieso que me avergüenzo de lo que hice. —Jessie desmontó, con un gesto de arrepentimiento palmeó el cuello de *Luciérnaga*, y entregó las riendas a Progreso.

—Ya lo veo, señorita Jessie. —En circunstancias normales, Progreso habría manifestado su desaprobación con la libertad del hombre que había estado en la familia desde antes del nacimiento de la madre de Jessie; pero como no la reprendió ásperamente por su actitud absurda, Jessie comprendió que el anciano seguramente estaba enterado del acceso de nervios que ella había sufrido—. No se preocupe, yo la cuidaré.

—Te enteraste del asunto de la señorita Celia. —Era tanto una afirmación como una pregunta. La noticia seguramente se había difundido como reguero de pólvora por la casa, y de allí al establo la distancia era muy corta, sobre todo si se tenía en cuenta que Tudi era la hermana de Progreso.

—Sí, señorita, me enteré.

—Progreso, no lo permitiré.

—Bien, señorita Jessie...

—¡No! No lo permitiré, ¿me oyes? —La joven habló con voz áspera. Progreso suspiró.

—La oigo, señorita Jessie, la oigo. Pero a veces no es mucho lo que uno puede hacer para impedir que otra gente haga lo que se le antoja.

—¡No lo permitiré! No es posible, ¿comprendes? A Celia jamás le importó Mimosa, y a él tampoco le importará, e incluso pueden vender la propiedad y...

—Señorita Jessie, incluso cuando era niña usted siempre fue aficionada a saltar las vallas antes de alcanzarlas. ¡La señorita Celia no piensa vender Mimosa! ¿Por qué tendría que hacerlo? Es la mejor plantación de algodón del valle, y lo ha sido desde los tiempos de su abuelo. Ahora, basta de provocar dificultades, y vaya a la casa y cene. Tudi ya vino para aquí tres veces, buscándola. Está muy inquieta, se lo aseguro.

—Pero, Progreso...

—Vamos, ahora mismo. No continúe hablando.

—Oh, está bien. Ya me voy. Da una buena ración a *Luciérnaga*, ¿me oyes?

—Lo haré, señorita Jessie. Y además...

—¿Qué? —Jessie ya se había alejado varios pasos, y ahora se volvió para mirar a Progreso por encima del hombro. No era propio de Progreso tener dificultad para decir lo que deseaba.

—En su lugar, yo cenaría en la cocina y después iría a acostarme. Informe a la señorita Celia que volvió a casa, de modo que no se preocupe, y manténgase apartada de su camino hasta la mañana.

—¿Por qué debo hacer eso? Tengo que decirle algunas cosas.

Progreso se mordió reflexivamente el labio inferior. Cuando habló, lo hizo de mala gana, como si no estuviera seguro de que sus palabras eran precisamente las más sensatas.

—Todavía está aquí... el galán de la señorita Celia. No creo que sea provechoso que usted sostenga otra riña esta noche con esos dos.

—¡Todavía aquí! —Jessie movió bruscamente la cabeza y miró la casa, y cerró los puños a los costados—. ¿Por qué? ¿Cree que ya es el dueño de este lugar?

—Señorita Jessie, no sé lo que él cree. Solo sé que usted misma se provocará muchas dificultades si no se anda con cuidado... ¡Vamos, señorita Jessie, muéstrese cortés! —Esto último fue dicho en un tono medio severo medio implorante, mientras Jessie caminaba hacia la casa, sin esperar que él terminase. Murmurando y meneando la cabeza, Progreso vio alejarse a la joven, mientras su mano acariciaba distraídamente el hocico de *Luciérnaga*. Después, elevó los ojos al cielo, como solicitando la ayuda divina, y se volvió para entrar a la yegua al establo. Era más fácil contener el movimiento de las aguas del río que contener a la señorita Jessie cuando estaba de ese humor.

Jessie olvidó por completo la idea de ir a la cocina y cenar, olvidó su agotamiento y su apariencia desaliñada. Caminó hacia el frente de la casa, con paso de marcha, adelantando el mentón. Su cólera, que se había enfriado en el curso de la tarde, ahora cobró nueva fuerza. No permitiría eso —el intruso que se instalaba en su casa sin que nadie se opusiera.

Probablemente estaban ahora en el comedor, cenando. Celia querría impresionar a su galán, de modo que la comida sería importante. Nada más que de pensar en la probable composición de la cena —jamón y patatas dulces, o quizás un pollo asado— el estómago de Jessie protestó. Hasta ese momento, ni siquiera había advertido que tenía apetito. Excepto el pastel de cerezas, la mayor parte del cual había terminado en el piso, no había comido en todo el día.

Jessie ascendió los peldaños, echando fuego, ensayando mentalmente el enfrentamiento. Las imágenes de su propia elocuencia y su poder, y la visión aún más satisfactoria de Edwards vencido que huía de Mimosa para no volver jamás, cruzaron seductoras su cabeza. Después, por supuesto, Celia la odiaría más que nunca, y le haría difícil la vida, pero ese sería un precio pequeño que pagaría por la seguridad de Mimosa. Hasta el próximo hombre... Pero no pensaría en ello. Quizá, después de ver cómo se horrorizaba este galán una vez que se enterara de la verdad, renunciaría a la idea de casarse otra vez. Y si no era así... bien, Jessie podía lidiar a lo sumo con una calamidad por vez.

Al oscurecer, el aire se había enfriado, y Jessie se hubiese estremecido con sus delgadas ropas si hubiese estado en condiciones de prestar atención al frío. Estaba tan absorta en sus propios pensamientos que no percibió el descenso de la temperatura, ni el delicado aroma de mimosas que flotaba en la brisa al mismo tiempo que el humo de madera de nogal y el perfume de lo que parecía una fuente de jamón. El canto de los grillos y las aves nocturnas pasó inadvertido. Sus pensamientos estaban todos concentrados en el enfrentamiento inminente, en lo que ella debía hacer para desembarazar a Mimosa del intruso que la amenazaba.

De modo que no vio el resplandor de un cigarro en la galería alta, y al hombre que se apoyaba contra una columna, y fumaba mientras observaba con los ojos entrecerrados el rápido ascenso de la recién llegada.

—Buenas noches, señorita Lindsay.

La voz suave y arrastrada, que, al parecer, no venía de ninguna parte, fue tan inesperada que ella se volvió bruscamente hacia un lado. Como acababa de llegar al último peldaño, el súbito movimiento determinó que perdiese el equilibrio. Jessie trastabilló desordenadamente un momento, con los ojos muy grandes cuando estuvo a punto de rodar por los peldaños que acababa de ascender. Entonces, una mano, que salió deprisa de la oscuridad, se cerró sobre el antebrazo y la salvó. Ella se inclinó hacia delante en lugar de hacerlo hacia atrás, y cayó sobre el pecho de su salvador.

El corazón le latía con fuerza porque había escapado por poco de la caída. Las dos manos y la frente se apoyaron sobre la pechera de la camisa del hombre. Y, por un momento, ella se dio por satisfecha permaneciendo en esa postura, mientras trataba de recuperar el aliento. Los peldaños eran altos, y una caída ciertamente le habría provocado heridas. Él la había salvado de eso, pero, por otra parte, había sido inicialmente la causa del tropiezo, de modo que no le debía ninguna gratitud.

Olía a cuero y a cigarros de calidad. Bajo las manos sintió el suave tacto de la tela de la camisa. Debajo, el pecho era cálido y sólido. Jessie era alta, pero él le llevaba una buena cabeza. La amplitud de sus hombros empequeñecía los de Jessie, aunque ella estaba mucho mejor proporcionada. Jessie registró todo esto en pocos segundos. Después, él le soltó el brazo, contrayendo el rostro y flexionando la mano derecha, como si le doliera. Ella retrocedió deprisa, pero la mano izquierda del hombre, que también se había cerrado bajo el brazo de Jessie cuando esta se inclinó hacia él, continuó sosteniéndola.

Los ojos de Jessie se clavaron en los de Edwards, y ella se preparó a descargar sobre ese individuo toda la furia de su lengua. Pero algo en su expresión la indujo a olvidar lo que pensaba decirle. De pronto, descubrió que admiraba unos ojos que eran casi incoloros en la semipenumbra grisácea de la galería, ojos de párpados entornados, alertas y predatorios como los de un lobo. Al verlos, Jessie comprendió de pronto que este hombre era un enemigo digno de ese calificativo. A pesar de la cara apuesta y las ropas elegantes, a pesar de la amabilidad externa de sus actitudes, los ojos lo denunciaban. No era un caballero plantador, ni un aristócrata terrateniente suavizado por la riqueza. Como ella misma, ese hombre era un luchador. Y Jessie temía que fuese un luchador mucho más experimentado que ella.

—Con cuidado. —Él pareció divertido, probablemente por los ojos grandes y la fijeza de la mirada de Jessie. De vuelta bruscamente a la realidad, Jessie arrancó el brazo de la mano del otro y retrocedió unos pocos pasos, pero esta vez manteniéndose cuidadosamente lejos del borde del corredor.

# 4

—Señor Edwards, aquí no se lo quiere. Sería más fácil para todos si usted subiese a su vehículo y se alejara.

Él devolvió el cigarro a la boca con la mano izquierda, y la miró un momento sin contestar, volviendo a adoptar su actitud indolente, apoyado contra la columna. Su mano derecha colgó inmóvil al costado, y los dedos practicaron algunas flexiones, como si la mano le molestase. Jessie pensó que su misma actitud indiferente era insultante, y se le erizaron los cabellos.

—Usted es una niña amable, ¿verdad? Bien, no puedo negar que Celia me advirtió. Señorita Lindsay, puesto que somos tan encantadoramente francos, le diré esto: proyecto casarme con su madrastra. Las cosas serían mucho más fáciles para todos, pero especialmente para usted, si se reconcilia con esa idea y nos ahorra la representación teatral.

—No tengo la más mínima intención de facilitarle las cosas. De hecho, me propongo lograr que las cosas sean para usted sumamente difíciles.

Él suspiró y chupó su cigarro. Cuando habló, su voz era casi gentil.

—Señorita Lindsay, sin duda no pensó que después de la boda ejerceré cierta autoridad sobre usted... me corrijo, mucha autoridad. Desearía que nuestra relación sea por lo menos marginalmente grata, pero si no es así, usted padecerá las consecuencias. Le conviene no equivocarse al respecto.

Jessie rechinó los dientes.

—Si usted está decidido a casarse con Celia... ¡Eso no importa! Pero en tal caso, ¿por qué no se la lleva a vivir a su propio hogar? Pensé que un hombre debía mantener a su esposa, no a la inversa.

Eso lo irritó. Jessie lo adivinó cuando él entrecerró levemente los ojos. Pero fue el único signo de perturbación que reveló, y al hablar, su voz era tan serena como antes.

—No es que eso le concierna, pero mis propiedades no incluyen una casa adecuada para la instalación de una esposa. Además, Celia es feliz aquí, y a mí me agrada también el lugar... me agrada mucho.

—¡Mimosa es mía!

—Siempre será bienvenida aquí. Aunque sus modales tal vez necesiten mejorar un poco.

—¡Usted no puede desear realmente el matrimonio con Celia! Caramba, ¡tiene más de treinta años!

—Una excelente edad. Pero su madrastra lleva muy bien su avanzada edad.

—¡Usted no la ama!

—¿Y qué sabe del amor una niña como usted?

—¡No puede amarla! Celia es... es... ¡no puede amarla! ¡Nadie podría hacerlo! Entonces ¿por qué quiere casarse con ella?

—Querida, mis razones como mis sentimientos no son cosas que a usted le conciernan.

—Se casa con ella por Mimosa, ¿verdad? ¡No es que le interese Celia, sino su dinero! ¡Usted no es más que un sucio cazador de fortunas!

Hubo un momento de grávido silencio. Stuart aspiró el humo de su cigarro, y la brasa se avivó intensamente. Después se lo quitó de la boca.

—Realmente es usted una mocosa malcriada, ¿eh? Le avisaré una cosa, señorita Lindsay. Hoy he tolerado bastante de usted porque comprendo que está impresionada, y eso es natural. No soportaré más. Muy pronto estaré frente a usted en la posición de un padre, y me propongo ejercer las prerrogativas paternas y disciplinar a mi nueva hija. En otras palabras, cualquier grosería de su parte será tratada con la correspondiente rudeza. ¿Hablo claro?

—¿Cree que puede disciplinarme? ¡Inténtelo! —Jessie irguió la cabeza y cuadró los hombros en actitud desafiante. El sentimiento de ofensa se manifestó en sus ojos y su voz—. ¡La gente que trabaja aquí lo hará pedazos! ¡Es mi gente, del mismo modo que esta es mi casa! ¡Solamente intente levantarme la mano!

—Después de la boda, será mi casa —señaló tranquilamente Edwards—. Y los esclavos me pertenecerán. Si usted los aprecia, no los alentará a atacar a su nuevo amo.

La idea que él formuló era tan válida que Jessie se sintió casi sofocada.

—¡Usted es un canalla!

—Y usted está abusando de su suerte. Si insiste en esa actitud, le prometo que lo lamentará. —Volvió a dar una chupada a su cigarro—. Vamos, señorita Lindsay, ¿no podemos ser amigos? Me casaré con su madrastra, y nada de lo que usted pueda decir o hacer modificará mi actitud. Pero no es necesario que usted y yo riñamos constantemente. No tengo la intención de representar el papel del padrastro autoritario, a menos que usted me obligue a eso.

—¡Padrastro! Usted... yo...

Antes de que Jessie pudiese encontrar las palabras para expresar eficazmente sus sentimientos, se abrió la puerta principal y Celia salió al porche. Vio enseguida a Stuart y se acercó a él, sonriendo. Parcialmente oculta por las sombras, al principio, Jessie le pasó inadvertida.

—¡Stuart, has estado aquí demasiado tiempo! ¡Ya estaba preocupándome por ti!

—He estado profundizando mi relación con tu encantadora hijastra. —Indicó a Jessie con el cigarro.

Celia miró a Jessie con una visible falta de entusiasmo.

—De modo que al fin has vuelto a casa, ¿eh? Bien, te has saltado la cena. Sissie ya ha retirado el servicio. Quizás en el futuro consigas ser más puntual.

—No tengo apetito. —El malhumor, que Celia siempre conseguía provocar, se manifestó en la voz de Jessie. Ella percibió el acento de su propia voz, y eso le desagradó profundamente. Lograba que ella pareciese débil, cuando lo que necesitaba era mostrarse fuerte.

—Vaya, ¡sin duda es la primera vez que te escucho decir eso! De veras, querida, ¡es tan alentador! Quizá, después de todo, podamos reducir tu cuerpo a proporciones más aceptables. Como sabes, a los caballeros no les agradan las damas excedidas de peso. De todos modos, deberías comer algo. Si vas a la cocina, sin duda Rosa te preparará un plato.

—¡He dicho que no tengo apetito! —Con las mejillas ardiendo porque Celia había llamado la atención de un extraño sobre su cuerpo, Jessie miró con hostilidad a su madrastra.

Celia se encogió amablemente de hombros.

—Bien, por supuesto, debes hacer tu gusto. Vamos, Stuart, aquí fuera hace frío.

Celia aferró el brazo de Stuart. Él le sonrió perezosamente, dejó caer el cigarro medio terminado y lo aplastó con la bota, y al fin se apartó de la columna. Jessie percibió el poderoso encanto de esa sonrisa, el gesto íntimo de la cabeza de cabellos negros inclinada sobre los cabellos rubios de Celia, y sintió que perdía los estribos. La despedían, la trataban como si hubiese sido una niña, ¡cuando ella —ella, no Celia y ciertamente tampoco él— era la auténtica propietaria de Mimosa!

—Señor Edwards, hay algo que usted no sabe acerca de mi madrastra —dijo fríamente a las dos espaldas que se alejaban.

Si ella había esperado que se detendrían como paralizados, la aguardaba una decepción. Continuaron caminando como si no hubiesen oído, completamente absortos uno del otro.

—¡Señor Edwards!

Él le dirigió una mirada impaciente por encima del hombro, pero Celia fue quien contestó.

—De veras, Jessie, ¡estás cansándonos! Si tienes algo que decir, puedes decírmelo a solas, por la mañana.

—Tengo algo que decir al señor Edwards. —Jessie avanzó decidida, y entró en el área iluminada por la luz que llegaba de la puerta abierta. Tanto Celia como Stuart la miraron con diferentes grados de irritación.

—Señorita Lindsay, como ha dicho Celia, ya está aburriéndonos. ¿Por qué no va a cenar y después se acuesta como una buena niña, antes de meterse en dificultades?

—Todavía... no. —Jessie subrayó las palabras, irritada por la actitud condescendiente casi tanto como por su misma presencia. Pero pronunciar las palabras le costó cierto esfuerzo. Jessie comenzó a hablar, masculló, y tuvo que respirar hondo antes de continuar. Pese a su cólera, la sorprendió comprobar que le temblaban las manos. Revelar cosas acerca de Celia era más difícil de lo que había previsto, pero había que hacerlo. Uniendo las manos, alzó el mentón y miró a los ojos a Stuart—. Si piensa casarse con ella, hay algo que debe saber.

—¿Y qué es eso? —Él le seguía la corriente, eso era evidente. Esa actitud se manifestaba en su voz, pero también expresaba paciencia. Al lado de Stuart, Celia clavó los ojos en Jessie. La joven no se atrevió a mirarla. Celia no podía saber lo que le esperaba, porque ignoraba lo que Jessie sabía acerca de su repulsiva vida secreta. Su madrastra la odiaría eternamente por eso.

Jessie de nuevo respiró hondo. Era ahora o nunca.

—¿Que pensaría usted si yo le dijese que Celia tiene... amigos? —No, eso sonaba como si ella quisiera decir que Celia tenía galanes perfectamente respetables. Jessie sabía que tenía que ser más definida, pero su educación, aunque regular, no incluía el medio de describir lo que ahora intentaba explicar. Celia la miró con los ojos muy grandes, y Stuart meneó la cabeza y pareció regocijado. Jessie buscó frenéticamente el modo de decirlo, y finalmente lo escupió antes de que ellos pudieran interrumpirla—. Lo que quiero decir es que Celia es... es una... prostituta.

Jessie tropezó con la palabra, pero consiguió decirla.

Celia ahogó una exclamación y palideció, y se llevó la mano a la boca. Stuart parpadeó una vez, como si hubiera necesitado tiempo para comprender la palabra y su sentido. Después, sin una sola palabra, sin dar a entender lo que se proponía hacer, alzó una mano y abofeteó fuertemente la mejilla de Jessie. Ella retrocedió, y se llevó la mano a la cara que le ardía.

—¿Cómo te atreves? —exclamó Celia, sofocada, las mejillas enrojecidas. Su mirada taladró a Jessie, prometiéndole una terrible venganza—. Pequeña ingrata, ¿cómo te atreves?

Stuart extendió la mano y aferró el brazo de Jessie, obligándole a volver a la luz. Jessie estaba demasiado aturdida para resistir.

—Si alguna vez, alguna vez vuelve a repetir eso de su madrastra, la castigaré de un modo que no olvidará. —Stuart habló entre dientes, y sus ojos perforaron a Jessie—. ¿Me entiende?

—Pero es cierto...

—Usted traspasó el límite de lo que estoy dispuesto a tolerar. —Por la expresión de la cara de Stuart, Jessie pensó que él podía repetir la bofetada. Trató de desprenderse de la mano del hombre, y su propia mano libre se elevó automáticamente para protegerla del golpe que temía. De pronto, vio impresionada que Celia intervenía.

—No, Stuart, estoy segura de que ella no comprende lo que dice. Es solo una niña.

Esa defensa de Celia fue un hecho completamente imprevisto, y durante un momento Jessie miró a su madrastra, sin entender.

—Te muestras frente a esta mocosa mal hablada más tolerante que yo —dijo Stuart, siempre hablando entre dientes. Su mano aferró el brazo de Jessie—. Si fuera un hombre, señorita Lindsay, la mataría por lo que acaba de decir. En este caso, usted sale mejor librada que lo que merece. Pero se lo advierto: en adelante diríjase a su madrastra y háblele respetuosamente. Ella puede estar dispuesta a tolerar más, pero yo no. Y yo soy la persona con quien tendrá que tratar, no le quepa la más mínima duda.

—Pero yo...

—¡Basta! Ahora lo único que quiero oír de usted es una disculpa con Celia.

—¡No me disculparé! ¡De ningún modo! Suélteme, suélteme ahora mismo... —Jessie, que estaba reaccionando de la impresión provocada por la bofetada, sentía una cólera cada vez más intensa. Tiró del brazo que Stuart aferraba, pero sin resultado, y tenía el rostro carmesí y los ojos que se le salían de las órbitas. Stuart continuaba sosteniéndola sin esfuerzo evidente. Solo los labios ominosamente apretados revelaban la furia que sentía. Celia, con las manos apretadas contra el busto, permanecía de pie, observando la lucha desigual entre su nuevo prometido y su hijastra, y conseguía parecer al mismo tiempo angelical y mortalmente herida por la acusación de Jessie. Jessie, que sabía que había dicho exactamente la verdad, comprendió también que había perdido. El secreto de Celia había sido la esperanza a la que se aferraba. Jessie había estado segura, muy segura, de que ningún hombre querría casarse con Celia una vez que conociera su historia. ¡Pero Stuart Edwards no le había creído! Ni siquiera la había tenido en cuenta...

—¿Bien? —La voz de Stuart era ominosa.

—¿Bien qué? —el desafío de Jessie, acentuado por su

furia en vista de que no le creía, la llevó a fruncir nerviosamente el entrecejo.

—Celia está esperando una disculpa.

—En ese caso, tendrá mucho que esperar.

Stuart apretó los labios. Su mano se cerró con más
fuerza sobre el brazo de Jessie. Pero antes de que pudiese
decir nada, Celia intervino de nuevo.

—Estoy segura de que se disculpará por la mañana.
Vamos, Stuart, no seas demasiado duro con ella. Como
dije, es poco más que una niña.

—Una niña malcriada y de muy malos modales
—murmuró Stuart, y sus ojos se volvieron hacia Celia
antes de retroceder y soltar a Jessie—. Muy bien, señorita Lindsay, puesto que Celia lo desea así, puede ofrecerle
una disculpa por la mañana. Pero se disculpará, no le
quepa la menor duda. Entretanto, irá a su cuarto. No ba-
jará antes de la mañana, e incluso entonces, solo si está
dispuesta a disculparse.

—Usted no da órdenes aquí —zumbó Jessie, que al
fin veía su brazo libre de la mano de Stuart—. Y nunca
las dará. ¡Haré lo que me plazca... sucio cazador de fortunas!

Él intentó atraparla, pero Jessie ya se había puesto
fuera de su alcance. Volviéndose sobre sí misma, pasó al
lado de Celia y descendió deprisa la escalera, y sus pies
apenas rozaron los peldaños. Un hombre capaz de abofetear la cara de una joven podía llegar a cualquier extremo
de violencia... Más allá de la zona iluminada por la luz de
las ventanas, el prado estaba oscuro y poblado de sombras. Jessie se recogió la falda para dejar en libertad las
rodillas, y corrió como si el diablo le pisara los talones.

Lo que en efecto sucedía. Stuart Edwards descendió

de un salto los peldaños persiguiéndola, la cara ensombrecida por la furia. Realmente atemorizada por la imagen que recogió de la cara del hombre cuando miró hacia atrás en una rápida ojeada, Jessie se hundió en la noche.

Él la atrapó cuando llegaba al borde del huerto. Jessie había pensado esconderse allí, entre los árboles. Pero la mano de Edwards se aferró sobre su hombro y la obligó a volverse, antes de que pudiera perderse entre los retorcidos troncos oscuros y las sombras móviles.

Cuando la mano de Stuart se cerró sobre su hombro Jessie gritó, completamente descontrolada por la persecución y la captura. Se volvió impotente hacia él, y vio la cara del hombre retorcida por la rabia. Gritó de nuevo cuando él le aferró los antebrazos y la sacudió. Volvió a sacudirla, diciéndole algo por lo bajo. Parecía bastante furioso como para lesionarla gravemente.

El único pensamiento de Jessie era la fuga. El instinto de conservación se avivó en ella misma, y por eso saltó hacia él en lugar de apartarse, con los dedos formando garras, que le cruzaron las mejillas en un intento de alcanzarle los ojos.

—¡Perra del infierno! —rugió Stuart, y la soltó para llevarse las manos a la cara. Jessie giró sobre sí misma, pero antes de que pudiese alejarse él la atrapó de nuevo. Descargó puntapiés y gritó mientras él la alzaba en el aire.

»¡Maldita sea, mocosa, debería castigarla hasta que no pudiese sentarse durante varias semanas!

Le sujetaba con fuerza los brazos, y la llevaba de regreso a la casa, y Jessie gritaba y se debatía frenéticamente. Había abierto la boca para morderlo, cuando por encima del hombro de Edwards vio una figura delgada que corría hacia ellos desde la oscuridad del huerto, esgrimiendo una azada.

La imagen consiguió que recobrase el dominio de sí misma. Más que por ella misma, temía por el otro, por todos los que pronto estarían sometidos al poder de Stuart Edwards.

—¡No! —gritó—. ¡No, Progreso! Estoy bien, estoy bien. ¿Me oyes? Es un asunto mío... ¡déjame sola!

Stuart Edwards se volvió bruscamente cuando el grito de Jessie le advirtió del peligro. Sus ojos buscaron y descubrieron a Progreso, que había suspendido la carrera y ahora estaba de pie al borde del huerto. Estaba demasiado oscuro y Edwards a lo sumo podía ver la silueta del anciano encorvado, pero la azada estaba en posición de ataque, y el borde afilado relucía amenazador.

—¡Vuelve, por favor, vuelve! ¡Te lo ordeno! —Las palabras de Jessie expresaban desesperación. Vio aliviada que Progreso vacilaba visiblemente, y después descendía la azada. Los ojos de Stuart Edwards no se apartaron del viejo. Durante un momento hubo una situación de equilibrio, y después Stuart se volvió de nuevo, y mostró su espalda indefensa a Progreso, mientras continuaba llevando a Jessie hacia la casa. Esta vez, Jessie no se resistió. Temía que hacerlo le costara la vida a Progreso. Que un esclavo golpease a un blanco era un delito que podía castigarse con la muerte.

—¿De modo que le importan, eh? Es lo único favorable que hasta ahora he visto en usted —dijo Stuart. Después, los dos guardaron silencio mientras él llegaba a la escalera, ascendía, cruzaba el porche y entraba en la casa. Celia esperaba en el corredor con los brazos cruzados sobre el pecho, la frente arrugada, y Stuart se limitó a preguntarle—: ¿Dónde está su cuarto?

Celia se lo dijo. Después, Stuart Edwards llevó a Jessie al interior de la casa, pasó frente a Sissie y Rosa, que lo miraron con los ojos muy grandes pero felizmente en silencio, y subió la escalera hasta el cuarto de Jessie. La depositó bruscamente en el suelo a un metro de la puerta.

—No saldrá de aquí por el resto de la noche, y por la mañana se disculpará con Celia —dijo con voz helada.

Jessie estaba demasiado conmovida para atinar a ofrecer una respuesta. Solo podía mirar, temblándole las rodillas, mientras él retiraba la llave de la cerradura y cerraba la puerta. Oyó del otro lado el chasquido de la llave cuando él la encerró.

De pie en la oscuridad, mirando sin ver la puerta cerrada, solo pudo pensar en la cara de Stuart al cerrar la puerta. La luz del corredor se reflejaba en ella, iluminándola claramente.

Seis arañazos profundos cruzaban las mejillas bien afeitadas. Jessie lo había lastimado seriamente, y no sabía si alegrarse o lamentarlo.

## 5

La llave volvió a girar en la cerradura cuando ya era plena mañana. Sissie había ido durante la noche, enviada por Tudi y Rosa, para arañar la puerta y preguntar en un murmullo ronco si Jessie estaba bien. Aunque se sentía gravemente tentada, Jessie rechazó el ofrecimiento de Sissie de dejarla en libertad con la llave maestra que Tudi tenía en su poder, en su condición de ama de llaves. Si se fugaba —¡y cómo le agradaría hacerlo, solo para desafiar a esa perra!— tenía que hacerlo por sus propios medios. A menos que ella encontrase el modo de impedirlo, ese hombre pronto sería el dueño de la casa y sus criados. A pesar de la cólera que sentía, Jessie no deseaba que Tudi o ninguno de los restantes esclavos tuviesen dificultades porque le habían prestado ayuda. Eran su gente, su responsabilidad y su única familia real.

Cuando se abrió la puerta, Jessie se apartó de la alta ventana, a la que se había acercado para calcular sus posibilidades de sobrevivir a un salto sin romperse el cuello o una pierna. Temía que fuese Stuart Edwards, pero el intruso no podía ser él. Había partido unas dos horas después de encerrarla, la víspera, y Jessie estaba casi segura de que aún no había regresado. Su ventana daba al sendero, de modo que a menos que se hubiese acercado a Mimosa atravesando los campos, ella hubiera debido enterarse de su presencia.

—Jessie, espero que hayas dormido bien.

Celia sonrió con un gesto desagradable mientras entraba en la habitación, cerrando y echando la llave a la puerta. Esa mañana estaba ataviada con un encantador vestido de muselina blanca con rayas azules, y tenía los cabellos peinados con trenzas juveniles alrededor del cuello. Jessie llegó a la conclusión, en actitud de silenciosa burla, de que intentaba parecer más joven a los ojos de su amante. Celia guardó la llave en un bolsillo, y después la apartó ostentosamente. Jessie la miró. Dada la diferencia relativa entre la estructura física de las dos, Jessie no dudaba en absoluto de que si se veía obligada a eso, podría arrancar la llave a Celia en pocos minutos. Pero Jessie nunca había atacado físicamente a su madrastra, y era evidente que Celia esperaba que ahora las cosas no fueran distintas. La confianza misma de Celia era un disuasor. Jessie contempló la posibilidad, vaciló, y se desalentó.

Como al parecer no esperaba una respuesta, Celia examinó la habitación con interés superficial; rara vez entraba allí. Excepto que se había reemplazado la cama matrimonial de los padres de Jessie por la original, que era más pequeña, el arreglo no había variado mucho desde la infancia de Jessie. Las paredes eran blancas, y en general carecían de adornos; las cortinas eran de sencilla muselina, y los muebles eran de caoba de buena calidad, pero sin pretensiones. El lecho, con sus cuatro postes de elegante tallado, era el único objeto de cierta belleza, y Celia lo miró con el entrecejo fruncido.

—Esa cama tiene un aire ridículo aquí. Es demasiado recargada para una muchacha joven.

—Me agrada. —Por mucho que lo intentase, Jessie no podía evitar que su voz sonara malhumorada. Conseguía que ella pareciese muy joven, de eso tenía conciencia, y sin embargo en Celia había algo que invariablemente provocaba ese resultado. Mordiéndose disgustada el labio, Jessie guardó silencio, y esperó oír lo que Celia deseaba.

—Sin duda. Tu gusto en muebles está tan desarrollado como tu gusto en ropas. Por ejemplo, mira ese vestido que llevas puesto. Eres demasiado obesa para esa prenda, y aunque te sentara perfectamente, de veras, es horrible. —Celia ocupó una pequeña silla tallada, cerca del guardarropa, y sus manos alisaron con aire de complacencia la falda de su vestido muy bien cortado.

Jessie no pudo evitar la reacción que Celia intentaba provocar, y ahora se miró el traje de montar verde que era su atuendo diario habitual. Sin duda, era demasiado pequeño y estaba muy gastado, pero lo mismo podía decirse de todas sus restantes prendas. Jessie no había tenido un vestido nuevo en casi tres años; y tampoco le importaba. Incluso si hubiese tenido un guardarropa tan amplio como el de Celia, habría continuado usando ese amado traje de montar.

—Sea como fuere, no vine aquí para hablar de tu apariencia. Tú y yo necesitamos conversar un poco.

Los ojos de Celia, cargados de burla, recorrieron una vez más la figura de Jessie antes de clavarse en su cara. Tratando de disimular el nerviosismo que le provocaba esa mirada dura, Jessie se mordió con tal fuerza el labio que temió que le sangrara. Por propia voluntad, puso las manos detrás del cuerpo y apretó el borde del alféizar, fuera de la vista de Celia.

—Anoche mencionaste una palabra que no deseo volver a escuchar. —La voz que Celia usaba con Jessie estaba muy lejos del ceceo acicalado que afectaba para beneficio de Stuart Edwards. Y la frialdad de su mirada y el gesto duro de la boca eran expresiones que, de eso Jessie estaba segura, ningún hombre había visto jamás. Esa mujer sentada en el dormitorio era la auténtica Celia, la que solamente Jessie y los criados alcanzaban a ver. La mujer a quien Jessie temía y despreciaba.

»Aunque casi no vale la pena decirlo, ¿verdad? Estoy segura de que no eres tan estúpida como para repetir esa afirmación. Seguramente no fue una experiencia agradable la bofetada de Stuart. ¡Estaba tan enojado! A decir verdad, me pareció deliciosa. Es un hombre tan apuesto, y está tan enamorado de mí. Qué maravilloso, te hubiera matado por decir eso si hubieses sido un hombre. Por supuesto, probablemente nunca entenderás de qué estoy hablando. Es muy dudoso que un hombre se enamore jamás de ti.

En vista de que los jóvenes del lugar parecían ignorar la existencia de Jessie, esa afirmación era justa, aunque poco amable. Le dolió, si bien Jessie confiaba en que Celia no podía advertir cuánto. No era posible que Celia estuviese enterada del asunto de Mitchell Todd...

—Si vuelves a repetir eso, no sé hasta dónde puede llegar la cólera de Edwards. Quizá te castigue... o te expulse de la casa. Te envíe al norte, por ejemplo a un colegio de señoritas, aunque ya eres un poco mayor para eso.

De todos modos, estoy segura de que sería posible arreglar algo.

—Tú sabes que lo que dije es la verdad. —Jessie sabía por experiencia que el mejor modo de responder a las provocaciones de Celia era guardar silencio, pero ya no pudo contener más las palabras. Quizá Stuart Edwards no sabía la verdad, y había reaccionado con una indignación sincera aunque errada ante la acusación de Jessie, pero Celia sabía que Jessie no mentía. Probablemente había estado con más hombres que lo que Jessie sospechaba siquiera.

Celia la miró, sonriendo.

—¿Que soy una prostituta? Ciertamente, no es así —negó con energía—. Una prostituta recibe dinero por complacer a los hombres, y yo jamás hago eso. ¿Para qué quiero el dinero? Todo esto —con un gesto amplio aludió a Mimosa— es mío.

A Jessie se le endureció el rostro. Celia meneó la cabeza, siempre sonriendo. Los rizos amarillos se agitaron sobre su cuello.

—¡Jessie, eres tan infantil! No sabes nada de los hombres... o las mujeres. Los hombres son tan absurdos, y por eso una mujer astuta puede llevarlos de la nariz. Un hombre enamorado es capaz de hacerlo todo, todo... Sobre todo si una mujer rehúsa concederle lo que él desea. Jessie, ese es el secreto: no cedas antes de obtener lo que deseas. Oblígalos a rogar... Tu padre se casó conmigo porque quería que compartiese su lecho, y sabía que no podría conseguirme de ningún otro modo. Y mira lo que obtuve de eso. Un año de sucesivas noches dedicadas a complacerlo, y él era bastante apuesto, y todo esto. Mimosa.

—El... el señor Edwards... no puede ofrecerte nada. —Jessie apenas pudo pronunciar las palabras. Cuando oyó la referencia casual de Celia al padre de la propia Jessie, como si él hubiera sido uno más de la sucesión de hombres de Celia, las manos de Jessie apretaron con tal fuerza el alféizar, detrás de su cuerpo, que le dolieron los nudillos. Celia la asqueaba físicamente.

—¿Eso crees? —Celia insinuó su sonrisa astuta y pareció sinceramente divertida—. Stuart es tan apuesto, que me provoca escalofríos en la columna vertebral. ¿No te parece buen mozo? Sí, estoy segura de que es así, al margen de que lo reconozcas o no. Todas las mujeres piensan así. Y es tan dominante. Sí, me agrada un hombre dominante. —Aquí, sus ojos se entrecerraron sensualmente, mientras Jessie sentía que su cara comenzaba a encenderse. Siempre había sabido que Celia tenía una veta de tosquedad, pero nunca había visto a su madrastra manifestarla tan francamente. A pesar de la reciente adultez de Jessie, tanta franqueza en un tema tan íntimo la avergonzaba. El hecho mismo de que se sintiera avergonzada, a su vez la irritaba todavía más. Su cara adquirió un color cada vez más intenso, y ella nada pudo hacer para evitarlo.

Cuando Celia vio el sonrojo de Jessie, se le ensanchó la sonrisa.

—Además de los atributos físicos muy evidentes, viene de buena familia, y aunque dudo de que sea tan rico como yo, tiene una agradable fortuna. Podría casarse con otra cualquiera, con cualquiera, y sin embargo prefirió unirse conmigo y no con alguna jovencita del lugar; y no olvides que algunas son bastantes bonitas. Conseguir que se declarase fue una de mis maniobras más hábiles... pero, por supuesto, tú no estás en condiciones de apreciar eso.

—Ahora que conseguiste que se declarase —y que todos lo saben—, ¿no te das por satisfecha? No necesitas casarte con él. ¿Para qué? Impedirá que realices tus... tus viajes, y te veas con tus hombres, y... y... —A pesar del sentimiento de vergüenza, Jessie consiguió pronunciar las palabras. Tal vez si lograba que Celia pensara en las desventajas que eran inevitables cuando existía un marido, sería posible suspender el matrimonio.

—Aunque detesto reconocerlo, tengo treinta años. Mi belleza ha durado maravillosamente, pero más tarde o más temprano se esfumará. Desde hace tiempo pienso en volver a casarme, si no se tiene marido después de cierta edad, una mujer sola merece compasión, ¡pero la mayoría de los hombres de buen linaje es tan aburrida! ¡O tiene tan poco atractivo, o padece los dos defectos! Stuart... —Se estremeció delicadamente, y el gesto dijo mucho más de lo que podían expresar las palabras. Jessie sintió que se sonrojaba a causa de las imágenes que ese estremecimiento evocaba—. Ya me veo casada con Stuart. Será excitante. Él es excitante.

—Pero el matrimonio es para toda la vida. La excitación desaparecerá, y tú quizá... quizá comiences a interesarte en otros hombres. Por lo que he visto del señor Edwards, no creo que tolere que su esposa se burle de él.

En el mismo instante que hablaba, Jessie comprendió que sus palabras resbalaban sobre Celia como el agua sobre el lomo de un pato.

—Mira, creo que Stuart puede ser bastante hombre como para retenerme en el hogar. Y si no es así... —Celia se encogió de hombros, sonriendo—. Dudo de que me impida hacer lo que deseo. ¿Cómo podría evitarlo... si no sabe nada al respecto?

Su voz cobró más frialdad, con un matiz acerado.

—Por supuesto, si alguien cometiese la tontería de decirle que mis excursiones para hacer compras incluyen a veces otras cosas, o que yo he sido algo menos que una viuda muy casta durante los últimos años, las consecuencias que soportará esa persona serán muy desagradables; te lo aseguro.

—Seguramente sabes que él no te ama. Se casa contigo para apoderarse de Mimosa. —Fue un intento desesperado, pero incluso al decir estas palabras Jessie sabía que no serían eficaces. O Celia se negaba a ver, o no le importaba.

Celia sonrió a Jessie.

—Stuart y yo nos casaremos en dos semanas a contar desde el domingo. De veras, él me impresiona mucho, y no veo motivos para esperar más. Las señoritas Edwards, a propósito, son las tías de Stuart ya que él pertenece a la rama de la familia que vive en Charleston, y son gente muy encumbrada, están conmovidas porque él se casará y residirá en la región. Esta noche nos ofrecerán una pequeña recepción en Tulip Hill. Por supuesto, para celebrar el compromiso. Tú asistirás, y te mostrarás amable y cortés con todos, sobre todo con Stuart. No deseamos que nadie piense que te sientes desgraciada con esta situación, ¿verdad? ¡Las murmuraciones son muy desagradables! Y también asistirás a la boda. Más aún es posible que te permita ser mi dama de honor y sonreirás, Jessie.

Jessie miró con odio a Celia. Su madrastra se inclinaba hacia delante al hablar, delicada y atractiva como siempre, una leve sonrisa en la cara mientras impartía a Jessie instrucciones que, como bien debía saber, Jessie jamás cumpliría. Con amenazas o sin ellas, Jessie se proponía proclamar su desagrado a los cuatro vientos.

—Y si no te muestras amable y cortés, Jessie, si no haces lo que te digo... —Celia hizo una pausa, y en su cara se dibujaron las fieras líneas de la maldad. Al mirarla, Jessie recordó una hermosa piedra que ella había recogido cierta vez, y bajo la cual se movían los gusanos. Descubrir la diferencia entre lo que Celia fingía ser y lo que era realmente, le recordaba exactamente esa experiencia—. Si tú no haces exactamente lo que te he dicho, ordenaré que maten a ese horrible perro, y también a tu yegua. Recuérdalo.

—¿Que matarás a *Jasper*? ¿Y a *Luciérnaga*? Si tú haces algo así, yo... —Horrorizada, Jessie se apartó de la ventana, avanzó rápidamente un paso hacia Celia, con los puños cerrados.

—No harás nada, mi querida hijastra, porque nada puedes hacer. Tu padre me dejó esta propiedad. Puedo hacer lo que se me antoje con estos animales. De acuerdo con la ley, son míos, no tuyos.

—¡Si los lastimas, te mataré!

—De veras, Jessie, de nuevo estás haciendo una comedia, como diría Stuart. Por supuesto, no me matarás. Harás lo que yo diga.

Con una expresión satisfecha al ver que a Jessie se le endurecía el rostro, contorsionado en un gesto de fiera impotencia, Celia se puso de pie, y distraídamente se alisó la falda.

—Por lo que a mí se refiere, podemos olvidar la desagradable escena de anoche. —Celia avanzó hasta la puerta y la abrió. Pasó al corredor, y dejó la llave en la cerradura, como segura de que no habría necesidad de encerrar nuevamente a Jessie. Esta respiró aliviada al ver que Celia se retiraba. En toda su vida jamás había odiado a nadie como comenzaba a odiar a su madrastra. Entonces, desde el corredor, Celia miró a Jessie por encima del hombro, enarcando delicadamente el entrecejo.

»Oh, y diré a Stuart que te disculpaste, ¿verdad? —dijo sonriendo, y sin esperar la respuesta descendió por el corredor.

## 6

Eran las cuatro de esa misma tarde, y Jessie estaba de pie, con una expresión de sufrimiento en la cara, frente al espejo de cuerpo entero que se encontraba en la esquina de su dormitorio. Tudi, que se hallaba detrás, clavaba el último de una serie de alfileres en el precario peinado de sus cabellos. Sissie estaba arrodillada a los pies de la joven, y laboriosamente cosía un volado al ruedo del vestido reformado de Jessie, de modo que cubriese los tobillos de la muchacha. Los rayos solares oblicuos entraban por un par de ventanas que daban al patio lateral, e iluminaban a Jessie y las dos mujeres restantes. El efecto, según ella lo veía reflejado en el espejo, provocó una mueca en Jessie.

Iluminado por el resplandor de luz solar, las deficiencias de su atuendo eran muy evidentes. El recatado vestido de muselina blanca, elegida por Celia tres años antes porque era apropiado para una jovencita, se había tornado amarillento. Las minúsculas puntillas rosadas que lo adornaban se habían decolorado, hasta que ahora eran una pálida sombra del matiz que habían tenido antes. El volado rosado que Sissie estaba agregando, con la esperanza de que renovara al mismo tiempo que alargara el vestido, parecía lamentablemente fuera de lugar. Lo mismo podía decirse de la faja de satén rosado, que Sissie había tomado prestado de Minna, la criada de Celia, quien a su vez lo había desenterrado de una pila de prendas desechadas por Celia. El volado rosado pertenecía al mismo vestido que había aportado la faja, y el color de ambas telas apenas tenía una semejanza general con el matiz de las puntillas.

La cosa se agravaba porque, si bien Tudi había hecho todo lo posible para mejorar la pechera, aún era demasiado estrecha. Era una de las pocas veces en su vida que Jessie usaba corsé (había sido necesario para ponerle el vestido), pero si bien el corsé había reducido un poco la cintura, provocaba el efecto opuesto en el busto, que presionaba contra la tela de la pechera como si estuviera decidido a saltar. El escote otrora modesto no disimulaba en absoluto el exceso de las formas; el escote blanco mostraba tanto que el vestido parecía excesivamente audaz por tratarse de una joven de los pocos años de Jessie.

Escandalizada, Tudi se había mostrado partidaria de abandonar por completo el vestido. Solo el hecho lamentable de que Jessie no tuviera otro en mejores condiciones, la detuvo. Se consideró la posibilidad de tomar prestado un vestido del amplio guardarropa de Celia, pero la triste verdad era que ningún vestido destinado a cubrir el cuerpo menudo de Celia servía para vestir a Jessie. De modo que Sissie, que a los catorce años era la modista más hábil de la casa, incluso si se la comparaba con Tudi y su madre, había llegado a un compromiso; tomaría otro retazo del vestido rosado, y lo usaría para confeccionar un volado alrededor del cuello. Con ese agregado, el vestido sería perfectamente respetable, ya que no del todo elegante.

—Quédese quieta, señorita Jessie. —Envalentonada un poco por la importancia que ahora había adquirido, Sissie reprendió a Jessie en un tono severo, mientras se alzaba sobre las puntas de los pies para agregar el importantísimo volado al cuello. Muy delgada y varios centímetros más baja que Jessie, los cabellos todavía formando trenzas infantiles, Sissie tenía que ponerse de puntillas para coser. Nerviosa, Jessie permanecía quieta y se sometía a los movimientos de Sissie, con la esperanza de que el agregado del volado rosado mejorase mágicamente su apariencia.

No fue así. Cuando Sissie retrocedió y Jessie pudo admirar el trabajo de la jovencita, contempló de nuevo su imagen y experimentó una sensación de desánimo en la boca del estómago.

—Mi aspecto es terrible —dijo con verdadera convicción.

—¡Oh, no, niña, no es así! —protestó Tudi, examinando la imagen de Jessie en el espejo.

—Se le ve muy bien, señorita Jessie —agregó firmemente Sissie; pero Jessie no se dejó engañar.

—Parezco una vaca Holstein vestida.

—¡Señorita Jessie! —la protesta de Tudi fue severa, pero bajo la superficie se escondía una risita, que acompañó a la más evidente de Sissie. Con expresión sombría, Jessie comprendió que su afirmación se ajustaba a la verdad.

—Es así. Tengo los cabellos demasiado rojos y la cara demasiado redonda, y en cuanto al resto... sencillamente soy obesa.

—¡Vamos, deje de pensar así! —Había una expresión

de fiereza en los ojos de Tudi cuando Jessie la miró por el espejo. Tudi jamás permitía que nadie menoscabara a su cordero, como ella llamaba a Jessie cuando era pequeña. Ni siquiera la propia Jessie—. Tiene hermosos cabellos, del color de la caoba, y no son rojos. Y los rizos... vaya, a la señorita Celia le agradaría mucho tener esos rizos. Minna me dice que todas las noches se pone rulos de papel. Tiene la cara muy bonita, con esos grandes ojos pardos y esa naricita, y las mejillas suaves y redondas, como deben de ser en una joven. Y también tiene una hermosa piel.

—Soy gorda como un cerdo —dijo Jessie desalentada, y hundió los hombros. El moño que Tudi había arreglado trabajando veinte minutos seguidos se sacudió cuando la joven inclinó el mentón, y Jessie comprendió que no duraría mucho. Los tocados que ella intentaba jamás duraban, y esa era una de las razones por las cuales nunca se molestaba por su peinado. Varios mechones rebeldes le caerían sobre la cara antes de llegar a la mitad de la velada, y el moño se desintegraría de tal modo que ofrecería un espectáculo ridículo. Eso era lo que siempre sucedía cuando intentaba peinarse.

—Eres sana, cordero, no oveja. Sucede únicamente que la señorita Celia es una mujercita tan menuda, y a ti siempre te ven junto a ella.

—Oh, Tudi. —Jessie sabía que era inútil discutir con ella. Tudi, que veía a su antigua pupila con los ojos del amor, jamás reconocería que podía haber defectos en la apariencia de Jessie. Al mirarse en el espejo, Jessie afrontó la amarga verdad. Con su metro sesenta y cinco, era alta por tratarse de una mujer, aunque eso no era tan terrible. Pero, para decirlo con suavidad, también era regordeta; o si uno no deseaba ser tan amable, obesa. Las mangas cortas y abullonadas del vestido cerraban los antebrazos, de modo que estos sobresalían allí donde terminaban las mangas. El busto también sobresalía, presionando sobre la pechera, y otro tanto podía decirse del vientre. No dudaba de que también sus caderas habrían presionado sobre la falda, si esta no hubiese sido tan amplia.

—Veamos, permítame ponerle esto, señorita Jessie. Tal vez le sirva. —Sissie se puso en puntillas de pie para asegurar a los lóbulos de las orejas un par de aros de perlas que habían pertenecido a la madre de Jessie. Tudi aseguró un collar haciendo juego alrededor del cuello de Jessie.

Cuando las otras mujeres se apartaron, Jessie se miró de nuevo. Lo que vio la alentó un poco. Quizá los aros y el collar ayudaban. En todo caso, parecían atraer la atención sobre los ojos castaños de cejas espesas que eran su cualidad más destacada, y la desviaban de su figura, que era el peor de sus rasgos. Si al menos no tuviese esas cejas espesas y oscuras que cruzaban como pinceles la blancura de su frente, y si el rosado intenso de los adornos agregados no chocaran tan horriblemente con el matiz rojizo de sus cabellos, hubiera podido parecer... bonita.

—Tudi, ¡te estoy llamando desde hace rato! ¡De veras, no creo que yo deba dedicarme a buscar a los criados en mi propia casa!

La voz de Celia, que llegó desde un lugar detrás de las mujeres, determinó que las tres se volviesen con expresión culpable y la mirasen. Enmarcada en el hueco de la puerta, se la veía hermosa, los cabellos rubios bien peinados, con un vestido de seda rosada con la falda recogida a la moda hacia atrás, en un estilo que destacaba su figura frágil. Se cubría las manos con guantes de encaje, y en una sostenía un abanico pintado, que agitaba con lánguida gracia.

—Santo Dios —dijo, y clavó en Jessie los ojos agrandados por el regocijo. Jessie sintió inmediatamente que tenía varios centímetros más, y que era tan bonita como un sapo.

»Bien, imagino que no hay modo de evitarlo —continuó diciendo Celia, después de una breve pausa durante la cual nadie dijo palabra—. Me alegro de que estés preparada. Stuart vino a buscarnos, y no quiero que espere. Tudi, quiero que te ocupes de airear mañana la ropa blanca de mi cama, de modo que el sol la blanquee. Tiene un terrible color amarillo, casi el color del vestido de Jessie.

—Sí, señora. —A Tudi se le endureció el gesto, pero Celia ya se había vuelto y no la vio.

—Y Sissie, puedes comenzar a bordar inmediatamente esas servilletas de té, pues no tendrás que ayudar a Rosa con la cena. Como sabes, no me agrada la gente ociosa.

—Sí, señora. —La voz de Sissie fue tan inexpresiva como la de Tudi.

—Vamos, Jessie. Y, querida, recuerda lo que te dije.

Celia ya había descendido la mitad de la escalera, y su voz llegó a Jessie, de pronto tan dulce como el azúcar. Jessie sospechó, como vio después al bajar, que Stuart Edwards seguramente esperaba en el vestíbulo, y podía oír las voces.

## 7

—Jessica, puedes besarme, pues ahora somos miembros de la misma familia.

La señorita Flora Edwards ofreció su mejilla arrugada. Jessie, que hacía todo lo posible para evitar un gesto de rechazo, no tuvo más remedio que darle un beso rápido.

—Si quieres, Jessica, también a mí puedes besarme —dijo la señorita Laurel Edwards cuando Jessie se apartó de su hermana. Jessie respiró hondo y dio otro beso a la segunda anciana dama. Después, la señorita Laurel le tomó las manos, y las dos damas sonrieron, mientras Jessie hacía lo posible para retribuir el gesto. Fue un esfuerzo, y la joven no dudó de que su sonrisa había parecido poco espontánea.

La cena al aire libre que las señoritas Edwards habían ofrecido en honor del compromiso de su sobrino concluyó con las primeras sombras de la noche. La reunión, que incluyó a todos los vecinos prósperos y a algunos de los más alejados, se había trasladado al interior de la casa. La excursión había sido bastante desagradable, pero cuando Jessie descubrió que el punto siguiente era la danza, se refugió en un saloncito contiguo, para escapar del asunto. Allí, cayó horrorizada en una discusión de las ancianas damas, que debatían animadamente quién tenía la culpa de que los sorbetes se hubiesen derretido antes de servirlos. Conocía desde siempre a las señoritas Flora y Laurel, aunque apenas, como sucede con los vecinos que viven a varios kilómetros de distancia. Ciertamente, nunca habían manifestado afecto especial por ella antes de ahora. Pero, como lo explicaron con mucho detalle, puesto que el sobrino se casaba con su madrastra (querida Celia, ¿no era cierto que se trataba de la criatura más tierna?), eso convertía (más o menos) a Jessie en la sobrina nieta política.

Apartándose a menudo del asunto, y con más frecuencia interrumpiéndose una a la otra, las señoritas Edwards explicaban a Jessie que su deseo más vivo era ver a su sobrino, el pariente varón más cercano que tenían, instalado en los alrededores de la casa. Con ese fin habían invitado a Edwards a visitarlas, no una vez, sino muchas, muchas veces. ¡Cuánto las había complacido que al fin el joven hubiese aparecido en la casa! ¡Y qué encantador era, la imagen misma del hermano menor de las damas, el padre de Stuart!

Por supuesto, Tulip Hill le pertenecería un día, cuando tanto la señorita Laurel como la señorita Flora fuesen a recibir su recompensa. Aunque la familia (excepto el hermano menor, que había fallecido en un lamentable accidente a la edad de cuarenta y dos años, dejando sin padre al pequeño Stuart durante los años de formación) era bastante longeva —la madre había vivido hasta los noventa y un años, ¡y otra pariente había fallecido un mes antes de cumplir el siglo!—. Así, la señorita Flora y la señorita Laurel llegaban a la conclusión, riendo entre ellas, que aún podían pasar varios años antes de que Stuart heredase, pues la señorita Flora estaba en la... bien, en la sesentena, y la señorita Laurel tenía unos tres años menos.

—Y, dime, ¿por qué no estás bailando? —preguntó la señorita Flora a Jessie con un fingido gesto de censura. Con sus abundantes y sedosos cabellos, que presumiblemente habían sido negros como los de su sobrino, pero ahora oscilaban entre el blanco y el plateado, seguramente había sido otrora la belleza de la familia. Era más alta que su hermana y no tan regordeta, pero los cabellos de ambas habían tendido al color plata más que al gris, y tenía la fina piel blanca apreciada por todas las mujeres sureñas. La edad había provocado finas arrugas en la cara de la señorita Laurel; la cara de la señorita Flora estaba francamente arrugada. Pero aun así, el suave aroma del polvo y la loción se desprendía de la piel de ambas cuando uno estaba cerca, y ambos cutis estaban cuidadosamente preservados, y las dos damas vestían con elegancia.

—Yo... yo no... —murmuró Jessie, sorprendida. La verdad era que no sabía bailar. Lo que era peor, no esperaba que nadie la invitase. Había crecido con los muchachos; los conocía a todos por su nombre, y ellos también. En la niñez, los había acompañado en sus juegos, arrojando piedras, trepando árboles, dando tanto como recibiendo, participando en las riñas a puñetazos o en las cabalgadas desenfrenadas. Pero ahora... ahora ella era una joven dama, y ellos, los caballeros. Se hubiera dicho que se había convertido en un ser invisible para esos jóvenes. No tenía la más mínima idea del modo de comportarse con ellos. Y con respecto a las muchachas, se hubiera podido decir que pertenecían a una especie distinta. Con ellas su desconcierto era todavía mayor que con los varones.

La excursión había sido bastante desagradable, y todos los jóvenes se habían mostrado amables con esa muchacha, que era casi una extraña en su medio, pero más tarde habían gravitado naturalmente hacia sus propios amigos. Después que se disipó la sorpresa inicial, cortésmente disimulada, ante su presencia, Jessie se encontró completamente sola. Las señoritas Edwards se apoderaron de Celia y Stuart apenas llegó el carruaje. (No era que Jessie lo lamentase; el viaje había sido miserable, y Celia se había consagrado totalmente a Stuart, mientras Jessie mantenía un silencio hosco.) Una vez concluido el anuncio y los alegres brindis, los novios saludaron a todos los amigos, acompañados por las dos orgullosas tías de Stuart, y aceptaron las felicitaciones que apenas encubrían la envidia que las mujeres sentían frente a Celia en vista de que se había apoderado de tan magnético esposo. Al ver a las damas de las más variadas edades deslumbrarse vergonzosamente ante la presencia de Stuart, Jessie apenas había conseguido disimular su desprecio. ¡Qué tontas eran todas! ¡No veían más allá de una cara bien formada!

Se había sentido bastante cómoda acechando tras una planta de forsitio amarillo intenso, observando la celebración pero sin ser observada ella misma, hasta que Bess Lippman decidió que había que rescatarla del aislamiento. Bess, a quien Jessie conocía desde la infancia, lo mismo que todos los demás asistentes, era una versión más joven de Celia: enfermizamente almibarada por fuera, y dura como el acero por dentro. Jessie nunca había simpatizado con ella, y hacía mucho que la madre de Bess había prohibido a su hija pulcramente educada que tuviese nada que ver con una joven traviesa y desordenada como Jessie. De modo que se sintió naturalmente sorprendida cuando Bess rodeó el arbusto de forsitio con un murmullo de simpatía, la reprendió en un tono juguetón por ocultarse del resto, y tomándola del brazo que desmentía su apariencia frágil, obligó a Jessie a salir de allí.

En realidad, Jessie se habría sentido desconcertada de no haber sido por la admiración que se expresaba en los ojos de Oscar Kastel. Por supuesto, Bess exhibía su bondad para beneficio de su alto y delgado varón, y eso pese a los anteojos y la incipiente calvicie del joven caballero. Si la actitud de Bess le facilitaba conseguir al fin que alguien se le declarase, pensó perversamente Jessie, ella no debía mirar con malos ojos esa interferencia. Después de todo, Bess tenía veinte años, y estaba a un paso de convertirse en solterona pese a su pálida belleza y sus vestidos caros. Quizá después de todo, los jóvenes no eran tan tontos como pensaban las damiselas. Ciertamente, si la soltería de Bess Lippman era un indicio, ellos no se dejaban engañar tan fácilmente por las apariencias.

Una vez que estuvo a la vista de todos, Jessie no tuvo más remedio que soportar malhumorada la situación, mientras Bess la llevaba a la larga mesa reservada a los jóvenes. Oscar Kastel había sonreído en segundo plano cuando Bess alegremente llamó la atención de todos sobre la joven solitaria. Cuando los otros la saludaron, Jessie no tuvo más remedio que esbozar una sonrisa y unirse al resto. En definitiva, se había sentado con ellos para compartir la comida al parecer interminable en ese ambiente poco grato, y eso a pesar de que nadie le había hablado, excepto para intercambiar las cortesías más usuales. Se había sentido miserablemente fuera de lugar, pero por lo menos había podido entretenerse comiendo parte de la deliciosa carne asada y el pastel que eran la especialidad de la cocinera de Tulip Hill (Jessie creía que se llamaba Clover). Pero bailar —o abstenerse de bailar, mientras todos miraban y pensaban y la compadecían— fue una tortura que ella no estaba en condiciones de soportar.

—Es tímida —dijo la señorita Laurel guiñando los ojos que eran más grises que los de su hermana—. No te preocupes, Jessica, te cuidaremos. Acércate, querida.

—Por favor, yo...

Pero las protestas fueron inútiles. La señorita Laurel pasó su brazo bajo el de Jessie como si ambas fueran dos jovencitas, y la arrastró hasta el extremo opuesto de la casa, donde se habían abierto las puertas que separaban las dos alas del frente y se aprovechaba para bailar el espacio obtenido de ese modo. Una plataforma para los músicos, protegida por grandes masas de flores en sus macetas, ocupaba un rincón, al lado de dos sólidos ventanales franceses que conducían al pórtico del fondo y los jardines que estaban detrás de la casa. De la plataforma llegaban los ágiles compases de una cuadrilla.

Sentadas en sillitas, dispuestas alrededor del perímetro del salón, las matronas sobriamente vestidas de diferentes edades charlaban tranquilamente. Pasaban la velada mirando a los bailarines y criticando a las jóvenes y sus galanes, y saliendo a bailar solo con sus propios maridos o sus hermanos. El matrimonio relegaba automáticamente a una mujer a las prendas poco llamativas y a una silla sobre el costado, y dejaba los vestidos bonitos y llamativos y los agradables coqueteos a las jóvenes solteras.

Los caballeros de más edad, sin duda obligados a asistir por sus fanáticas esposas, se reunían alrededor de la fuente de bronce depositada sobre una mesa de refrescos en una pequeña antecámara. Sus voces se elevaban y descendían mientras comentaban, a juzgar por las pocas palabras que Jessie alcanzó a oír, varios episodios de la cacería y el descenso del precio del algodón. En el centro de la habitación, unas veinte parejas jóvenes describían círculos acompañando los movimientos de la danza. Por supuesto, Jessie los conocía a todos, los había conocido desde la cuna, pero... pero...

Las muchachas, con sus vestidos de colores suaves, se parecían poco a las compañeras de juego que ella recordaba de los años que habían precedido al momento en que las madres decidieron que Jessie no era una amiga apropiada para sus queridas hijas. Cada una de ellas parecía tan bonita, con los cabellos relucientes y bien peinados, no formando rodete como los de Jessie, sino de tal modo que les dejaba libre la cara y caía sobre los hombros en gruesas trenzas.

Y los vestidos... los vestidos tampoco se parecían a los de Jessie. Las pecheras eran minúsculas y revelaban mucho más el busto que los dos o tres centímetros de escote que tanto habían escandalizado a Tudi. Las mangas, aunque cortas y abullonadas, eran elegantes, y descendían de los hombros muy blancos, también ellos desnudos. El efecto sugería que el extremo superior del vestido podía caer de un momento a otro sobre la cintura de la que lo usaba, pero todas las muchachas vestían más o menos igual, y en presencia cada una de su madre, de modo que debía ser no solo la moda, sino también algo perfectamente respetable. Las minúsculas cinturas se veían acentuadas por las enormes fajas, las que terminaban detrás en grandes moños y cintas que descendían hacia el suelo, y tenían anchura suficiente para lograr que la faja alrededor de Jessie pareciera nada más que una cinta. Las faldas eran enormes y formaban una superficie ondulada, más larga detrás que delante, de modo que las pequeñas pantuflas de satén y una ocasional y seductora imagen del tobillo eran visibles en los giros de las bailarinas.

Los vestidos que usaban en la pista de baile no eran los mismos que se habían puesto antes para la excursión. Jessie comprendió con una sensación dolorosa que todas las jóvenes, excepto ella, habían traído vestidos de baile, y se los habían puesto después de la cena. Su propio vestido emparchado parecía más inapropiado que nunca comparado con las lujosas prendas que las restantes jóvenes usaban en el baile. Pero ¿cómo podía haber sabido que ellas se cambiarían? Y en vista de su limitado guardarropa, ¿qué podía haber hecho de haberlo sabido?

Mientras miraba, Jessie cobró intensa conciencia de su propio aspecto. Los defectos de su atuendo eran dolorosamente obvios incluso para ella. Con un vestido viejo y descolorido, afeado todavía más por los adornos rosa vivo de Sissie, Jessie comprendió que parecía terriblemente fuera de lugar. Si por lo menos todos la hubiesen dejado estar, se habría escondido por ahí hasta que llegase el momento de volver a su casa. Al asistir, había fastidiado a Celia y aprobado tácitamente el matrimonio. Celia estaba totalmente absorta en la tarea de exhibir a su presa, y no sabría ni le interesaría que Jessie desapareciese en silencio hasta el final de velada. Si es que jamás terminaba...

Pero las señoritas Edwards tenían otras ideas.

La señorita Flora se puso del lado opuesto de Jessie, y también la tomó del brazo. Jessie no tuvo más alternativa que permitir que las dos ancianas se la llevasen. La arrastraron hacia el centro de la alegría, del mismo modo que dos pequeños remolcadores arrastran un buque de paletas.

—Bien, veamos si podemos encontrarte una pareja —dijo la señorita Flora, con gran horror de Jessie, y se detuvo en el umbral para examinar la habitación. Incapaz de liberarse de las damas o de conseguir otro modo de esquivarlas cortésmente, Jessie se vio forzada a permanecer entre ellas, dolorosamente consciente del aspecto terrible que debía exhibir comparada con las otras. Las señoritas Edwards eran regordetas pero menudas. Ninguna de las dos cabezas plateadas sobrepasaba el hombro de Jessie. A pesar de su edad avanzada, los vestidos de ambas damas avergonzaban a Jessie. La señorita Laurel estaba vestida suntuosamente con una prenda de satén lavada, y, por su parte, la señorita Flora, con un vestido casi idéntico de color malva.

La música cobró más intensidad. Las risas y las charlas se difundieron por el aire. Eleanor Bidswell, resplandeciente con un vestido de gasa verde manzana, pasó flotando en brazos del rubio Chaney Dart. Jessie la conocía como Nell cuando ambas eran niñitas de siete y ocho años, pero la pequeña pelirroja que ahora bailaba no se parecía a la amiga de la infancia. La alta y espigada Susan Latow, con su vestido de muselina de puntillas azules, bailaba con el moreno Lewis Russell, y por su parte Margaret Culpepper, de cuerpo pequeño, morena y levemente regordeta, pero aprovechando su propio cuerpo con un vestido escotado de tela color durazno, estaba acompañada por Howie Duke. Mitchell Todd se abrió paso a través de la gente, con una copa llena de ponche en la mano, sin duda en busca de su pareja, que debía estar sentada en una de las sillas, al costado, descansando mientras él le traía la bebida. Mitch, que con sus suaves rizos castaños y sus ojos color almendra siempre había ocupado un lugar especial en el corazón de Jessie...

—¡Mitchell! ¡Mitchell Todd!

Jessie se horrorizó al oír a la señorita Flora gritar a través de la pista de baile nada menos que al objeto de todos y cada uno de sus anhelos adolescentes. Volvió desesperadamente la cabeza hacia la señorita Flora, y abrió la boca para oponerse, pero era demasiado tarde.

—¿Sí, señora? —Con sus acostumbrados buenos modales, Mitch se volvió y en un gesto de interrogación enarcó el entrecejo en dirección a la señorita Flora. Tuvo que alzar la voz para hacerse oír en medio del estrépito, pero la suya era como siempre la voz aterciopelada que provocaba escalofríos en la columna vertebral de Jessie cada vez que ella lo escuchaba. Después, su mirada se apartó de la señorita Flora y se clavó en Jessie, y ella creyó que se desmayaría...

—¡Ven aquí, Mitchell, y baila con Jessica! —La orden, emitida en el volumen de un disparo de cañón, originó en Jessie el deseo de hundirse en el suelo. Su cara cobró un color rojo carmesí mientras Mitch vacilaba, contemplaba la copa llena en la mano, se encogía de hombros y se acercaba a las tres personas que estaban en el umbral. Si un coro celestial hubiera anunciado que el mundo terminaba exactamente en ese momento, Jessie habría caído de rodillas para agradecerlo. Si un tornado asesino hubiese atravesado el valle y destruido Tulip Hill y a todos los habitantes desde allí hasta el condado siguiente, ella se hubiera creído salvada. Si...

Pero no hubo más tiempo para contemplar diferentes posibilidades. Mitch estaba de pie frente a ella. Aturdida por la vergüenza, Jessie ni siquiera podía mirarlo, ni mucho menos demostrar el ingenio necesario para rechazar lo que se le proponía.

—Disculpe, señorita Flora, no pude escuchar lo que usted dijo —observó amablemente Mitch, dirigiendo una sonrisa a la anciana dama. Los dos dientes delanteros se superponían apenas, y eso le confería un atractivo aspecto aniñado que derretía el corazón de Jessie. Era evidente que había intentado tener bigotes, porque había una línea de pelusa oscura sobre el labio superior. Esa prueba de naciente masculinidad humedeció las palmas de las manos de Jessie. O tal vez la causa era sencillamente el nerviosismo.

—Dijo que usted debería bailar con Jessica —intervino la señorita Laurel. Jessie se estremeció. Las palmas se le humedecieron más.

—Bien... bien... —Mitch se desconcertó; Jessie comprendió que estaba desconcertado, y por supuesto no deseaba oponerse, pero ¿qué podía decir? Su buena educación no le dejaba alternativa—. Con mucho placer. Si acepta este ponche, señorita Laurel. A propósito, es delicioso. Por favor, presente mis felicitaciones a Clover por la receta.

La señorita Laurel recibió la copa de ponche con una sonrisa, y por su parte la señorita Flora murmuró su agradecimiento por el cumplido destinado a su cocinera. Mitch tendió la mano a Jessie. Ella miró la mano y después la cara del joven, con un sentimiento de paralizadora mortificación. ¿Qué podía hacer? ¿Qué debía decir? No deseaba que él la sacase a bailar, porque lo hacía obligado.

—Bien, Jessie... quiero decir, señorita Jessica... ¿empezamos?

Naturalmente, se conocían desde siempre, y cuando eran niños habían sido Jessie y Mitch uno para el otro; pero ahora él era el señor Todd y ella... Pero ahí estaba precisamente la dificultad. Ella no era la señorita Jessica. Ese era el nombre de una joven elegante parecida a todas las demás jóvenes elegantes. Como Eleanor y Susan y Margaret y Bess.

—Baila, Jessica. Que lo pases bien, y no te preocupes por nosotras.

La señorita Flora, por ignorancia o bondad, había atribuido la vacilación de Jessie a una amable renuencia a dejar solas a sus dos anfitrionas.

—Yo... —Jessie abrió la boca para negarse, para decir a Mitch que estaba libre porque ella no sabía danzar, no quería danzar, y sobre todo no quería hacerlo precisamente con él, pero él le aferró la mano y la llevó a la pista de baile antes de que Jessie pudiese pronunciar una sola palabra.

—¡Como sabes, ahora Jessica será nuestra sobrina! —dijo la señorita Laurel, ¿o era la señorita Flora?, mientras Mitch la llevaba a la pista. Después, el joven se volvió hacia ella, sonriendo, mientras un sudor frío recorría la columna vertebral de Jessie, y sus pies, como su lengua, parecían de piedra.

La música cambió. El ritmo cobró más vivacidad. Un murmullo recorrió la pista de baile.

—¡Una danza escocesa! —fue el grito excitado que

llegó de todas partes. Hubo una salva de aplausos, y después todos se dispersaron, apresurándose a formar las líneas paralelas necesarias en ese baile. Mitch miró a Jessie encogiéndose de hombros y sonriendo. Jessie, casi mareada de alivio porque se le ahorraba la terrible confusión de que no sabía bailar, sin hablar del espectáculo que ofrecería si lo intentaba, consiguió retribuir la sonrisa. Era nueve décimas partes mero alivio, pero era una sonrisa.

Precisamente cuando Jessie pensaba que después de todo había un Dios en el cielo, en el instante mismo en que agradecía a su buena estrella o a su santo patrono o a su hada buena o a quienquiera que hubiese arreglado su salvación, Mitch la tomó de la mano y la arrastró hacia la fila que estaba formándose. Otras parejas, riendo y charlando, se dispusieron detrás y a los costados. Los caballeros se alinearon a un lado, las damas del otro.

La danza escocesa era una de las favoritas, y esta vez los bailarines incluían tanto a los jóvenes como a los viejos. A la izquierda de Jessie estaba Margaret Culpepper. A la derecha Lissa Chandler, una matrona que tenía más o menos la edad de Celia y que era madre de cuatro hijas jóvenes.

El violinista pasó al frente de la plataforma y levantó su violín. El anunciador gritó:

—¡Damas y caballeros, elijan a sus parejas! —Después, el anunciador hizo una reverencia y los recibió con gesto ampuloso. El violinista atacó la música, y su arco se desplazó activo sobre el instrumento, mientras él desgranaba el ritmo arrollador de la danza.

Como invitados de honor, Celia y Stuart fueron los primeros que pasaron bailando entre las dos filas de participantes que reían y batían palmas. Al verlos, Jessie se dijo que formaban buena pareja. En todo caso, era un notable contraste, con Celia tan rubia y menuda, y Stuart Edwards tan alto y moreno. La falda de satén color crema de Celia se desplazaba alrededor de la dama mientras ella bailaba, balanceándose a ambos lados y confiriendo a Celia un aire de desacostumbrada vivacidad. Tenía las mejillas intensamente sonrojadas, y los ojos grises chispeaban. Era una velada triunfal para Celia, y ciertamente ella gozaba cada instante de la noche. En todo caso, se la veía más bonita que lo que Jessie la recordaba desde el día en que la había conocido. Con respecto a Stuart Edwards, por mucho que Jessie odiase reconocerlo, y en efecto lo odiaba, con sus elegantes prendas negras era un espectáculo que podía cortar la respiración de una mujer.

Lo cual en todo caso demostraba el antiguo proverbio que afirma que la belleza en definitiva no es más que un problema de piel.

Pero Jessie era sin duda la única mujer, al margen de la edad de cada una, que no había caído seducida por la apostura de Edwards. Desde el momento de su llegada, las damas habían estado siguiéndolo con los ojos. Las más audaces habían coqueteado francamente con él, reconociendo de mala gana la procedencia de Celia, pero de todos modos decididas a probar suerte. Incluso algunas de las damas casadas más veteranas le habían dirigido una mirada más que provocativa. Cabía decir en honor de Edwards —y Jessie detestaba reconocer que ese hombre tuviese el más mínimo mérito, y había buscado un motivo interior que explicase su circunspección— que él no había parecido conceder a ninguna más que cierta atención cortés. Se había mantenido decentemente toda la velada al lado de su prometida, afrontando la tontería de las mujeres con una sonrisa y una broma, mientras Celia lo exhibía como un cazador que muestra su trofeo, imponiéndose a las otras damas porque ella lo tenía, y las restantes solo podían desearlo.

El espectáculo enfermó a Jessie, de modo que trató de ver únicamente lo que era inevitable. Pero era bastante difícil desentenderse de la silenciosa vanagloria de Celia y de la sonrisa intencionalmente encantadora de su prometido.

Celia y Stuart fueron ovacionados cuando llegaron al extremo y se separaron, para retornar a la fila. Nell Bidswell y Chaney Dart estaban inmediatamente detrás. Con su vestido verde muy amplio y los cabellos rubios relucientes bajo la luz de los candelabros, formaban una hermosa pareja. Con gran sorpresa de Jessie, la señorita Flora había encontrado un compañero en un viudo, el doctor Angus Maguire, y esos dos veteranos recorrieron la longitud de la línea, en pos de Nell y Chaney, con tanta energía como los más jóvenes. También merecieron entusiastas ovaciones.

Jessie había estado tan absorta en el espectáculo de la danza que no advirtió que era su turno y el de Mitch hasta que Lissa Chandler entró al corredor para unirse con su esposo. Seth Chandler era el heredero de Elmway, y Jessie sospechaba que el valor de esa plantación había contribuido mucho a acentuar el atractivo del rechoncho y calvo Seth a los ojos de su bonita y joven esposa. Lo cual significaba que Lissa Chandler se había casado por dinero, del mismo modo que ella sospechaba que proyectaba hacer Stuart Edwards. Pero quién sabe por qué, parecía que eso era distinto en el caso de una mujer. En teoría, las mujeres buscaban seguridad en los maridos, no a la inversa.

Y entonces, Jessie recordó que las señoritas Edwards habían dicho que Stuart sería su heredero. Tulip Hill no era tan extensa ni tan lucrativa como Mimosa, o para el caso como Elmway, pero ciertamente era una propiedad respetable. Quizá —y la idea le provocó malhumor—, solo quizás ella había juzgado mal a Stuart Edwards cuando lo acusó de ser un cazador de fortunas. Tal vez ese hombre estaba realmente enamorado de Celia, por imposible que pareciese tal cosa.

—Jessie, ¿estás preparada... quiero decir, señorita Jessie? —La pregunta de Mitch atrajo la atención de Jessie. Lo miró parpadeando a través del espacio que los separaba, y sintió algo muy parecido al pánico. Había estado tan enfrascada en sus pensamientos que casi había olvidado que formaba parte de la fila, y peor aún, que ahora era el turno para ella y Mitch. A menos que hubiese un milagro en los próximos segundos, tendría que bailar avanzando por el largo corredor de participantes que batían palmas, y nada menos que con Mitch.

En el supuesto de que supiera dar un solo paso.

El movimiento era nada más que saltar con las manos unidas con el ritmo de la música. Eso podía hacerlo. Tenía que hacerlo, o pasar por tonta saliendo de la fila. Y de pronto le pareció muy importante que ella no hiciera el papel de tonta frente a Mitch.

La música era maravillosa y la risa se contagiaba. Mitch era el muchacho con quien había soñado en secreto durante años. Quizá, quizás, al fin él le prestaría atención. No se había opuesto a bailar con ella, y ahora le sonreía.

De pronto, el mundo no le pareció sombrío, sino luminoso.

—Ahora —contestó Jessie, y con una sonrisa radiante salió al centro, entre las manos que aplaudían, con el muchacho a quien durante años había amado en silencio y desesperadamente.

## 8

Mitch tenía las manos tibias, la piel suave y seca. Sostuvo con fuerza las manos de Jessie, y sonriendo la miró a los ojos. (Qué extraño que Jessie nunca había advertido antes que Mitch era mucho más alto que ella; quizás había crecido.) Nada más que el contacto con las manos del joven que la sostenía le provocaba un estremecimiento. Jessie se sonrojó, sonrió y se las arregló para avanzar bailando por el corredor de espectadores hasta el extremo de la fila. El único momento embarazoso fue cuando tuvieron que separarse; Jessie estaba tan absorta que se olvidó soltarlo.

El resto de la danza fue para ella como una mancha borrosa. Sonrió y batió palmas, y brincó por el corredor, pero concentraba la atención completamente en Mitch. Absorta en los movimientos del primer amor, no sabía muy bien si avanzaba sobre la cabeza o sobre los pies. Únicamente sabía que el día había comenzado de un modo tan horrible y se había convertido en una velada maravillosa y mágica. Deseaba que nunca terminase.

Cuando concluyó la danza escocesa, se preparó, segura de que él se separaría. En cambio, Mitch le ofreció el brazo y la llevó a una silla, cerca de los ventanales franceses, los que se habían abierto para permitir el paso del aire de la noche. La banda ejecutó otra pieza, y las parejas giraron sobre la pista. Jessie las observó, sonriendo con cara de tonta. Mitch había continuado junto a la joven, sin hablar mucho, pero allí. Jessie estaba muda, pero se sentía feliz. Aturdida, imaginaba que él sentía más o menos lo mismo.

Jessie lo miró de reojo, buscando desesperada una brillante maniobra coloquial que lo deslumbrase. No se le ocurrió nada, pero de todos modos él le sonrió.

—¿Te traigo una copa de ponche? —preguntó Mitch, poniéndose de pie. Jessie lo miró, los ojos transidos de felicidad, la sonrisa amplia. En verdad, detestaba que él se alejase, pero, por otra parte, si Mitch le traía ponche, ciertamente regresaría, y quizás en su ausencia ella pensaría algo que decir. Si Jessie no hablaba pronto, Mitch creería que era una tonta total.

—Eso... sería muy agradable —consiguió decir, y sus dedos recogieron la tela de la falda. Él le sonrió, asintió una vez y se alejó. Jessie lo vio atravesar la atestada pista de baile en dirección a la fuente de ponche, y de hecho aflojó el cuerpo, aliviada. Gracias a Dios, disponía de unos minutos para pensar algo.

¿De qué hablaban los hombres? Recordó desesperadamente la conversación masculina que había escuchado durante los minutos antes de que la buena señorita Flora llamase a Mitch. ¿Ella podía hablar de la cacería o el precio del algodón?

—... no puedo creer que hayas permitido que esa niña viniese vestida así. ¡Se la ve ridícula!

—De veras, Cynthia, ¿qué pretendías que yo hiciera?

—Como sabes, tiene dieciocho años.

—¡Oh, sí, así es!, y posee un armario colmado de hermosos vestidos, pero se niega absolutamente a usarlos. A decir verdad, no puedo obligarla. Caramba, su cuerpo tiene el doble de tamaño que el mío, y aunque detesto decir esas cosas de mi propia hijastra, posee un carácter violento que me provoca temor. Ha sido poco menos que un milagro conseguir que viniese esta noche. ¡Te aseguro que tuve que torcerle el brazo!

—Bien, ciertamente no conseguirás casarla mientras vista de ese modo. ¡Si su madre pudiera verla, se revolvería en la tumba!

Por supuesto, las interlocutoras eran Celia y la señora Latow, madre de Susan. Se paseaban a lo largo del borde de la pista, y era evidente que no habían visto a Jessie, sentada en el rincón. Jessie solo ahora había advertido que estaba en un rincón, parcialmente oculta por la plataforma de los músicos a un lado y al otro, por la cortina de la alta ventana. En todo caso, la señora Latow no la había visto, y Jessie no creía que tampoco Celia hubiese advertido su presencia. Aunque era suficiente que le viesen la cabeza para que la reconocieran.

Saber que Celia mentía acerca de ella no molestaba tanto a Jessie como los comentarios de la señora Latow acerca de su vestido. Celia había mentido acerca de Jessie durante años, y la joven había cesado en sus intentos de rectificar los malos entendidos. Defenderse del tipo particular de malicia de Celia era como pelear con las sombras; es imposible alcanzar lo que uno no ve. Al principio, se sorprendió cuando los vecinos comenzaron a darle la espalda, y, más tarde, cuando fue evidente la causa de esta actitud, se sintió ofendida en vista de que creían en las mentiras de Celia. Pero entonces el asunto sencillamente ya no la molestaba. No necesitaba a ninguno de ellos. Se sentía feliz con sus animales y la compañía de sus criados.

Pero la señora Latow había dicho que tenía un aspecto ridículo. Eso la lastimaba. Jessie se miró, examinó la muselina descolorida con las puntillas y los volados de mal gusto en el cuello y el ruedo, y en el fondo del corazón supo que la señoras Latow había dicho sencillamente la verdad.

Pero le había parecido que Mitch no pensaba de ese modo. A menos que hubiese bailado con ella solo para mostrarse amable. De todos modos, Jessie no pensaría en eso. No quería.

Celia y la señora Latow continuaban chismorreando cuando Jessie se puso de pie, moviéndose con cuidado para no arrastrar la silla contra el piso, o llamar la atención sobre sí misma de cualquier otro modo. No permitiría que Celia echase a perder las cosas. Estaba pasando una noche maravillosa, algo que superaba todo lo que podía haber soñado. Mitch regresaría pronto con el ponche, y Jessie deseaba apartarse del camino de Celia antes de que él retornase. ¿Qué sucedería si él escuchaba los comentarios venenosos de Celia, o si su madrastra se acercaba, y sospechando que su hijastra había encontrado un admirador, trataba de intervenir? De un modo o de otro, Celia encontraría el modo de destruir el placer de Jessie. Siempre lo conseguía.

Un cauteloso paso al costado, después otro y un tercero, y Jessie comenzó a salir por el ventanal francés, y pasó a la fresca oscuridad del pórtico del fondo. Adentro, la cortina se movió, disimulando su salida. Se apoyó en el áspero ladrillo de la pared del fondo de la casa, y asomándose por el borde de la cortina buscó la figura de Mitch. Cuando él regresara, Jessie retornaría al interior de la casa. Con un gesto decidido trató de apartar de su mente la crítica de la señora Latow. Quizá Mitch era más inteligente que la mayoría de los otros; tal vez ni siquiera había advertido lo que ella o cualquiera de las restantes jóvenes usaba.

En el mismo momento en que Celia y la señora Latow comenzaban a alejarse, Mitch regresó con el ponche. ¡Qué sincronización perfecta! Jessie sonrió y casi franqueó de nuevo el umbral del ventanal.

Entonces vio que él no estaba solo. Jeanine Scott lo acompañaba.

—Mira, ¿qué te decía? Se fue. Probablemente estaba tan horrorizada de verse obligada a bailar contigo como tú de quedar atrapado por ella. Apuesto a que aprovechó de buena gana la oportunidad de desaparecer.

—No puede haber escapado. Tiene que estar por aquí. —Mitch miró alrededor, como si Jessie pudiese estar oculta bajo una silla próxima. Jeanine se echó a reír.

—No podría ocultarse bien allí. Es demasiado corpulenta.

—Jeanine, eso no es muy amable. —Mitch miró con reprobación a la esbelta morena. Jeanine esbozó una mueca de disculpa.

—Oh, por supuesto, tienes razón, y lo siento. ¡Pero fue todo tan embarazoso! Allí estaba sentada yo, rechazando todas las invitaciones a bailar porque dije que estaba comprometida contigo, ¡y de pronto apareces bailando con ella! Tuve que aguardar a que terminase la danza escocesa, y bien sabes que es mi favorita.

—Lo sé. —Pareció que Mitch sentía cierto remordimiento—. Ya te dije que no pude evitarlo. Cuando la señorita Flora prácticamente me impartió una orden, ¿qué podía decir?

—Naturalmente, eres un caballero. Por otra parte, creo que no me agradarías tanto si no lo fueses.

Jeanine ofreció al joven una coqueta caída de ojos. Apretada contra la pared externa, Jessie cerró los puños para rechazar el sufrimiento. Todo su instinto le imponía alejarse de allí, porque no deseaba escuchar más, pero no lograba moverse.

—Eres una coqueta, Jeanine. —La voz de Mitch no expresaba desaprobación, ni nada parecido.

—Y a ti te encanta. Sé que te agrada.

—No imagino dónde se metió. —Con una actitud levemente inquieta, Mitch miró de nuevo alrededor, como si esperase que Jessie surgiera de la nada.

—Tal vez tuvo que retirarse unos minutos, o quizás otro caballero la invitó a bailar. —Jeanine pareció impaciente, Mitch la miró cuando ella dijo estas últimas palabras, y su expresión manifestaba evidente escepticismo. Después, ambos se rieron.

»Está bien, te concedo que eso no es muy probable. Pero aun así, ha desaparecido, y eso te libera de ella, mi encantador sir Galahad. Y ahora están ejecutando otra de mis piezas favoritas.

Mitch rio de nuevo y depositó sobre una silla la copa de ponche. Después, ofreció el brazo a Jeanine con una inclinación burlesca.

—Señorita Scott, ¿puedo tener el honor de esta pieza?

—Puede. —Ella sonrió, esbozó una reverencia y se tomó del brazo de Mitch. Sin mirar una sola vez hacia atrás, él la condujo a la pista.

Jessie permaneció inmóvil en el mismo lugar, profundamente agradecida por las sombras que la ocultaban. De pronto, el corsé al que no estaba acostumbrada le pareció muy apretado, y la joven sintió que presionaba sobre sus costillas como una sucesión de fajas de hierro. No podía respirar bien, por mucho que lo intentase. Parecía que el mundo daba vueltas, y Jessie descansó débilmente la frente sobre la fría pared de ladrillos. El corazón le latía dolorosamente. Con elogiable objetividad pensó que así debía sentir uno cuando sufría un ataque.

Y, entonces, dos manos se cerraron por detrás sobre sus antebrazos. Una voz que ella reconoció instantáneamente, gruñó en su oído.

—Si piensa desmayarse, por Dios, no lo haga aquí.

## 9

El contacto con las manos de Stuart Edwards, sus palabras, le endurecieron el cuerpo en la medida suficiente para impedir el desmayo o las náuseas, que parecían los dos destinos más verosímiles que la amenazaban. Él mantuvo su presión sobre los dos brazos de Jessie, mientras la obligaba a apartarse del pórtico, fuera de la vista de varias parejas de enamorados que habían decidido refugiarse allí, en busca de intimidad, y que veían sin curiosidad los movimientos de Jessie y su futuro padrastro. Manteniendo la mano sobre el brazo, de hecho él la arrastró escalera abajo, hasta el jardín, y después caminó con ella por el sendero embaldosado que conducía a un banco de hierro discretamente protegido por un emparrado. Un entramado recubierto por festones de enredaderas perfumadas ocultaba el banco de la vista de quien no estuviera directamente al frente. Sin ceremonias, la obligó a sentarse en el banco, y después permaneció de pie frente a ella, los puños sobre las caderas, los labios apretados y la expresión colérica. Jessie lo miró fijamente, sintiendo que le dolía el corazón, y se estremeció ante la severidad de la cara. Aunque él se había mostrado amable con Jessie, esta bien podía sumirse en la vergüenza eterna si ahora rompía a llorar.

Aunque ella no lo sabía, sus ojos ensombrecidos hasta alcanzar el color de la madera de avellano del prado a causa del sentimiento de ofensa y las lágrimas incipientes, parecían enormes y tenían una mirada extraviada. La cara estaba pálida, tanto como la luna suspendida en el cielo. Como ella misma lo había pronosticado, los cabellos se habían soltado del precario moño a causa del vigor con que ella había participado en la danza. Caían en gruesos y desordenados mechones alrededor de la cara y sobre la espalda, y varios rizos ahora reflejaban la luz de la luna y despedían un atisbo de rojo. Le temblaron los labios, pero ella reprimió deprisa el gesto, antes de que ese hombre pudiera descubrir tan vergonzoso signo de debilidad. De todos modos, él la miró irritado, y un desagrado tan evidente encima de todo el resto ya fue demasiado. Jessie cerró los ojos, inclinando la cabeza contra la guirnalda de rosas de hierro entrelazadas que formaban el respaldo del banco.

—Hunda la cabeza entre las rodillas —ordenó sombríamente Edwards.

Tratando de olvidar lo mejor posible las figuras de Jeanine y Mitch —¡Mitch!— que se reían de ella, Jessie apenas lo oyó. Con un sonido de impaciencia, él se adelantó, apoyó la mano abierta sobre la nuca de Jessie, y la obligó a inclinarla entre las rodillas. Pese al gesto de rechazo instintivo, él la mantuvo en esa postura mediante el sencillo recurso de sostener la mano sobre la nuca de Jessie, y de negarse a soltarla.

—¡Suélteme! ¿Qué cree que está haciendo?

Sorprendida de esos manejos tan bruscos, Jessie trató de liberarse. Pero el apretón era inconmovible.

—Deje de hablar y respire.

Jessie renunció al intento. En ese momento no tenía fuerza para luchar, y tampoco sentía deseos especiales de oponerse. En cambio, dejó inerte el cuerpo, y en actitud obediente permitió que su cabeza se inclinase casi hasta el suelo, y que los cabellos rozaran las losas que se extendían frente al banco. La desordenada masa de rizos cubrió las puntas de sus botas lustradas como una manta de caoba. El espectáculo era extrañamente turbador, y al verlo Jessie recobró vida, y alzó la cabeza todo lo que pudo, tratando de liberarse.

—Dije que respirase.

La mano de Stuart sobre la nuca la obligó a bajar nuevamente la cabeza. Sin duda, se proponía mantenerla así hasta que ella obedeciera. Furiosa, Jessie ya no se preocupó más de sus cabellos que tocaban las botas, y de hecho no pensó en nada, salvo que detestaba profundamente a ese autócrata que la tenía aprisionada.

Jessie obedeció las órdenes de Stuart, aspirando grandes bocanadas del terso aire de la noche. En pocos minutos comenzó a sentirse mejor. En todo caso, tan bien que deseó que él se fuese al infierno. De toda la gente que debía presenciar su humillación, ¿por qué tenía que ser Edwards el elegido?

—Señor Edwards, ahora estoy perfectamente. Puede soltarme.

Su voz era más fría que el aire de la noche. Él retiró la mano. Jessie se enderezó, sacudiendo la cabeza para ver a través de la maraña de rizos. El último de los alfileres salió despedido, y los cabellos de la joven descendieron sobre su espalda en una masa desordenada que le llegó a la cadera. El corsé ahora ya no la sofocaba tanto y no parecía tan apretado. Comprobó aliviada que era capaz de respirar normalmente. Se mantuvo inmóvil un momento, con los dedos apretando las frías volutas de hierro del borde del asiento, agradecida por la oscuridad que disimulaba su expresión frente a los ojos del hombre. Se sentía cruelmente avergonzada. Esa noche se había portado como una perfecta tonta, primero, imaginando siquiera que Mitch podía interesarse en una joven fea y desmañada como ella, y segundo, revelando todos sus sentimientos. Para completar su locura, se había sentido absurdamente lastimada cuando supo la horrible verdad, y había permitido que ese hombre a quien detestaba la viese sufrir. Ahora tenía que pensar algo para salvar la cara frente a él. ¿Qué parte de lo que había sucedido antes con ella había visto? ¿Quizá podía convencerlo de que ella sufría nada más que una dolencia pasajera?

—Nunca debí comer esos menudos —dijo Jessie en el tono más indiferente posible, y dirigió a Edwards una rápida mirada mientras hablaba. Él curvó los labios.

—Vamos, señorita Lindsay, usted me toma por tonto. Estaba fumando un cigarro en el porche cuando usted apareció deslizándose por el ventanal. Arrojé mi cigarro y me acerqué por detrás para acompañarla después al interior de la casa, y tuve el privilegio de escuchar cada una de las palabras vergonzosas que dijo ese mocoso. Si lo desea, le exigiré que rinda cuentas por usted.

Parecía que hablaba completamente en serio. A Jessie se le agrandaron los ojos cuando lo miró. Por supuesto, puesto que era el futuro esposo de su madrastra, se había convertido también en lo más parecido a un protector masculino que ella poseía. Por increíble que pareciera, ahora era prerrogativa de Edwards, más aún, era una obligación defender el honor de Jessie. Pero lo que había sido lesionado no era su honor, sino solo su corazón. ¿Los hombres realmente se mataban por incidentes así? Al pensar en la posibilidad de que Stuart Edwards perforase el cuerpo de Mitch —la perspectiva de que se obtuviese el resultado inverso jamás cruzó su mente— Jessie se apresuró a menear la cabeza.

—No. Oh, no. Gracias.

—Como quiera. —Extrajo del bolsillo una caja de cigarros chata, la abrió, sacó uno de sus eternos cigarros, y después guardó de nuevo la caja. Encendió uno de los extremos cuadrados, y aspiró profundamente. La punta brilló intensamente, y el fuerte aroma del tabaco quemado se difundió en el aire, y al fin él extrajo de la boca el cigarro.

»El muchacho es un tonto charlatán, y la joven con quien hablaba, una cabeza hueca. Usted es absurda si se siente lastimada por algo que diga cualquiera de ellos.

—No me sentí lastimada. —Impulsada por el orgullo, Jessie protestó con excesiva prisa.

Él la miró un momento sin hablar, se encogió de hombros y devolvió el cigarro a los labios.

—Por supuesto, no se sintió lastimada. Me equivoqué.

Jessie sabía que su protesta había sido realmente estúpida. Después de presenciar los síntomas físicos, él sabía hasta dónde ella estaba herida.

—Muy bien, quizá me sentí herida. Un poco. A todos podría haberles sucedido.

Edwards extrajo de la boca el cigarro.

—Siempre duele cuando amamos a gente que no nos ama.

Jessie rezongó.

—¿Cómo lo sabe? Las damas lo persiguen. Apuesto a que se pusieron en ridículo por usted desde la primera vez que se puso pantalones.

Él sonrió inesperadamente. Fue una sonrisa seca, pero al mismo tiempo expresó una extraña inocencia, y Jessie se sorprendió ante el encanto de la expresión.

—No es un efecto tan antiguo. En realidad, cuando yo era un jovencito de unos quince años, un poco más joven que usted ahora, pero no mucho, me enamoré perdidamente de una joven elegante perteneciente a una familia excelente y muy antigua. Solía verla en la calle cuando ella iba al mercado con su madre, y la seguía. Me miró una o dos veces y sonrió, y parpadeó, como suelen hacer las jóvenes. Yo estaba seguro de que ambos sentíamos un gran amor mutuo. Después, la oí reír con su madre acerca de ese sucio jovencito que la seguía por todas partes. Me angustié y sufrí como un cachorro castigado. Todavía recuerdo cuánto me dolió. Pero como usted ve, conseguí sobrevivir, y no del todo mal.

Era amable de parte de Edwards compartir con ella esa antigua humillación, aunque Jessie dudaba de que la anécdota fuese cierta. En primer lugar, le parecía inconcebible que una mujer en su sano juicio rechazara con indiferencia a un hombre con la apariencia de Stuart Edwards. Incluso en la adolescencia, seguramente había sido muy atractivo. Segundo...

—Es una hermosa historia, pero sé que me engaña. ¿Cómo es posible que una muchacha confunda a un Edwards con un jovencito sucio?

Durante un brevísimo instante pareció que él casi se sobresaltaba. Después, se echó a reír, y aspiró de nuevo el humo del cigarro.

—No sé cómo pudo cometer un error así, pero fue lo que sucedió. Se lo aseguro. Quizás en mis incursiones por las calles yo me ensuciaba un poco más de lo que cabía esperar de un Edwards. —La mano que sostenía el cigarro cayó al costado, y él se volvió, de modo que quedó con el hombro hacia Jessie, los ojos fijos en la casa. Su expresión era repulsiva. Un momento después volvió a mirar a Jessie.

»Tendrá que volver a la casa, eso es evidente. —Lo dijo con voz suave, pero la imagen misma que él evocó, provocó un estremecimiento en Jessie.

—Oh, no. No puedo.

—Es necesario. De otro modo la gente hablará de usted, y eso nunca es agradable en el caso de una joven. Usted se divirtió mucho bailando, y después desapareció. ¿Qué dirán todos? Su galán incluso puede tener inteligencia suficiente para sumar dos más dos, e imaginar que usted lo oyó mientras conversaba con esa joven de cara de pescado. Seguramente usted no desea que él sepa que la ofendió tanto que decidió huir al jardín.

—¡No! —La idea en ese sentido era incluso peor que la posibilidad de afrontar de nuevo el salón de baile lleno de personas. Después, su mente tomó nota del resto de las palabras. A pesar de su sufrimiento, Jessie tuvo que sonreír, aunque lo hizo con un gesto un tanto inseguro.

»¿Cree realmente que Jeanine Scott tiene cara de pescado?

—Absolutamente. Y créame, he tenido experiencia

suficiente con las damas como para saber lo que es una cara de pescado cuando la veo.

—¡Oh, le creo! —Su mentón se elevó en un gesto más firme, y entonces parte del sufrimiento se atenuó. Aunque, por supuesto, probablemente él lo decía con el fin de mostrarse amable. De todos modos, era lo que ella necesitaba escuchar.

—¿Me cree, ahora? Y ahora, además, se ríe de mí. Pues bien, puesto que hemos conseguido una actitud más animosa, es hora de llevarla adentro.

Arrojó lejos su cigarro, y le ofreció la mano. Jessie contempló esa mano de huesos largos y sintió que se le revolvía el estómago. La idea de volver al interior —al lugar donde la gente difundía mentiras acerca de su persona y se reía a escondidas y la compadecía—, todo eso le provocaba un malestar físico.

—Por favor, ¿no podemos sencillamente volver a casa?

Ella formuló la pregunta con una voz tenue y avergonzada que indicaba claramente que para ella era muy difícil reconocer tanta debilidad. Lo miró en actitud de ruego. Si no hubiese mordido con fuerza el labio inferior, este le habría temblado.

—Jessica. —Edwards pronunció el nombre de un modo que era al mismo tiempo impaciente y sumamente gentil.

Ella lo miró sin hablar. Con un movimiento ágil, Edwards se inclinó frente a ella y tomó la mano de la joven entre sus dos manos. Las tenía largas, mucho más largas que ella, y fuertes y cálidas. Jessie no comprendió cuán frías tenía sus manos hasta que sintió la calidez de Edwards.

—¿Qué desea que haga? ¿Que entre allí y arranque

de la fiesta a Celia mientras usted se esconde aquí, y después a ambas las lleve a casa?

—Por favor, no... no se lo diga a Celia. —Era un murmullo doloroso. Él apretó los labios, y Jessie pensó durante un instante terrible que había conseguido enojarlo con ella. Fue sorprendente cómo de pronto ella miraba con profundo desagrado la idea de encolerizarlo. Durante unos pocos minutos, allí, en la oscuridad, casi fueron... amigos.

—Si la separo de la fiesta, tendré que decirle algo.

—¿No puede limitarse a decir que estoy enferma? —Jessie sabía que no por eso Celia prestaría la más mínima atención. Celia reaccionaría del modo más odioso ante la idea de ver interrumpida su fiesta de compromiso, y después Jessie pagaría por esa interrupción.

—Jessie, Celia es su madrastra. Es la persona más adecuada para ayudarle a resolver todo esto. No yo.

—Por favor, no se lo diga. Por favor. —La mano de Jessie se movió en la de Edwards, y se cerró premiosamente alrededor de los dedos del caballero. Él miró las manos entrelazadas, y después súbitamente se puso de pie, liberándose.

—Está bien, no se lo diré. Aunque creo que es un error.

—Gracias. —Aliviada, ella le sonrió. Él la miró de nuevo, con las manos hundidas en los bolsillos, con una expresión impenetrable en la cara.

—Pero mi silencio le costará. Si quiere que guarde secretos frente a mi futura esposa, a cambio tendrá que hacer algo por mí.

—¿Qué?

—Caminar de regreso al salón, como la luchadora

que sé que es usted, y fingir que lo pasa bien hasta que Celia esté dispuesta a retirarse. Será difícil, pero puede hacerlo, y es por su propio bien. No querrá que ese muchacho que le interesa adivine que usted estuvo aquí gimiendo en la oscuridad porque él no manifiesta interés, ¿verdad?

—¡No! —La idea misma le pareció repulsiva.

—Bien, en ese caso, ¿estamos de acuerdo?

—Sí. —Pero los ojos de Jessie parpadearon, y ella se mordió el lado interior de la mejilla al contemplar la enormidad de lo que se disponía a hacer; regresar allá y fingir que el mundo era como había sido quince minutos antes le pareció la cosa más difícil que había hecho en toda su vida. Enfrentar a Jeanine Scott y Mitch...

»¿Señor Edwards? —Habló con voz débil. Él la miró con el entrecejo enarcado en un gesto inquisitivo. Ella se apresuró a hablar antes de perder por completo el valor—. Cuando entremos, ¿puedo... puedo estar con usted? A decir verdad, no conozco a ninguno de ellos, y es tan terrible, y yo tengo un aspecto espantoso, y lo sé, y... no quiero que nadie piense que está obligado a bailar conmigo. —Su voz se apagó, y la joven contempló dolorida las baldosas—. Si usted quiere bailar con Celia, o con otra, por supuesto, no digo que no pueda, pero... el resto del tiempo.

Cuando concluyó ese discurso confuso, sintió la cara tan caliente como si hubiese permanecido frente a un fuego vivo una hora entera. Jessie comprendió que si hubiese habido allí luz suficiente para permitir que él viese con claridad, sus mejillas habrían parecido rojas como las piedras que tenía a los pies.

Pensó que si él se echaba a reír, ella moriría, pero comprobó aliviada que él ni siquiera sonreía.

—No se preocupe, Jessie, yo la cuidaré —prometió amablemente, y extendió la mano.

Jessie vaciló apenas unos segundos antes de apoyar su mano en la de Edwards, y permitirle que la ayudase a ponerse de pie.

## 10

—Un momento. Nos olvidamos de algo. No puedo regresar allí con los cabellos así. Solo Dios sabe lo que creerán que estuve haciendo.

Él la había acercado a la luz de la luna antes de mirarla, con el entrecejo súbitamente fruncido. Al oír sus palabras, Jessie separó la mano de Edwards y levantó la voz, inquieta, al pensar en la desordenada masa de sus cabellos.

—¿Dónde están sus alfileres? —Él pareció resignado.

—Aquí hay uno... y otro... —Jessie descubrió varios que todavía se aferraban valerosamente a los rizos sueltos desde hacía un rato, y los retiró—. Pero no tengo espejo ni cepillo.

—Démelos. —Él extendió la mano. Jessie depositó en la palma la media docena de alfileres que ella había recuperado.

—¿Eso es todo?

—Es todo lo que pude encontrar.

—Pues habrá que arreglarse con esto. Vuélvase, y veré lo que puedo hacer.

—¿Usted? —Esa sola palabra estaba teñida de incredulidad.

—Por lo menos puedo ver lo que hago. Además, no será la primera vez que he arreglado los cabellos de una dama. Vuélvase.

Como Jessie tardó en reaccionar, él aplicó las manos sobre los hombros de la joven y la acomodó a su gusto. Edwards tenía las palmas cálidas y ásperas contra la piel desnuda de Jessie. La fuerza masculina de esas manos provocó un breve escalofrío en la columna vertebral de la muchacha. La sensación no era desagradable, pero de todos modos, ella intentó apartarse.

—Quieta, maldición.

A juzgar por el modo de hablar, tenía la boca llena de alfileres. Ocupaba las dos manos reuniendo las masas de cabellos femeninos. Estos eran largos como la cola de un caballo y de doble espesor, cabellos rizados y fuertes que tenían voluntad propia y solo con mucha resistencia se adaptaban a las exigencias de la moda.

Jessie se mantuvo inmóvil mientras él le pasaba los dedos entre los rizos, para ordenar los mechones más enmarañados, y después estiraba los cabellos sobre la cabeza, y formaba una larga trenza. Con una destreza que a ella le pareció sorprendente en un hombre, finalmente Edwards reunió todo sobre la coronilla de Jessie.

—Sostenga esto —ordenó él, tomándole la mano y apoyándola con fuerza sobre el moño. Después, una vez que ella obedeció, introdujo estratégicamente los pocos alfileres que aún conservaba.

—¡Ay! —Un alfiler se le clavó en el cuero cabelludo, y Jessie se sobresaltó.

—¡Dije que permaneciera quieta! Conseguirá que todo el armazón se deshaga.

Jessie permaneció quieta.

—Está bien, ya puede ir.

Con movimientos prudentes, Jessie dejó caer al costado la mano, segura de que por lo menos la mitad de sus cabellos seguirían el mismo camino. Pero comprobó sorprendida que el moño se mantenía en el mismo lugar, y era por lo menos tan seguro como el que había tenido antes.

—Gracias —dijo, y pareció sorprendida cuando se volvió para mirarlo—. ¿Dónde aprendió a hacer esto?

—En mis tiempos peiné varias cabelleras. —Sonrió con picardía, y adoptó una expresión tal que Jessie no supo si se refería a yeguas o mujeres. Mientras ella lo miraba con sospecha, Edwards le ofreció el brazo. El gesto fue más automático que galante, pero de todos modos...

Antes, ningún caballero había ofrecido el brazo a Jessie.

Con expresión vacilante, ella apoyó la mano en el hueco del codo. Los dedos de Jessie cosquillearon con la sensación de los músculos duros de piel suave, pero él ya estaba iniciando el camino de regreso a la casa, como si en todo eso no hubiese nada fuera de lo común. Por supuesto, podía suponerse que él caminaba con frecuencia de ese modo en compañía de las damas.

Para él, esa cortesía era un hecho común y corriente. Pero Jessie por primera vez en su vida se sentía una auténtica dama joven. No una joven amuchachada de cuerpo grande y poco atractivo.

—Si alguien tiene la impertinencia de preguntar, puede decir que salió al jardín para peinarse un poco —dijo Edwards. Jessie asintió, y tampoco ahora supo qué decir.

Los débiles acordes de la música provenientes de la casa llegaban a los jardines. Los aromas de las rosas y las lilas rivalizaban unos con otros y formaban un perfume espeso e intenso. Cayó una gota de lluvia, y después otra.

—Entremos. Lloverá.

Obligada a caminar con paso rápido, Jessie apenas tuvo tiempo de preocuparse acerca de su posible reacción si se encontraba cara a cara con Mitch o Jeanine Scott antes de que él la empujase hacia el pórtico, bajo el alero protector. Apenas llegaron bajo techo, comenzó a llover. En pocos momentos el goteo de agua se había convertido en una sábana de agua, y el olor de la lluvia se impuso al perfume de las flores.

—Dios mío, detesto ese olor —murmuró Edwards, y con un movimiento de la mano sobre la espalda de Jessie obligó a la muchacha a atravesar el ventanal francés abierto.

## 11

Adentro, nada había cambiado. Jessie vaciló, y se acercó imperceptiblemente al costado de Stuart Edwards, mientras sus ojos se acostumbraban a la luz intensa de los candelabros. La banda continuaba ejecutando alegremente. En el centro de la pista, las parejas reían y giraban. Las matronas chismosas continuaban sentadas en sus sillas, contra la pared; los caballeros conversaban al lado de la fuente de ponche, y las señoritas Flora y Laurel estaban reunidas cerca de la pared opuesta, enredadas en lo que parecía una animada discusión.

Jessie miró al hombre que tenía al lado. La luz de los candelabros jugueteaba sobre su cara, y, por primera vez, ese día ella vio realmente los rasguños que le había infligido. Descendían tres a cada lado en cada mejilla, desde un lugar inmediatamente debajo de los ojos hasta la boca, no tan rojizos y visibles como la noche de la víspera, pero sin duda evidentes. Se preguntó cómo se las había ingeniado para explicar el asunto.

Sin duda, él sintió en su persona los ojos de Jessie, porque en ese mismo instante la miró. Una comisura de sus labios se curvó. La piel alrededor de los ojos celestes se contrajo, y el hombre sonrió. A pesar de los arañazos, era un individuo notablemente apuesto cuando sonreía.

—La lluvia le onduló los cabellos alrededor de la cara. Es encantador.

Era un murmullo conspirativo, y Jessie sabía que se lo había dicho para alentarla.

—Siempre se me ondulan. Es la maldición de mi vida.

Jessie hablaba distraídamente, agradecida por el esfuerzo de Edwards, pero demasiado nerviosa para sentir placer ante el cumplido. Sus ojos exploraron la sala atestada. Celia bailaba en brazos del doctor Maguire, y con los dedos hizo señales a Stuart, y, un instante después, dirigió a Jessie una mirada severa, que, de pronto, cobró especial dureza. Pero Jessie, preocupada en sus asuntos, apenas prestó atención a Celia. Buscaba a Mitch, y como había previsto, lo encontró bailando con Jeanine Scott. Mitch la vio al mismo tiempo que ella lo encontró. Alzó una mano para saludarla, e inclinó la cabeza para murmurar algo al oído de Jeanine. Jessie se estremeció.

—Creo que vienen hacia aquí —murmuró frenéticamente, tironeando de la manga de Stuart Edwards.

—En ese caso, también nosotros tendremos que actuar, ¿verdad? —dijo Edwards animosamente, y antes de que Jessie supiese de qué se trataba, le sujetaba la mano derecha con la suya, y deslizaba el brazo alrededor de la cintura de Jessie, y finalmente la obligaba a salir a la pista de baile.

—¿Qué está haciendo? —murmuró Jessie, en efecto distraída de los movimientos de Mitch, y tropezando con las botas de su salvador, y casi cayendo de rodillas. Solo el brazo que la sostenía evitó que fuese a parar al suelo.

—Creo que esto se llama vals —dijo Edwards, con la cara muy seria. Felizmente, la sostenía con la fuerza de una morsa, a pesar de la engañosa soltura. Ella no tuvo más remedio que seguir los movimientos de su compañero. Descubrió impresionada que describía círculos de un extremo al otro de la pista, en lo que según esperaba era una repetición aproximada de los movimientos de las otras parejas que bailaban.

—Señor Edwards, ¡no sé bailar!

—Como pronto seremos parientes cercanos, propongo que me llame Stuart. Y puede ser que me equivoque pero me parece que usted baila perfectamente.

Él le dirigió una sonrisa encantadora. Jessie le pisó el pie.

—Con cuidado. —Le había dicho lo mismo antes; y exactamente en el mismo tono. El recuerdo de esta observación frustró los nacientes intentos de Jessie de acordar sus pasos con los de Edwards. Volvió a pisarle el pie, murmuró una avergonzada disculpa, y, de pronto, se encontró girando en una serie de vueltas desconcertantes que la dejaron tan aturdida que lo único que ella pudo hacer fue aferrarse a su compañero, rogando al cielo que su apariencia no fuese de tanto desconcierto como el que sentía realmente.

Estaba tan cerca de él como había sido el caso esa noche en el porche, cuando Edwards evitó que Jessie cayese sobre los peldaños, y sus percepciones de ese hombre eran igualmente intensas.

Ahora, olía a ponche de ron y lluvia. El cuerpo, bajo la mano de Jessie, era ancho y fuerte. Ella tenía los ojos a nivel del cuello de su pareja. Se lo veía muy bronceado por contraste con la blancura de la corbata. Una barba apenas crecida sombreaba las líneas enérgicas del mentón y la mandíbula. Tenía la boca bien formada, los labios rosa oscuro y la expresión firme. La nariz era recta, y los pómulos redondos y acentuados.

Preocupada con el inventario de los rasgos de Edwards, Jessie elevó un poco la mirada. Vio impresionada que él también la observaba, y que sus ojos celestes se entrecerraban en una expresión divertida. Jessie parpadeó, avergonzada, porque él la había sorprendido así, y se apresuró a desviar la mirada. La falta de concentración determinó que volviese a tropezar con los pies de Edwards. Y él apretó con más fuerza el brazo alrededor de la cintura de Jessie, para sostenerla.

Entonces, Jessie realizó un descubrimiento desconcertante.

Celia había dicho que Stuart Edwards le provocaba escalofríos en la columna vertebral. De pronto, vívidamente, Jessie supo qué había querido decir exactamente Celia.

No se atrevió a levantar los ojos más allá del mentón de Edwards, aterrorizada por la idea de que esa nueva sensación que él le inspiraba se manifestase en su cara, y Edwards lograse interpretarla. Endureciendo el cuerpo en los brazos de Edwards, se apartó de él todo lo posible, pero solo consiguió que la acercase con cierta impaciencia. Aún persistía entre ellos el espacio que podía considerarse decoroso, pero Jessie tenía cabal conciencia de la fuerza de los brazos que la sostenían, de los músculos duros cubiertos por la inmaculada camisa de hilo, de la terrible y abrumadora masculinidad de ese hombre.

Después, y por siempre, cuando Jessie recordó ese

baile, simultáneamente evocó el momento en que ella había comenzado a crecer realmente.

—Sonría, Jessie, o todos creerán que no simpatiza conmigo —se burló él al oído de la joven, e inició la primera de otra serie de giros desconcertantes.

¿Qué podía hacer? Jessie sonrió.

## 12

*Veni, vidi, vinci*: Vine, vi y vencí. Julio César había dicho antes esas palabras, y Clive McClintock las repitió con silenciosa satisfacción, mientras estaba de pie, en actitud solemne, frente al altar cubierto de flores de la pequeña iglesia, mirando a su futura esposa que descendía por el corredor detrás de su hijastra. La marcha nupcial poblaba de ecos el lugar, y los espectadores se inclinaban hacia delante para ver mejor a Celia en su vestido de novia, y Clive sonreía. Todo lo que siempre había deseado lo tenía al alcance de la mano.

Si se trataba de riquezas, Celia Lindsay y su plantación no podían equipararse a las riquezas de la antigua Roma, pero serían suficientes. Oh, sí, con ella se arreglaría muy bien. Era hermosa, tenía buena educación, era flexible y se trataba de una dama. Y rica. Muy rica. Rica en tierras. Si Mimosa no hubiese sido el incentivo, Clive jamás habría propuesto matrimonio. El lecho quizá, pero no el matrimonio. Imaginaba que en cierto modo la hijastra había tenido razón cuando le dijo que era un cazador de fortunas. Pero su intención era que Celia no perdiese nada en el arreglo. Y tampoco la hijastra, si de eso se trataba. Tenía la intención de hacer todo lo posible para convertirse en un buen marido de Celia, y si jamás una mocosa había necesitado la proverbial mano de hierro con guante de terciopelo, esa era Jessica Lindsay. Ambas se beneficiarían si él ejercía el control de la plantación y de las dos vidas.

Las cosas se habían desarrollado de un modo que merecía la denominación de justicia poética. Esa mañana inolvidable él había jurado, sobre la cubierta del *Mississippi Belle,* que alguien pagaría por el robo de su dinero. Y el pagador en definitiva fue Stuart Edwards, que involuntariamente había reembolsado el producto del robo dando a Clive algo que a la propia víctima ya no le servía: su identidad. Y la parte sin usar de su vida.

Por supuesto, Clive inicialmente no se había propuesto asumir la identidad de Edwards. Con la esperanza de descubrir algo que lo condujese a Hulton y su dinero, había rechazado todas las ofertas de tratamiento de su mano para realizar una investigación furiosa en las pertenencias de Edwards. Descubrió un poco de efectivo, algunos recuerdos y una carta. Guardó la carta para conservar la dirección: Plantación Tulip Hill, en el valle Yazoo, Mississippi. Quizás Hulton se había dirigido allí.

Después Luce, seguida por un médico, lo había encontrado e insistido en que el profesional atendiese la mano. Durante varios días, Clive no había hecho nada más que maldecir al destino, beber y buscar a Hulton y su dinero; pero ambos habían desaparecido de la faz de la tierra.

Cuando Clive finalmente se decidió a leer la carta y supo que provenía de dos ancianas tías (y a juzgar por el texto, dos mujeres que ya chocheaban) de Edwards, casi estrujó la misiva y la desechó por inútil. Pero quién sabe por qué, la conservó. Solo más tarde, después de que los mejores médicos de Nueva Orleans le aseguraron que habían hecho todo lo posible, pero que era dudoso que jamás recuperase la movilidad de los dedos de la mano derecha, recordó a las tías de Edwards.

La puñalada había cortado nervios, músculos y tendones. Por el resto de su vida, sufriría cierto grado de parálisis de la mano.

Las manos de un jugador eran su medio de vida. Desde la niñez, Clive había sido capaz de hacer todo lo que se le antojaba con los naipes; las maniobras propias de un prestidigitador eran una de sus cualidades. La rápida destreza de sus dedos había permitido que él, antaño un «muchacho sucio de la calle», consiguiera los elementos de una existencia cómoda, e incluso a veces lujosa. Unos pocos años más, y podría iniciar una vida ordenada.

Pero esa perspectiva se había esfumado. Al mismo tiempo que el dinero, le habían robado los medios de ganarse la vida. Perder la movilidad de la mano derecha era mucho peor que soportar un robo.

Después de algunas semanas dedicadas, por momentos, a accesos alcohólicos de autocompasión y otras veces, a cóleras de borracho, concibió la idea. Buscó frenéticamente la carta y volvió a leerla, esta vez con mucho cuidado.

Las tías de Edwards eran dueñas de una plantación de algodón, lo cual sin duda significaba que eran ricas. Y estaban dispuestas a dejar todo como herencia a su sobrino, con la única condición de que fuese a visitarlas. Eran mujeres ancianas y solitarias, y Edwards era el único pariente varón que sobrevivía. Ya lo amaban, aunque no lo habían visto desde que era un niño de brazos.

Más acerca del mismo tema. Tres páginas con líneas tachadas y retachadas tantas veces que en ocasiones era difícil leer la carta. Pero Clive consiguió aclarar los que para él eran los hechos esenciales: dos viejas damas no muy cuerdas, sin otros parientes en el mundo, estaban dispuestas a dejar sus grandes bienes terrenales a su sobrino, si este las visitaba.

Infelizmente para ellas, el sobrino estaba muerto. Pero Clive vivía. Stuart Edwards le había robado cuarenta y cinco mil dólares y sus medios de vida. Stuart Edwards se los debía.

Clive nunca dejaba sin cobrar una deuda cuando podía evitarlo.

Que habría algunos problemas imprevistos en la ejecución de este plan, era algo indudable para Clive. Pero tampoco dudaba de que lograría superarlos. Durante los muchos años que había vivido gracias a su ingenio, había aprendido que, en general, la gente veía solo lo que deseaba ver, y creía casi todo lo que le decían. Si él se presentaba ante las dos ancianas damas de la Plantación Tulip Hill como el sobrino pródigo, ¿quién podría refutarlo?

Devanándose el cerebro con el fin de recordar algo del apreciado difunto, Clive recordó que Stuart Edwards había sido alto, y tenía cabellos negros. Clive no recordaba el color de los ojos del individuo, pero si las ancianas damas no habían visto a su sobrino ladrón desde que era un infante, probablemente tampoco conocían ese detalle. Además, las posibilidades de que los ojos de Edwards hubieran sido azules eran del cincuenta por ciento. No era mala chance, si de eso se trataba.

Y si por casualidad sobrevenía algún interrogante acerca de su edad, tenía la carta, dirigida a él mismo con el nombre de Stuart Edwards, de Charleston, Carolina del Sur, como prueba de que era quien afirmaba ser. Eso y un cerebro ágil, el mismo que en veintiocho años jamás le había fallado. Engañar a dos viejas damas sería ridículamente fácil. Además, probablemente, sería para ellas un sobrino mejor que Stuart Edwards, ladrón y presunto asesino.

Clive planificaba desde hacía un tiempo una visita a esas señoras; después, se instalaría en el vecindario con el nombre de Stuart Edwards, y más tarde, cuando las ancianas fueran al cielo a recoger su recompensa (por el sesgo de la carta, eso no tardaría demasiado), volvería a recoger la herencia, y toda la comunidad ratificaría quién era él.

Los mejores planes eran siempre los más sencillos.

Ciertamente, todo había salido incluso mejor que lo que él preveía. Las señoritas Flora y Laurel se arrojaron sobre él apenas el mayordomo anunció quién era, y aceptaron sin vacilar que se trataba de su sobrino. Nadie formuló el más mínimo interrogante acerca de su identidad.

El único inconveniente era que las dos damas, a pesar de toda su chochera, parecían gozar de excelente salud. Clive percibió claramente (gracias a la charla de las señoritas Edwards acerca de sus longevos antecedentes) que podía pasar un número considerable de años antes de que su plan culminase definitivamente.

No era que deseara el más mínimo daño a las ancianas, pero...

Y entonces conoció a Celia Lindsay, una viuda acaudalada. Mientras la señorita Flora, la más vivaz de las dos tías, no le aclaró bien la condición marital y financiera exacta de Celia, Clive apenas le prestó atención. Tenía bastante buen aspecto, pero por cierto nada que lo atrajese demasiado si se lo comparaba con una camada entera de debutantes recientes.

Pero una viuda acaudalada tenía muchas cosas a su favor. Y una viuda acaudalada que hacía todo lo posible para atraerlo a su lecho determinaba que la empresa fuese casi ridículamente fácil.

Clive era un hombre sumamente adaptable. En lugar de esperar que las señoritas Edwards entregasen su alma a Dios, decidió cambiar de planes. Orientaría su conocido encanto hacia la señora Lindsay, la seduciría, y sin más trámites se casaría con ella y con su plantación. De ese modo tendría las tierras con las cuales siempre había soñado, y un modo de vida en el cual jamás había pensado siquiera.

Le agradaba mucho la idea de Clive McClintock —no, digamos Stuart Edwards—, caballero y plantador.

## 13

—Amados feligreses...

Jessie estaba un poco a la izquierda y detrás de su madrastra, sosteniendo el ramo de rosas blancas y lirios del valle de Celia con dedos un tanto inseguros. El dulce aroma de las flores le acariciaba el olfato mientras ella escuchaba las palabras que entregarían Mimosa al cuidado de Stuart Edwards.

En realidad, no sabía muy bien qué sentía. Menos de dos semanas antes habría jurado que estaba dispuesta a matar al hombre antes que permitir que se apoderase de todo lo que había sido suyo. Pero eso era antes de que se convirtieran en amigos, por lo menos relativamente. Antes de que ella hubiese descubierto en ese hombre una bondad que era por completo ajena al carácter de Celia.

La cruel verdad era que Mimosa no le pertenecía a Jessie, sino a Celia. Y durante las muchas noches insomnes que ella había pasado después de la desastrosa fiesta de compromiso, Jessie había llegado a creer que Stuart Edwards sería un administrador mucho más eficaz de la propiedad y de las almas que la acompañaban, que todo lo que había sido Celia.

También era posible que él continuase siendo su amigo. Jessie había llegado a la conclusión de que ansiaba intensamente la amistad de Edwards.

De modo que aquí estaba, cumpliendo la función de única dama de honor de su despreciada madrastra, ataviada con un voluminoso vestido de seda del mismo atroz matiz de rosado que los volados que Sissie había agregado al viejo vestido de muselina. El vestido era nuevo, pero eso era todo lo que Jessie podía esgrimir en su favor. Celia había elegido personalmente el estilo y la tela, y Jessie solo podía imaginar que lo había hecho de tal modo que su hijastra fuese lo menos atractiva posible. Los volados descendían en cascada desde los hombros hasta el ruedo, y una ancha faja era el único aditamento que anunciaba que la joven tenía algo parecido a una forma, aunque por cierto en nada contribuían a aligerar la figura de Jessie. De hecho, al mirarse en el espejo de cuerpo entero de su dormitorio, antes de salir para la iglesia esa mañana, Jessie había llegado a la conclusión de que se parecía simplemente al alfiletero que ocupaba la mesa de tocador de Celia. El color y la forma eran iguales.

También había llegado a la conclusión de que el rosado muy fuerte no era un color apropiado para una mujer que tenía destellos rojizos en el cabello.

En cambio, Celia tenía un aspecto hermoso. Su figura menuda se destacaba ventajosamente con un vestido de satén que mostraba los hombros desnudos, de un tono de azul hielo tan pálido que con cierta luz casi parecía blanco. Los cabellos rubios estaban peinados en una elegante sucesión de rizos que descendían desde el borde del sombrero de ala ancha. Como era esposa por segunda vez, no se permitía a Celia el romanticismo de un vestido y un velo blancos, pero usaba un velo muy delgado bajo las cintas y las flores del sombrero, y su vestido estaba adornado con encaje. En conjunto, tenía un aspecto muy apropiado para la ceremonia matrimonial.

Y aunque Jessie detestaba reconocerlo, se la veía muy joven y muy bonita.

—Usted, Celia Elizabeth Bradshaw Lindsay, toma a este hombre...

Estaban formulando sus votos. Jessie miró, tratando de disimular la ansiedad que sentía, mientras Celia juraba amar, honrar y obedecer a su nuevo marido.

Llegó el turno de Stuart.

—Usted, Stuart Michael Edwards...

Su voz sonó muy segura, grave y perfectamente clara cuando prometió amar y cuidar de Celia por el resto de su vida.

—El anillo, por favor.

Seth Chandler había aceptado acompañar a Stuart, y rebuscó un minuto en su bolsillo antes de encontrar el anillo y entregarlo.

Stuart deslizó el anillo en el dedo de Celia. Tenía la mano grande y los dedos largos, afeada únicamente por una cicatriz arrugada y rojiza que trazaba un corte diagonal tanto en el dorso como en la palma. La mano de Celia mostraba dedos esbeltos, delicados y muy blancos, minúsculos comparados con los de Stuart. Al mirar esas dos manos unidas, Jessie tuvo un acceso de lo que podía ser descrito solo como anhelo.

Pero ella misma no hubiera podido decir qué anhelaba.

—Ahora, los declaro marido y mujer. Puede besar a la novia.

Stuart besó a Celia, y su cabeza de cabellos oscuros se inclinó sobre la cabeza de la recién casada. Ella se aferró a los hombros de Stuart durante un instante, y sus uñas se hundieron en un gesto de intimidad en la chaqueta gris perla. Después, él se enderezó, y Celia miró alrededor, alegre y sonrosada, mientras la música triunfal se difundía por el aire. De nuevo Jessie sintió la punzada del anhelo.

Después, entregó su ramo a Celia, y Celia y Stuart comenzaron a descender por el corredor, tomados del brazo, símbolos de los esposos felices.

Cómo comenzó todo, Jessie no pudo saberlo. Cuando llegó a la escalinata de la iglesia, del brazo de Seth Chandler, mientras los invitados comenzaban a salir detrás, la escena ya estaba desarrollándose.

—¡Es mía! ¡Les digo que es mía! ¡Se entregó a mí... me prometió...!

—Caramba, es el señor Brantley, nuestro capataz —dijo asombrada Jessie, sin dirigirse a nadie en especial. Stuart y Celia, al parecer paralizados en el lugar, se habían detenido al final de la escalinata que llegaba al camposanto. Stuart oyó las palabras; Jessie vio que se le ponía rígido el cuerpo, y cuando comprendió el significado de lo que estaba sucediendo sintió que se le contraía el estómago.

Los pecados de Celia venían a pedirle cuentas en la persona de Ted Brantley. Ella había visitado durante años la casa del capataz. Jessie incluso la había visto caminar en esa dirección por las noches, después de la cena. Lo único que en todo eso había sorprendido a Jessie era que antes nunca había pensado en el significado de todos esos paseos solitarios. Por otra parte, ella siempre había creído que Celia, si era por lo menos tan inteligente como un ave, tendría la sensatez suficiente para abstenerse de manchar su propio nido. Al parecer, se había equivocado.

La explanada delante de la iglesia estaba atestada de gente proveniente de Mimosa y Tulip Hill. Se había permitido ocupar escaños en el fondo de la iglesia solo a los criados preferidos de las dos casas. El resto había esperado afuera para vivar a los dos casados cuando salieran. La mayoría había venido a pie, pero había unos pocos carros detenidos delante de la entrada.

—¡Es mía! ¡Ha sido mía durante años!

El señor Brantley montaba a caballo. Rodeado por un mar de caras, casi todas negras, de personas que habían venido a ofrecer sus felicitaciones, era tan visible como una montaña en una llanura lisa. Vacilaba sobre la montura, sin duda borracho, tan borracho que apenas podía mantenerse sobre el caballo, tan borracho que había perdido completamente el sentido de la prudencia.

Pero no estaba tan loco que no identificase a Celia sobre la escalinata de la iglesia.

—¡Celia! ¡Celia, querida! ¿Y yo? ¡A mí me amas, no a él! ¡Así lo dijiste!

Celia permaneció inmóvil, pálida y silenciosa, aferrando el brazo de su nuevo marido mientras miraba, por encima de la multitud, a su antiguo amante.

—Está loco —dijo desdeñosamente. Y después, con voz más tranquila—: Sáquenlo de aquí.

Los esclavos que estaban más cerca de Brantley se movieron inquietos, lo miraron y con gestos y ruegos en voz baja trataron de acallarlo. Pero ninguno de ellos, ni siquiera los más fieles a Mimosa, se atrevieron a poner la mano sobre el capataz blanco. Ninguno de ellos apreciaba tanto a Celia que aceptase correr el riesgo.

Detrás de Jessie, la gente continuaba saliendo de la iglesia, distribuyéndose sobre la escalinata, y en el caso de los que no podían salir y continuaban en el vestíbulo, se elevaban sobre las puntas de los pies y trataban de espiar sobre el hombro del vecino, para echar una ojeada al episodio. Hubo murmullos de reprobación que se elevaban por doquier.

—¿Yo loco? Te acostaste conmigo, ¡dijiste que me amabas! ¡No puedes negarlo! ¿Qué dices de todas esas veces que viniste a buscarme, de las cosas que me dijiste? ¡Eres mía, mía, mía!

Todos miraban y escuchaban fascinados. La multitud se sentía en unos casos desconcertada y en otros emocionada, según la inclinación individual del espectador, pero nadie sabía qué hacer para poner fin a la terrible escena. Hasta que Stuart, con la cara completamente inexpresiva, se liberó de la mano de Celia y descendió ágilmente los peldaños en dirección al borracho corpulento de cabellos claros.

La multitud se separó como el mar Rojo frente a Moisés. Stuart llegó al costado de Brantley, alzó las manos y aferró de la chaqueta al hombre.

—¡Eh, qué demonios...! —farfulló Brantley mientras lo arrancaban de la montura. Después, al parecer reconoció el peligro, y descargó sobre Stuart un golpe que le habría arrancado la cabeza si lo hubiera alcanzado.

Pero no lo alcanzó. Stuart contestó con un puñetazo en la cara del hombre, que echó hacia atrás la cabeza y le arrancó sangre de la nariz, salpicando a los que estaban cerca. Ese único golpe dejó a Brantley inerte en manos de Stuart.

—Ustedes, saquen de aquí a esta basura —dijo Stuart a un peón que estaba cerca, mientras dejaba caer al suelo al desmayado Brantley, como si este no fuera más que lo que Stuart había dicho de su persona.

—Sí, señor —replicó el trabajador con los ojos muy abiertos, mientras miraba a su nuevo amo y después al capataz caído. Un instante más tarde trajeron el carro y Brantley, todavía inconsciente, fue depositado allí.

El rumor de la conversación detrás de Jessie había alcanzado una intensidad febril. Se acalló bruscamente cuando Stuart se volvió y regresó a la escalinata y a su esposa.

Jessie se acercó instintivamente a Celia. No sentía la más mínima simpatía por su madrastra, pero de todos modos ambas pertenecían a la misma familia. A pesar de los años de antipatía entre ellas, Jessie no podía permanecer indiferente mientras humillaban en público a Celia, o le hacían algo peor. Cualquier escándalo que comprometiese a Celia inevitablemente afectaría también a Mimosa.

Al observar la aproximación de su nuevo marido, Celia permaneció de pie, pálida e inmóvil como una efigie de mármol. Jessie comprendió que Celia estaba atemorizada. Lo veía en el movimiento de las aletas de la nariz, lo olía en su transpiración.

Y en vista de las circunstancias, ¿era extraño que se sintiese atemorizada? Jessie sabía que si ella hubiese tenido que afrontar la cólera de Stuart Edwards, también se habría sentido petrificada.

Pero Stuart sorprendió a todos. No gritó ni golpeó a Celia, ni renunció a los votos que acababa de profesar.

—¿Me gustaría saber qué tienes que por amor enloqueces a los hombres? —dijo como de pasada, cuando se reunió con Celia en la escalinata—. Será mejor que me cuide, no sea que yo también sucumba a ese destino.

Después, le sonrió, como si no tuviese la más mínima idea de que había una pizca de verdad en las afirmaciones de Brantley, e hizo una señal a Progreso para indicarle que trajese el carricoche.

Durante unos minutos esta reacción engañó a Jessie. Sintió que se aliviaba la tensión de la gente, y todos se acercaron profiriendo exclamaciones acerca de lo que había sucedido, como si el episodio hubiera sido una suerte de tributo a la belleza de Celia.

A su vez, Celia estuvo maravillosamente a la altura de la situación. Jessie vio cómo su madrastra y Stuart recibían las felicitaciones de la gente y afrontaban las bromas inevitables, y se maravilló. Celia había estado a menos de un paso de un escándalo relacionado con su virtud que habría arruinado definitivamente su buen nombre. Y su nuevo marido, el hombre más íntimamente comprometido con su virtud, o con la falta de ella, la había salvado del borde del abismo sin que pareciese siquiera que hubiera advertido qué cerca del desastre había estado su nueva esposa.

Lo cual dejó a Jessie en un interrogante. Quizá, solo quizá, Stuart creía realmente que las fanfarronadas de Brantley eran nada más que afirmaciones vacías de un enamorado borracho.

Hasta que él ayudó a Celia a ascender al carruaje, y se volvió y encontró la mirada de Jessie.

En esos ojos azules muy fríos la joven leyó la verdad: antes, cuando ella había dicho que su madrastra era una prostituta, Stuart la había abofeteado por mentirosa. Ahora, estaba dispuesto a contemplar la posibilidad de que quizá, solo quizá, Jessie hubiese dicho la verdad.

## 14

El viaje de bodas duró solo tres semanas. Debía haber tenido doble duración, pero cerca de las doce, el primer día de julio, Jessie estaba sentada en la galería alta con Tudi, y vio el carricoche ahora conocido que avanzaba a los tumbos por el camino que llevaba a Mimosa. La escena fue una extraña repetición de lo sucedido la primera vez que ella había visto a Stuart Edwards, solo que ahora, en lugar de inquietud, la joven sintió un placer cada vez más acentuado.

Era absurdo creer que ella podía haber extrañado a un hombre a quien apenas conocía, y al que con mucha razón aún consideraba su enemigo.

—Se te ve luminosa como un árbol de Navidad —observó Tudi, desviando los ojos de la costura que tenía sobre el regazo.

—Han regresado. —Jessie se puso de pie para inclinarse sobre la baranda, y vio acercarse al vehículo.

—Nunca me pareciste muy deseosa de ver a la señorita Celia —exclamó Tudi, con una combinación de sorpresa e incredulidad.

—Las cosas serán diferentes ahora que el señor Edwards está a cargo de la casa —dijo sinceramente Jessie, volviendo los ojos a Tudi por encima del hombro—. No es como Celia. Realmente, no es como ella.

—Bien, es cierto que este pájaro cambió muy rápido de canto —murmuró Tudi, pero Jessie no le prestó atención. Tuvo que hacer un esfuerzo para quedarse en el sitio, pues en realidad deseaba correr escalera abajo y saludar a los recién llegados apenas el carricoche se detuviese frente a la casa.

Consiguió contenerse con mucho esfuerzo, y en lugar de salir al encuentro de los viajeros, se inclinó sobre la baranda y observó.

El muchacho del establo, el joven Thomas, hijo de Rosa, vino corriendo para hacerse cargo de los caballos. Stuart descendió. Estaba elegantemente vestido con una chaqueta de tela gris y pantalones de equitación marrones, y tocado con un sombrero gris claro. Las tersas ondas negras de sus cabellos relucían con destellos azules a la luz del sol. A pesar del calor intenso, parecía que ignoraba lo que era transpirar.

Jessie se enjugó las gotitas de sudor de su propio labio superior y la frente con el ruedo del viejo vestido de muselina blanca que se había puesto, y después saludó con la mano, pero él no miró hacia arriba.

En cambio, rodeó el vehículo para ayudar a Celia a descender. Celia le permitió que le ofreciera la mano, pero apartó la suya apenas sus pies tocaron el suelo. Incluso desde tres o cuatro metros de altura, donde Jessie estaba, alcanzó a percibir la animosidad que se manifestaba en el aire.

Una tercera persona descendió del asiento trasero. El

visitante era un hombre, alto y desmañado, con cabellos castaños claros. Vestía casi con tanta elegancia como Stuart, pero no provocaba el mismo efecto deslumbrante.

Celia le dijo algo, y él asintió. Después, los tres comenzaron a ascender la escalera. Celia delante y los dos hombres detrás.

—Regresaron muy pronto.

Jessie se había sentado sobre la baranda, y se volvió para saludar a los viajeros. Dirigió a su madrastra una mirada apreciativa. Celia estaba bien vestida, como siempre, en un elegante atuendo de viaje que exhibía un delicado tono verde manzana, con un atrevido sombrerito que se inclinaba sobre su frente. Pero no parecía una recién casada que acababa de regresar de su luna de miel. Tenía la cara pálida, y había débiles sombras bajo los ojos. Cuando vio a Jessie, apretó los labios.

—A Stuart no le agradó la idea de dejar la propiedad sin la presencia de alguien familiarizado con el trabajo, que supervisara todo. De modo que tuvimos que regresar. Aunque no entiendo por qué no podíamos enviar adelante a Graydon, y terminar la luna de miel como habíamos planeado. —Celia parecía completamente contrariada. Cuando terminó de hablar dirigió una mirada colérica a su esposo, que acababa de salir al porche con el hombre a quien Celia había llamado Graydon.

—Celia, hemos hablado de esto una docena de veces. Mientras tu primo no conozca bien el trabajo, no puede pretenderse que dirija sin ayuda una explotación de las proporciones de Mimosa. Además, quiero revisar los libros, y ver por mí mismo cómo están las cosas.

La respuesta de Stuart fue cortés, pero era evidente que estaba agotándosele la paciencia.

—Y yo te dije que Graydon dirigió todo en Bascomb Hall los últimos seis años. Por Dios, tiene experiencia. Te muestras quisquilloso solo por molestarme.

—Creo que será mejor terminar a solas esta discusión, ¿no te parece? —El tono de Stuart aún era amable, pero de pronto los ojos adquirieron una expresión dura como el acero. Celia le dirigió una mirada que era casi de odio.

—Voy a acostarme. Me duele la cabeza. Si tuvieras un mínimo de sensibilidad, no me hubieras obligado a viajar con este calor.

Sin esperar la respuesta, Celia entró en la casa, se quitó el sombrero y casi enseguida llamó a Minna con voz irritada.

Jessie miró a Stuart con una combinación de sorpresa y respeto especial. No sabía cómo lo había conseguido, pero no cabía la más mínima duda acerca de quién dirigía ese matrimonio. Puesto que, y como ella bien lo sabía, Celia quería siempre salirse con la suya, dominar la situación con tal rapidez equivalía casi a una hazaña de parte de Stuart.

—Hola, Jessie. —Stuart miró a Celia, que se alejaba, y después se volvió para sonreír con expresión un tanto fatigada a Jessie.

—Hola. —La sonrisa con que ella respondió fue tímida. Después, como sintió que tenía que decir algo para aliviar la tensión que persistía después de la salida de Celia, Jessie dijo—: Celia siempre ha tenido dificultades en los viajes.

—Creo que les sucede a muchas damas. —La respuesta de Stuart fue perfectamente neutra, pero era muy evidente que no deseaba continuar comentando el tema. Después, desvió la mirada hacia Tudi—. ¿Y usted es...?

—Tudi, señor Edwards. —Tudi se había puesto de pie respetuosamente cuando su nuevo amo ascendió los peldaños. Tenía las manos unidas delante, la costura en que había estado trabajando se destacaba luminosa contra el blanco de su delantal. Había mantenido los ojos discretamente bajos durante el diálogo de Stuart con Celia. Ahora los levantó para mirar a la cara al hombre. Su tono era respetuoso, pero nada más. Tudi era esclava, pero también una fuerza con la cual había que contar en Mimosa.

—Tudi. En el futuro lo recordaré. —La débil sonrisa de Stuart reconoció la importancia de la mujer. Después, de nuevo volvió los ojos hacia Jessie—. Jessie, este es Graydon Bradshaw. Es primo de Celia, y el nuevo capataz de Mimosa. Graydon, le presento a la señorita Jessica Lindsay, la hijastra de Celia.

—¿Cómo le va, señorita Lindsay? —Graydon Bradshaw se inclinó ante Jessie. Ella, que desconfiaba instintivamente de un primo de Celia, se limitó a asentir como respuesta.

Stuart miró de nuevo a Tudi.

—¿Alguien puede llevar al señor Bradshaw a la casa del capataz y ayudarle a instalarse? —Si abrigaba la esperanza de tener un buen comienzo con Tudi, estaba procediendo bien, pensó Jessie un poco divertida. Su tono era casi deferente.

—Sí, señor Edwards. Ordenaré a Charity que se ocupe de eso. Solía atender al señor Brantley. —A Tudi se le agrandaron los ojos cuando se le escapó esta última frase. Juzgando por la mirada súbitamente inquieta, fue evidente que creía que había cometido un desliz.

Pero si advirtió algo fuera de lugar, Stuart no lo dio a entender.

—Excelente —asintió. Dejando caer su costura en el canasto que estaba junto a la silla, Tudi se volvió hacia Graydon Bradshaw.

—Señor Bradshaw, si quiere tener la bondad de seguirme.

—Señorita Lindsay, fue un placer conocerla —dijo Bradshaw antes de retirarse, y Jessie volvió a asentir.

A solas con Stuart, Jessie de pronto se sintió un tanto desconcertada. Después de todo, era posible que la reciente amistad entre los dos no hubiese sobrevivido a lo que sin duda había sido una luna de miel intensa.

—Dios mío, hace calor —dijo Stuart, dejándose caer en una silla—. En el infierno no hace más calor que en Mississippi durante el verano.

Se quitó el elegante sombrero y se abanicó, con los ojos fijos en el equipaje que Thomas y Fred, el otro ayudante del establo, estaban retirando del vehículo y depositando sobre el pasto, cerca del sendero.

—Pues no hace tanto calor como tendremos en agosto.

—Dios no lo permita —dijo piadosamente Stuart, y ambos se echaron a reír. Después, siempre sonriendo, él miró a Jessie, encaramada sobre la baranda del corredor.

—¿Y qué estuvo haciendo con su persona estas últimas semanas?

—No mucho. Cabalgué. Y sobre todo jugué con *Jasper*.

—¿*Jasper*?

—Mi perro.

—No me dirá que ese enorme y pulgoso animal que he visto cerca de los establos le pertenece, ¿eh?

—¡No es pulgoso! —En defensa de su perro, el tono de Jessie revelaba indignación. Stuart sonrió.

—Pero reconoce todo el resto. En fin, no se inquiete. Me agradan los perros.

—Oh. —Durante un minuto ella temió que Stuart odiase a los animales, como Celia. Por supuesto, hubiera debido saber que no sería el caso. El amigo a quien había conocido esa noche en el jardín de Tulip Hill no podía sentir rechazo por los perros.

—Le traje un regalo. —Le habló en un tono en apariencia indiferente, pero sus ojos sonreían mientras observaban la reacción de Jessie.

—¿Cómo? —Afirmar que las palabras de Stuart fueron inesperadas sería poco. Desde la muerte de su padre solamente los criados habían traído regalos a Jessie. Lo miró con ojos muy grandes—. ¿De veras?

—Con absoluta seguridad.

—¿Qué es?

Él meneó la cabeza.

—¿No es mejor que espere a verlo? Está en el equipaje. En realidad, si no me equivoco, es la caja que esos muchachos acaban de retirar y que estaba bajo el asiento.

—Oh, ¿puedo ir a ver? —De hecho, ella batió palmas, excitada. Stuart la miró con aire indulgente.

—Vaya a buscar la caja, y ábrala aquí, donde yo pueda verla.

Jessie no necesitó que se lo dijesen dos veces. Descendió deprisa los peldaños, de hecho corriendo a pesar del calor, y se detuvo sobre la caja durante un instante delicioso, antes de levantarla en sus brazos. Era una caja grande, y chata, pero no muy pesada.

¿Qué podía ser?

Ascendió de nuevo los peldaños hasta la galería, pero ahora con paso más lento, mientras él esperaba, sonriente. La expectativa era una sensación tan nueva como grata.

—Bien, vamos, ábrala —ordenó impaciente Stuart mientras Jessie depositaba la caja en el piso y se arrodillaba al lado, admirando la alegre cinta plateada.

Entonces, ella lo miró, con una expresión tímida y sonriente, y retiró la cinta por un extremo de la caja.

## 15

Jessie retiró la tapa de la caja, y permaneció sentada e inmóvil un momento, mirando el contenido. Lo que había dentro estaba plegado, de modo que ella no podía estar segura, pero parecía tratarse de un vestido. Lo tocó, casi vacilante. La tela era de la más fina muselina, y el color era un suave amarillo verdoso.

—Sáquelo de allí para verlo —dijo Stuart. Se balanceaba un poco en la mecedora, sonriendo mientras miraba cómo ella revoloteaba alrededor del regalo.

Jessie sacó el vestido de su caja y se incorporó, sosteniéndolo a distancia del brazo, para contemplarlo mejor. Tenía una pechera sencilla y ajustada y mangas cortas y abullonadas, así como un escote modesto que de todos modos dejaba desnuda la mayor parte de los hombros. La cintura era estrecha, y debajo la falda formaba un acampanado que terminaba en un solo volado de encaje color crema. Había más encaje en los bordes de las mangas.

—La faja está en la caja —dijo Stuart. Jessie contempló una faja de satén color crema que seguramente tenía un metro y medio de longitud, y que aún estaba plegada en la caja. Miró la faja, después el vestido y finalmente a Stuart.

»¿Bien? —preguntó él, aunque por la sonrisa que acechaba alrededor de su boca era evidente que ya conocía la respuesta.

—Es hermoso. Gracias. No esperaba... que me trajese un regalo. —Dijo estas últimas palabras con un tono casi ronco.

—Sé que no estaba obligado. Pero quería hacerlo. Después de todo, ahora somos miembros de la misma familia. Además, es un regalo tanto de Celia como mío.

Jessie sabía que eso no era cierto. Celia salía de viaje varias veces por año, y jamás le traía ni siquiera una cinta para los cabellos. La idea de que Celia podía recordar a su despreciada hijastra cuando estaba pasando la luna de miel era ridícula, pero Jessie no lo dijo. Aunque le desagradase recordarlo, Celia era ahora la esposa de Stuart. Si no le había agradado escuchar antes la verdad sobre su esposa, seguramente la rechazaría ahora todavía más. Y Jessie no deseaba que Stuart se enojase con ella. Cada vez más advertía que durante los últimos años había estado muy necesitada de contar con un amigo.

—¿Dónde lo compró? —Jessie no replicó directamente a la última afirmación de Stuart. En cambio, volvió a examinar el vestido. Realmente, era espléndido. Con tal de que en ella pareciese por lo menos la mitad de hermoso que solo...

—En Jackson. Celia me obligó a visitar tantas tiendas que no podría decirle dónde lo compré.

—¿Cómo supo el modo... el modo de indicar mis medidas?

La terrible sospecha de que la prenda podía ser demasiado pequeña asaltó la mente de Jessie. Si Celia realmente había tenido alguna participación en la compra, ese sería ciertamente el caso. Ofrecer a Jessie un hermoso regalo que la joven no podría usar era precisamente el tipo de cosa propia de Celia. Por supuesto, a menos que la reforma de la prenda fuese imposible, Sissie siempre podría adaptarla.

—Dije a la modista que usted era más o menos así... —Stuart indicó cierta altura y cierto talle con las manos, sonriendo de oreja a oreja mientras Jessie, que lo observaba, se ruborizaba intensamente—. No. No fue así. En realidad, aunque vacilo en reconocerlo ante una joven de tan tierna edad como usted, soy bastante buen juez de las medidas femeninas.

—¿Supongo que gracias a la experiencia? —respondió Jessie animosamente, negándose a rendir las armas ante la provocación de Stuart, y eso a pesar de su propio sonrojo. Stuart se recostó en el respaldo de la silla sin contestar, pero su mirada de conocedor era toda la respuesta que Jessie necesitaba. La joven elevó la naricita recta con aire reprobador, y de nuevo desvió la atención hacia el vestido. Lo volvió, lo sostuvo contra el cuerpo con el brazo apretado sobre la cintura para reproducir más o menos el modo en que lo usaría. Por la longitud, ya que no por otra cosa, parecía adecuado. Quizá, si Tudi le agregaba pinzas en los costados...

—Disculpe, señor Edwards, pero ¿dónde desea que ponga sus cosas? —Era Thomas. Estaba al final de la escalera, con una maleta en cada mano. Debajo había más equipaje acumulado. Fred había desaparecido con el carruaje. Jessie se preguntó, divertida, cómo se las había arreglado Thomas para conseguir la codiciada tarea de transportar las maletas. La joven estaba muy segura de que Thomas conseguiría llegar a la cocina antes de haber completado el trabajo, y de que allí Rosa recompensaría su dura labor con una tajada de pastel que tuviese a mano. Ambos muchachos tenían notoria inclinación por los dulces, y cierta vez Fred había llegado al extremo de robar y comer una libra entera de azúcar. Por supuesto, lo habían castigado, pero el dolor de estómago que sufrió como resultado de su fechoría había sido mucho peor que los golpes que Rosa le aplicó.

—En la habitación de la señorita Celia. Dile a alguien que te muestre el lugar, si no lo conoces.

—Oh, lo conozco —sonrió Thomas—. Conozco todos los rincones de esta casa. Nací en la habitación de enfrente.

—¿Realmente? —Stuart pareció debidamente impresionado.

—Sí, así fue. Rosa, nuestra cocinera, es su madre, y no pudo llegar a tiempo a un médico. Se llama Thomas. —Jessie lo presentó como si solo ahora se le hubiese ocurrido la idea. Thomas inclinó la cabeza.

—Me alegro de conocerte, Thomas. Puesto que sabes dónde poner las maletas, llévalas.

—Sí, señor. En la habitación de la señorita Celia. —Thomas, con su cuerpo delgado soportando valerosamente el peso, pasó por la puerta para entrar en la casa y desapareció. Stuart volvió a concentrar la atención en Jessie.

—Vaya y pruébeselo.

—Oh, yo... —Vaciló, repentinamente temerosa de que el vestido fuese demasiado pequeño y ella tuviese que reconocerlo ante él. Si así era, moriría de vergüenza.

—Vamos. En marcha. O creeré que no le agrada mi regalo.

—¡Me agrada! ¡Por supuesto, que me agrada!

Jessie sabía cuándo estaba derrotada. Recogiendo la caja y la faja, casi con el mismo placer con que podía apoderarse de una cuerda para ahorcarse ella misma, se volvió hacia la puerta.

—Vuelva aquí y déjeme verla cuando esté vestida —dijo Stuart cuando Jessie ya había entrado en la casa. Jessie no contestó. Si el vestido no le sentaba bien, ni todo el oro del mundo conseguiría que ella se exhibiera ante Stuart.

A pesar de los temores de Jessie, en definitiva el vestido estuvo bastante bien. Al parecer, Stuart realmente tenía bastante experiencia a la hora de juzgar el cuerpo de una mujer. Oh, parecía un poco suelto en la cintura, pero Sissie, llamada por Jessie para colaborar, le aseguró que eso era a causa de que lo habían diseñado para usarlo con corsé. Jessie odiaba el único par de corsés que ella poseía más de lo que odiaba el veneno, pero dadas las circunstancias... con mucho esfuerzo se desprendió del vestido y permitió que Sissie le ajustara uno de los corsés.

—Respire hondo —le ordenó Sissie mientras sus dedos ajustaban los cordones. Jessie obedeció. Sissie ajustó con tanta fuerza que Jessie temió que se le fracturasen las costillas.

—¡No puedo respirar! —gimió Jessie, pero Sissie no aceptó excusas. Tiró de nuevo de los cordones, y después los anudó con tanta fuerza que Jessie temió que se asfixiaría si usaba el corsé unos pocos minutos.

—Ahora, pongamos ese vestido —dijo enérgicamente Sissie, poniéndose de pie. Lo pasó sobre la cabeza de

Jessie, alisó la falda y acomodó la pechera. Después, aseguró los ganchos que cerraban la espalda. Finalmente, se puso delante de Jessie para ajustar el cuello, y ató la faja en un gran moño sobre la espalda.

Solo entonces le permitió a Jessie mirarse al espejo de cuerpo entero.

La joven a quien vio reflejada en el espejo era una revelación. Ciertamente, era alta, pero ni con la imaginación más frondosa podía afirmarse que era obesa. Sí, tenía el busto generoso, y las caderas redondas, pero gracias a la reducción de la cintura el efecto era femeninamente voluptuoso. En lugar de hundirse en la carne como hacía la mayoría de los vestidos de verano demasiado pequeños, las mangas y el cuello de ese vestido se ajustaban suavemente a las curvas naturales. Sin los pequeños rollos provocados por las mangas muy justas, los brazos parecían seductoramente firmes. En este vestido, el busto de Jessie parecía suave y bien formado, generoso pero no excesivo.

—Sissie... Sissie, ¿qué te parece? —gimió Jessie, mirando su propia imagen como si temiese que la joven del espejo pudiera convertirse en un espejismo, y se desvaneciera apenas ella apartase los ojos.

—Vaya, señorita Jessie, ¿quién lo habría pensado? Se la ve realmente bonita —exclamó Sissie, mirando la imagen de Jessie con el mismo asombrado desconcierto que estaba en la cara de Jessie—. Realmente bonita.

La sinceridad de Sissie era indudable. Jessie recorrió otra vez con la mirada a la joven del espejo, todavía no muy convencida de que lo que veía no era un engaño nacido de sus propios deseos o un juego de luces.

Pero los blancos hombros que ella veía surgiendo del

discreto amarillo eran sin duda suyos. Solo para asegurarse; los tocó, y vio que su imagen imitaba el movimiento. La cintura angosta rodeada por la ancha faja de satén color crema también era suya, por imposible que eso pareciera. ¡No podía extrañar que todas las damas usaran corsé, si ese era el efecto que originaba en la cintura!

El color amarillo verdoso producía un efecto maravilloso en la piel, de modo que ella exhibía un color tan suave como el de la faja. Las cejas eran las mismas pinceladas oscuras curvas en la frente que siempre habían sido, pero ya no parecían el defecto que Jessie había creído. Si uno quería ver el aspecto positivo de la cosa, incluso podía pensar que esa pincelada oscura determinaba que por contraste la piel pareciera más clara. Tenía los ojos, como siempre, suavemente castaños, pero brillaban excitados y complacidos, y parecían mucho más interesantes que de costumbre. Por primera vez, Jessie vio la espesa línea de sus propias cejas, y bajó los párpados para probar, y después los levantó de nuevo. Caramba, tenía ojos bonitos, pese al hecho de que exhibían un color castaño bastante común. La excitación había teñido de rosa las mejillas, y dibujado una sonrisa en los labios. Las dos cosas eran sentadoras, y cuando Jessie estudió el reflejo de su cara en el espejo, se le ensanchó la sonrisa.

—Parezco... casi bonita, ¿verdad? —preguntó tímidamente a Sissie, ansiosa de verse reafirmada en su impresión.

—Señorita Jessie, cuando la señorita Celia la vea sufrirá un ataque —dijo convencida Sissie. Jessie miró a Sissie, y ensanchó los ojos ante la perspectiva.

—Así lo espero —dijo Jessie. Volviéndose hacia su imagen, elevó las dos manos hacia los cabellos. Sus cabellos imposibles y díscolos. La única nota incongruente en la imagen por otra parte excepcional de una joven elegante.

—Hay exceso de cabello. —Sissie evaluó el problema frunciendo el entrecejo—. Señorita Jessie, si yo tuviese un montón de cabellos como ese, se los cortaría con las tijeras.

Jessie se miró los cabellos, recogidos esa mañana en un rodete sobre la cabeza, más para aliviar el calor que en beneficio de la moda. Los alfileres estaban medio sueltos, como de costumbre, y el pesado rodete se había deslizado hasta que al fin colgaba de la oreja izquierda. Algunos mechones muy largos escapaban en diferentes direcciones. La única razón por la cual no le molestaban ni le impedían la visión era que Jessie estaba acostumbrada.

—¿De veras lo harías? —preguntó, dubitativa. Sus cabellos eran un desastre, pero recortarlos...

—Lo haría —contestó Sissie con voz firme. De pronto, Jessie se asustó de la idea, y meneó la cabeza.

—Sissie, por ahora péiname de nuevo. Probablemente terminaría con el mismo aspecto de *Jasper* si comenzaras a cortarlos.

—No hablo de mí, señorita Jessie, sino de un auténtico peluquero —dijo impaciente Sissie, que comenzó a retirar los alfileres que aún restaban entre los cabellos de Jessie—. Recuerde que la señorita Celia siempre va a Jackson para conocer los peinados de moda. Usted podría hacer lo mismo.

La idea de ir a Jackson para hacer compras y exigir que la peinasen a la última moda nunca había pasado por la cabeza de Jessie. Más aún, antes de este último episodio ella habría jurado sin la menor vacilación que las ropas y los adornos femeninos eran el tema que menos le interesaba en el mundo. A decir verdad, no creía que nada de todo eso tuviese la más mínima utilidad.

En todo caso, había pensado así antes de asistir a la sorprendente transformación de su apariencia promovida por el vestido amarillo.

Sissie le había cepillado los cabellos y ahora estaba devolviéndolos a su lugar de costumbre con la ayuda de los alfileres. Las dos jóvenes sabían que el esfuerzo probablemente no serviría de nada. Los cabellos escaparían de su prisión antes de que pasara una hora.

Pero incluso sabiendo eso, Jessie estaba deslumbrada por lo que vio en el espejo cuando por última vez se puso enfrente, antes de dirigirse deprisa a la galería para mostrarse ante Stuart.

El patito feo se había convertido, si no completamente en un cisne, por lo menos en un pato joven y muy atractivo.

## 16

Stuart continuaba sentado donde ella lo había dejado, balanceándose perezosamente en una mecedora de la galería alta. Alguien le había traído un refresco de menta, y él bebía a intervalos. Su sombrero estaba depositado en el piso, junto al sillón.

No oyó los pasos de Jessie cuando esta salió de la galería. Durante un momento Jessie permaneció inmóvil, indecisa. Después de todo, ¿debía volver deprisa al interior sin mostrarle el vestido? ¿Ese interés que él había manifestado por verla era nada más que un intento por mostrarse amable?

Pero había comprado el vestido para ella. Seguramente eso significaba que simpatizaba al menos un poco con la muchacha.

—Caramba, Jessie.

Volvió la cabeza y la miró. Jessie sintió un extraño nerviosismo que comenzaba en la boca del estómago, pero ya no había modo de retroceder. Respiró hondo y avanzó dolorosamente hacia él.

Stuart la miró sin hablar, con la cara inexpresiva y la mirada inmutable.

Fue la actitud más inquietante que pudo adoptar. Jessie se detuvo, con los brazos cruzados sobre el busto en un gesto instintivo de defensa.

Tampoco ahora él habló, y se limitó a mirarla con esos ojos celestes que eran insondables como el cristal.

—¿Bien? —preguntó al fin Jessie, segura de que su actitud era completamente ridícula, de que en realidad tenía un aspecto terrible, y de que la transformación que había visto en su espejo en efecto era el resultado de sus propios deseos o de un juego de luces y sombras.

—Se la ve hermosa —dijo Stuart, y sonrió.

Los insectos que se agitaban en el estómago de Jessie cesaron de hacer acrobacias. Ella retribuyó la sonrisa con tímida complacencia. Después, bajó los ojos y se alisó la falda con las manos, porque no sabía muy bien qué otra cosa hacer con ellas.

—Es el vestido. Es muy bonito. —Había recuperado el dominio de sí misma en la medida suficiente para mirarlo de nuevo.

Stuart meneó la cabeza.

—No, Jessie, no es el vestido. Es usted en el vestido. Se la ve hermosa. No debe menoscabarse usted misma.

A Jessie se le formó un nudo en la garganta. Quién sabe por qué absurda razón, los cumplidos de Stuart la llevaron al borde de las lágrimas. La bondad era un artículo tan escaso y precioso en el mundo en que ella había crecido, que la atesoraba como un avaro puede atesorar el oro.

—Me alegro de que Celia se haya casado con usted —dijo de pronto con expresión intensa. Y después, antes de continuar avergonzándose, se volvió y caminó deprisa hacia la puerta.

—Jessie...

Pero ella nunca supo lo que él pensaba decir. Celia entró por la puerta en ese mismo instante, con un vaso medio lleno de jugo de tomate en la mano. Cuando vio a Jessie, se detuvo en seco. Sus ojos recorrieron una vez, dos veces el cuerpo de Jessie. Se agrandaron y después medio se cerraron, y finalmente se posaron en la cara de Jessie. La joven esperó, impotente y vulnerable, pues adivinó que habría un choque.

—Bien, me alegro de ver que puedes ponerte ese vestido que Stuart insistió en ordenar para ti —dijo—. Es una lástima que la modista tuviera que usar mucha más tela que la acostumbrada para cubrir tu cuerpo. De todos modos, imagino que te sienta bastante bien.

Antes de que la maldad de Celia pudiese destruir completamente el placer que provocaba a Jessie el vestido, Stuart se puso de pie y vino a detenerse detrás de la joven. Sus manos descansaron sobre los hombros de Jessie, como deseando reconfortarla, y por sobre la cabeza de la joven, su mirada encontró los ojos de su esposo.

—Celia, Jessie tiene un aspecto encantador, y la modista no necesitó usar más tela que la que habría utilizado con cualquier otra persona de proporciones normales. Como tú eres tan menuda, olvidas que la mayor parte del resto del mundo es bastante más corpulenta.

Jessie podría haberle dicho, basada en su propia experiencia, que la mejor defensa contra los ataques verbales de Celia era fingir sordera y guardar silencio. Cuando se la contrariaba, solo se conseguía que ella buscase otras armas más letales para agredir a su presa. Pero Stuart aún no había aprendido ese postulado fundamental de la vida con Celia, o el asunto no lo preocupaba.

Los ojos de Celia cobraron una expresión dura cuando se posaron intencionalmente sobre las manos de Stuart. Algo en la expresión de la cara de Celia provocó el sonrojo de Jessie. Aunque se había limitado a echarle una mirada, Celia consiguió que Jessie se sintiera sucia.

Y, pese a todo, Stuart no retiró las manos, aunque sin duda advirtió la insinuación silenciosa de Celia.

—Celia, ¿querías hablarme por algo? —preguntó fríamente. Su voz no dio a entender que no estaba del todo sereno. Solo Jessie tuvo un atisbo de la cólera cada vez más intensa de Stuart, y eso solo porque sus dedos se habían cerrado un poco más sobre los hombros.

La serena actitud de indiferencia frente a los ataques verbales tendía a provocar en Celia el efecto del queroseno vertido sobre el fuego. Jessie no se sorprendió al ver que los ojos de Celia relampagueaban furiosos, mientras pasaba la mirada de la mano de Stuart, todavía apoyada en los hombros de Jessie, a su cara.

—En efecto, quería hablar contigo. Había pensado que esta conversación sería personal, pero como tú y mi hijastra tenéis una relación tan estrecha, imagino que tanto da que diga lo que pienso y termine de una vez.

—Por favor, hazlo, querida. —Stuart parecía casi hastiado del diálogo, pero sus manos se cerraron todavía con más fuerza sobre los hombros de Jessie. Avergonzada por la riña conyugal que sin duda estallaría en pocos momentos más, Jessie deseaba salir de allí. Pero no podía, porque conscientemente o no Stuart le impedía apartarse.

—Entonces, muy bien. Preferiría que guardes tus pertenencias en la habitación en que dormirás, en lugar de ordenar a los criados que las depositen en mi dormitorio.

Los dedos de Stuart se hundieron hasta que Jessie sintió que se le contraía el rostro. Con un esfuerzo valeroso rechazó el impulso. De nada serviría informar a Celia que la fachada imperturbable de Stuart era nada más que una pantalla.

—En realidad, creí que tu habitación era también la mía. Como sabes, estamos casados.

Celia esbozó una sonrisa desagradable.

—Oh, sí, lo sé. Lo sé demasiado bien. Sin embargo, prefiero que durmamos en habitaciones separadas. Aunque por supuesto no te negaré los derechos conyugales, si tú insistes en aprovecharlos.

Jessie finalmente contrajo el rostro en una mueca, cuando los dedos de Stuart le llegaron casi al hueso. Además, se sonrojó porque estaba presenciando una conversación tan íntima.

Al advertir la molestia de la joven, Stuart la soltó y le aplicó un pequeño empujón en dirección a la puerta.

—Entra, Jessie.

Jessie no necesitaba que se lo pidiesen otra vez. Quiso pasar al lado de Celia...

—¡Oh, no!

—¡Torpe! ¡Volcaste mi bebida!

Las dos exclamaciones fueron simultáneas a partir del momento en que el vaso de Celia volcó su contenido sobre el vestido de Jessie. El jugo de tomate rojo intenso tiñó la falda amarilla y fue absorbido codiciosamente por la muselina. Horrorizada, Jessie trató de limpiar con las manos lo peor de la mancha, pero fue inútil. Tuvo la horrible sensación de que el vestido estaba arruinado.

—¡Lo hiciste a propósito! —Jessie apartó los ojos de la falda deteriorada para mirar con hostilidad a Celia.

—¡Ciertamente no fue así! ¡La culpa fue tuya, a causa de tu bestial torpeza! ¡Me golpeaste el brazo!

—¡No fue así!

Jessie apretó los puños, y contrajo con tanta fuerza la mandíbula que le tembló. Celia se regodeaba, complacida consigo misma y con su triunfo; eso parecía evidente a Jessie. Por primera vez en su vida, Jessie sintió el ansia de matar.

—Entra en la casa, Jessie. —Las manos de Stuart se cerraron sobre los antebrazos de la joven, impidiéndole arrojarse sobre su madrastra, antes de que ella siquiera tuviese conciencia de que eso era lo que se proponía hacer.

—¡Mi vestido!

—Lo sé. Entra.

—Pero...

—Haz lo que te digo.

Jessie entró. Furiosa y asqueada, huyó hacia su dormitorio, donde prácticamente destrozó el vestido al quitárselo. Maldita Celia, maldita sea, maldita sea. ¡La odiaría hasta el último día de su vida!

En la galería, Stuart miró a su esposa con expresión intensa.

—¿Por qué hiciste eso?

Ella sonrió.

—Fue un accidente. No creerás que arruiné a propósito el vestido de esa niña tonta.

—Sé que lo hiciste a propósito.

—Eres lo que se dice un marido cariñoso.

Stuart apretó los labios.

—Te advierto, Celia, que no permaneceré indiferente si lastimas a Jessie o a otra persona cualquiera. Por la razón que fuere, te casaste conmigo, para bien o para mal.

Y tengo poder suficiente para conseguir que tu vida empeore bastante.

—¡Te odio!

—¡Lamento saberlo!

—¡Seguramente estaba loca cuando me casé contigo!

—Qué extraño, yo estaba pensando de mí precisamente eso.

—Si crees que puedes venir aquí y apoderarte de todo, y decirme lo que debo hacer con mi hijastra, y hacerte cargo de mi propiedad...

—Eso es exactamente lo que pienso. Más aún, sé que puedo hacerlo. Querida, soy tu marido. Todo lo que te pertenecía antes, ahora es mío. ¿O en tu ansia de llevarme a la cama omitiste el hecho de que las mujeres casadas no tienen acceso a su propiedad?

—¡Eres canallesco!

—Todavía no —dijo sombríamente Stuart, y extendió la mano para aferrarle el brazo.

—¡Quítame las manos de encima! ¡Te odio! —Celia apartó bruscamente las manos de Stuart, y después entró en la casa, sollozando histéricamente—. ¡Te odio, te odio, te odio!

—Y yo —dijo amargamente Stuart a la puerta que aún vibraba—, te odio. Dios me ayude, también te odio.

En la sala de la planta baja, Tudi oyó la conmoción del piso alto y elevó la mirada. Escuchó un momento, y cuando se apagaron los ruidos meneó la cabeza.

—Parece que hay problemas en el paraíso —y después volvió a fijar la atención en la tarea inmediata.

## 17

Durante las semanas siguientes, la vida en Mimosa se ajustó a una rutina que en la superficie parecía cómoda, aunque en el fondo era un hervidero de tensiones. Celia alternaba sus esfuerzos entre los intentos de seducir a Stuart y las manifestaciones ruidosas de odio. Stuart parecía inmune a ambos métodos, e inmune a la atracción que Celia pretendía ejercer. Si antes había existido un mínimo de amor en ese matrimonio, se había disipado poco después de la ceremonia. Los criados de la casa sabían todos que el señor Edwards nunca se acercaba a la cama de la señorita Celia. Y lo que los criados sabían, Jessie lo conocía poco después, al margen de que deseara o no saberlo. La joven advirtió que la idea del distanciamiento entre Celia y su marido, con todos los detalles consiguientes, era embarazosa y al mismo tiempo, para vergüenza de la propia Jessie, reconfortante. Quizá porque cada vez más pensaba en Stuart como suyo.

Él se había convertido rápidamente en padre, hermano y amigo. Todo en una envoltura increíblemente atractiva. Jessie nunca había advertido cómo extrañaba la falta de compañía, hasta que Stuart se convirtió en un aspecto permanente de su vida. Se mostraba siempre bondadoso con ella (aunque podía parecer extraño que quien hubiese deseado casarse con Celia pudiera poseer buen corazón), la trataba con un afecto natural que Jessie absorbía con la misma ansiedad con que una esponja absorbe agua. A ella le costaba trabajo no correr tras Stuart como un cachorro va detrás de su amo. Lo único que la moderaba era su propio orgullo, y la lengua de Celia. Ahora que su matrimonio era un desastre, la actitud de Celia se derramaba como ácido sobre todos los residentes de Mimosa. Aunque hasta cierto punto cuidaba su lengua en presencia de Stuart, cuando él no estaba cerca, Celia convertía a Jessie en su blanco favorito.

En vista de las circunstancias, Jessie pasaba mucho tiempo fuera de la casa. Cabalgaba diariamente en *Luciérnaga*, y recorría el cercano bosque de pinos seguida por *Jasper*, desde el alba hasta el anochecer. En general, evitaba volver a la casa antes de que hubieran servido la cena, e incluso así comía en la cocina con Rosa. En vista de la atmósfera desagradable que saturaba todas las noches el comedor, Jessie no lamentaba verse obligada a recibir nada más que las sobras de la comida principal. De acuerdo con la versión de Sissie, que muy a menudo afrontaba la ingrata tarea de servir la mesa, el amo ocupaba un extremo de la larga mesa y el ama, el otro, y comían en sombrío lujo, separados por hectáreas de madera lustrada, sin que nadie dijese al otro más que lo que era absolutamente necesario. El movimiento del ventilador de complicada caoba tallada, colgado del techo, y el ruido de los platos y las fuentes, mientras Sissie servía, eran los únicos sonidos que quebraban el tenso silencio.

A menudo, Jessie ni siquiera se molestaba en regresar a la casa para almorzar, pues sabía que Stuart jamás venía, y que Celia esperaba la ocasión de caer sobre su hijastra como una araña sobre una mosca, para enrostrarle una fechoría imaginaria (y a veces no tan imaginaria). En cambio, Jessie prefería llevar consigo una manzana y un pedazo de pan, y comprobaba entonces que no extrañaba las comidas más sustanciosas que otrora habían sido una de sus atracciones preferidas.

Este método de alimentación irregular, unido a las horas suplementarias que pasaba montando, ejercía un efecto acentuadamente beneficioso sobre la apariencia de Jessie. Tan gradualmente que apenas lo advirtió, comenzó a adelgazar.

Todas las mañanas Stuart trabajaba con Graydon Bradshaw en la oficina de la plantación. Consagraba la mayoría de las tardes a recorrer a caballo la propiedad, aprendiendo de todo, desde la recolección del algodón hasta la poda de los árboles frutales, y el modo en que los hijos de los peones recibían atención en el cuarto de los niños que se les había destinado. Faraón, el capataz esclavo que había trabajado a las órdenes de Brantley durante años, generalmente acompañaba a Stuart. Faraón era un hombre corpulento, negro como el ébano y cargado de músculos. Además, conocía la plantación tan bien como había sido el caso de Brantley. Si no hubiera sido esclavo, Mimosa no habría necesitado buscar más lejos para hallar un nuevo capataz.

Mientras Stuart aprendía las complicaciones del trabajo en una plantación, Graydon Bradshaw nominalmente supervisaba las cosas, si bien rara vez se arriesgaba a afrontar el calor abrasador de los campos. Jessie apenas veía al nuevo y moreno capataz, pero oía muchas cosas gracias a los criados. Al parecer, Celia consagraba una proporción considerable de su tiempo a facilitar la instalación de su primo. Conociendo a Celia, Jessie no recibió con agrado la noticia. De todos modos, tenía la esperanza de que Celia no llegaría al extremo de engañar a su nuevo esposo bajo sus propias narices, con un capataz que además era primo hermano de la dama.

¿O sí? Jessie esperaba sinceramente que si era capaz de incurrir en esa depravación, se mostraría discreta. Era terrible imaginar la explosión que sobrevendría seguramente si Stuart la sorprendía en su deporte favorito. Pese a toda su bondad y su encanto, Stuart tenía un carácter fuerte, y al margen de la antipatía que él podía sentir por Celia, esta era su esposa. Jessie sabía muy bien que Stuart no era el tipo de hombre que pudiese tolerar que se burlaran de él. Ella misma había visto hasta dónde llegaba su temperamento. Si Celia lo engañaba y él lo descubría, Jessie no dudaba de que su madrastra lamentaría profundamente las consecuencias.

A veces, Jessie no podía resistir la tentación, y, acompañada por *Jasper*, salía con Stuart a cabalgar por los campos. Él aceptaba sin comentarios la compañía de Jessie y la del corpulento perro, e incluso le formulaba preguntas acerca de temas que formaban una amplia gama, desde las condiciones del suelo al número de fardos de algodón que un peón de campo recogía normalmente en una jornada. Jessie se sorprendió ella misma al comprobar que sabía bastante. Podía responder a la mayoría de las preguntas de Stuart por lo menos con un nivel razonable de inteligencia.

—¿No deberías llevar sombrero? —le preguntó Stuart

cierto día, atraída su atención por el rosado intenso de la nariz y las mejillas de Jessie. Era un cálido día de mediados de agosto, y el sol golpeaba implacable. Hasta donde la vista podía alcanzar, se extendían hectáreas de algodón preparadas para la recolección. Los copos blancos y esponjosos reflejaban la luz del sol, y la escena parecía exhibir un brillo deslumbrante. Los peones de campo también estaban vestidos de blanco de la cintura para arriba, con camisas de algodón sueltas que los protegían mejor que otra prenda cualquiera de los efectos del sol y el calor, y debajo, pantalones negros tejidos. Cada peón abordaba una hilera por vez, con la espalda inclinada y los dedos ágiles mientras trabajaba. Los hombres cantaban himnos y espirituales para aliviar el trabajo. El sonido grave y melodioso de su canto era una parte intrínseca del verano, tanto como el zumbido de las abejas.

—Nunca uso sombrero —reconoció Jessie encogiéndose de hombros, más interesada en saber quién ganaría la carrera por terminar antes la fila que, al parecer, corrían dos jóvenes peones. Los dedos se movían con la velocidad del rayo mientras despojaban cada planta y arrojaban los copos en los bolsos que llevaban colgados del hombro.

—En el futuro, quiero que uses sombrero. Entretanto, toma este. Te saldrán pecas si no tienes cuidado, y no podemos admitirlo. —Él tenía puesto un sombrero de paja de ala ancha. A pesar del tono de broma que había usado, Stuart se quitó el sombrero y se lo encasquetó a Jessie. Ella se sintió confundida y conmovida por el gesto. No estaba acostumbrada a que otros tuviesen en cuenta lo que ella necesitaba, incluso sacrificándose.

—No lo necesito. De veras, estoy acostumbrada al

sol. Y nunca me salen pecas. —En un gesto un tanto avergonzado, llevó la mano al sombrero, con la intención de retirarlo y devolverlo a Stuart. Él la interrumpió con un gesto.

—Úsalo. Tu piel es hermosa. Sería una vergüenza arruinarla.

La mano de Jessie descendió, y se le agrandaron los ojos ante el cumplido. Stuart ya no la miraba. Sus ojos recorrían los campos. Su expresión era indescifrable. ¿Había hablado en serio? ¿De veras creía que la piel de Jessie era hermosa? La idea la desconcertó. Alzó los dedos para tocarse la mejilla.

La piel de Jessie rara vez se quemaba, y nunca se cubría de pecas. A pesar de su cutis sonrosado, y del tinte rojizo de sus cabellos, tenía una notable resistencia al sol. La piel de Stuart era mucho más oscura que la de Jessie, pero probablemente necesitaba el sombrero más que ella. Después de todo, no en vano había pasado toda su vida acostumbrándose al calor abrasador de Mississippi en agosto.

Que él protestase o no, ella debía devolverle el sombrero.

Pero el ala ancha en efecto protegía agradablemente sus ojos. Nada más que la idea de usar algo que pertenecía a ese hombre, originaba en su columna vertebral un culpable escalofrío de placer.

—Gracias. Así me siento mejor —dijo con la mayor dulzura posible, y ella misma se extrañó. La dulzura no era normalmente uno de sus atributos. Tampoco el coqueteo femenino, a lo cual se había parecido peligrosamente esa observación.

—Me alegro de que así sea.

Él la miraba de nuevo, sin sonreír. El sol que hería su cabeza desnuda destacaba matices azules en las relucientes ondas oscuras. Esos matices coincidían casi exactamente con el brillo de sus ojos. Sobre el fondo formado por la piel morena y las cejas y las pestañas oscuras, esos ojos parecían extrañamente azules, aún más azules que el cielo sin nubes. La regularidad definida y cincelada de sus rasgos hubiera podido servir para acuñar una moneda. El ancho de los hombros protegidos por la camisa de hilo blanco ofrecía un testimonio silencioso de los poderosos músculos discretamente ocultos. A causa del calor sofocante, tenía desabotonado el cuello de la camisa, y así Jessie podía asomarse a la imagen inquietante del vello oscuro del pecho. En un gesto inconsciente, los ojos de Jessie descendieron aún más, hacia el estómago liso y las piernas largas y duras cubiertas por los apretados pantalones de equitación y las botas. Después, se elevaron nuevamente hasta la cara de Stuart. Fijó la mirada en la boca de Stuart. Estaba perfectamente dibujada. El labio inferior apenas un poco más lleno que el superior, aunque en ese momento los dos labios estaban levemente apretados. Jessie se sentía como hipnotizada por esa boca increíblemente bella. La miró fijamente, sin advertir siquiera que estaba haciéndolo, y sus propios labios se entreabrieron cuando un leve escalofrío le recorrió la columna vertebral.

De pronto *Jasper*, que había estado varios minutos recorriendo el campo, desencadenó una ensordecedora combinación de aullidos y ladridos, al descubrir un conejo e iniciar una febril persecución. La súbita catarata de ruidos determinó que los caballos se moviesen inquietos, y que Jessie reaccionara sobresaltada. Comprendió que había estado mirando del modo más descarado la boca del esposo de su madrastra, y con un acceso de vergüenza apartó los ojos.

—No es posible que tengas frío. —Stuart dijo bruscamente estas palabras.

—No. —A pesar de su propia vergüenza, el comentario al parecer inmotivado, determinó que ella lo mirase sorprendida. Jessie solo podía imaginar que se había estremecido tanto interna como externamente, pero la atención de Stuart se había fijado en el frente del vestido de la joven.

Desconcertada, Jessie siguió la dirección de la mirada de Stuart. Ella vestía una sencilla camisa de hilo y una falda. Hacía demasiado calor para usar su traje de montar favorito, de modo que se había puesto únicamente una camisa y debajo una sola enagua, en bien de la decencia. La camisa era vieja, gastada por muchos lavados, pero estaba limpia y bien abotonada, y no era ni mucho menos tan ajustada como antes. La falda era de un azul descolorido, y si parecía un poco corta para montar de costado, en todo caso no dejaba ver las piernas de Jessie, a lo sumo las botas negras altas. Como en su apariencia no había nada que pudiera justificar la expresión severa de la cara de Stuart, ella lo miró inquisitiva.

—Esa camisa está demasiado apretada. —Su voz implicaba tanta desaprobación como su gesto.

—No es así —contestó Jessie, sorprendida. En realidad, tanto la camisa como la falda antes ajustaban mucho más, al extremo de que ella había renunciado a usarlas. Se sorprendió al comprobar que las prendas de vestir eran mucho más cómodas cuando estaban un poco sueltas.

—Oh, sí, es ajustada —replicó Stuart, y en su voz apareció una nota severa que llamó la atención de Jessie.

¿Qué había hecho ella para provocar esa repentina irritación? Él miró intencionadamente el pecho de Jessie, los labios tensos. De nuevo Jessie siguió la dirección de la mirada. Pero esta vez vio lo que había provocado la desaprobación de Stuart. Un intenso sonrojo comenzó a difundirse por el cuello y la cara de Jessie.

Si el resto de su cuerpo era más delgado, no sucedía lo mismo con el busto. Como la piel estaba húmeda de sudor, la tela delgada se adaptaba a la forma. La tela pegada al cuerpo revelaba más que disimulaba los contornos finos y redondeados de los pechos. Pero lo peor del asunto, el aspecto vergonzoso, era el modo en que los pezones avanzaban, duros y cilíndricos, y muy visibles a través de la doble capa de tela de la camisa y la enagua.

Jessie era inocente, pero conocía lo suficiente de su propio cuerpo para saber lo que significaban esos pezones agrandados. El delicioso estremecimiento provocado por la visión de la boca de Stuart había tenido un ingrato acompañamiento físico. Algo que era demasiado evidente, y que no debía ser visto.

—No me mire —dijo con voz estrangulada. Cruzó los brazos sobre el busto y encorvó los hombros, tratando de ocultar de la vista su vergüenza. Si ella sabía lo que significaba ese cambio de su cuerpo, también él debía saberlo. Con el rostro carmesí, Jessie sintió la vergüenza más intensa que había conocido en el curso de su vida.

—¿Cuándo fue la última vez que te compraron ropas nuevas? —La expresión del rostro y la voz eran simplemente las de un hombre que está irritado. Quizá, solo quizá, no comprendía el terrible significado de lo que había visto. Tal vez creía que los pezones de Jessie siempre tenían ese aspecto, y que ahora él los había visto solo porque la camisa era demasiado apretada.

¡Dios, ojalá él pensara así!

—Con motivo de la boda... y el vestido amarillo, el que usted me compró. —Si ella podía mantener la calma, tal vez evitaría que Stuart comprendiese que esa vergonzosa reacción tenía que ver con él. Nada más verla, lo molestaría si llegaba a comprender cuál era la situación. Comenzaría a evitarla, y Jessie no creía que ella pudiese soportar eso. Había llegado a depender de él en diferentes aspectos, mucho más importantes que el efecto físico que él provocaba en su cuerpo.

—Además de esas ocasiones.

—Cuando tenía quince años. Va a hacer tres.

El calor del sonrojo cada vez más difundido era más intenso que el fuego del sol en su piel. Jessie trató de calmarse. Mostrar en su rostro los mil matices del carmesí, a lo sumo, acentuaría la sospecha de Stuart.

Stuart apretó los labios y sus ojos recorrieron de nuevo el cuerpo de Jessie. Ella contuvo la respiración, y se impuso mirar sin temor a ese hombre, mientras los brazos cruzados protegían los senos delatores.

—Celia se ha mostrado descuidada. Me ocuparé de que tengas lo que necesites.

Jessie comenzó a contestar, pero antes de que pudiese decir nada, Faraón se acercó a caballo, y la atención de Stuart se desvió hacia el corpulento capataz.

—Señor Stuart, pronto lloverá. Es necesario que se ponga bajo techo lo que ya se recogió.

Stuart asintió.

—Ocúpese de eso. Estaré con usted en un momento.

Faraón saludó y se alejó montado en su caballo. Stuart miró de nuevo a Jessie.

—Vuelve a la casa y quítate esas ropas —dijo, y fue evidente que se trataba de una orden.

—Sí, Stuart. —Si antes había parecido sumisa, eso no fue nada comparado con lo que parecía ahora. Ansiaba vivamente alejarse de él. Los ojos entrecerrados de Stuart encontraron los de Jessie. Después, él clavó las espuelas sobre los flancos del caballo y se alejó en medio de una nube de polvo.

»¡Su sombrero...! —Stuart lo necesitaría. El rumor lejano del trueno anunció la tormenta inminente. Pero si él la oyó, no ofreció signos en ese sentido. Jessie se sentó y lo miró alejarse. Después, siempre agobiada por la vergüenza, fue a cambiarse de ropa.

# 18

Dos días después, las señoritas Flora y Laurel vinieron de visita. Celia estaba en su día «de visitas», y varios de sus amigos especiales ya estaban bebiendo té helado con ella en la sala del frente. Pero cuando las tías de su marido aparecieron, Celia se disculpó y salió deprisa a saludarlas, deshecha en sonrisas. Jessie, que había estado jugando con *Jasper* en el huerto, y había elegido ese momento inoportuno para arrojarle un palo, que lo indujo a salir galopando hacia el prado del frente, vio que la sonrisa de Celia se convertía en un gesto hostil mientras escuchaba a las viejas damas.

Inquieta ante la posibilidad de que la presencia ruidosa de *Jasper* tuviese algo que ver con el fastidio de Celia, Jessie lo llamó con un silbido grave, apartándolo de su investigación de un hormiguero (ya había olvidado el palo).

*Jasper* levantó la cabeza, meneó la cola y a último momento se apoderó del palo, antes de volver brincando adonde estaba su ama. Las miradas de Celia y las tías siguieron la carrera de *Jasper*, hasta que los tres pares de ojos se detuvieron en Jessie, parcialmente oculta por la densa arboleda.

—Jessica, querida, ven aquí —gorjeó la señorita Flora, haciendo un gesto.

No hubo modo de evitarlo. Con la falda manchada de pasto y lodo porque había estado arrodillada, jugando con *Jasper*, los cabellos en desorden y la cara sin duda manchada, Jessie salió del huerto.

—Hola, querida —dijo la señorita Laurel, que al parecer no advirtió el lamentable aspecto de Jessie.

—Hola, señorita Laurel, señorita Flora. —Jessie besó obedientemente las dos mejillas que se le ofrecieron. Ya estaba resignándose al rito.

—Estas buenas señoras tienen que hacerte... una propuesta —la voz de Celia era dulzona. Al dirigir una rápida mirada a su madrastra, Jessie tuvo la certeza absoluta de que, fuera cual fuese la propuesta, Celia no la veía con buenos ojos.

—¡Nada de propuestas! —dijo directamente la señorita Flora—. Hemos venido a buscar a Jessica para ir a Jackson.

—El querido Stuart afirma que ella no tiene qué ponerse —intervino Laurel.

—¿A Jackson? —Horrorizada, Jessie miró primero a una dama y después a la otra.

—Por supuesto, les dije que no puedes salir así como estás —afirmó Celia. Por una vez, los sentimientos de Celia coincidieron perfectamente con los de Jessie.

—Por supuesto, Jessica vendrá con nosotras —dijo la señorita Flora.

—Querida, corre a la casa y cámbiate de ropa, y prepara una maleta. No necesitas traer más que una muda de ropa. Te compraremos todo lo necesario cuando lleguemos a Jackson —dijo la señorita Laurel, como un eco de su hermana.

Jessie miró primero a una y después a la otra.

—Es muy amable de parte de ustedes, pero en realidad yo...

La señorita Flora la obligó a callar:

—Tonterías. Celia está muy atareada adaptándose a su nueva vida conyugal para preocuparse por tus ropas. Y ahora nosotras somos tus tías. Es natural que nos acompañes en este viaje.

—Pero en realidad, yo... —La protesta de Jessie se apagó en presencia de la expresión decidida de la señorita Flora. La idea de acompañar a las señoritas Flora y Laurel en una expedición de compras que podía durar varios días era demasiado terrible para contemplarla. Las ancianas damas parecían bien intencionadas, pero Jessie apenas las conocía. Estaba segura de que enloquecería si tenía que soportar el parloteo de las damas durante varias horas seguidas. La idea de comprar nuevos vestidos la sedujo un momento (el recuerdo de su propia figura en el último y llorado vestido amarillo aún la reconfortaba), pero no si tenía que viajar a Jackson para conseguir la ropa. La verdad del asunto era que en el curso de su vida Jessie nunca había pasado una noche fuera de Mimosa. La idea la atemorizaba un poco.

—Está decidido —dijo severamente la señorita Flora.

—Nuestro querido Stuart nos pidió que viniéramos a buscarte —agregó la señorita Laurel, como si eso definiera absolutamente el asunto. Y para gran desaliento de Jessie, en efecto lo definió.

A pesar de sus aprensiones, el viaje fue divertido. Se

ausentaron poco más de dos semanas, y el viaje pasó en un torbellino de compras. Para sorpresa y complacencia de Jessie, se vio que la señorita Flora tenía un ojo infalible para el color y el estilo. Jessie, que no confiaba en sus propios instintos en ninguno de los dos casos, permitió que la señorita Flora decidiera lo que ella necesitaba. El único conjunto que eligió personalmente fue un traje de montar azul intenso, de corte militar, que según le aseguró la señorita Flora le sentaría maravillosamente. Cuando se probó el vestido por última vez, poco antes de iniciar el viaje de regreso a casa, Jessie tuvo que reconocer que la señorita Flora de nuevo había acertado: el traje de montar destacaba su figura como ninguna prenda lo había hecho jamás en el curso de su vida.

La señorita Flora había decidido que los colores intensos y brillantes eran lo mejor para Jessie. Ella cuestionó en silencio el criterio de la anciana dama cuando escuchó el correspondiente decreto, pero al cabo de una quincena de compras estaba emocionada con los resultados. Había algo en la luminosa intensidad del azul zafiro y el verde esmeralda y el rojo rubí, que realzaban maravillosamente los ojos y la piel de la joven. Los colores determinaban que sus ojos parecieran más grandes y luminosos, con un marrón más intenso y reluciente, y que su piel cobrase la blanca suavidad de una flor de magnolia. Desconcertada al ver su propia imagen reflejada, Jessie pensó que la piel tenía una textura casi aterciopelada al tacto. De pronto, recordó que Stuart había dicho que su piel era hermosa. Ansiaba que llegase el momento en que él la viese adornada por las nuevas prendas.

Jessie también se sintió conmovida al descubrir que estaba mucho más delgada. No era su imaginación, ni un efecto de la luz. Sí, se la veía casi esbelta. En el curso del verano había sumado casi un centímetro y medio a su estatura, y, por su parte, el vientre, las caderas y sobre todo la cintura parecían haberse adelgazado casi mágicamente. Jessie no estaba muy segura del origen del cambio (incluso se preguntó al principio si quizá la modista no tenía un espejo especial que adelgazaba a las clientas y le ayudaba a vender sus modelos); pero lo cierto era que, por la razón que fuese, ella había adquirido la figura de una hermosa mujer. En todo caso, ni siquiera apelando a la mayor exageración podía afirmarse que era obesa.

—Caramba, Jessica, te has convertido en una auténtica belleza —dijo la señorita Laurel con amable sorpresa cuando Jessie llegó del encuentro que le había inspirado más temor, la vez que se sometió a las tijeras del peluquero.

—Sabía que así sería —replicó satisfecha la señorita Flora—. Es la imagen de su madre. ¿Recuerdas, hermana, que Elizabeth Hodge rechazó pretendientes que habían llegado incluso desde Nueva Orleans, antes de decidirse por Thomas Lindsay?

—Es cierto, así fue —dijo asintiendo la señorita Laurel.

Jessie, que había estado muy atareada tratando de percibir la imagen de su nuevo tocado en todas las vidrieras frente a las cuales pasaban, dejó de torcer el cuello para ver el reflejo, y tuvo tiempo de sonreír un poco temblorosa a las señoritas Flora y Laurel.

—¿De veras me parezco a mi madre? —Los recuerdos que Jessie tenía de su madre respondían a una hermosa dama de cabellos negros, que parecía estar sonriendo siempre. Era imposible imaginar que jamás hubiera tenido el mismo aspecto que ella.

—Quien haya conocido a Elizabeth, adivinará inmediatamente que eres su hija —contestó en voz baja la señorita Flora. Jessie comprobó inquieta que comenzaba a cerrársele la garganta. De pronto, experimentó un sentimiento de añoranza por ella, y un dolor más intenso que lo que había sentido nunca.

—Pero dejemos eso —agregó bruscamente la señorita Flora al advertir la súbita emoción en la cara de Jessie—. Quédate quieta, niña, y permítenos ver tus cabellos. Ciertamente han mejorado. Por lo menos, ya no te cubren la cara.

Agradecida por la distracción, antes de ponerse en ridículo en una calle pública, Jessie se detuvo obediente y movió la cabeza a un lado y al otro, sometiéndola a la inspección de las tías.

—¿Realmente les agrada? —preguntó un minuto después.

La peluquera había usado las tijeras en los cabellos de Jessie con implacable indiferencia, y Jessie, en silencio, se sentía abrumada por la longitud y el número de rizos que cayeron al piso. Detrás, el pelo era casi tan largo como antes, y alcanzaba incluso a sobrepasar la cintura. Toda esa díscola cabellera había adquirido forma y disminuido, pero los rizos alrededor de la cara habían sido podados implacablemente y ahora formaban una profusión de mechones cortos. Madame Fleur, la peluquera, había mostrado a Jessie el modo de sujetarlos atrás, de manera que la densa masa de cabellos formase un cilindro en la coronilla de la cabeza. Los rizos más cortos adelante enmarcaban la cara como una suerte de aureola. El efecto era encantador, y madame Fleur afirmó que si aseguraba bien los cabellos con alfileres, el peinado podría soportarlo todo, incluso un huracán. Asimismo, madame

Fleur dijo a Jessie que si lo deseaba podía usar los cabellos sueltos, con los mechones apartados de la cara y asegurados por un lazo, pero, también le sugirió que no intentara usar ese estilo en mitad del verano. Con tanto calor, el notable grosor de los cabellos de Jessie cumpliría la función de una manta, y era muy probable que mademoiselle se asfixiara.

—Se te ve hermosa —dijo la señorita Laurel, sonriendo después de admirar desde todos los ángulos el nuevo tocado de Jessie.

—Muy acertado —coincidió la señorita Flora. Y Jessie, que a hurtadillas dirigió muchas otras miradas de admiración a su propia imagen en las vidrieras de las tiendas, mientras regresaban al hotel, decidió complacida que las señoritas Flora y Laurel tenían razón.

Pese a sus aprensiones, Jessie lo pasó tan bien en Jackson que casi se resistió a partir. Pero cuanto el carruaje más se acercaba a Mimosa, más ansiaba volver al hogar. En los últimos kilómetros del trayecto finalmente sufrió el ataque de añoranza que había temido. No veía el momento de estar de nuevo en su casa. Era difícil decir a quién o qué había extrañado más: si a Tudi, a Sissie, a *Luciérnaga* y a *Jasper* o a Stuart.

Pero, cuando el carruaje se detuvo frente a la puerta principal de Mimosa, Jessie descubrió sorprendida que también extrañaría a las tías. Una situación terrible.

—No descenderemos, querida —dijo bruscamente la señorita Flora. Jessie la miró, y después desvió los ojos hacia la señorita Laurel, y, en ese momento, detestó la idea de separarse de las damas. Respondió con un gesto impulsivo, se inclinó para abrazar a la señorita Laurel, y después, con mucha fuerza, a la señorita Flora.

—Gracias a ambas —dijo, dominando el súbito nudo en la garganta. Y lo decía en serio.

La señorita Flora murmuró algo, y la señorita Laurel palmeó el hombro de Jessie.

—No olvides que ahora somos miembros de la misma familia. Tienes que venir a vernos —le dijo la señorita Laurel.

—No lo olvidaré —prometió Jessie. Después, cuando Ben, el anciano conductor de las señoritas Flora y Laurel, que las había llevado sanas y salvas todo el camino a Jackson y de regreso, abrió la puerta, Jessie sonrió por última vez a las ancianas y descendió del carruaje.

—¡Adiós, Jessica!

—¡Adiós!

Thomas y Fred ya estaban recogiendo las docenas de cajas que Ben había descendido del techo del carruaje. Los dos saludaron ruidosamente a Jessie. Ella retribuyó los saludos, sinceramente contenta de verlos, de estar en casa, aunque en su fuero interior se sentía dolorida. Ella, la muchacha que nunca lloraba, ahora sentía la necesidad de contener el terrible impulso de gimotear. Mientras el carruaje que transportaba a sus nuevas tías descendió por el sendero y pasó al camino, en dirección a Tulip Hill, Jessie sintió que los ojos le ardían. Si el ataque brioso de *Jasper* no la hubiese distraído, no habría podido contener las lágrimas que la amenazaban.

## 19

Llegó septiembre, y también el cumpleaños de Seth Chandler. Todos los habitantes del valle conocían la fecha exacta —el 14— porque todos los años, en esa fecha, Elmway era el lugar donde se celebraba la reunión más importante de la temporada. Lissa era una excelente anfitriona, y llegaban invitados de muchos kilómetros a la redonda para comer asado, quemar fuegos artificiales y pasar una velada bailando. Muchos residentes de las plantaciones más lejanas pasaban la noche con los Chandler, y muchos más, la mayoría parientes, permanecían allí hasta un par de semanas. De hecho, la señorita May Chandler, la prima soltera de Seth, había venido a la fiesta tres años antes y nunca se había marchado. Nadie prestaba mucha atención a eso. En el sur, era usual que los hombres ofrecieran la protección de sus hogares a las parientas solteras. Y, de todos modos, la señorita May ayudaba a cuidar de los niños.

Jessie nunca había asistido a la fiesta de cumpleaños de Seth Chandler, o por lo menos no lo había hecho desde que era una niñita, y había ido con sus padres. Tampoco había pensado en la posibilidad de ir ese año, si Stuart no hubiese insistido.

—Por supuesto, irá —dijo impaciente, cuando Celia, después de descender de su dormitorio la mañana de la fiesta, le dijo que Jessie jamás asistía. Tanto Celia como Stuart ya estaban vestidos, y Minna acompañaba a Celia con el vestido de baile de la señora, cuidadosamente envuelto en papel de seda y plegado de modo que no se arrugase. Stuart preguntó acerca del paradero de Jessie. Después de recibir una respuesta que le desagradó, maldijo y fue a buscarla en persona. La encontró en el establo, preparándose para emprender su cabalgada matutina. Ya estaba montada en *Luciérnaga* cuando él entró por la otra puerta. Ataviada con el nuevo traje de montar azul que realzaba maravillosamente su cutis, al mismo tiempo que confería a su cintura una esbeltez inverosímil, los cabellos apenas un poco más oscuros que el pelo de la yegua alazana que estaba montando de costado, formaba un hermoso cuadro. A juzgar por los labios apretados de Stuart cuando la miró, era evidente que él no estaba de humor para apreciar eso.

—Bien, ¿deseaba hablar conmigo? —preguntó Jessie, con aire inocente después de un momento de silencio. Espoleó a *Luciérnaga* de modo que la yegua quedó directamente frente a Stuart. *Jasper* había brincado hacia delante después de ver a Stuart, que era uno de sus grandes favoritos, y hacía todo lo posible para expresar su saludo en el estilo secular de los perros. Mientras Stuart, maldiciendo, sostenía a *Jasper* lejos de su chaqueta y sus pantalones de equitación inmaculados mediante el simple recurso de aferrar con ambas manos una enorme pata delantera del animal, Jessie comprendió que por primera vez ahora tenía el placer de mirar desde cierta altura a Stuart. Saboreando la desusada ventaja de la altura, observó con una leve sonrisa cómo él reprendía bruscamente a *Jasper*, soltaba las patas del perro, y lo mantenía quieto apoyando una mano en la cabeza del animal. *Jasper* entendió que ese gesto era una caricia incipiente. Inmediatamente reclamó más, se echó sobre el vientre y rodó sobre el lomo con las patas batiendo el aire. Era una evidente invitación a Stuart para que le rascase el vientre. Jessie se echó a reír. Stuart la miró. Por su expresión, era evidente que por lo menos él no se sentía divertido.

—Desmonta —dijo.

—Saldré a cabalgar —contestó ella, no tanto discutiendo como sorprendida.

—Irás a la fiesta de los Chandler. —Tanto en su voz como en sus ojos se manifestaba la irritación. Tenía los puños junto a las caderas, y los pies calzados con botas estaban bien separados, en una postura agresiva.

—Nunca voy.

—Bien, esta vez irás.

Mientras Jessie lo miraba, él murmuró algo que la joven no alcanzó a oír bien, pero que estaba segura no era muy agradable. Después, adelantándose, él levantó los brazos para sujetarla por la cintura y en un solo movimiento la retiró de la silla. Jessie contuvo una exclamación. *Luciérnaga* se movió nerviosamente, *Jasper* se incorporó de un salto y ladró, y Progreso avanzó deprisa, para sostener la cabeza de la yegua.

—Pero yo no quiero ir —protestó Jessie, mientras cerraba las manos sobre los antebrazos de Stuart para conservar el equilibrio, cuando él la depositó en el suelo. Sintió muy fuertes y duros bajo sus manos los músculos de los brazos del hombre, incluso a través de la tela de la chaqueta y la camisa. Por propia iniciativa, los dedos de Jessie se demoraron sobre esa firmeza sobrecogedora. Casi inmediatamente avergonzada de sí misma, cerró las manos para convertirlas en puños y las retiró. Incluso desde aquel día en el algodonal, cuando su cuerpo la había traicionado de un modo tan embarazoso, Jessie se había esforzado por pensar en Stuart rigurosamente bajo una luz neutra. Además del hecho de que se hubiera convertido al mismo tiempo en amigo y mentor, era el marido de su madrastra. ¡Santo Dios! Las imágenes extraviadas de su persona, que a veces se deslizaban en el cerebro de la joven, eran realmente perversas.

No estaba dispuesta a reconocer el chisporroteo que provocaban en sus nervios las manos de Stuart en su cintura. No, no lo aceptaría.

—Irás —dijo Stuart. Agradecida ante la posibilidad de concentrar la atención en las palabras de Stuart y no en la sensación que le provocaba en la cintura, Jessie cerró los dedos encorvados sobre su propio pecho, y miró a su interlocutor.

Fue un error.

Él la miraba con enojo, pero sus ojos eran tan azules que su expresión apenas importaba. Tenía la cara delgada, bronceada, con una inquietante belleza bajo las ondas de los cabellos negros. La boca estaba apretada por la irritación, pero de todos modos era hermosa.

Las manos eran grandes, y sostenían con firmeza la cintura de Jessie. Esa cintura ya había adelgazado bastante, de modo que los pulgares de Stuart casi se unían sobre el ombligo de la joven. Cuando sintió la presión, incluso muy suave, en su carne blanda, Jessie temió que sus entrañas se derretirían. Se mordió con fuerza el labio inferior. Mientras aún tenía voluntad para hacerlo, se apartó de él, y del contacto seductor de sus manos.

—No quiero ir —dijo, forzando a consolidarse de nuevo a sus rizos rebeldes. Temerosa de que él leyese la reacción en sus ojos, Jessie desvió la mirada.

—Mírame. —Su voz era impaciente. Aunque de mala gana, Jessie hizo lo que él exigía. Temía que si no lo miraba, él volviese a tocarla.

Algo en la cara de Jessie seguramente atenuó la irritación de Stuart. Cuando habló, su voz se había suavizado.

—Escúchame, Jessie. Es poco menos que absurdo que te conviertas en una reclusa, y de ningún modo yo lo permitiré. ¿Pensaste alguna vez en el futuro? ¿No quieres casarte y un día tener hijos? Por supuesto, lo deseas. Todas las mujeres quieren eso.

Jessie meneó la cabeza y abrió la boca para negar —con cierta verdad— que ella sintiera tal impulso. Antes de que pudiese hablar, él estaba aferrándole los hombros, y era evidente que se proponía sacudirla.

—Celia no tiene excusa por haber permitido que crecieras de ese modo, pero tú también eres culpable. Maldita sea, ¡Jessie, ya no eres una niña! Eres una hermosa joven, y habrá bandadas enteras de muchachos persiguiéndote si les ofreces la oportunidad de conocerte. Y les ofrecerás esa oportunidad. ¡Irás a esta fiesta aunque tenga que llevarte maniatada, cargándote al hombro, cada metro del camino!

Él le había dicho que era una mujer hermosa y deseable. ¿Eso significaba que él la consideraba hermosa y deseable? Las manos de Stuart sobre los hombros de Jessie parecían perforarle la piel. Jessie tragó, y luchó contra el ansia de cerrar los ojos.

—Está bien —dijo, y de nuevo se apartó de él. Tenía que hacer eso, o bien acercarse más y caer en los brazos de Stuart.

—¿Está bien? —repitió Stuart, y dejó caer las manos a los costados, la voz tensa a causa de la exasperación. Era evidente que no tenía idea del efecto que producía en ella. ¡Gracias a Dios que no tenía idea!—. ¿Qué significa eso?

—Está bien. Iré a la fiesta. —Si la capitulación parecía poco agradable, era porque ella no se sentía muy cómoda. Estaba tensa como una cuerda de violín, e igualmente dispuesta a temblar, y necesitaba separarse inmediatamente de él. Se volvió sin esperar nuevos comentarios de Stuart, atravesó deprisa el prado en dirección a la casa, y lo dejó allí, mirándola fijamente.

Más tarde, mientras viajaba al lado de Celia en el asiento trasero del carruaje abierto, Jessie se interrogó acerca de su propia actitud, al capitular tan fácilmente. No deseaba asistir a esa fiesta. Después de la muerte de su padre, ella había seguido su propio camino, y ni siquiera Celia le decía lo que tenía que hacer. Su espíritu voluntarioso era bien conocido en Mimosa y los alrededores, e incluso los esclavos, que la amaban, habían aprendido hacía mucho tiempo que era mejor permitir que la señorita Jessie hiciese su voluntad.

Pero con Stuart —por mucho que Jessie detestase reconocerlo— ella era como arcilla en sus manos. Tanto deseaba complacerlo que estaba dispuesta a los mayores extremos para cumplir sus exigencias. Lo cual, cuando pensaba en ello, era un reconocimiento inquietante. Que él la afectaba físicamente era innegable, por lo menos a los ojos de Jessie. Pero, en su deseo de complacerlo, había bastante más que eso. Jessie llegó finalmente a la conclusión de que sucumbía tan sumisamente a la prepotencia de Stuart porque eran amigos. Aunque se negaba a explorar el tema, ella sabía que la relación que se había creado entre ellos era mucho más compleja que la mera amistad.

Era extraño que un hombre a quien había conocido durante menos de medio año (y odiado al principio) tuviera tanta importancia en su vida. ¿Era sencillamente el hecho de que él se mostraba tan bondadoso con Jessie, tan sinceramente interesado en su bienestar, y por eso ella gravitaba alrededor, como un hombre hambriento gravita alrededor del alimento? Rara vez nadie, excepto los criados, se molestaba siquiera en hablarle, excepto para reprenderla o ridiculizarla. ¿Podía extrañar entonces que ella se sintiera deslumbrada por Stuart, y por ese universo de fraternidad cordial que él le había mostrado?

Por lo menos, ella no era la única a quien él había seducido, al extremo de que ahora prácticamente comía de su mano. Thomas lo seguía como una sombra casi constantemente cuando Stuart recorría los terrenos, y Fred rivalizaba con Thomas a la hora de prestar servicio al amo. Tudi y el resto de los criados de la casa hacía mucho que lo trataban con llana cordialidad, un honor que no habían concedido a Celia hasta que esta ya había vivido en Mimosa más de tres años. (Incluso después de diez años como ama de Mimosa, todavía ahora sencillamente la llamaban «señora». Celia, que no había nacido en una plantación, al parecer jamás había advertido el sutil desaire.) Cuando incluso Progreso se doblegó lo suficiente para ofrecer a *Sable*, el caballo del «señor Stuart», su mezcla especial de forraje destinado a fortalecerlo, Jessie comprendió que la plantación había caído: Stuart la había conquistado casi sin luchar. Y lo extraño del asunto era que ella se alegraba.

—¿Están bien? —Stuart, montado en su caballo, se acercó a preguntar. Montaba en *Sable*, y Jessie, Celia, Minna y Sissie viajaban en el vehículo, manejado desde el pescante por Progreso. Minna y Sissie miraron hacia atrás, y cada una estaba al cuidado de un vestido de baile cuidadosamente envuelto. Sissie, que había sido reclutada con el fin de que se desempeñara en el papel de criada de Jessie esta vez, parecía muy convencida de su propia importancia. Después de que le informaron cuál sería su tarea del día, se había puesto un delantal limpio y un turbante. Tenía la espalda muy erguida, y su cara era tan solemne como la de un juez, sentada en el coche, sosteniendo la caja con el vestido de baile de Jessie.

—Habríamos estado mejor si hubieses tenido la cortesía de pedir el carruaje cerrado —dijo malignamente Celia.

Jessie se estremeció un poco, pero Stuart parecía indiferente a la crítica de su esposa.

—Me pareció que les vendría bien un poco de aire fresco, para variar —contestó, y, aplicando las espuelas a los flancos de *Sable*, fue a reunirse con Ned Trimble, que también montaba a caballo y escoltaba a su familia, unos metros más adelante.

Elmway se extendía frente al río Yazoo. Era una casa baja, construida con madera y piedra, que vista desde afuera no parecía, ni mucho menos, tan grande como era en realidad. Estaba situada de tal modo que el fondo miraba al camino. Cuando el carruaje dobló el recodo y fue posible ver la residencia, Jessie advirtió que el sendero ya estaba poblado por carruajes que descargaban a sus ocupantes. Al recordar la acogida que le habían otorgado en la fiesta de compromiso, Jessie experimentó un acceso de nerviosismo. ¿También esta vez sería una proscrita social?

Jessie sabía que su aspecto era infinitamente mejor que en la fiesta de compromiso. Tenía un vestido de muselina blanca con volados azules (el blanco era de hecho el único color considerado apropiado para una joven de la edad de Jessie en horas de la tarde), pero le sentaba perfectamente. La prenda tenía adornos de cinta azul zafiro, e incluso esa pequeña proporción de color intenso realzaba los ojos y la piel de la joven. Una ancha faja del mismo tono de azul rodeaba su cintura. Tenía los cabellos recogidos a causa del calor, pues aún era verano. Los atractivos mechones creados por la tijera de madame Fleur formaban un suave halo alrededor de la cara.

—¡Hola, Jessie! ¡Hola, señora Edwards! —Nell Bidswell y Margaret Culpepper viajaban juntas en el carruaje de la madre de Nell, bajo la vigilancia de la señora Bidswell, y el señor Bidswell cabalgando junto a ellas. Se alineaban detrás de las damas de Mimosa. Jessie, sorprendida de que la saludaran, se volvió y agitó una mano. Celia hizo otro tanto, sonriendo en lo que, por lo que sabía Jessie, era la primera vez ese día.

Se intercambió otra salva de saludos cuando Chaney Dart y Billy Cummings se acercaron al carruaje de Bidswell. Mitchell Todd no estaba muy lejos. Cuando Jessie vio que se acercaba, se volvió deprisa, de modo que de nuevo quedó mirando hacia delante.

—Jessie, me pareció que Mitchell Todd era tu galán

—dijo astutamente Celia, con un brillo malicioso en los ojos. Celia no había dicho ni una sola palabra acerca de la transformación sufrida por la apariencia de su hijastra, un hecho que había provocado muchísimos elogios en todos los habitantes de Mimosa. Jessie sabía desde hacía mucho tiempo que su madrastra le profesaba antipatía, pero últimamente Celia parecía complacerse especialmente en hacer todo lo que pudiera provocar el sufrimiento de Jessie. Por supuesto, cuando Stuart no estaba cerca.

Antes de que Jessie pudiese formular la más mínima respuesta, la sorprendió oír la voz de Mitchell que pronunciaba su nombre. Avergonzada, fingió que no oía. Pero entonces, vio consternada que montado en su caballo él se acercaba al carruaje.

—Buenas tardes, señora Edwards. Hola, señorita Jessie.

Mitch saludó cortésmente a Celia, y a Jessie con más calidez. Como no podía evitarlo, Jessie se volvió para mirarlo y el saludo de respuesta fue, o por lo menos ella así lo esperaba, perfectamente equilibrado. Pero el recuerdo de la última vez que ella lo había visto aún era muy intenso. El recuerdo de la humillación de esa noche terrible le encendió las mejillas.

—¡Vaya, señorita Jessie, se ha convertido en una belleza mientras yo no miraba! —exclamó Mitch, mirándola con evidente sorpresa. Había una nota humorística en su voz, pero era evidente la sinceridad esencial de sus palabras. Jessie balbuceó, y se sonrojó de avergonzado placer. Celia miraba sonriendo, y Jessie se preguntó si ella era la única que adivinaba cuánto esfuerzo le costaba su sonrisa. Celia hervía de celos, como Jessie lo com-

de la dignidad de su amante con un desprecio evidente en sus ojos. Cuando Stuart se volvió hacia ella, la dama se mantuvo firme. Jessie pensó que su actitud expresaba una suerte de triunfo.

—Y ya que estamos, ¿qué te importa si yo me divierto? ¡Te casaste conmigo solo por apoderarte de mi dinero!

—Y tú te casaste conmigo para demostrar que podías hacerlo, de modo que nos parecemos uno al otro.

Stuart extendió súbitamente la mano y aferró uno de los rizos de Celia, y lo enroscó alrededor de sus dedos, y después dio un fuerte tirón.

—Sea cual fuere la razón por la cual nos casamos, resta el hecho de que estamos casados. No permitiré que mi esposa me convierta en un hazmerreír.

—¡Y yo no permitiré que mi marido me convierta en esclava!

Stuart sonrió, una sonrisa fría y siniestra tan perversa que por lo menos atemorizó a Jessie.

—Entiende lo siguiente: te he advertido. Si te sorprendo fornicando por segunda vez, te mataré.

Le soltó los cabellos, apartando los dedos de uno de los rizos con rudeza evidentemente destinada a dañar. Celia gritó y retrocedió deprisa, y se llevó la mano al cuero cabelludo dolorido.

—Te odio —escupió.

—Bien. —La palabra fue brutal. Celia le dirigió una mirada asesina, después se volvió sobre los talones y caminó hacia la casa.

»Perra —murmuró Stuart. Tenía la cara ensombrecida por la cólera. Metiendo los puños en los bolsillos de la chaqueta, se volvió en dirección contraria a la que había seguido Celia, y comenzó a alejarse de la casa.

Indecisa, Jessie lo vio marchar. ¿Debía dejarlo solo? La bajeza misma de todo lo que acababa de presenciar le había provocado náuseas, y Stuart ciertamente no parecía deseoso de compañía. Pero al ver la espalda rígida y orgullosa que desaparecía en medio de las sombras cada vez más densas, Jessie comprendió que en realidad, después de todo, no le quedaba alternativa. No soportaba que él estuviese solo. Mordiéndose el labio, caminó deprisa detrás de Stuart.

Cuando lo alcanzó, estaba apoyado en una pared de piedra alta hasta la cintura que dividía un campo. Jessie casi estuvo sobre él antes de verlo, a tal extremo la chaqueta azul oscura se fundía con las sombras de la noche.

Cuando se acercó a él, Jessie no dijo nada. Continuó en silencio mientras él miraba el campo, que se extendía del lado opuesto del muro. Ni con palabras ni con gestos él ofreció ningún indicio de que tuviese conciencia de la presencia de la joven. Y, sin embargo, Jessie comprendió que él sabía que estaba allí.

Pasaron unos minutos antes de que él hablase.

—Lamento que hayas tenido que presenciar eso —dijo al fin.

—No importa.

Entonces, él la miró fugazmente, antes de que sus ojos recobraran la expresión distraída que tenían antes.

—Me dijiste la verdad acerca de ella, ¿eh? Y yo retribuí tu esfuerzo con una bofetada. Jamás me disculpé por eso. Lo hago ahora.

—No importa —dijo de nuevo Jessie. Ella sabía que la respuesta era ineficaz, pero el dolor de Stuart era tan visible que también ella sufría.

—No la amo. Nunca la amé.

—Lo sé.

—Tenías razón. Me casé con ella por Mimosa.

—También eso lo sé.

—Pero creí que podía resultar. Pensé que ambos podíamos llegar a algo. ¡Dios mío! —Stuart cerró los ojos un momento, y después los abrió de nuevo para mirar sin ver al frente. Centenares de luciérnagas cruzaban la densa oscuridad como de terciopelo azul que ahora cubría la vastedad de los campos ondulados. Las luces parpadeaban constantemente. El espectáculo tenía una sobrecogedora belleza, como una danza mágica.

»Llevamos pocos meses casados y la odio. La odio tanto que la mataría. Dios me ayude. —Stuart se apoyó más pesadamente en la pared, las manos sobre la superficie áspera, la cabeza inclinada. Jessie apoyó una mano suave sobre la manga del hombre, y sintió que se le hacía un nudo en la garganta y la atenazaban las lágrimas. Stuart sufría, y por tanto, también ella. La conciencia de lo que estaba sucediendo, con todas sus consecuencias, era terrible.

»Dios mío, he provocado un embrollo —murmuró él, y de pronto alzó la cabeza. También levantó la mano, cerró el puño y lo descargó sobre el borde superior de la pared. Jessie se sobresaltó. La misma violencia desesperada del gesto provocó en el corazón de la joven un temor súbito e instintivo. Después, vio que él se había erguido, y que sacudía y flexionaba la mano derecha. La mano con la cicatriz. La misma que había usado para golpear a Chandler y descargarla sobre la pared.

Olvidando sus temores, Jessie tomó esa mano muy dolorida con las suyas, y comenzó a masajear suavemente la palma maltratada.

# 21

—Eso me hace bien.

Él miraba la cabeza inclinada de Jessie, que le masajeaba la mano, y Jessie sabía que él la miraba; lo intuía. Pero se negaba a levantar los ojos. Concentraba su atención exclusivamente en esa pobre y maltratada mano, porque temía permitir que se ocupara de otra cosa.

—¿Por qué tiene la cicatriz? —La pregunta estaba destinada a disimular muchos sentimientos contradictorios. La mano de Stuart, con la palma ancha y los dedos largos, era grande comparada con la de Jessie. La piel de la base y las yemas de los dedos era un poco áspera a causa de los callos. Contra la suavidad de la piel de Jessie, que le frotaba delicadamente los dedos, los callos parecían duros. Él tenía la mano tibia, bastante más oscura que la de Jessie, que parecía ridículamente blanca comparada con la de Stuart; y tenía el dorso salpicado de vello negro. La cicatriz en el centro de la palma era fea, circular y rojiza. Tenía los dedos inclinados sobre la palma, como respondiendo a una contracción muscular involuntaria. Jessie masajeó los tendones anudados bajo los músculos que los recubrían, y le pareció que se aflojaban un poco. De todos modos, no levantó los ojos.

—Una pelea a cuchillo. Hace unos meses.

Al oír esto, ella lo miró.

—¿Una pelea a cuchillo? —En su voz había un acento de incredulidad.

Los labios de Stuart se cerraron en un gesto sardónico.

—¿Eso te sorprende?

Jessie pensó un momento, y después meneó la cabeza.

—No. En realidad, no. Ahora que lo pienso, enredarse en una pelea a cuchillo parece armonizar perfectamente con su carácter. La primera vez que lo vi pensé que era un individuo peligroso.

Al oír esto, él sonrió apenas.

—¿De veras lo pensaste?

—Sí.

Mirarlo había sido un error, tal como ella sospechaba que sería el caso. Stuart estaba cerca, demasiado cerca. Tan cerca que ella alcanzaba a ver cada centímetro de la barba que había comenzado a oscurecerle el mentón, pese a que acababa de afeitarse cuando ellos habían salido de Mimosa. Tan cerca que podía percibir el calor de su cuerpo, u oler el débil aroma almizclado del hombre.

—Creo, Jessie, que estás aprendiendo a coquetear. —Pareció que él estaba un poco sorprendido, y al mismo tiempo, divertido.

—No estoy coqueteando. —Aunque ella dijo la frase en sentido literal, advirtió en el parpadeo de los ojos de Stuart que él interpretaba esa afirmación con un sentido completamente distinto. Entornó brevemente los párpados, y miró las manos pequeñas que frotaban y apretaban la suya.

—¿Es así? —Él volvió a mirarla en los ojos. Había una intensidad desusada en los ojos de Stuart, y Jessie sintió que eso era inquietante y que al mismo tiempo la emocionaba.

—No. —Fue nada más que un suspiro. Ella había interrumpido unos segundos antes el movimiento de sus manos, pero aún le aferraba los dedos.

—¿No?

—No.

—Ah. —Fue un sonido extraño. Stuart sonrió apenas, astutamente, e inclinó la cabeza hacia ella. Jessie sintió que su propia cabeza comenzaba a girar. Sus manos aferraron la de Stuart, sus uñas se hundieron en la piel del hombre, y ella ni siquiera contempló el peligro de lastimarlo. Dejó de respirar, y tampoco advirtió que había llegado eso. Alrededor de su persona pareció que la noche se inmovilizaba. Las luciérnagas parpadeantes, el chirrido de los insectos, el movimiento del follaje, cesó de existir. Todas las terminaciones nerviosas de su cuerpo se concentraron en esa cara sombría y apuesta que descendía hacia ella, en la boca hermosa y masculina que en una fracción de segundo tocaría los labios de la propia Jessie.

La mano libre de Stuart, la mano que ella no tocaba aunque lo deseaba con toda el alma, se elevó para sujetarle el cuello.

El corazón de Jessie latió con fuerza. Sintió que estaba a un paso de estallarle y comenzar a saltar sobre el campo como un conejo asustado. Ella se balanceó, y cerró los ojos...

Y los labios de Stuart rozaron apenas los de Jessie.

Fue una caricia suave, apenas sentida. Y, sin embargo,

el calor le recorrió el cuerpo, un calor tan intenso que ella sintió que se le derretían los huesos. Entreabrió los labios, y aspiró conmovida el aire. Sintió la necesidad de respirar jadeante. La mano de Stuart se cerró un instante sobre la nuca de la joven, y después se retiró. Jessie comprendió, con la parte de su mente que aún podía funcionar racionalmente, que él debía estar mirando la cara deslumbrada que ella le ofrecía.

Se impuso abrir los ojos.

En efecto, él estaba mirándola, con expresión inescrutable, y Jessie no alcanzaba a verle los ojos en la oscuridad que ahora los envolvía. Estaba cerca, aún más que antes, tan cerca que la falda de Jessie le rozaba las botas, tan cerca que los senos de pronto sensibles habían quedado a pocos centímetros del ancho pecho del hombre. La mano de Jessie todavía aferraba la que había sufrido la herida, y aunque ella sabía que era necesario hacerlo, no podía obligar a sus dedos a abrirse y apartarse.

—Lo hiciste muy bien.

—¿Qué? —No tenía idea de lo que él estaba diciendo. Stuart habló con voz despreocupada, demasiado despreocupada en vista del calor ardiente que recorría las venas de Jessie, tanto que ella no entendió lo que él dijo. Sentía que todo su cuerpo era fuego, que ardía, y él hablaba como si no hubiera sucedido nada.

—Tu primer beso. Fue tu primer beso, ¿verdad?

Era una pesadilla. Tenía que serlo. Él podía hablarle así en relación con una docena de temas triviales. Pero ese beso no había sido trivial, ni mucho menos. Pese a toda su suave brevedad, había sido la experiencia más conmovedora de la vida de Jessie. Ella aún lo estaba. Pero, poco a poco, muy paulatinamente, concibió la idea de que quizás él no se había sentido tan afectado como ella. Después de todo, era un hombre adulto, no un jovencito, un hombre casado, y tenía lo que ella pensaba que sin duda era una amplia experiencia besando mujeres. Lo que había sido una experiencia devastadora para ella, no había significado nada para Stuart.

—¿Jessie?

Mirarlo a los ojos y controlar su voz fueron dos de las cosas más difíciles que ella había hecho en su vida. Pero lo consiguió, porque era necesario. Si ella le daba a entender cómo la había afectado ese beso casual, nunca más podría volver a mirarlo a los ojos. Aunque su loco corazón ansiaba los besos de ese hombre, el resto de su persona temía la pérdida de la amistad. Y su vida realmente sería un páramo sombrío si perdía eso.

—Jessie, ¿estás bien? —En la voz de Stuart se manifestó una súbita aspereza, y entrecerró los ojos al examinarlo atentamente. La mano que ella había aferrado desesperadamente durante todo el episodio se movió y aferró con fuerza los dedos de la joven.

—Sí, por supuesto. —Jessie incluso pudo emitir una breve risa. Sentía que estaba envuelta en una bruma que había anulado todos sus sentidos, excepto el cálido hormigueo de su piel, pero deseaba disimular su reacción, aunque eso la destruyese. Para conservar su orgullo tenía que llevar a Stuart a la idea de que ese beso, al ocurrir, no había significado para ella algo más que para él—. Aunque por tratarse del primer beso no fue del todo lo que yo había esperado.

Stuart la miró con expresión de asombro.

—¿Estás diciendo que te sientes decepcionada? De veras, estás aprendiendo a coquetear. —Aflojó el apretón sobre la mano de Jessie. Cuando ella al fin lo soltó, pensó que parte de la tensión desaparecía de los hombros de Stuart—. Si yo fuera Mitch, u otro cualquiera de los muchachos que hubiera podido encontrarte sola aquí, me habría decidido a abrazarte y a darte un beso que no olvidarías fácilmente. Aunque en ese caso, por supuesto, te hubieras visto obligada a abofetearme.

—Bien, eso habría sido un placer —murmuró Jessie entre dientes, al mismo tiempo que esbozaba una sonrisa dura. El recurso salvador de la cólera comenzaba a insinuarse, gracias a Dios. Enfurecerse con él era mejor que sentir que un caballo le había asestado una coz en el estómago.

Aunque la respuesta era inteligible, Stuart frunció el entrecejo.

—¿Qué?

—Dije que quizá no abofeteara la cara de Mitch. O de quien fuese.

—En ese caso, querida, probablemente no eres una dama.

—Entonces ¿debo abofetear la suya? —¡Cómo le escocía la palma!

—¿Por ese beso tan breve? No fue más que un gesto de agradecimiento por la amable atención que me dispensaste. Bastante tolerable entre parientes, te lo aseguro.

—¿De veras? —Jessie sonrió animosamente y cerró los puños a los costados, bajo la protección de los pliegues de su falda—. Me alegro de haber sido útil. La próxima vez que Celia lo irrite, venga a verme.

Él interrumpió el movimiento de deslizar la mano bajo la chaqueta en busca de la caja de cigarros, y miró más atentamente a Jessie.

—¡Santo Dios, estás enojada! ¿Conmigo?

—No estoy enojada —dijo Jessie sin perder la sonrisa animosa y dura—. Pero tengo un poco de frío. Si me disculpa, creo que regresaré a la casa.

Ella inclinó ceremoniosamente la cabeza ante él, se volvió, recogió un poco las faldas y marchó en la dirección por donde había venido.

—Pero, Jessica. —La voz, que flotó en el aire, era un tanto quejosa, y según comprobó la propia Jessie, irritada, venía cargada de burla—. ¿Tu reacción no es un tanto extrema ante un beso decepcionante?

## 22

Jessie descubrió que la cólera era un magnífico embellecedor. Cuando vio su propia imagen reflejada en el largo espejo del armario de los Chandler, le llamó la atención el color de sus propias mejillas y el brillo de sus ojos. Ciertamente, estaba tan decidida a demostrar a Stuart —y a demostrarse a ella misma— que el beso no había significado nada para ella, absolutamente nada, que su actitud cobró una vivacidad que era absolutamente extraña a su carácter. Durante el resto de la velada, rio y coqueteó e incluso bailó, sostenida por un caudal suficiente de confianza basada en la furia para suponer que su inexperiencia en la pista de baile no sería motivo de embarazo. Y llegó a la conclusión de que se había desempeñado bastante bien. Por cierto, no careció de parejas, y cuando Stuart se retiró con ella y Celia de la celebración, por lo menos cuatro caballeros le habían pedido autorización para visitarla en Mimosa. Y Jessie concedió graciosamente los cuatro pedidos.

Además, por primera vez en su vida bebió brandy. Mitch le ofreció el primer sorbo cuando ella pidió amablemente saborear lo que tenía en la copa.

—No te agradará —le advirtió el joven, pero cuando ella insistió le acercó la copa a los labios. Con una mirada de reojo a Stuart, que se había reunido con los hombres que estaban alrededor de la mesa de los refrescos, Jessie bebió un poco. Como le había advertido Mitch, el licor le desagradó. Pero Stuart frunció el entrecejo cuando la vio beber, y eso era todo el acicate que Jessie necesitaba. En actitud desafiante, afirmó su gusto por la bebida, y le quitó a Mitch la copa, mientras paseaba por el salón del brazo del joven.

Media copa después, precisamente cuando comenzaba una cuadrilla muy agitada, descubrió a su lado a la señorita Flora.

—Querida, las damas beben únicamente ratafía —murmuró premiosamente la señorita Flora al oído de Jessie.

Al mirar por encima del hombro diminuto de la señorita Flora, Jessie encontró los ojos de Stuart, que desde el fondo de la sala la miraba con el entrecejo fruncido. Era obvio que él había enviado a su tía para criticarla. Bien, ella ya no era arcilla en las manos de Stuart, ¡y él lo descubriría muy pronto! Sonriendo desafiante, lo saludó con una inclinación de cabeza, y después bebió otro buen trago de brandy. Le costó evitar el ahogo cuando el líquido ardiente le llegó a la garganta, pero consiguió mantener el dominio de sí misma, e incluso tragar el brandy. El líquido le quemó la lengua y la garganta al descender, pero, después de otro trago más prudente, Jessie decidió que en realidad no era tan desagradable. Stuart la miraba con una expresión realmente tormentosa, y eso la indujo a tragar lo que quedaba en la copa y a pedir más. Abandonó la idea solo porque Mitch rehusó suministrarle más bebida, y en cambio la obligó a salir a bailar en la pista.

Después, siempre que sentía los ojos de Stuart fijos en ella, rogaba que le ofrecieran otro sorbo de brandy o de lo que estuviese bebiendo su pareja del momento. Descubrió que el vino era un poco más tolerable que el brandy, y en cambio el bourbon era casi insoportable. Bebió solo un poquito aquí, y un trago más allá, mientras el caballero que la acompañaba la observaba con una sonrisa indulgente. La expresión de Stuart era cada vez más sombría. Jessie casi ronroneaba. ¡Si había descubierto el modo de irritarlo, eso la alegraba!

Comprobó que el único efecto que el alcohol tenía sobre ella era acentuar su vivacidad y su encanto, hasta un extremo desconocido antes. En todo caso, consiguió seducir a Mitch. Visiblemente atraído, el joven bailó con Jessie dos veces, y estuvo revoloteando alrededor de ella incluso cuando Jessie salió a bailar con otros hombres. Bailar más de dos veces con una misma pareja que no fuese un pariente cercano era una actitud impropia. De no haber mediado esa norma, Jessie tenía la certeza de que Mitch no le habría permitido apartarse de su lado. Las atenciones que él dispensaba a Jeanine Scott eran completamente superficiales. La hermosa mujer morena evidentemente estaba conmovida por la deserción de Mitch. Jessie no habría sido humana si no hubiese sentido un infinito placer ante ese resultado. En general, la velada de Jessie fue un triunfo. Entonces ¿por qué, pese a tantas sonrisas y risitas coquetas se sentía tan mal?

Todavía no era la una, y la fiesta estaba muy animada, cuando Stuart se acercó por detrás, mientras Jessie charlaba alegremente con Oscar Kastel. Bess Lippman dirigía miradas furiosas a los dos desde un rincón de la sala, donde se había sentado con su madre. ¡Bess Lippman, esa perrita perversa, estaba sola, y su galán miraba ansioso a la pequeña Jessica Lindsay! Jessie resplandecía triunfal, pero de pronto sintió que una mano le aferraba el brazo. Sonriendo, miró por encima del hombro, pues supuso que vería a Mitch o a uno de la multitud de sus admiradores, pero descubrió en cambio que era Stuart, y su sonrisa se desvaneció. La sonrisa cortés de Stuart no alcanzaba a disimular el brillo de desagrado de sus ojos. De modo que no le agradaba el comportamiento de Jessie, ¿eh? ¡Magnífico!

—Buenas noches, señor... Kastel, ¿verdad? —La voz era agradable, pero la mano sobre el brazo de Jessie presionaba con fuerza.

—Sí, señor. Hola, señor Edwards. Oí decir que este año tuvieron una excelente cosecha de algodón en Mimosa.

—Sí, en efecto. Jessie, Celia está enferma. Aunque me desagrada echar a perder tu velada, tenemos que marcharnos.

—Celia... —Jessie comenzó a protestar, a reclamar a Stuart por lo que ella sabía perfectamente que era una mentira, pero la mirada de advertencia que él le dirigió y la renovada fuerza con que le apretó el brazo la disuadieron. Sabía que hacer una escena en público solo serviría para humillarla. No dudaba un momento en que Stuart no vacilaría en tomarla en brazos y retirarla de la casa, si ella rehusaba acompañarlo.

Sonrió, con la misma sonrisa falsa que él le dirigía, y dijo:

—Oh, Dios mío.

—Sí, así es. —Los ojos de Stuart se volvieron hacia Oscar Kastel—. Señor Kastel, le ruego nos disculpe.

—Oh, sí. Por supuesto. Señorita Jessie, espero volver a verla pronto.

—Adiós, señor Kastel.

Jessie permitió que Stuart la sacase de allí. No parecía haber otra posibilidad.

Al surtir el efecto del aire frío de la noche, Jessie vaciló un poco. La mano de Stuart le apretó con más fuerza el brazo.

—Mareada, ¿eh? Ya lo sospechaba. —Su voz expresaba disgusto.

—De ningún modo —dijo Jessie con dignidad, y para demostrarlo se desprendió de la mano de Stuart y caminó por sí misma hacia el carruaje, sin vacilar ni una vez.

Celia ya estaba allí, lo mismo que Sissie y Minna. Progreso ocupaba el pescante. Desdeñando la ayuda de Stuart, Jessie alzó las faldas casi hasta las rodillas y ascendió al carruaje. Celia la recibió con una mirada agria. Era evidente que le desagradaba esa partida anticipada, y que atribuía la culpa a Jessie. ¿O quizá todavía estaba enojada a causa de la escena que Jessie había presenciado antes? ¿Quién podía decirlo?

En todo caso, a Jessie no le importó mucho. Por una vez la actitud de Celia no significaba nada para ella. Estaba también enojada, efectivamente fatigada, la cabeza aturdida, y demasiado dolorida para inquietarse por los motivos de enojo de Celia.

—¡Tu comportamiento esta noche fue una vergüenza! —zumbó Celia cuando el carruaje inició la marcha.

—Es como si la sartén le dijese a la olla que está tiznada, ¿verdad, Celia? —preguntó tiernamente Jessie.

Celia la miró con los ojos agrandados. No era propio de Jessie replicar. Después, los entrecerró de nuevo. Pero como Minna y Sissie eran testigos silenciosas de lo que ella o Jessie podían decir, Celia eligió el camino más prudente, y no dijo nada. Jessie sospechó que lo que mantenía quieta la lengua de su madrastra era el temor de que ella revelase su relación culpable con Seth Chandler.

Stuart se había adelantado con su caballo, de modo que Jessie no volvió a verlo hasta que estuvieron de regreso en Mimosa. Pero, cuando el carruaje se detuvo, él estaba esperándolas en el porche, fumando uno de sus eternos cigarros. No intentó ayudar a descender a las damas, y dejó esa tarea a Progreso. Celia ascendió la escalera y pasó al lado de Stuart sin decir palabra. Pero, cuando Jessie se dispuso a hacer lo mismo, él la detuvo apoyando una mano sobre el brazo de la joven.

—Deseo hablar contigo una palabra, por favor —dijo en voz baja.

—Estoy cansada. —Jessie trató de apartarse de la mano de Stuart mientras Sissie y Minna, cada una de las cuales llevaba paquetes con las prendas usadas en la fiesta, pasaban al lado.

—De todos modos.

Su comportamiento era perfectamente cortés, pero los dedos que apretaban el brazo de Jessie parecían de hierro. Era evidente que estaba dispuesto a salirse con la suya. Jessie frunció el entrecejo, y al fin capituló con un gesto brusco. ¡Si él pensaba someterla a una represión, le esperaba una sorpresa! Tenía la sangre encendida, y estaba dispuesta a dar tanto como a recibir.

## 23

La biblioteca era una habitación pequeña hacia el fondo de la planta baja, y había sido poco usada hasta que Stuart fue a vivir a Mimosa. Él había reclamado como propia la habitación revestida de libros, y ordenó que la desempolvaran, aireasen y amueblasen con un escritorio de caoba macizo y cómodos sillones de cuero. Condujo a Jessie hasta la biblioteca, y se apartó cortésmente para permitir que ella entrara primero en la habitación, y después de pasar él mismo cerró la puerta. Con la vela que había tomado de un soporte, cerca de la puerta principal, encendió los cabos que había a cada lado de su escritorio. La luz parpadeante obtenida de ese modo proyectó sombras sobre todos los rincones de la habitación, y cuando él se volvió para mirar a Jessie también ocultó su expresión.

—Siéntate. —Indicó el sillón más próximo al lugar que Jessie ocupaba, en el centro de la habitación.

—Gracias, pero prefiero permanecer de pie. ¿Supongo que esto no durará mucho?

Ella lo enfrentó desafiante, el mentón alto, los ojos

brillantes. Ella miró un momento sin decir nada más, y fue a sentarse en una esquina de su escritorio, y dejó colgando, como distraído, la pierna larga calzada con la bota. El cuero negro muy lustrado relucía cuando él movió la pierna. El resplandor atrajo la mirada de Jessie. La mirada de la joven pronto se desplazó de esa bota móvil a la longitud formidable del hombre que la usaba. Como siempre, el aspecto de Stuart era inmaculado. A pesar de las vicisitudes de la jornada, tenía los pantalones de equitación sin una arruga, y el tejido marrón se adhería a los músculos poderosos de las piernas como si lo hubieran pintado encima. El chaleco de brocado se adaptaba al pecho ancho y a la cintura delgada sin formar una sola arruga. La chaqueta de faldones largos, confeccionada con tela azul, se adaptaba perfectamente a los anchos hombros. Ni una mancha desmerecía el pañuelo ajustado impecablemente, y la camisa parecía tan pulcra como en el momento en que se la había puesto esa mañana. Si los cabellos estaban un tanto desordenados por el viento, ese desarreglo le sentaba perfectamente. Un mechón de ondas negras caía sobre su frente, enmarcando la cara de rasgos clásicos. A la luz de las velas, sus ojos despedían reflejos muy azules.

Consciente de su propio desaliño —a pesar de la promesa de madame Fleur, el viento que había batido sus rizos en el viaje de regreso a la casa había conseguido desprender los largos rizos que ahora caían a los costados y sobre la nuca, y en la pechera de su hermoso vestido ahora había una mancha bien definida—, Jessie contempló ese atuendo perfecto con escasa simpatía. En realidad, miró a Stuart con el entrecejo fruncido.

—Puesto que me trajo aquí para reñirme, podría terminar de una vez, de modo que pueda ir a acostarme.

Algo, quizá las palabras o el tono cortante, lo divirtió. El gesto burlón en los labios de Stuart irritó todavía más a Jessie.

—Oye, no debes beber en las fiestas. Las buenas gentes de la región dirán que eres una muchacha ligera de cascos.

Si él parecía estar irritado con Jessie en casa de los Chandler, pareció que ahora la cólera se había disipado. Su voz a lo sumo expresaba una amable represión. Más aún, sonaba como la voz de un padre afectuoso pero fatigado, que reprende a un niño descarriado. ¡Pero ella ya no era una niña, y ciertamente él no era su padre!

—¡No se atreva a criticarme! Ni siquiera hubiera ido a esa estúpida fiesta si usted no hubiese insistido. Y me parece que su comportamiento esta noche fue mucho más censurable que el mío. Después de todo, yo no derribé de un puñetazo a mi anfitrión... ¡ni besé a mi hijastra!

Su intención no había sido decir eso, pero estaba tan irritada que las palabras se le escaparon. Y la observación de Jessie quedó suspendida entre ellos como un desafío.

Stuart apretó los labios. Era evidente que el inesperado contraataque lo había sorprendido y desagradado.

—No, no hiciste nada de eso, ¿eh? Te limitaste a coquetear absurdamente con todos los hombres más o menos disponibles, y, para colmo, te achispaste bebiendo más de la cuenta. ¡Bonita conducta, por tratarse de una jovencita primeriza!

—¡No peor que la suya! ¡O la de Celia! ¡Y no me llame una jovencita primeriza con ese tono protector!

—Ciertamente no peor que la de Celia, y te llamaré como me plazca —dijo Stuart, fingiendo una placidez que no sentía, aunque su mirada exhibía una profunda irritación. Comenzaba a mostrar un fulgor especial, y Jessie comprendió que había conseguido encolerizarlo. ¡Magnífico! ¡Lo quería enojado! ¡Tan enojado como estaba ella!

—Y, de todos modos, ¿qué le importa lo que haga? ¡Sería mejor que dedicara tanto esfuerzo a seguir los pasos de su descarriada esposa! ¡Recuerde que ella y no yo fue la que estaba en el invernadero!

—No te traje aquí para hablar de Celia.

Jessie se echó a reír. El resplandor de sus ojos se acentuó.

—Stuart, usted se arroga muchas pretensiones. ¡Ni deseo ni necesito que usted me diga cómo debo conducirme!

—¿De veras? Por el modo en que estuviste haciéndole ojitos a ese muchacho Todd, puedo esperar encontraros a los dos refugiándoos juntos en la oscuridad. Exactamente como haría tu madrastra.

—Usted es un canalla.

Ahora él le ofreció una sonrisa desagradable y se puso de pie. De pronto, en la pequeña habitación, pareció que su cuerpo era muy grande.

—Ni de lejos tan canalla como puedo serlo, te lo aseguro. Ni tan canalla como seré si te veo en una situación remotamente parecida a aquella en que sorprendí a Celia, o si me entero que has vuelto a beber alcohol.

—¡No se atreva a amenazarme!

—Jessie, estás poniendo a prueba mi paciencia.

—¡Magnífico!

Stuart apretó los labios. Cruzó los brazos sobre el pecho, inclinó la cabeza a un costado y la examinó atentamente. Jessie advirtió que él había conseguido de nuevo controlar su carácter, y que ponía todo su empeño en dominarse.

—Esta pequeña rabieta es porque te besé, ¿verdad?

—¡Está claro que no! ¡Y no tengo una rabieta!

—¿No? Estuviste alimentándola toda la noche. El coqueteo, la bebida... fue todo para molestarme, ¿no es así?

Jessie sintió que se le enrojecía la cara, pero si era por la cólera o la vergüenza o una combinación de las dos cosas, ella no estaba en condiciones de decirlo. Él permaneció de pie, apoyado en el escritorio, mirando con ese aire de superioridad, mientras ella balbuceaba como una idiota y Stuart exploraba despreocupadamente los secretos más recónditos del corazón de la joven. Rechinó los dientes, y en ese momento estuvo a un paso de odiarlo.

—¡Se cree muy superior!

—¿De veras?

Entonces él sonrió amablemente, y esa sonrisa compasiva fue su ruina. Con un grito inarticulado de cólera ella se abalanzó sobre Stuart, dispuesta a arrancarle la sonrisa de la cara con el recurso de las uñas.

—¡Eh!

Él le atrapó las muñecas amenazadoras, y la sostuvo a cierta distancia, mientras ella se retorcía y pateaba y le aplicaba todos los insultos que había oído en el curso de su vida. Pero los puntapiés a lo sumo le tocaban las botas, y los insultos le provocaban risa. La risa de Stuart la irritó todavía más, y, finalmente, él tuvo que sujetarle la espalda contra su propio cuerpo para someterla.

—¡Suélteme!

—Compórtate, y te soltaré. —Él continuaba sonriendo.

—¡Lo odio!

—Qué carácter, qué carácter.

—¡Basura! ¡Canalla!

—Mi madre siempre me dijo que me cuidase de las pelirrojas. Según afirmaba, tienen la sangre muy caliente.

—¡No soy pelirroja!

—Sí, lo eres. Y tienes el carácter correspondiente. Cálmate, Jessie, y te soltaré.

Jessie respiró hondo y permaneció muy quieta. Estaba de espaldas a Stuart, sus faldas apretadas contra los muslos del hombre, los brazos cruzados sobre el busto, mientras él le sostenía con firmeza las muñecas. De reojo, alcanzó a ver la ancha sonrisa de Stuart.

—No creo que un minúsculo beso justifique todo esto, ¿eh?

El tono de Stuart era casi burlón. Mentalmente, Jessie le aplicó una palabra tan desagradable que en circunstancias usuales ella se habría sonrojado nada más de oírla. Pero en voz alta dijo amablemente:

—¿Quiere tener la bondad de soltarme las muñecas? Me lastima.

—Bien, compórtate.

Él aplicó a las muñecas un apretón de advertencia, y después, lentamente, las soltó.

Apenas Jessie quedó libre se volvió bruscamente y descargó una fuerte bofetada sobre la cara sonriente de Stuart.

—¡Esa es mi opinión acerca del valor de su beso!

—¡Ay!

Él retrocedió un paso, y se llevó la mano a la mejilla. Los ojos se le abrieron como órbitas a causa del asombro. Durante un momento se limitó a mirarla, con expresión tan cómica que ella olvidó sentir miedo. Le dirigió una sonrisa de malicioso triunfo. Y entonces fue ella la que cometió el error.

—¡Tú... mocosa! —dijo apretando los dientes, y extendió las manos hacia Jessie.

—¡Oh! —Él cerró las manos sobre los brazos de Jessie, y la atrajo. Durante un momento, Jessie miró con hostilidad esos ojos que relucían, tibios y luminosos como diamantes. Después, con un sonido que pudo haber sido un gruñido o una maldición, Stuart inclinó la cabeza.

Esta vez, cuando la besó, el gesto no tuvo nada que ver con la suave dulzura del episodio anterior. Fue un beso fiero y áspero, destinado tanto a ventilar la cólera de Stuart como a enseñar una lección a Jessie. Con los ojos muy abiertos, Jessie trató de apartar la cabeza, pero él impidió el movimiento apretándola en sus brazos, de modo que la cabeza quedó prisionera de la inflexible dureza del hombre de Stuart. Su boca se aplastó sobre la de Jessie, presionando los labios de la joven contra sus dientes, hasta que ella tuvo que abrirla. Después, de un modo increíble, su lengua se metió en la boca de Jessie. Afirmó su audaz posesión, acariciándole el paladar, el lado interior de las mejillas y la lengua.

Esa invasión cálida y húmeda la asustó, y Jessie gimió y se retorció en actitud de protesta. Con gran alivio de la joven, Stuart de pronto se puso rígido y levantó la cabeza. Durante un momento se miraron, los ojos de Jessie grandes y temerosos, los de Stuart enturbiados por emociones que él mismo no atinaba a definir.

Y, de pronto, él la soltó y retrocedió un paso.

—Ahora, abofetéame —dijo con voz grave.

Actuando ciegamente, más por instinto que porque

él lo hubiese dicho, Jessie echó hacia atrás la mano y descargó sobre Stuart un golpe que resonó en la pequeña habitación y le sacudió la cabeza. Después, se apartó rápidamente del alcance de Stuart.

Él permaneció mirándola, solo mirándola, durante varios segundos, mientras sus dedos largos exploraban su propia cara. La sangre vino a teñir la marca que ella había dejado; la impronta de la mano de Jessie era claramente visible en la mejilla de Stuart. Jessie se llevó los dedos a la boca. Temblándole los labios, lo miró sin hablar.

Finalmente, él quebró el silencio.

—Vete a la cama, Jessie. —Su voz carecía de emoción. Su cara también parecía vacía, mientras la miraba. Los dedos todavía continuaban apoyándose en la mejilla enrojecida. Jessie adivinó que el lugar marcado había comenzado a latir y a doler. Todos los instintos la inducían a acercarse a Stuart, a disculparse, a hallar el modo de compensar el golpe que lo había afectado.

Y, de pronto, recordó ese odioso beso.

Sin decir palabra, Jessie se volvió y huyó.

## 24

Durante los diez días siguientes la situación doméstica en Mimosa se deterioró gravemente. Jessie dedicaba la mayor parte de su tiempo a esquivar a Stuart, y la joven sospechaba que también él hacía todo lo posible para evitarla. Celia oscilaba entre accesos de agrio sarcasmo y de hosco silencio, y las arrugas de descontento aparecieron casi de la noche a la mañana y vinieron a avejentar su cara otrora juvenil. Aunque el dormitorio de Jessie se hallaba en la estructura original, daba al frente de la casa, y Celia y Stuart tenían habitaciones distintas pero contiguas en el ala trasera, más reciente. Por la noche discutían con tanta violencia que Jessie no podía abstenerse de oírlos. O por lo menos oía la voz de Celia, que gritaba furiosa a su marido. Generalmente no escuchaba las respuestas de Stuart, aunque cierta vez él gritó:

—¡He dicho que salgas de aquí, perra! —con intensidad suficiente para sobresaltar a Jessie, que casi se había dormido. Otra vez, oyó un golpe resonante, como si hubiese caído algo pesado, o lo hubiesen arrojado, seguido por el grito de Celia.

Estos sonidos inquietaban y atemorizaban a Jessie, de modo que sepultaba la cabeza bajo la almohada y fingía que no los escuchaba. Como todos los esclavos dormían con sus familias en su propio sector, Jessie era la única testigo de esa violencia casi cotidiana. Con la salida del sol, y la aparición de los criados, las cosas retomaban su curso normal, excepto la tensión que prevalecía en la casa. Era una atmósfera tan densa que Jessie podía sentirla gravitar como una manta, siempre que ella estaba bajo techo. Los criados también la sentían. Tudi, Rosa, Sissie y el resto cumplían sus obligaciones en un silencio desacostumbrado. Todos, incluso Jessie, tendían a sobresaltarse cuando aparecía Celia.

Por otra parte, Jessie tenía ahora un auténtico exceso de galanes. Durante los días que siguieron a la fiesta en casa de los Chandler, Oscar Kastel, Billy Cummings, Mac Wilder, Even Williams y Mitch Todd vinieron varias veces de visita. Jessie se sentaba con ellos en el porche o paseaba por el sendero, o salía de excursión en los vehículos de los visitantes, en compañía de Tudi o Sissie, en bien de la decencia. Fue un momento en que Jessie se habría sentido sumamente complacida de tener sobre todo a Mitch en el papel de galanteador, pero estaba tan agobiada por la sensación general de infelicidad de Mimosa, y en particular por el estado de su relación con Stuart, que la cristalización de un sueño que ella había alimentado durante años —que Mitch Todd fuese su pretendiente— no le aportó el placer que ella siempre había creído que extraería de él. Desalentada, Jessie descubrió que sonreía por las bromas de Mitch y bajaba recatadamente los ojos ante sus cumplidos, al mismo tiempo que necesitaba hacer un esfuerzo consciente para evitar que sus pensamientos volasen en otras direcciones.

Y ella sabía que todo eso era imputable precisamente a Stuart.

Jessie no sabía si Stuart tenía conciencia de la reciente popularidad que ella había conquistado. Pasaba todo el día en los algodonales, mientras los peones trabajaban para recoger el resto de la cosecha antes de los primeros fríos otoñales. Las flores de algodón habían pasado hacía mucho tiempo del rosado al púrpura. Cuando las flores comenzaban a agostarse, signo de que las plantas habían completado su desarrollo, todos los hombres, las mujeres, los niños y las mulas de Mimosa salían a los campos, y recorrían las hectáreas salpicadas de puntos blancos como un ejército de hormigas. El zumbido lejano de los espirituales que flotaba sobre los campos se unía al rumor del río cercano, y formaba un trasfondo sonoro tan conocido que Jessie casi no lo escuchaba. Solamente ella, Celia y los criados de la casa quedaban exentos del trabajo en el campo.

Cuando no estaba atareada con sus visitantes (que pronto llegaron a ser tanto una molestia como un placer, pues su llegada significaba que Jessie debía atenderlos), pasaba la mayor parte de su tiempo montando a caballo. Dos veces fue a Tulip Hill a pasar la tarde con las señoritas Flora y Laurel, con quienes había estrechado gradualmente las relaciones. Casi siempre trataba de regresar bastante después de la cena, la que Celia y Stuart aún tomaban en sombrío silencio. Pero ya no cabalgaba por el campo para ir a reunirse con Stuart.

Finalmente, Chaney Dart pidió la mano de Nell Bidswell, y los Bidswell ofrecieron una cena de gala para realizar el anuncio. Con gran sorpresa de Jessie, Celia rechazó la invitación. Stuart también se negó a asistir, con el argumento de que tenía demasiado trabajo con la cosecha del algodón. Por propia iniciativa, acicateada por el deseo de demostrarle que ella no era una joven socialmente tan atrasada como él creía, Jessie fue sola, acompañada por Tudi y Progreso, y vio sorprendida que en realidad lo pasaba bien. Sospechaba que la desusada negativa de Celia a asistir a una reunión en el vecindario había sido provocada por Stuart, que, por lo que conjeturaba Jessie, deseaba evitar una repetición de la indiscreción de Celia con Seth Chandler. Aunque, por lo que Jessie juzgaba, tales precauciones de parte de Stuart eran mera pérdida de tiempo. Celia llevaba a los hombres en la sangre, y si no encontraba un acompañante dispuesto en un lugar, lo buscaría en otro. Incluso en su misma propiedad, durante las largas y cálidas tardes del verano.

Llegó octubre. Disminuyó el calor. Mitch Todd llegó a caballo con Billy Cummings bastante tarde cierto día, y sorprendió a Jessie en el momento mismo en que ella se preparaba para salir de la casa. Celia había desaparecido, como solía hacer después del almuerzo, para retornar a la hora de vestirse, poco antes de la cena. Jessie deseaba tener la certeza de que estaba fuera del alcance de los flechazos verbales de Celia antes de que su madrastra retornase. Últimamente, Celia criticaba a todo y a todos con crueldad cada vez más acentuada. Después de Stuart, Jessie era su blanco favorito.

—Señorita Jessie, ¿irá a casa de los Culpepper la semana próxima?

Jessie estaba sentada al final de la escalera que conducía al porche alto. Billy Cummings, un joven de cuerpo alargado que tenía unos veinte años, ocupaba un lugar dos peldaños más abajo. La miraba ansioso al hablar.

—Bien, yo...

—Tiene que venir. El baile no será divertido si falta usted. —Mitch insinuó su sonrisa de costado y Jessie se preguntó por qué ese gesto ya no aceleraba como antes su corazón. Mitch estaba sentado en el mismo peldaño que Billy Cummings, sobre el extremo izquierdo en lugar del extremo derecho. Con Jessie un poco más arriba y entre los dos, la joven podía conversar igualmente con ambos. Al mirarlos, se preguntó qué había visto antes en esos dos. Ambos eran apuestos, altos, jóvenes de buena presencia, y mayores que ella por un año o dos; pero aun así no eran más que muchachos. Se sentía bastante mayor que ellos.

—Mitchell, usted sabe tan bien como yo que no soy muy buena en la pista de baile. —Jessie habló amablemente, ofreciendo una sonrisa deslumbrante al muchacho que antes había sido el dueño de su corazón.

La sonrisa de Mitch se ensanchó.

—¿A quién le importa si baila bien o mal? —contestó Mitch—. Lo que importa es que se la ve bonita cuando baila.

—Y por cierto que se la ve bonita —intervino Billy, que deseaba que su rival no lo superase. Jessie sonrió a los dos. Se había puesto un vestido de tarde de mangas cortas y cintura angosta, de muselina blanca con vivos verde esmeralda. Sobre el cuello, tenía un coqueto adorno de encaje blanco, y más encaje del mismo color adornaba las mangas y el ruedo. Los cabellos descendían hasta las caderas, y se los apartaba de la cara con una cinta de satén verde esmeralda anudada sobre la nuca. El vestido era hermoso, el color le sentaba bien, y ella sabía que se la veía elegante. Esa conciencia le permitió responder al cumplido masculino con una sonrisa en lugar de un sonrojo.

—Billy, es usted un gran mentiroso —dijo Jessie con el mismo tono de broma que había visto usar a otras jóvenes. Billy protestó, con una mano apretándose el corazón para subrayar su propia sinceridad. Jessie se rio de él.

—¿Recibiendo a los amigos, Jessie? —Celia salió al porche viniendo del interior de la casa, a la cual seguramente había entrado por el fondo. Jessie se volvió para mirar a su madrastra, y su alegre sonrisa se desvaneció. La conducta de Celia últimamente había sido imprevisible, pero seguramente no avergonzaría a Jessie frente a los hijos de los vecinos.

—Buenas tardes, señora Edwards —dijo Mitch, ahorrando a Jessie el trabajo de contestar. Billy se hizo eco del saludo, los dos jóvenes se pusieron cortésmente de pie.

—Hola, caballeros. —Celia ya estaba vestida para cenar con una prenda azul lavanda cuyo tono relajante suavizaba parte de la reciente dureza que se había instalado en su cara. Sonrió a los visitantes, los invitó a sentarse otra vez y se volvió hacia Jessie. Cuando miró a su hijastra, la sonrisa de Celia continuó manifestándose en los labios, pero su mirada fue fría.

—¿Dónde está Tudi? ¿O Sissie?

—Supongo que dentro. —El tono de Jessie fue cauteloso. Había escuchado antes ese acento quebradizo en la voz de Celia, y generalmente presagiaba dificultades.

—Querida, sabes que no debes recibir sola a los invitados. Estos caballeros creerán que tienes los modales de un mozalbete de la calle. —Celia dirigió su sonrisa de cocodrilo a los jóvenes, que comenzaban a sentirse incómodos. En su fuero íntimo, Jessie se sintió sobrecogida. En definitiva, Celia no pareció dispuesta a dejarse disuadir por la presencia de los visitantes.

Comenzó a sonar la gran campana de la plantación, señalando el fin del día de trabajo y, simultáneamente, salvando la situación. Apenas el primer tañido reverberó sobre el paisaje, apareció Stuart, montado en su caballo, junto a Graydon Bradshaw. Al oír el sonido de los cascos, Jessie miró alrededor. A lo lejos pudo ver cómo se vaciaban los campos, y la larga columna de los esclavos que volvían caminando y montados en mula por el camino que llevaba a la casa. El volumen de los cantos aumentó a medida que los fatigados cantantes se acercaban, y después se desvió hacia el lado opuesto del huerto, en dirección a las habitaciones de los negros y a la cena.

Stuart y Graydon Bradshaw desmontaron. Thomas corrió para hacerse cargo de los caballos. Los dos hombres ascendieron los peldaños, mientras Thomas retiraba los caballos de Stuart y Bradshaw. Esta vez, Jessie se puso de pie, lo mismo que Mitch y Billy, para dar paso a Stuart, que venía ascendiendo la escalera. Aunque se despreció ella misma por eso, los ojos de Jessie absorbieron codiciosos la primera imagen de Stuart que tenía en varios días. Estaba empapado en sudor, y los cabellos negros colgaban en mechones húmedos alrededor de la cabeza, ahora que se había quitado el sombrero, y las mejillas con la barba incipiente habían adquirido el color de la teca a causa del sol. La camisa blanca mostraba una larga mancha de lodo, y los pantalones negros y las botas generalmente inmaculadas estaban cubiertos de polvo. Era una de las pocas veces que ella lo había visto desaliñado. Extrañamente, ello no perjudicaba en lo más mínimo la deslumbrante atracción que ejercía. Detrás, Graydon Bradshaw exhibía un aspecto parecido, pero Jessie tenía ojos únicamente para Stuart. Para Jessie, Bradshaw podía no haber existido.

De lejos, la campana resonó una vez más y se detuvo. Los cánticos cesaron uno tras otro, a medida que los esclavos entraron en sus chozas, y finalmente se interrumpieron por completo.

—Como de costumbre, llegas tarde para cenar. —Celia miraba a Stuart, que acababa de llegar al porche. Su voz tenía un filo tal que Jessie confiaba que solo lo distinguieran quienes la conocían bien.

—Me cambiaré en un minuto. Gray, eres bienvenido a cenar con nosotros si lo deseas. Jessie, ¿invitaste a comer a tus amigos?

La idea misma de sentarse en el comedor con Stuart y Celia, que se dirigían miradas envenenadas mientras ella trataba de distraer a Mitch y a Billy, provocó un estremecimiento en Jessie, pero ahora no tenía alternativa. De modo que se impuso sonreír a Stuart, y después se volvió hacia los jóvenes, que estaban de pie detrás.

—Con mucho gusto los invitamos a cenar, si desean quedarse.

Tanto Mitch como Billy asintieron de buena gana. Después de cambiar cortesías con ellos y de separarse de Bradshaw, que fue a cambiarse, Stuart se volvió para decir algo en voz baja a su esposa. Celia había estado conversando unos minutos con los invitados de Jessie, y su actitud había sido de superficial coqueteo, Jessie no dudaba que con el propósito de irritar a Stuart. Que él veía la maniobra y esta lo molestaba, Jessie podía adivinarlo por la tensión en los músculos de su cara. Era evidente que la cena estaba preparada para una terrible riña, y la conciencia del hecho determinó que ella temiese más la cena inminente a cada minuto que pasaba.

Lo que Stuart dijo a Celia no fue audible para nadie más, pero, en todo caso, las palabras de su marido le provocaron un furioso sonrojo. Jessie contuvo la respiración; la explosión que había temido estaba a un paso. Pero Stuart frustró la temible escena con una sola mirada de advertencia a su esposa. Moviéndose rápidamente, aunque sin suscitar la impresión de que así era, tomó del brazo a Celia con un apretón que Jessie supuso podía parecer afectuoso al observador que no tenía idea de cómo estaban las cosas entre ellos, y caminó con ella hacia la puerta.

—Jessie, puedes decir a Rosa que estaremos preparados para comer en veinte minutos —dijo por encima del hombro, con su actitud todavía perfectamente amable. Jessie pensó que solo quien lo conociera tan bien como ella podía percibir la cólera que hervía bajo el rostro imperturbable que ofrecía a los invitados. Imaginó que para el conocido casual la mano de Stuart sobre el brazo de Celia parecería posesiva más que imperativa, y a pesar de sus diferencias él y Celia aún formaban una pareja atractiva; la mujer menuda y rubia era el complemento perfecto de la apostura morena de Stuart. Pero Jessie no dudaba de que en los próximos minutos estallaría una fiera riña conyugal, y ella solo esperaba que fuera una de las disputas más serenas. No deseaba sentirse avergonzada en presencia de sus invitados.

Una riña conyugal. Incluso una situación tan desagradable como esa tenía perfiles íntimos que molestaban a Jessie. Le demostraba claramente que, por mucho que

Stuart despreciara a Celia, y viceversa, estaban casados. Unidos hasta que la muerte los separase. Stuart la había besado dos veces, una por gratitud y, la otra, movido por la cólera. Pero estaba unido a Celia. Jessie sabía, lo sabía, y más le valía recordarlo.

Pero, por mucho que lo supiera, mientras los observaba entrar en la casa, Jessie experimentó una extraña tensión en la boca del estómago. Solo durante un momento se sorprendió: aunque se sentía tensa, no había esperado tener apetito. Y entonces comprendió que lo que sentía no era en absoluto apetito.

Por ridículo y estúpido que pareciera, se sentía celosa de Celia.

## 25

Para sorpresa de Jessie, la velada fue bastante agradable. Si Stuart y Celia habían discutido —y aunque Jessie no lo había visto, estaba segura de que así era—, no había signos externos de la discusión. Celia consiguió dominar su lengua mientras duró la comida, y demostró frente a Mitch o a Billy a lo sumo un grado discreto de coquetería. De hecho, dirigió a su primo Gray la mayoría de sus comentarios, y dejó la atención de los invitados de Jessie a su propia hijastra y a Stuart.

Jessie se sintió casi divertida al descubrir que los hombres más jóvenes se dirigían a Stuart con veneración, como si los separase una generación más que algo menos que una década. Él, a su vez, adoptaba frente a ellos una actitud protectora que era igualmente inadecuada. O quizá no. Desde el punto de vista cronológico la diferencia de edad podía no ser muy grande, pero había un tremendo abismo entre ellos en experiencia y seguridad.

Después de la comida, el grupo, con excepción de Celia, que alegó jaqueca, salió a la galería. Stuart y Gray fumaban, mientras los hombres más jóvenes rivalizaban por la atención de Jessie. Consciente de la presencia vigilante de Stuart, incluso mientras este conversaba distraídamente con Gray, Jessie hizo todo lo posible por responder a los cumplidos y las bromas de sus visitantes.

Cuando oscureció bastante, y Sissie comenzó a encender las lámparas de la casa, Stuart se puso de pie y arrojó su cigarro lejos del corredor.

—Bien, Gray y yo tenemos que trabajar. Jessie, no te quedarás aquí mucho tiempo, ¿verdad?

—Ya nos marchamos, señor Edwards. Gracias por la cena.

Mitch y Billy se pusieron rápidamente de pie ante la indirecta no muy sutil de Stuart, pero Billy fue quien habló. Mitch se hizo eco del agradecimiento por la comida. Stuart asintió a los dos jóvenes y los invitó a volver cuando lo desearan. Después, seguido por Gray, se dirigió probablemente a la biblioteca, donde atendía la mayor parte del papeleo de la plantación.

—Thomas, trae los caballos del señor Todd y el señor Cummings —dijo Jessie a la sombra que vio deslizarse alrededor de la esquina de la casa. Jessie sabía que Thomas se dirigía a la cocina de Rosa. Después de la cena, era el momento que él prefería para pedir algunos bocados.

—Sí, señorita Jessie —respondió Thomas, aunque Jessie pensó que percibía una sombra de renuencia en la contestación. La joven sonrió. Rosa había servido jamón fresco y yamis en la cena, y como postre torta de melaza. La torta de melaza era el plato favorito de Thomas, y era evidente que temía perdérselo. Pero era indudable que Rosa le guardaría una rebanada, de modo que Jessie no se sintió especialmente culpable por privarlo de su golosina.

—¿Vendrá a la fiesta de los Culpepper? —preguntó Mitch en voz baja, mientras Billy se volvía para recuperar su sombrero, depositado sobre una mecedora.

—Tendrá que esperar para saberlo —respondió Jessie con una sonrisa deslumbrante. En realidad, simpatizaba con Mitch. Era el joven más apuesto en varios kilómetros a la redonda (aunque palidecía si se lo comparaba con el recio esplendor masculino de Stuart, una idea que Jessie rechazó decididamente apenas la concibió). Y era bondadoso, y amable, y...

—¿Cree que estará bien que me demore un poco más? En realidad, deseo decirle algo —murmuró deprisa Mitch, precisamente cuando Billy regresaba con el sombrero en la mano.

—¿Qué estás murmurando al oído de la señorita Jessie? Si no te conociera tan bien, juraría que estás tratando de aventajarme. —Billy miró a su amigo con el entrecejo fruncido, y después le entregó su sombrero, al mismo tiempo que retenía el suyo propio—. Toma, te he traído el sombrero.

Mitch aceptó el sombrero, pero no intentó ponérselo, como había hecho Billy con el suyo.

—Lo que yo diga a la señorita Jessie no te concierne. Y puedes volver a tu casa sin mí. De todos modos, seguimos diferentes direcciones.

—¡No pienso dejarte aquí a solas con ella!

—¿Quieres mostrarte insultante? ¡Si es así, será mejor que te prepares a apoyar tu lengua con tus puños!

Con gran alarma de Jessie, los dos jóvenes de pronto estaban enfrentados, mirándose de hito en hito como si hubieran sido enemigos mortales y no amigos. Ella se apresuró a apoyar una mano en cada brazo.

—¡Señor Todd! ¡Señor Cummings! ¡Por favor!

Ellos la miraron, de pronto avergonzados, y se separaron.

—Lo siento, señorita Jessie —murmuró tímidamente Billy, mientras miraba con hostilidad a Mitch.

—Está bien, señor Cummings. Para compensar la antipática actitud del señor Todd con usted, le reservaré una pieza en el baile de los Culpepper.

—¡De modo que irá! —Los dos jóvenes concentraron inmediatamente la atención en la noticia.

—Imagino que sí.

—¡Maravilloso, realmente maravilloso! Y me reservará una pieza. —Billy le sonrió, y después miró triunfante a Mitch—. ¿Viste que no dijo que te reservará una pieza?

—Sal de aquí, fanfarrón, antes de que olvide que somos amigos. —Mitch dio un golpecito a Billy en el brazo, pero esta vez era evidente que solo estaba bromeando.

Billy sonrió, tomó la mano de Jessie, y antes de que ella supiera lo que el joven hacía, la acercó a sus labios.

—Imagino que tendré que permitir que este patán me eche de aquí, pero por lo menos usted estará pensando en mí.

Dicho esto, Billy depositó un rápido beso sobre el dorso de la mano de Jessie, y después la soltó con un gesto ampuloso, y descendió deprisa los peldaños para acercarse a Thomas, que esperaba con su caballo. Mitch lo miró molesto. Jessie se echó a reír. En realidad, simpatizaba también con Billy Cummings. Quizá, solo quizá, si se le ofrecía la oportunidad, ella podía encontrar a alguien que le produjese el mismo efecto que Stuart, alguien que fuese un hombre libre. Por ejemplo Billy, o Mitch.

—Bien, ¿qué quería decirme? —preguntó a Mitch después que Billy se alejó.

Mitch miró alrededor, incómodo.

—Bueno... ¿podríamos caminar un poco? No iremos lejos, pero yo... prefiero que no nos interrumpan.

—Eso parece interesante. —Jessie apoyó la mano en el brazo que Mitch le ofreció, y permitió que él la acompañase escalera abajo. Ahora casi había oscurecido, y la luna ya estaba bastante alta en el cielo, a pesar de que no eran mucho más de las siete. El viento se había acentuado al ponerse el sol. Jessie advirtió que hubiera preferido tener un chal.

Thomas aún esperaba, al comienzo del sendero, con el caballo de Mitch. Miró expectante a los dos cuando se aproximaron.

—Thomas, el señor Todd todavía no se irá. Puedes llevar el caballo de regreso al establo.

—Sí, señorita Jessie. —La respuesta del muchacho fue la que correspondía, con un atisbo de desaprobación en su mirada cuando siguió el movimiento de Jessie a lo largo del sendero del brazo de Mitch. Consciente de esa desaprobación, Jessie alzó un poco más el mentón, en actitud de silencioso menosprecio. Después de todo, ¿cómo podía hallar jamás al hombre que la atrajese tanto como Stuart si nunca estaba sola con ninguno?

—Bien, ¿qué quería decirme? —preguntó Jessie después de que Thomas, llevando de la brida el caballo, desapareció en dirección al establo.

—Bien... —Para sorpresa de Jessie, Mitch parecía sentirse incómodo. Miró rápidamente alrededor, después tomó la mano de Jessie y la llevó hacia el huerto. Sorprendida, de todos modos, ella lo acompañó. Cuando la casa quedó casi oculta por la espesura de los árboles, él se detuvo.

—¡Santo Dios, debe de ser algo muy importante! —La voz de Jessie sugería despreocupación, aunque debía reconocer que se sentía un poco nerviosa. Aquí, donde los árboles impedían casi totalmente el paso de la luz, estaba tan oscuro que ella apenas podía distinguir los rasgos de Mitch—. Realmente no debo quedarme mucho tiempo en este lugar. Casi todos dirán que no está bien.

—Estará bien, si dice que sí —afirmó Mitch respirando hondo. Se volvió para mirar en los ojos a Jessie, le tomó las dos manos y estuvo así un momento, hasta que ella comenzó a tener cierto indicio de lo que él se proponía—. Señorita Jessie, ¿quiere casarse conmigo?

Se sintió tan sorprendida que casi se echó a reír. Consiguió frenar el impulso, pero continuó mirando a Mitch con el más vivo asombro. Medio año antes ella dudaba de que él tuviese más que una imprecisa idea de quién era Jessie, a pesar de que la había conocido toda la vida. En la fiesta de compromiso de Stuart y Celia él se había sentido mortificado ante la obligación de bailar con Jessie. Y ahora, a partir de un cambio de apariencia de la joven y de unas pocas danzas, ¿le proponía matrimonio? La idea le parecía sumamente divertida a Jessie.

O quizá sentía ese absurdo deseo de reír a causa de los nervios.

—¿Habla en serio?

Se sentía tan sofocada que perdió parte de la seguridad que había adquirido últimamente. Apenas dijo estas palabras, comprendió que no era la réplica apropiada a la propuesta de matrimonio de un caballero. Pero nadie se le había declarado antes, y Jessie todavía no dominaba la etiqueta correspondiente.

—Señorita Jessie, Jessie. —Mitch respiró hondo y clavó los ojos en ella. Era algunos centímetros más alto, tenía rasgos regulares, cuya juventud se destacaba todavía más a causa del bigote ralo que adornaba el labio superior. Tenía los hombros fuertes, el cuerpo sólido, y las manos que sujetaban a Jessie eran musculosas. Jessie miró la cara del joven y se preguntó si en efecto podía contemplar la posibilidad de casarse con él. Apenas unos meses antes su deseo más fantasioso había sido llamar la atención de Mitch. Y ahora que él, ¡por Dios!, en efecto la pedía en matrimonio, hubiera debido sentirse exultante de felicidad.

En todo caso, debía considerar la posibilidad.

Mientras ella pensaba, Mitch había estado comentando cómo la belleza de Jessie lo deslumbraba. Jessie reaccionó cuando Mitch comenzó a hablar de que los ojos de la amada le recordaban los más sabrosos chocolates, y así la joven apenas consiguió contener la renovada ansia de reír. Quién sabe por qué, comparar a los chocolates con los ojos parecía muy poco romántico.

—No me escucha, ¿verdad? —Mitch interrumpió la transida descripción de los encantos de Jessie con esa acusación, y pareció ofendido. Jessie apretó con fuerza los labios para evitar la sonrisa delatora, y asintió.

—Por supuesto, escucho. Sucede sencillamente que... antes nunca me pidieron la mano.

—Bien, espero que así sea —dijo Mitch, con tono suave—. Jessie, usted es muy joven, y sin embargo creo que puede ser una esposa. Y yo... yo la amaría mucho.

Esto último fue dicho en voz muy baja, y la discreta

sinceridad de la afirmación al fin conmovió el corazón de Jessie.

—Señor Todd... —empezó a decir.

—Mitch —la corrigió el joven, los ojos clavados en los de Jessie, como si estuviera hipnotizado. Jessie comenzó a observar que la evidente admiración de Mitch era muy agradable, y en realidad se preguntó si quizá... quizá...

—Mitch —repitió, y sus párpados se agitaron, cuando se afirmó el instinto natural del coqueteo—. Yo... no sé qué decir.

—Jessie, diga que sí —jadeó Mitch, y sus manos se apoderaron de las manos de Jessie y él las besó, y después depositó besos sucesivos sobre los nudillos.

—Oh, Mitch... —El contacto de los labios del joven sobre las manos de Jessie fue cálido, y de ningún modo desagradable. Jessie se preguntó qué sucedería si él la besaba en los labios. Quizás ese beso era lo único que se necesitaba para quebrar el encanto del beso de Stuart. Quizás, una vez que Mitch la besara, todo el calor que Stuart provocaba en ella se orientaría hacia Mitch, y ella podría casarse con el joven y ser eternamente feliz.

»Bésame, Mitch —murmuró audazmente. Cerró los ojos y le ofreció los labios al mismo tiempo que formuló la invitación. Sintió las manos de Mitch que se apretaban sobre ella, lo sintió vacilar, y finalmente su boca se inclinó sobre la de Jessie, y le besó suavemente los labios.

Entonces, una voz sombría que venía del sendero concluyó bruscamente el experimento de Jessie.

—Ya es suficiente, señor Todd —dijo Stuart.

## 26

—¡Señor Edwards!

Mitch se apartó bruscamente de Jessie, como si le hubiesen disparado un tiro, y se volvió para mirar a Stuart con una expresión tan culpable en la cara, que Jessie sintió deseos de asestarle un puntapié. En cambio, ella no sentía la más mínima culpa, y abrigaba la esperanza de que su mentón altanero lo demostrase.

—Creo que es hora de que se marche. —Stuart continuaba hablando con Mitch. Excepto una sola mirada de censura cuando Mitch se apartó de ella, Stuart ni siquiera había mirado a Jessie. Estaba a menos de un metro y medio de distancia, los puños afirmados en las caderas, los pies calzados con botas levemente separados. Contra el fondo de los árboles frutales, se lo veía alto, sólido y formidable.

—Señor, yo... sé que esto da mala impresión, pero puedo explicarlo. Yo... estaba pidiendo a Jessie que se casara conmigo.

Stuart entrecerró los ojos.

—¿De veras?

Jessie decidió que había llegado el momento de que ella hiciera su aporte.

—Sí, así fue.

Tampoco ahora él le dirigió más que una mirada. Concentraba la atención en Mitch, que estaba tan nervioso que transpiraba a pesar del frío de la noche.

—¿Y qué respondió Jessie?

—Ella... no contestó. Todavía. Ella... aún no dijo nada.

Ante la helada actitud de desaprobación de Stuart, las pretensiones de virilidad de Mitch se derrumbaron con sorprendente rapidez. Parecía un escolar sorprendido por el maestro con la mano en el pote de mermelada.

—¿De veras? ¿Jessie?

Al fin, Stuart la miró. La expresión de los ojos entrecerrados era indescifrable en la penumbra del huerto. Estaba demasiado oscuro incluso para ver la expresión de la cara. Jessie se dijo que de todos modos, aunque la hubiese visto, de poco le habría servido. Cuando lo deseaba, él podía mantener la cara tan inexpresiva como la piedra.

—No tengo intención de contestar a Mitch estando usted presente —dijo ella con frialdad. Mitch, sin duda incómodo, miró a Jessie y después a Stuart, y de nuevo volvió los ojos hacia la joven. Stuart no le prestó atención por el momento, y miró a la joven de arriba abajo. Jessie sabía muy bien que la mirada de Stuart estaba destinada a desconcertarla. Y aunque él lo lograse, ella rehusaba reconocerlo ni siquiera ante sí misma.

—¿Quieres decir que necesitas tiempo para meditar acerca de la muy halagadora propuesta del señor Todd?

Si había un filo burlón en las palabras de Stuart, Jessie decidió ignorarlo.

—Sí —dijo en actitud desafiante—, es precisamente lo que estoy diciendo.

—Ah —dijo Stuart, asintiendo como si entendiese perfectamente. Jessie le dirigió una mirada destinada a destruirlo. Si él lo advirtió, era imposible decirlo. Ni siquiera parpadeó. Encontró la mirada de Jessie con esa expresión helada e impenetrable que ella había llegado a conocer y a odiar, y no dijo palabra.

—¿Pensará en ello? —dijo Mitch, volviéndose para mirarla, y así distrayendo la atención de Jessie del objeto de su deseo. Ella apretó los labios. ¡Mitch parecía tan amistoso! Comparado con la poderosa masculinidad de Stuart, tenía un aire juvenil, del modo que son jóvenes los muchachos, alto pero desmañado, un poco torpe, con los miembros todavía no del todo controlados.

—Lo pensaré —confirmó Jessie, más cálidamente que lo que habría hecho si Stuart no hubiese estado escuchando. Ya sabía que más tarde o más temprano tendría que rechazar a Mitch. Su beso no le había provocado más que el deseo de limpiarse la boca con la mano, después de que todo terminó. Tal vez antes la cosa no le habría importado, pero la situación había cambiado. Ahora, gracias al hombre de mirada dura que estaba allí, contemplándola como si ella acabase de salir arrastrándose, debajo de una piedra, ella sabía lo que era realmente un beso. Y atesorando esa sensación como era su caso, sería una tonta si se casaba con quien no podía provocarla.

Y, en efecto, Mitch no la provocaba.

—Hasta que Jessie decida aceptar su ofrecimiento, sugiero que se abstenga de tomarse nuevas libertades con su persona —dijo Stuart, y después hizo una pausa y fijó los ojos de acero en Mitch—. En otras palabras, si veo que usted la toca de nuevo fuera de los límites de un compromiso oficial, le romperé las manos, y a usted también lo partiré en dos.

El tono de Stuart era todavía perfectamente cordial, pero la amenaza no era ociosa; era evidente. Mitch se mordió los labios, y después asintió.

—No lo critico, señor Edwards. Yo adoptaría la misma actitud si Jessie estuviese bajo mi protección. Prometo que no volverá a suceder. Sucede que... Jessie es tan atractiva. Diría que perdí la cabeza.

—Tiene mi simpatía, señor Todd, si no mi aprobación. —La seca respuesta de Stuart suspendió compasivamente la humillación de Mitch—. En vista de las circunstancias, estoy seguro de que usted no se ofenderá si sugiero que es hora de que vuelva a su casa. Ya ordené que trajesen su caballo, según entiendo, por segunda vez esta noche, de modo que no es necesario que usted se demore. Jessie puede ofrecerle la respuesta otro día, en presencia de una dama de compañía.

—Sí, señor. —Mitch miró a Jessie—. ¿Vuelvo mañana?

Por supuesto, aludía a la respuesta que buscaba. Dios, si Stuart no hubiese estado allí, Jessie se la habría dado en el acto. Aunque Mitchell Todd era apuesto, y amable, y tenía buen carácter, Jessie sabía que no podía casarse con él. Lo que había sentido por el joven no había sido más que un amorío de adolescente. Con la aparición de Stuart, ese sentimiento se había agotado y finalmente extinguido.

—Mitch, deme unos días para pensarlo. Es... una decisión muy importante —dijo en voz baja Jessie. Lo que menos deseaba era verse obligada a afrontar el galanteo de Mitch al día siguiente. No sabía muy bien por qué, ni cómo había sucedido, pero tenía la intuición de que toda esa situación tan desagradable era imputable a Stuart. Si él no hubiese aparecido en escena, Mitch no se le habría declarado. Si bien ella no lamentaba precisamente la transformación de su vida que era consecuencia de la propuesta, le molestaba que ya no se sintiera inclinada a aceptarla. En los días solitarios que habían precedido a la llegada de Stuart, si Mitch la hubiese pedido en matrimonio ella probablemente se habría desmayado, y después se habría arrojado en brazos del joven para manifestar su aceptación. Pero Stuart se había introducido en la vida de Jessie y había cambiado todo, incluso su corazón.

Al pensar esto, Jessie miró molesta a Stuart. Si él advirtió el desagrado de la joven, no ofreció indicios en ese sentido. Permaneció de pie, los hombros anchos, las caderas angostas, inconmovible como una montaña, esperando que Mitch se alejase.

—Bien. Está bien, si es lo que desea. —En definitiva, Mitch era más valeroso que lo que Jessie había creído. A pesar de la actitud hostil de Stuart, se volvió y tomó en sus manos las de Jessie—. Jessie, acepte mi propuesta, por favor.

Las palabras fueron dichas en voz muy baja, y destinadas solo a los oídos de Jessie. Pero a juzgar por la súbita y sardónica mueca en los labios de Stuart, Jessie no dudó de que él también las había oído. Sin esperar la respuesta de Jessie, Mitch le soltó las manos y comenzó a alejarse por el huerto. Unos minutos después, pudieron oír los cascos de su caballo que repiqueteaban en el sendero.

Los ojos de Stuart continuaban clavados en Jessie. Ella retribuyó la mirada impenetrable con toda la altivez que pudo manifestar. Ahora que estaban realmente solos, el cuerpo de Stuart se aflojó un poco. Apoyó un hombro en el tronco retorcido de un antiguo peral, y cruzó los brazos sobre el pecho.

—Si me disculpa, entraré en la casa —dijo fríamente Jessie. Ella misma no sabía por qué no se había alejado antes con Mitch. Era casi como si los ojos de Stuart la hubiesen paralizado durante un breve período, del mismo modo que una serpiente puede paralizar a un conejo. Pero por la razón que fuere, ella había permanecido allí, y el movimiento del cuerpo de Stuart había quebrado el encanto.

—Oh, no, nada de eso. Todavía no. —Stuart extendió la mano para aferrarle la muñeca cuando ella intentó pasar a pocos centímetros de distancia. Obligada a detenerse, Jessie se volvió hacia él.

—¡Suélteme! ¡Cómo se atreve a venir aquí a espiarme!

Él enarcó el ceño al mismo tiempo que se apartó del árbol. Su mano se cerraba como una mordaza alrededor de la muñeca de Jessie, y él estaba tan cerca que se inclinaba amenazador sobre ella. Pero Jessie no se dejó intimidar. De pronto, sintió una profunda irritación frente a ese hombre. Ni siquiera se dio tiempo para formular conjeturas.

—¿De modo que espiar? —preguntó él en voz baja. Jessie comprendió sobresaltada que él estaba tan irritado como ella. Esos ojos azules relucían y echaban chispas—. ¡Pequeña buscona, si aprecias tu pellejo, no adoptarás ese tono!

—¡Buscona!

—¿Y cómo llamarías a una joven que lleva a su galán bajo los árboles y le ruega que la bese?

—¡De modo que estaba espiando! ¡Qué despreciable!

—Bésame, Mitch —parodió implacable Stuart con voz de falsete—. ¡Oh, por favor, bésame!

—¡No dije «por favor»! —afirmó Jessie entre dientes.

—Pero sí le rogaste que te besara. ¡No lo niegues, porque te oí, muchacha!

—¡No le rogué, le pedí! Y solo porque... porque... —Jessie se interrumpió y miró con ojos llameantes a Stuart, y en ese momento comprendió que no podía explicarlo.

—¿Por qué? No puedes ofrecer ninguna razón que disculpe una conducta tan temeraria. ¡Santo Dios, la inmoralidad seguramente es un rasgo de la familia!

—¡La inmoralidad!

—Como tu madrastra —dijo gozosamente Stuart.

—¿Se refiere a su esposa? —Jessie estaba tan irritada que arrojó complacida la respuesta perversa.

—Sí. Como mi esposa. Mi condenada esposa. Que se acuesta con todo lo que tenga pantalones. ¿Has vivido tanto tiempo con ella que sus modos casquivanos se te contagiaron?

—¡Si me dice otra palabra perversa, le cruzaré la cara de una bofetada!

Stuart sonrió entonces, con una sonrisa maligna y burlona que era tan insultante como todo lo que había dicho.

—Si me abofeteas, recibirás exactamente lo mismo que la última vez. Pero quizás eso es lo que estás buscando.

Jessie lo miró.

Contempló la cara dura y bien formada, y de pronto sintió que se disipaba gran parte de su cólera. Pese a que había luchado valerosamente porque no deseaba reconocerlo, ni siquiera ante ella misma, mucho temía que él hubiese dado exactamente en la cabeza del clavo. Oh, no era que ella deseara una repetición de ese beso áspero e irritado con el cual él la había castigado en el último encuentro, pero el tipo de beso que ella sospechaba que Stuart podía dar, nada más que de pensar en eso se le aflojaban las rodillas. Miró la boca de Stuart y la imaginó sobre la suya propia, y finalmente afrontó la verdad. La razón por la cual Mitch Todd ya no le interesaba era sencilla. Más aún, estaba allí, frente a ella, en ese mismo instante, la mano cerrada alrededor de la muñeca, el pecho a pocos centímetros, y la miraba con odio. La razón era Stuart. Jessie comprendió, con una sensación de angustia en la boca del estómago, que se había enamorado de él.

También sospechaba que en cierto modo ella interesaba a Stuart. En efecto, estaba furioso con ella porque había besado a Mitch, demasiado furioso en vista del carácter leve de su delito. Después de todo, ser besada castamente por un caballero soltero a quien ella había conocido la vida entera y que acababa de proponerle matrimonio no era precisamente el primer paso en la pendiente hacia la prostitución. Incluso, el padre más celoso del mundo no habría adoptado una actitud tan violenta frente a lo que había sucedido. Y Stuart no era su padre.

A pesar de todas las protestas en el sentido de que lo había hecho por gratitud, el propio Stuart la había besado tanto como Mitch. Y después, la había besado de un modo aún más desvergonzado.

Él no parecía el tipo de hombre que normalmente andaba por ahí besando a las parientas de su esposa, y, sobre todo, del modo en que había besado a Jessie.

La esposa de Stuart. La madrastra de Jessie. A pesar de toda la perversidad de Celia, Stuart era un hombre casado. Jessie debía apartarse de Stuart, y en la primera oportunidad, aceptar la propuesta de Mitch. Continuar en Mimosa ahora que había afrontado la verdad respecto de sus sentimientos hacia Stuart equivalía al desastre. En todo eso no había futuro, y todo lo que ella podía esperar era terminar con el corazón destrozado.

Pero afrontar la perspectiva de que él nunca más volviera a besarla, cuando todo su cuerpo lo reclamaba, no creía Jessie que pudiera prescindir de eso.

Tragando, en un esfuerzo por aliviar la garganta súbitamente seca, Jessie elevó los ojos de la boca de Stuart a sus ojos. Él la observaba atentamente, los ojos relucientes. Tenía la cara ensombrecida por la cólera, el entrecejo fruncido sobre esos ojos que la paralizaban. Su boca se curvó irritada. Incluso en presencia de su cólera, nada más que de mirarlo Jessie sentía que se le aceleraba el pulso. No cabía duda de que era el hombre más apuesto que había visto en su vida.

—Tal vez —dijo al fin Jessie—. Tal vez es lo que espero.

—¿Qué? —Stuart parpadeó, como si por un momento no pudiese imaginar siquiera de qué hablaba Jessie. Necesitó un segundo o dos para recordar el desafío que ella había dejado sin respuesta. Cuando lo recordó ella advirtió que de pronto Stuart había entendido. Esos increíbles ojos azules parpadearon, y entonces él frunció el entrecejo todavía más fieramente que antes.

—Oyó lo que dije.

—¿Quieres que te bese? —La incredulidad convirtió la frase en una pregunta.

—Sí, Stuart —dijo ella, acercándose un paso, de modo que su busto estuvo a pocos centímetros del pecho de Stuart, y levantando la cara—. Por favor.

La expresión de Stuart era indescriptible.

—Santo Dios, ¿has perdido el sentido? ¿Estás enferma, tienes fiebre cerebral? ¡No puedes andar por ahí pidiendo a los hombres que te besen! ¡Debería castigarte!

Parecía tan horrorizado que Jessie tuvo que sonreír. Avanzó otro paso hacia él, y comprobó divertida que él retrocedía medio paso.

—No quiero que los hombres me besen, quiero que tú me beses. —Eso lo desequilibró completamente, y advertirlo originó en ella un coraje delicioso. Tuvo la sensación de que él no se desconcertaba muy fácilmente ni con mucha frecuencia.

—Hace un cuarto de hora deseabas que ese muchacho, Todd, te besara.

—Eso —dijo Jessie— fue nada más que un experimento.

—¿Un experimento?

Jessie asintió.

—Deseaba comprobar si besaba como tú.

—¡Santo Dios!

—No besa del mismo modo.

—Jessie...

—No, en absoluto. —Avanzó otro paso hacia él. Como tenía detrás el peral, Stuart carecía de espacio para moverse. Aferrándole la muñeca libre, deslizó las dos manos hasta los codos de Jessie, y la mantuvo a distancia.

—Escúchame, Jessie...

Ella inclinó la cabeza a un costado, y dijo con aire reflexivo:

—Por otra parte, fuiste el primer caballero que me besó. Tal vez en mi mente yo exageré el efecto. Quizá, si me besas de nuevo, no sentiré más que lo que sentí con Mitch, y entonces, podré casarme con él. —Su tono expresaba cierto deseo. La más débil sugerencia de un gesto preocupado arrugaba su entrecejo. Si de pronto a ella le hubiese crecido una segunda nariz, Stuart no podría haberla contemplado con consternación más profunda.

»Por supuesto, si no lo deseas, yo comprenderé.

De pronto, ella adoptaba una actitud muy humilde.

—No es que no lo desee. —Meneando la cabeza, él la miró—. Dios, ¡qué conversación! Jessie, te besé la primera vez porque... porque... demonios, no sé; porque te veía tan dulce. La segunda vez fue un error, no debió suceder. Repetirlo sería agravar el error. Cree en mi palabra.

—Entonces ¿debo continuar mi vida y fingir que no siento... lo que siento cuando me besas?

—Sí —dijo él entre dientes—. Puedes hacer eso.

—No puedo. —Las palabras de Jessie fueron dichas en voz muy suave. Sus ojos se clavaron en los de Stuart. Él la miró, abrió la boca como si pensara decir algo, vaciló y se perdió. Las manos que sostenían los codos de Jessie ya no estaban allí, sino que se habían deslizado alrededor del cuerpo de la joven, sujetando los antebrazos y empujándola gentilmente hacia él.

## 27

—No deberíamos hacer esto —murmuró Stuart.

Jessie ya estaba elevándose sobre las puntas de los pies, y sus pechos se inflamaban y latían presionando contra el cuerpo de Stuart, y ella elevaba la cara en busca del beso. Los ojos de Stuart llameaban con un tono de azul brillante, mientras pasaban de los ojos a la boca de Jessie, y sus dedos apretaban casi dolorosamente los brazos de Jessie. A ella no le importaba. Todo lo que le importaba era la hermosa boca masculina a la que deseaba alcanzar.

—Dios mío —dijo Stuart, y el murmullo fue más una maldición que una plegaria. Pero en ese momento a Jessie no le importaba lo que podía haber inducido ese sentimiento. La cabeza de Stuart descendía, su boca tocaba la de Jessie con la misma suavidad exquisita que había demostrado la primera vez que la besó. Suave, tiernamente, sus labios rozaron los de la joven. La fusión cálida y húmeda que ella había sentido antes, ahora la inundó, y Jessie jadeó contra la boca de Stuart.

Stuart alzó la cabeza.

—Dios mío —exclamó de nuevo, y miró la cara de Jessie con una expresión que era casi de desconcierto, pensó aturdida la propia Jessie. Le pareció que él deseaba apartarse, y entonces ella cerró las manos sobre las mangas de la chaqueta, en actitud de ruego.

Pero él no se apartó.

En cambio, descendió de nuevo la cabeza.

Si Jessie hubiese muerto en ese momento, habría muerto feliz. El contacto de la boca de Stuart sobre los labios que ella le ofrecía fue como un rayo. Se le estremecieron las entrañas, al mismo tiempo que se le doblaron las rodillas. Los labios de Jessie temblaron contra la boca de Stuart.

Pero todavía se limitaba a besarla, y su boca se deslizaba ida y vuelta sobre los labios temblorosos de la muchacha. El mundo giraba alrededor de ella. Jessie continuaba aferrada a la suave lana de la chaqueta de Stuart, los ojos cerrados, sosteniéndose sobre las puntas de los pies para intensificar el contacto, su corazón latiéndole con tal rapidez que ella temía morir.

—Ah, Jessie —murmuró Stuart contra la boca de la muchacha. Ella sintió la respiración cálida. Durante un momento, solo un momento, de nuevo temió que él se apartase. Las manos de Stuart se deslizaron sobre la piel desnuda de los codos hasta las muñecas, provocándole un estremecimiento, y después se cerraron sobre ella, donde sus manos sostenían la chaqueta. Suavemente desprendió las manos, y después las elevó, hasta que quedaron unidas alrededor del cuello. Entonces, ella abrió los ojos, y vio que él la miraba con una expresión que revelaba apenas menos aturdimiento que el que ella sentía, como si él no tuviese sobre sus movimientos más control que ella sobre los suyos.

Sin decir palabra, él inclinó otra vez la cabeza hacia Jessie, y esta vez el beso fue apenas menos gentil que antes. Jessie parpadeó, y sus brazos alrededor del cuello de Stuart se cerraron con fuerza. Las manos del hombre se deslizaron sobre la espalda, acariciaron la nuca de Jessie bajo la espesa mata de cabellos, y buscaron el perfil de la columna vertebral a través de la fina tela del vestido.

Cuando la lengua de Stuart emergió para delinear gentilmente el perfil de los labios de Jessie, ella se estremeció.

—Dulce, dulce Jessie. —Stuart murmuró las palabras mientras besaba la comisura de los labios de la joven. Sus dedos se hundieron en los rizos sedosos de la nuca, y ella se estremeció ante la caricia. Apretada completamente contra él, sintió la fuerza dura y muscular del hombre en cada fibra de su ser. Sus pechos latieron contra la sólida calidez del pecho masculino; sus muslos se estremecieron contra la poderosa longitud de Stuart.

—Te amo, Stuart. —Era un mero saludo, que parecía dotado de voluntad propia. Al oír su propia voz que murmuraba el secreto que ella misma había descubierto unos momentos antes, Jessie parpadeó alarmada.

La boca de Stuart se elevó apenas una fracción de centímetro sobre la de Jessie. Sus ojos, cuando encontraron la mirada de la joven, tenían los párpados entornados y la mirada intensa. Un músculo se estremeció al costado de su boca. Después, sus brazos se deslizaron alrededor de la cintura de Jessie, y la atrajeron, y su cabeza descendió otra vez.

Ahora, su movimiento no fue suave. Su boca cayó al sesgo sobre la de Jessie, y le abrió los labios. Su lengua se deslizó en el interior de la boca femenina. Como él había hecho ya una vez, le invadió la boca, y su lengua exploró los contornos del paladar y las mejillas, pasó sobre los dientes y acarició la lengua de la muchacha. Él sabía a brandy y a cigarros. Su lengua era un hierro candente, y muy enérgica.

Pero esa incursión fue nada comparada con el castigo que él le había infligido antes. Ese beso conmovió el universo de Jessie.

Los brazos de Jessie se cerraron alrededor del cuello de Stuart, y ella inclinó la cabeza para apoyarla sobre el hombro masculino. Cuando la lengua de Stuart tocó de nuevo la de Jessie, ella respondió instintivamente, y acarició con la suya la lengua invasora.

Ella aspiró con fuerza, y ese gesto presagió el movimiento de la cabeza al elevarse.

—Stuart... —Ella temía terriblemente que él se apartase.

—Calla, querida. —Él cubrió de besos la mejilla, y hasta la oreja, y allí exploró con la lengua las delicadas curvas. Después, su boca se deslizó hacia abajo, sobre el cuello, hasta que la detuvo el encaje del vestido.

»Hueles a vainilla.

Murmurando a su lado, él la apretó más contra su propio cuerpo. Con una mezcla de excitación y conmoción, Jessie comprendió que ahora las manos de Stuart se habían cerrado sobre sus nalgas. Eran manos grandes y fuertes. Jessie podía sentir el calor y la fuerza de esas manos a través del vestido, mientras se cerraban sobre esa parte del cuerpo, que ella había creído que servía solamente para sentarse, acercándola íntegramente hacia él.

Había algo grande y duro sobre el abdomen de

Stuart. Mientras la apretaba contra eso, Jessie comprendió que el objeto se originaba entre los muslos de Stuart.

Solo cuando él la frotó contra eso de modo que el lugar femenino correspondiente se adaptó de lleno al bulto, ella comprendió qué era.

La conciencia del hecho estalló en su interior como un cohete. Sintió que sus entrañas se fundían, y ese sentimiento cálido y dulce se acentuó hasta que Jessie tuvo que aferrarse al cuello de Stuart, porque ya no podía mantenerse de pie.

Él había estado besándole el cuello, pero cuando ella se estremeció y se desplomó en los brazos de Stuart, él bajó aún más con su boca, para encontrar y descansar sobre el busto de Jessie. Su respiración quemaba a través de las capas de seda del vestido y la enagua, y llegaba a su piel. Le mordió un pezón, y Jessie gritó.

Después, él la acostó sobre el suelo, y se echó encima.

Cuando su peso la aplastó, Jessie gimió, pero no de dolor. Deseaba lo que él estaba haciéndole, ansiaba fervientemente que lo hiciera, lo deseaba con todas sus fuerzas. Sus manos se aferraron a los hombros de Stuart, y después apretaron convulsivamente el cuello del hombre. La boca de Stuart descendió, conteniendo el tenue grito de Jessie, besándola fieramente mientras él aferraba y oprimía los pechos, y presionaba ansiosamente sobre la unión de los muslos de Jessie.

Le apretó los pezones, y Jessie sintió un ramalazo de fuego que le recorría el cuerpo hasta los dedos de los pies. Cuando una mano se apartó del pecho para levantarle la falda, ella tembló expectante.

Después, sin ninguna advertencia, él suspendió lo que estaba haciendo y permaneció inmóvil. Tenía una mano aferrada a la falda de Jessie, levantada sobre las rodillas. La otra le cerraba un seno.

—¿Stuart? —La voz trémula pareció suministrarle el ímpetu que a él le faltaba. Moviéndose con gestos duros, él se puso de pie a pesar de las manos de Jessie que querían detenerlo—. ¿Qué sucede?

—Soy un cerdo, pero no un cerdo tan terrible —dijo Stuart entre dientes, y después se volvió.

Moviendo el cuerpo para sentarse, Jessie no pudo hacer más que mirar mientras él se alejaba.

## 28

Cuando Clive retiró la montura del lomo de *Sable* y soltó en su pesebre al corpulento animal, era más cerca del alba que de la medianoche. Podría haber despertado a Progreso, que dormía en el desván, para estar cerca de sus amados caballos, y haberle encargado la tarea; pero no era hombre de privar a un criado del sueño de una noche cuando se trataba de una tarea que él podía ejecutar con la misma facilidad. Además, estar en el enorme pesebre, con la única compañía de los animales, le aportaba una extraña paz. Y alguna forma de paz era lo que lo había inducido a realizar esa cabalgata enloquecida.

Clive llevó la montura al cuarto de los arneses y la colgó de un sostén, y después se pasó la mano por la cara. ¡Dios mío, qué cansado estaba! Quizás ese cansancio le permitiría dormir.

Aunque lo dudaba. Era posible que estuviese cansado físicamente, pero su mente describía círculos constantes, tratando de hallar una solución al embrollo que afrontaba. Hasta ahora, no había tenido la más mínima suerte en el intento.

¿No había dicho alguien cierta vez que era mejor que un hombre se cuidase de lo que deseaba, porque podía llegar a conseguirlo? Ahora Clive sabía exactamente qué significaba esa reflexión.

*Sable* asomó la cabeza por encima de la baranda del pesebre, y rozó el hombro de Clive cuando este le echó en la artesa un puñado de grano empapado de melaza, el alimento favorito del animal.

—Buenas noches, amigo —le dijo Clive, frotándole el hocico aterciopelado, y rascándole ese lugar especial detrás de la oreja izquierda. La cabeza de *Sable* se elevó y descendió, como apreciando el trato recibido. Clive tuvo que sonreír, aunque era una sonrisa un tanto seca.

Sabía que era estúpido, pero amaba a ese caballo. *Sable* era un animal excelente, con la cabeza orgullosa de un corcel árabe y la velocidad de un purasangre. Un caballo como *Sable* había sido una parte de lo que él solía desear tan intensamente. Y como el resto de su deseo, se le había concedido, y sobradamente.

Después de años de vivir gracias a su ingenio, finalmente había conseguido realizar todos sus sueños. En realidad, tenía más que lo que había soñado. Ahora era un hombre adinerado, el dueño de una grandiosa plantación del tipo que él solía contemplar con envidia a la pasada, desde la cubierta del buque fluvial en que estaba trabajando. Su deseo había sido comprar un poco de tierra, tener un lugar que pudiese llamar propio, asentarse y echar raíces. Pero sabía, incluso cuando más lo deseaba, que jamás tendría un lugar como las grandes plantaciones que contemplaba desde el río. El dinero necesario para comprar un lugar así probablemente no podía obtenerse en una o dos partidas de naipes.

Pero gracias a un extraño golpe de la suerte había terminado como propietario de una plantación que abarcaba más territorio y alojaba más almas que algunos pueblos. Había adquirido más posesiones que las que un hombre tenía derecho de controlar. Incluso *Sable*, adquirido a un criador de caballos próximo a Jackson, era la realización de sus sueños. El animal había costado más que lo que Clive jamás había pensado que gastaría en un caballo, cuando todavía hacía la vida del jugador trashumante. Pero como dueño de Mimosa, había pocas cosas que él no pudiera permitirse.

Sobre todo, se lo respetaba, incluso se lo miraba como a una persona de categoría superior, cuando en realidad él jamás había imaginado la posibilidad de que se lo tratase con especial deferencia. Clive McClintock, rata del río, jugador profesional, de quien incluso los amigos pensaban que no era más honesto que lo indispensable, ahora era miembro de la nobleza rural, un caballero plantador.

Cuando se había entregado a hilar sus propios deseos, tales deseos se hallaban tan lejos de lo que él consideraba posible, que nunca había creído que llegarían a realizarse.

Sin embargo, todos se habían convertido en realidades.

Había ansiado ser propietario de tierras, disponer de dinero suficiente para trabajarlas, y salir de esa existencia en la cual tenía que esforzarse constantemente para sobrevivir.

Se le había concedido su deseo, y en algún lugar era indudable que los dioses debían estar riéndose.

En su esfuerzo por adquirir riqueza, propiedad y respetabilidad, había aferrado por la cola a un tigre.

Tenía una esposa a la cual odiaba, al extremo de que

le costaba abstenerse de estrangularla, a pesar de que en el curso de su vida jamás había golpeado a una mujer, que era una perra y una trotona, y que lo odiaba por lo menos tanto como él a ella.

Tenía un nombre al que también comenzaba a odiar. Al adoptarlo varios meses antes, no había advertido cuánto lo irritaría verse obligado a pasar el resto de su vida con el nombre de Stuart Edwards.

Clive McClintock quizá no era el nombre de un caballero, pero era el suyo.

Había personas por las cuales ahora sentía afecto, por ejemplo, las señoritas Flora y Laurel. Creían que era el sobrino. Al principio del engaño, se había dicho que él sería para las ancianas un sobrino mucho mejor que lo que jamás había sido el gran Stuart Edwards. Y así había sido. Las visitaba, ¿verdad? Y se mostraba cortés, protegía el bienestar de las dos damas, acudía a su llamada cuando ellas se lo solicitaban. La llegada de Clive les había dado una nueva cuota de vida. Y él no dudaba de que ambas vivirían hasta los cien años.

Pero cuanto más afecto les profesaba, más se sentía un estafador.

Cuando por primera vez había trazado el plan, su propósito había sido ayudar a la regordeta hijastra de Celia a salir de su cáscara y encontrar marido, con lo cual habría cumplido un doble propósito: mejorar la vida de la muchacha, y sacársela de encima.

¿Quién habría sospechado que bajo todo ese cabello y ese exceso de peso acechaba una belleza que con solo sonreír podía cortar el aliento de Clive?

¿Quién habría adivinado que toda su belicosidad escondía un alma extrañamente tierna?

¿Quién habría conjeturado que en el esfuerzo por mejorar la suerte de esa mocosa, él perdería la cabeza y el corazón, y acabaría deseando más a Jessie que lo que jamás había deseado nada?

Y, por supuesto, allí estaba la broma que debía provocar la risa de los dioses. Le habían concedido todo lo que él jamás deseara, y más de lo que él jamás había deseado.

Pero él nunca había pensado desear el amor de una mujer. Había dicho que el amor era algo que podía ser extirpado del cuerpo del hombre, después de unos veinte minutos entre las sábanas con su adorada.

Pero se había equivocado. Ahora lo sabía. El amor nada tenía que ver (bien, tenía que ver muy poco) con el hecho de llevar a una mujer a la cama. Tenía que ver con los momentos compartidos de alegría, con las charlas, y con la experiencia de los mil detalles de la vida cotidiana de ambos.

Se trataba de dispensar al otro tanta consideración como la que uno deseaba para sí mismo.

Y eso era lo que ahora sentía frente a Jessie. Amaba a la muchacha, y esa era la sencilla y abrumadora verdad. La amaba en la medida suficiente para abstenerse para completar lo que había comenzado en el huerto. La amaba tanto que no deseaba arrebatarle la virginidad, y de ese modo, arruinar su vida.

Los dioses le habían suministrado abundante riqueza, tierras y respeto. Para recibir eso y conservarlo, solo necesitaba casarse y continuar casado con Celia.

Y si estaba casado con Celia, no podía seguir los mandatos de su corazón y casarse con Jessie. Si no podía casarse con ella, no podía quitarle su virginidad, o recibir su amor.

Como él le había dicho, era un cerdo, pero no tanto. Aunque sí lo habría sido, de no haberla amado.

De modo que en cierto sitio, los dioses se reían. Le habían otorgado todo lo que él deseaba, y más.

Solo que, como estúpido que era, él ya no deseaba ese generoso don.

Únicamente deseaba a Jessie, y ella era lo único que él no podía tener.

## 29

Mitch vino a buscar su respuesta el martes siguiente. La víspera había enviado un mensaje para preguntar si era conveniente que él llegase de visita un día más tarde, de modo que cuando llegó, Jessie lo esperaba. Ella estaba sentada inquieta, en la sala del frente, la misma que Celia había redecorado poco antes en el estilo Imperio, que se había popularizado en los últimos tiempos. Un muralista había viajado desde Natchez para pintar complicadas escenas portuarias en las cuatro paredes. El celeste del cielo y el agua era el color principal de los murales, y los muebles mismos eran de madera de ébano, y estaban tapizados de blanco. Cuando Jessie se vistió, olvidó tener en cuenta el color de la habitación en que recibiría a Mitch. De modo que lo hizo con una prenda verde jade, las faldas largas en atención al tiempo, que ahora era bastante frío. La cintura ajustada se elevaba recatadamente hasta el cuello, al que ella había asegurado un pequeño broche que otrora había pertenecido a su madre. Tres volados cruzaban diagonalmente desde los hombros hasta la cintura, por delante, y tres más adornaban la falda sobre el ruedo. Con los cabellos recogidos sobre la coronilla, y la cara marcada por los rizos cortos que Sissie le había peinado recientemente, Jessie tenía un aspecto encantador. Estaba más que satisfecha con su apariencia, hasta que se sentó en la sala del frente. Entonces, se preguntó si su vestido chocaba con el color de la habitación, y esa incertidumbre acentuó su nerviosismo.

—Cordero, pensé que este día jamás llegaría —dijo por lo bajo Tudi, cuando introdujeron a Mitch en la sala. Atenta a las órdenes de Stuart acerca del decoro, y temerosa de que estar a solas con él aumentaría la probabilidad de que Mitch discutiese cuando ella le presentase su negativa, Jessie había pedido a Tudi que la acompañase. Imperturbable e inconmovible, Tudi estaba de pie detrás de la silla ocupada por Jessie. En honor de la ocasión, se había puesto un turbante y un delantal recién planchado. Jessie había pedido a Tudi que la acompañase mientras respondía al pedido de Mitch; no había dicho a Tudi que la respuesta sería una negativa.

—Hola, Jessie. Buenas tardes, Tudi.

Mitch parecía tan nervioso como Jessie. Demasiado inquieta para continuar sentada, Jessie se puso de pie y saludó al visitante. Él le apretó la mano y se la llevó a los labios.

—Hoy se te ve hermosa.

—Gracias.

Todavía poco acostumbrada a pensar en sí misma como una joven hermosa —cuando contemplaba el asunto, Jessie lo creía imposible—, se sonrojó un poco ante el cumplido. Mitch continuaba sosteniéndole la mano; la marca de sus labios le había dejado una leve humedad sobre el dorso.

Al mirarlo, Jessie se sintió impresionada otra vez por el atractivo del muchacho. Si nunca hubiese conocido a Stuart, habría considerado a Mitch, con sus rizos castaños, los vivaces ojos color avellana, y el cuerpo robusto, el ideal de masculinidad. Si no hubiese conocido a Stuart...

Sosteniéndole la mano, Mitch dirigió una rápida mirada a Tudi, y después apartó a Jessie, para acercarla a la ventana. Tudi los miró con una sonrisa tenue de satisfacción. Jessie sabía que Tudi, que la amaba y solo deseaba su felicidad, se sentiría complacida de verla casada con Mitch.

Mitch sería el marido bondadoso y atento de una joven afortunada. Jessie lamentaba sinceramente que no pudiera ser el suyo.

—Bien, Jessie, he venido en busca de tu respuesta —dijo Mitch en voz baja, cuando fue evidente que Jessie permanecía muda.

Desde la primera vez que él había formulado su propuesta, Jessie sabía que llegaría este momento. Como no deseaba lastimarlo, había preparado con mucho cuidado lo que diría. Aun así, era difícil rechazar a ese muchacho que durante años había sido el objeto de sus sueños de adolescente.

—Mitch... —comenzó a decir Jessie, y se interrumpió impotente, porque pareció que la lengua se le pegaba al velo del paladar. Respiró hondo, apartó los ojos de la cara del joven y casi sin ver miró por la ventana.

Pero lo que vio afuera instantáneamente la obligó a reaccionar.

Stuart estaba allí, en la curva del sendero, montado en *Sable*. Sosteniendo el estribo y mirándolo, de espaldas a la ventana, estaba Celia. Por la expresión de la cara de Stuart y la tensión del cuerpo de Celia era obvio que se habían enredado en otra agria disputa. Una riña conyugal.

—¿Es tan difícil decirlo, Jessie? —preguntó tiernamente Mitch. Jessie volvió la mirada hacia la cara del joven. Un extraño sentimiento de desasosiego se instaló en su estómago, y casi le provocó náuseas. La cólera se avivó en su interior, un sentimiento corrosivo que le carcomía las entrañas.

—No, Mitch, de ningún modo es difícil decirlo —replicó Jessie, y su voz a ella misma la sorprendió por el dominio que manifestaba—. Me sentiré honrada de ser tu esposa.

—¡Hurra! —gritó Mitch, sobresaltando a Jessie, y pegó un brinco en el aire. Después, antes de que ella se hubiese recuperado de la sorpresa, la tomó de la cintura y la obligó a volverse en redondo, y después le dio un beso en los labios.

Jessie sintió que la cabeza le daba vueltas, por el movimiento o por el beso, pero apenas había formulado su respuesta, no pudo creer que las palabras hubiesen brotado de sus labios. ¡No era posible que hubiese prometido convertirse en la esposa de Mitch!

—¡Oh, cordero! —Tudi vino a abrazarla. Jessie retribuyó el abrazo de Tudi porque no podía hacer otra cosa. Estaba aturdida. Santo Dios, ¿qué haría ahora?—. La cuidará bien, ¿verdad, señor Todd?

—¡No se inquiete, Tudi, la cuidaré! —Mitch sonreía, irradiando felicidad, y Jessie sentía que se le contraía el estómago. Antes de que pudiese abrir la boca para negar lo que acababa de decir, ¿y acaso podía negarlo, ahora que lo había dicho?, Mitch le había aferrado la mano y la llevaba hacia la puerta.

—Ahí fuera están la señora y el señor Edwards —dijo—. Querida, se lo diremos a tus padrastros, y así será oficial. ¡Ah, estamos comprometidos!

Se lo veía tan alegre que Jessie no tuvo más remedio que permitir que él la arrastrase al porche. Una vez allí, Mitch se detuvo frente a la baranda, y llamó a Stuart y Celia, que continuaban discutiendo en el sendero.

—¡Señora Edwards! ¡Señor Edwards! ¡Atención!

Dicho esto, arrebató a Jessie en un abrazo que casi la asfixia. Fue inevitable que ella se sostuviese de los hombros de Mitch, y entonces él procedió a besarla, y más intensamente de lo que lo había hecho esa noche Stuart en el huerto.

Cuando Mitch alzó la cabeza, sonreía tan feliz que parecía que su cara podía dividirse en dos. Miró alrededor, y Jessie siguió la dirección de su mirada. Stuart y Celia los contemplaban, y hasta donde ella podía saber, a esa distancia, estaban igualmente desconcertados.

—¡Señor Edwards, ahora está bien! ¡Estamos comprometidos! —rugió Mitch. Se volvió para mirarlos, sonrió de oreja a oreja y deslizó el brazo alrededor de la cintura de Jessie.

## 30

Jessie nunca supo cómo pasó el resto de su día y la velada. Después de pronunciar las fatales palabras, sintió que todo lo que seguía estaba fuera de su alcance. Por una vez en su vida, Jessie consiguió complacer realmente a Celia, que inmediatamente comenzó a trazar planes que debían desembocar en una lujosa fiesta de compromiso, y más tarde, probablemente el verano siguiente, en una boda incluso más lujosa. La perspectiva de ser la anfitriona en episodios sociales tan importantes, al mismo tiempo que se desembarazaba de esa irritante hijastra, era la razón del buen humor de Celia. Jessie lo sabía bien, pero de todos modos era un cambio grato ver a Celia sonriendo, en lugar de sentir a cada paso su malhumor. Los criados, que supieron la noticia por Tudi, incluso antes de que Jessie volviese a entrar en la casa, estaban excitados por su ama. Tudi hablaba de trasladarse con su «cordero» al nuevo hogar, y quizá de llevar también a Sissie, si podía persuadir a Celia de que aceptara el cambio.

En cambio, Stuart felicitó discretamente a Mitch, y

depositó un frío beso sobre la mejilla de Jessie. Como solía suceder cuando él sufría una emoción muy intensa, su cara se convirtió en una máscara impenetrable. Sus ojos, al encontrar la mirada de Jessie, parecían opacos como la piedra, pero Jessie no necesitaba ver su cara para saber lo que sentía. Le desagradaba intensamente el compromiso de su hijastra, pero nada podía hacer para impedirlo. Después de todo, Mitch Todd era miembro de una de las familias más acaudaladas de plantadores de la región. Era el único varón de tres hijos, y sin duda, un día sería el heredero de Riverview, una explotación comparable con Mimosa por la prosperidad. Con la mejor voluntad del mundo, Stuart no tenía más remedio que declarar que esa unión era absolutamente conveniente.

Por supuesto, Mitch se quedó a cenar, y como estaban comprometidos, Jessie pudo pasear sola con él por los terrenos. Varias veces, Jessie abrió la boca para decirle que no había hablado en serio, que todo había sido un error. Pero en vista de la evidente felicidad de Mitch, no pudo llegar a eso. De modo que sufrió en silencio, en el fondo, abrumada por todo lo que había puesto en movimiento, mientras él comentaba los planes para el futuro, cómo envejecerían juntos y cuántos hijos tendrían. Después, cuando se preparó para partir, él la besó. Jessie lo permitió en una actitud obediente, y ni siquiera se apartó cuando la lengua de Mitch se deslizó audaz en su boca. Pero a pesar de la leve esperanza que alimentaba en el sentido de que quizá, solo quizás, en definitiva podría casarse con Mitch, ese beso provocó a lo sumo un moderado sentimiento de desagrado.

Jessie comenzaba a temer que su cuerpo se encendía únicamente con Stuart.

¿Podía casarse con un hombre cuyo beso le provocaba el deseo de lavarse la boca? No, no podía. Pero ¿cómo se lo diría a Mitch...? ¿Y a los demás? Como una bola de nieve que desciende cuesta abajo, su compromiso cobraba proporciones cada vez mayores, y era más imposible negarlo con cada minuto que pasaba.

Incluso después de que Mitch se marchó y Jessie fue a acostarse, su mente estaba tan turbada que no pudo dormir. Finalmente, renunció por completo al intento, se puso una bata sobre el camisón y caminó por el corredor. Se sentaría en el porche hasta que el aire de la noche le trajese el sueño, si a eso llegaba.

La casa estaba a oscuras, excepto las tenues luces que continuaban encendidas al pie y al final de la escalera, y en el extremo de cada corredor. Hacía mucho que los criados se habían retirado a sus cuartos, y era evidente que Stuart y Celia estaban acostados. Jessie calculó que era poco más de medianoche. Otras noches, las voces de la disputa provenientes del fondo de la casa habían continuado mucho después de esa hora. Pero, ahora, la casa estaba en silencio. Jessie bien podía haber sido la única persona despierta en todo el mundo.

Jessie empujó la pesada puerta de roble y salió al porche. Su atención fue atraída inmediatamente por el aterciopelado azul de medianoche del cielo. Estaba tachonado de estrellas que centelleaban como diamantes, y eran tantas, que durante un momento, Jessie se sintió desconcertada. Cerró la puerta y se acercó a la baranda. Sus manos se cerraron sobre la suave madera tallada, y la joven levantó el mentón. La luna era enorme y redonda, y estaba rodeada por millares de estrellas titilantes. Una leve brisa venía del este, y empujaba las pequeñas nubes oscuras como pedazos de gasa a través del cielo resplandeciente. Se escuchaba el roce del follaje, el canto de las cigarras, y los pájaros nocturnos y sus presas chillaban y llamaban. La sobrecogedora belleza de la noche transmitió a Jessie su propia serenidad. Por primera vez, después de su promesa a Mitch, experimentó cierto grado de paz.

Y, entonces, mezclado con el delicado aroma de las lilas y las mimosas, Jessie percibió un relente del acre humo del cigarro.

Volvió bruscamente la cabeza. Al fondo del porche pudo ver claramente la roja brasa de un cigarro. Era apenas un poco más difícil distinguir la forma oscura y maciza del hombre, pero a medida que sus ojos se adaptaron, de la luminosidad del cielo a la penumbra de la esquina del porche, pudo verlo bastante bien. Se había acomodado en una mecedora, los pies calzados con botas cruzados en los tobillos, y apoyados en el borde de la baranda, en la postura que ella prefería antes de pasar de la muchacha traviesa a la dama. A pesar del frío, él estaba en mangas de camisa; el elegante chaleco de brocado que había usado durante la cena estaba descuidadamente abierto, y se había quitado el pañuelo. Mientras Jessie lo miraba, él aspiró de nuevo el humo del cigarro, de modo que la brasa se avivó, y después, dejó que la mano y el cigarro colgasen al costado de su cuerpo.

—Hola, Stuart.

Él le sonrió. Jessie pudo ver claramente la blanca dentadura.

—¿Tan entusiasmada por la próxima boda que no pudiste dormir? —Un tono de burla subyacía en la pregunta.

—Sí —dijo Jessie desafiante, y ahora había desaparecido el sentimiento de la belleza de la noche. Una de sus manos continuó apoyada en la baranda. Cerró la otra al costado del cuerpo.

—De modo que decidiste que, después de todo, podías soportar sus besos.

—Sí.

—Más aún, los ansías, ¿verdad?

—Ciertamente.

Stuart se rio, y lo hizo con un sonido desagradable.

—Mentirosa.

—¡Por lo menos él puede casarse conmigo!

—Esto —dijo Stuart— es indudablemente cierto.

La brasa del cigarro relució brevemente otra vez. Y después, con la otra mano, Stuart levantó algo —una botella— y la llevó a sus labios, echando hacia atrás la cabeza. Jessie miró deprimida, mientras él bebía un largo trago de la botella, la depositaba de nuevo en el piso y se limpiaba la boca con el dorso de la mano. Ella nunca había visto beber así a Stuart, o para el caso, comportarse con modales tan desagradables. Pero, por lo menos, el alcohol explicaba el desusado desorden de sus ropas, y el tono acre de sus palabras.

—¡Está borracho!

—Un poco de bebida, para facilitar las cosas. ¿Y por qué no? No todos los días un hombre recibe la noticia de que su hijastra se compromete.

—Voy a acostarme.

—¿Para soñar con el amado Mitch? —El tono de burla era acentuado. Stuart se llevó de nuevo la botella a los labios, y bebió.

—¡Ciertamente, eso es mejor que soñar con usted!

—Sin duda.

Stuart depositó la botella en el piso y se puso de pie, y después arrojó lejos los restos de su cigarro. Jessie continuó firme en su lugar cuando él se acercó, con movimientos cuidadosamente precisos, pero no inseguros, lo que habría sido el caso si él hubiese estado realmente borracho. Aunque una vocecita interior la exhortaba a huir, Jessie se mantuvo en el sitio. La espalda erguida, la cabeza alta, continuó ocupando el mismo lugar. Solo ella sabía con cuánta fuerza necesitaba apretar la baranda.

Stuart se detuvo directamente frente a ella. Solo en ocasiones como esa, cuando él estaba tan cerca que Jessie tenía que levantar los ojos para mirarlo, ella comprendía cuán alto era realmente. La sobrepasaba en más de una cabeza, y las espaldas y el pecho eran tan anchos que su sombra sobre el suelo cubría completamente la sombra mucho más menuda de Jessie.

La mano de Stuart vino a descansar sobre el costado del cuello de Jessie. La tibia fuerza de sus dedos cubrió la nuca, bajo los cabellos, recién cepillados y sueltos, en preparación para el sueño. Incluso con ese ligero contacto, el enloquecido corazón de Jessie comenzó a latir con fuerza.

—De todos modos —dijo suavemente Stuart—, prefiero que sueñes conmigo.

Y estiró la cabeza hacia la boca de Jessie.

La besó suave, tiernamente, y pareció que sus labios le prometían el mundo entero. Jessie cerró los ojos, y su mano se cerró con más fuerza todavía sobre la baranda, mientras ella resistía el impulso de sucumbir a ese tierno ataque. Los cuerpos de los dos no se tocaron, y él la sujetaba solamente con la mano alrededor del cuello. Pero la sangre de Jessie era lava ardiente en sus venas.

Solo cuando él le abrió los labios para asentar el beso, ella saboreó el whisky en la lengua y los labios de Stuart, y recordó que él estaba, si no borracho, por lo menos cerca de eso. ¿Estaría besándola de no ser por el alcohol? ¿O se dedicaría a augurarle un feliz matrimonio con Mitch?

La respuesta que imaginó le infundió fuerzas para rechazar a Stuart.

—Usted es solo el perro del hortelano —dijo amargamente, y para destacar su desilusión se llevó la mano a la boca, como si deseara borrar el sabor del beso.

—¿Qué significa eso?

Él la miraba, la cara en la oscuridad, con los ojos reluciendo como las estrellas.

—No me quiere para usted, pero no quiere que nadie más me tenga.

—¿Quién te metió en la cabeza la idea de que no te quiero?

Pero al mismo tiempo que el corazón de Jessie aceleraba sus latidos, los labios de Stuart se curvaron en una sonrisa perversa y burlona. Después, reduciendo a Jessie a la inmovilidad, la mano de Stuart se cerró sobre el seno izquierdo de la muchacha. La suave esfera anidó en la palma de la mano derecha de Stuart como si ese fuese su lugar natural. Jessie sintió que la piel le ardía a través de la doble capa de tela del camisón y la bata. Durante un momento ni siquiera pudo respirar.

—Sí, te quiero. Y es evidente —el pulgar de Stuart acarició sugestivamente el pezón, que reaccionó desesperado ante el contacto— que tú también me quieres.

—¡Cómo se atreve! —Sacudiendo su inmovilidad, Jessie emitió un sonido de rabia y apartó la mano de Stuart. Era evidente, a juzgar con la sonrisa con que él afrontó la expresión colérica de Jessie, que su intención había sido nuevamente demostrar que ella estaba impotente cuando Stuart la tocaba. Y, por supuesto, lo había conseguido, y sobradamente.

—Yo apostaría a que ese pezón no hace lo mismo con el querido Mitch.

—¡Usted —dijo Jessie entre dientes— puede irse al infierno!

Era una de las pocas veces en su vida en que ella maldecía en voz alta, y ahora se sintió bien. Triunfante, se volvió, para buscar refugio en la seguridad de su dormitorio. Pero ese demonio de Stuart estaba riéndose.

—Ah, ¡qué tornadiza es la mujer! ¡Apenas la otra noche dijiste que me amabas!

Un golpe en el estómago no habría detenido tan eficazmente a Jessie. Respiró hondo, y después sintió una llama de cólera que le enturbiaba la visión. ¿Cómo podía burlarse de la confesión más profunda que ella había realizado en el curso de su vida? Sus manos se convirtieron en puños, rechinó los dientes y se volvió para mirarlo, con una exclamación de rabia pura... y descubrió que él aún se reía.

—¡Canalla! —zumbó, y se arrojó sobre él, atacándolo con los pies y los puños. Él le aferró los brazos y la mantuvo a distancia, y continuó riendo.

—Vamos, vamos —dijo, y el resplandor en sus ojos desmentía la boca sonriente—. ¿No recuerdas que me amas?

Si ella hubiese tenido un arma, le habría disparado.

Felizmente, no la tenía, excepto el antiguo consejo que Tudi le había dado acerca del modo de defenderse contra un hombre.

—¡Suélteme! —exigió, y cuando él la soltó, Jessie sonrió a su vez, echó hacia atrás un brazo, y descargó el puño cerrado con toda la fuerza posible sobre la ingle de Stuart.

# 31

Después, huyó. Dejó a Stuart doblado sobre sí mismo, maldiciendo como un estibador, y corrió como si su vida dependiese de la huida, lo cual probablemente era el caso. No tenía la más mínima duda de que si en ese momento Stuart podía echarle la mano encima, su primer impulso sería estrangularla.

Su meta era el establo. Ensillaría a *Luciérnaga* y huiría para salvar la vida, cabalgaría hasta el agotamiento, hasta que se le aclarase la cabeza y el cuerpo estuviese tan cansado que ella pudiera dormir; cabalgaría hasta que Stuart tuviese tiempo de reaccionar de la cólera que sin duda el golpe le había provocado. No importaba que ella vistiese únicamente el camisón y la bata, o que estuviese descalza. No importaba que fuese la medianoche pasada. Su impulso era escapar, alejarse de Mimosa y de Stuart. Continuaría cabalgando hasta que considerase que podía volver, por mucho tiempo que eso le llevase.

Sintió frío y húmedo el césped, y de tanto en tanto, una piedra vino a herirle la planta de los pies. Jessie pisó una rama de espino cuando estaba cerca de la puerta del establo, y tuvo que detenerse para arrancar la aguja antes de seguir adelante. Estaba inclinada, el pie herido apoyado en la otra rodilla mientras se quitaba la espina, cuando advirtió que Stuart corría con la velocidad de un indio en la persecución.

Sin hacer caso del pie lastimado, Jessie se abalanzó sobre el establo como un animal salvaje. Adentro estaba oscuro como una caverna, y los caballos descansaban tranquilamente en sus pesebres; Progreso dormía en el desván. *Jasper* saltó de su lecho de heno con un gruñido, pero se tranquilizó cuando descubrió que el intruso era su ama.

Como Stuart estaba tan cerca, Jessie comprendió que sus posibilidades de evitar la venganza eran escasas. Pero abrigaba la esperanza de que, con la ventaja de la oscuridad y su conocimiento superior de la distribución del establo, podría ensillar a *Luciérnaga* y después, salir montada en la yegua en las narices mismas de Stuart. Una vez que ella estuviese montada, él no podría detenerla. Si era necesario, estaba dispuesta a atropellarlo.

El cuarto de los arneses estaba al fondo del establo. Con *Jasper* pisándole los talones, visiblemente con la impresión de que eso era un nuevo juego, Jessie abrió la puerta y entró. La puerta se cerró por sí misma después que ellos pasaron, y por poco apretó la cola de *Jasper*. Había sacos de grano distribuidos sobre el piso, algunos llenos y otros por la mitad. Varias monturas ocupaban el centro del cuarto. Había otras colgadas de sus sostenes, y también bridas y cepillos y los innumerables objetos necesarios para el buen cuidado de los caballos. Una minúscula ventana junto a la puerta permitía el paso de la luz de la luna. El rayo de plata ayudó a Jessie a evitar los diferentes obstáculos que se alzaban en su camino mientras retiraba los arreos de *Luciérnaga* del sostén donde se los había colgado.

La brida colgaba de una mano mientras ella exploraba los sostenes en busca de la montura. Jessie la encontró, y trataba de retirarla del soporte, cuando la puerta del cuarto de los arneses se abrió sobre sus silenciosos goznes de cuero. *Jasper* gruñó, y después se abalanzó sobre el recién llegado. Jessie se volvió silenciosamente, tragando saliva. Stuart estaba en la abertura de la puerta, una forma más oscura y más sólida sobre una infinitud de sombras.

—¡Atácalo, muchacho! —zumbó Jessie, pero se desconcertó cuando el perro traidor se acercó al hombre meneando furiosamente la cola.

Stuart ni siquiera se movió. Dio a *Jasper* una rápida palmada en la cabeza y dijo:

—¡Quieto! —con la voz de un amo, y fue obedecido inmediatamente. Después, Stuart empujó al perro a través de la puerta y dijo—: ¡Vete a dormir! —Y cerró la puerta, dejando a *Jasper* del otro lado.

Jessie advirtió desalentada que el perro ni siquiera gemía tratando de entrar. Su fiel protector sin duda era arcilla en las manos de Stuart, lo mismo que todos los restantes residentes de Mimosa.

—Bien, Jessie —dijo Stuart. Por el tono sedoso de su voz, Jessie supo que él estaba enojado como ella había temido.

—¡Si llega a ponerme un dedo encima, atronaré a gritos la casa!

A pesar de la amenaza, las palabras de Jessie fueron dichas en un murmullo áspero. No podía ser la causa de un enfrentamiento entre Stuart y Progreso, y lo sabía. Más aún, incluso si gritaba y Progreso, que últimamente dormía como un tronco, la escuchaba, era dudoso que se pusiera de su lado. También él había sucumbido hacía mucho tiempo al encanto de Stuart. ¿No había nadie que fuese inmune a ese perverso demonio?

—Grita todo lo que te plazca, porque mi intención es ponerte encima algo más que un dedo.

Aunque no había suficiente luz para permitir que ella le viese claramente la cara, Jessie estaba segura por el sonido de sus palabras que él tenía los dientes apretados. Cuando se le acercó, el cuerpo cada vez más grande en la oscuridad, Jessie apartó la mano de la montura y retrocedió, tratando de alejarse. Él continuó cercándola, hasta que ella quedó con la espalda contra la pared, sin espacio para continuar maniobrando.

—¿Atrapada, Jessie? —Las palabras fueron dichas con mucha suavidad, pero no por eso sonaron menos amenazadoras. Jessie sabía que Stuart no la dañaría, pero de todos modos un estremecimiento de temor le recorrió la columna vertebral. Parecía tan alto y amenazador en la oscuridad. Los ojos, la única parte de su cuerpo que era claramente visible, relucían en las sombras como las estrellas en el cielo. Ella tenía la espalda apretada contra la áspera tabla, al extremo de que podía sentir la textura de la madera a través de la bata y el camisón. Los dedos desnudos se curvaron contra la aspereza de los granos dispersos y la paja. Tenía los ojos muy grandes y fijos en la cara de Stuart, y los dedos se cerraban sobre las frías tiras de cuero de la brida.

La brida. Después de todo, no estaba tan indefensa.

—¡Atrás!

Jessie lo atacó, pero solo consiguió que él se apoderase de la brida y se la arrancase de la mano.

—¡Oh!

Stuart arrojó a un lado la brida. Aterrizó en el piso con un tintineo de metal.

—¿Y ahora qué? ¿Me atacarás a puntapiés? ¿A bofetadas? ¿Arañándome? ¿Me golpearás en el lugar que una joven no debe golpear a un hombre? ¿O al fin es mi turno?

Había cierto atisbo de curiosidad en el tono, algo que no era en absoluto cólera.

—Stuart... —El corazón de Jessie latía con fuerza, y ella no sabía si por temor o por otro motivo. Tenía los ojos muy grandes mientras lo miraba en la penumbra. De pronto, sintió las manos muy frías. La luz de la luna iluminaba los ojos de Stuart cuando extendió las manos hacia ella, le aferró la muñeca y la atrajo hacia su cuerpo. Jessie ya no sentía deseos de luchar. Sin resistir, permitió que él la aproximara, hasta que estuvieron casi juntos. La mano de Stuart sujetándole la muñeca era la única parte de su cuerpo que la tocaba; pero cada milímetro de la piel de Jessie estaba reaccionando.

—No quiero que te cases con ese muchacho Todd. —La voz de Stuart era áspera.

—Stuart... —Por extraño que pareciera, la única palabra que ella conseguía pronunciar, con su garganta seca, era ese nombre. Él se inclinaba sobre Jessie, utilizando simplemente su cuerpo para tratar de dominarla, para someterla a su voluntad. La fuerza dura y muscular de Stuart tenía vida propia en la oscuridad, y eso la conmovía.

—Dijiste que me amabas.

Esta vez, el recordatorio no la puso frenética. Esta vez, él no se burlaba. Su voz era grave, su mano sobre la muñeca de Jessie estaba tibia y era fuerte, y, sin embargo, no le provocaba sufrimiento.

—No puedes casarte con él si me amas.

—Stuart... —La voz de Jessie era dolorosa. Sentía que el corazón se le inflamaba al mismo tiempo que se le derretían los huesos. Él apenas la tocaba, pero ya estaba poseyéndola. Jessie se sentía de fuego, ardiendo de amor y algo más, y él era el único ser sobre la tierra que podía apagar las llamas.

—No permitiré que te cases con él, ¿lo oyes? —Sacudió un poco la muñeca de Jessie.

—Stuart. —Jessie respiró hondo, y al fin pudo hablar. Sabía que debía explicarse, explicar el episodio de Mitch, pero las explicaciones podían esperar. Todo podía esperar, excepto la necesidad que estaba devorándola viva—. Sí, Stuart, te amo.

—¡Oh, Dios mío! —Fue un gemido. Quizás él la atrajo, o tal vez ella se arrojó en brazos de Stuart; Jessie no pudo aclararlo. Pero en una fracción de segundo Jessie estaba pegada a él, y sus brazos le rodeaban el cuello, y los brazos de Stuart la apretaban, mientras él inclinaba la cabeza buscándole la boca.

Ese beso no fue en absoluto gentil. La besó como si estuviese hambriento del sabor de la boca de Jessie, como si ella no pudiera jamás llegar a satisfacerlo. Jessie afrontó el tierno saqueo de la lengua de Stuart con su propia y salvaje excitación, y se puso en puntas de pie para acercarse mejor, y sus uñas se hundieron en la nuca vulnerable de Stuart. Él sabía a whisky, y como era Stuart quien sabía así, de pronto a ella le agradó ese sabor. Él tenía el mentón erizado de pelos, pero como era Stuart quien le raspaba la piel suave, a ella le agradó la sensación. La apretaba con fuerza suficiente para fracturarle las costillas e impedirle respirar, pero eso también le encantaba a Jessie. Amaba todo lo que él estaba haciendo, tanto que se sentía aturdida. Tanto que cuando ella a su vez lo besó, emitió blandos y quejosos sonidos en la boca de Stuart, sin advertir siquiera lo que estaba haciendo. Tanto que cuando sintió el bulto que se agrandaba en él, se apretó contra eso, frotándose, buscando instintivamente aliviar el dolor que sentía entre sus propias piernas de mujer.

—¡Dios mío, Jessie! —Fue un gemido, mientras su boca pasaba de los labios al cuello de la joven, y después descendían, para buscar y apoderarse del pezón.

Cuando el calor húmedo de la boca de Stuart atravesó la tela, Jessie gritó. Un reguero de fuego recorrió las terminaciones nerviosas de Jessie, y se le doblaron las rodillas. Él la sostuvo en sus brazos. Durante un momento Stuart alzó la cabeza, y miró alrededor. Después, incluso mientras ella emitía un gemido de protesta, Stuart se movió, y pasó sobre los sacos de grano y las monturas para depositarla en el piso, y en el instante en que él se echó al lado, Jessie comprendió que él había encontrado una desordenada pila de sacos de grano vacíos para usarla como lecho.

—Te he deseado... cómo te he deseado —murmuró él con voz ronca, mientras reclamaba de nuevo su boca. Jessie cerró los brazos alrededor del cuello de Stuart, y perdió completamente el control de sí misma.

Ya no pensó en lo que estaba bien o estaba mal, ni pensó en el peligro que podía correr su persona o su corazón. Solamente sabía que ese era su hombre: el hombre que ella deseaba, el que había esperado toda su vida.

Cuando él le levantó el camisón y la bata y los empujó sobre la cintura de Jessie, esta se aferró al cuello de Stuart, y lo besó con febril abandono. Después, él bajó las manos para hacer algo con sus pantalones, y entretanto, ella le dio leves besos sobre la mejilla. Un momento después las rodillas de Stuart, todavía cubiertas por los pantalones, se deslizaron entre las de Jessie para separarlas, y ella se estremeció y arqueó y gritó con la boca pegada al cuello de Stuart.

Él deslizó la mano entre los muslos de Jessie, tocándola en el lugar donde nadie la había tocado jamás, el lugar que era tan secreto que ella no se atrevía a tocarlo ni siquiera cuando se bañaba. Pero cuando su mano la cubrió en ese lugar, y descansó sobre el suave nido de rizos, el dolor íntimo se intensificó, hasta que ella comenzó a temblar, y se le movieron los muslos, y el cuerpo se le incendió con algo... algo...

Después, él se elevó un poco sobre el cuerpo de Jessie, sosteniendo su peso con el codo, mientras exploraba la temblorosa y ardiente suavidad de la mujer con esa enorme y caliente cosa masculina que ella había sentido pero nunca había visto. Pareció que estaba abriéndole la carne, porque entraba poco a poco...

Jessie jadeó, en parte por miedo y en parte por éxtasis, y la boca de Stuart la reclamó de nuevo con un súbito y fiero ardor. Arqueó la espalda, y la cosa masculina chocó contra un obstáculo en el interior de Jessie. ¿Era eso lo que los hombres hacían a las mujeres, le introducían sus cosas masculinas hasta que tocaban el obstáculo? No parecía que justificase tanto embrollo. Pero no, parecía que él no estaba satisfecho con eso. Empujaba... y empujaba...

Parte del éxtasis que la había exaltado, de pronto se disipó. Él estaba lastimándola...

—¡Stuart, no!

Pero su protesta quedó acallada por la boca de Stuart. Incluso mientras ella trataba de apartar la cabeza e intentaba repetirle que él sobrepasaba el límite de lo que era agradable, él empujó con fuerza tal que la dividió en dos.

# 32

Una sola lágrima descendió por la cara de Jessie, y ella se la enjugó inmediatamente con un dedo inseguro. Yacía de espaldas, y Stuart tendido sobre ella, su cosa masculina todavía inserta en el interior de Jessie, aunque unos minutos antes él había terminado la terrible fornicación con un tremendo gemido. Después, él se había derrumbado, apretándola contra el suelo, la cara hundida en el cuello de Jessie, mientras respiraba con grandes jadeos.

Jessie deseaba poder respirar también ella, pero el peso del cuerpo de Stuart sobre su pecho excluía tales lujos. Ese hombre pesaba una tonelada. Estaba sudoroso y olía a whisky —¿realmente había creído que le agradaba el olor un cuarto de hora antes?— y a juzgar por lo que sentía entre los muslos doloridos, la había inundado con su jugo masculino.

La idea misma era repulsiva. Lo que él acababa de hacerle era repulsivo. Él era repulsivo.

Y le dolía.

—¡Apártate de mí! —Jessie finalmente encontró la forma necesaria para empujar el hombro de Stuart.

Por lo menos eso consiguió que él levantase la cabeza.

—¿Que me aparte de ti? —Había un acento de curiosidad en la voz de Stuart, casi como si él no pudiese creer lo que estaba oyendo.

—Sí —zumbó Jessie—, ¡apártate de mí!

Stuart satisfizo el pedido y rodó de costado. Apoyándose en un codo, miró mientras ella se sentaba. Jessie vio horrorizada que la luz de la luna que penetraba por la ventanita aportaba iluminación suficiente para revelar que ella estaba desnuda de la cintura para abajo. El vientre y las piernas relucían pálidos en la oscuridad, interrumpidos por el triángulo oscuro entre los muslos.

Sonrojándose, tironeó del camisón y la bata, que se habían enrollado alrededor de la cintura, y finalmente consiguió adecentarse. Después, a pesar de las rodillas inseguras y los muslos, que parecían haberse convertido en jalea, trató de incorporarse.

—¡Eh, tú!

Stuart interrumpió el movimiento de Jessie aferrándola de la cintura con el brazo. La obligó a descender, y después, él mismo se sentó para mirarle la cara. Encolerizada, Jessie desvió la cara. Los dedos largos se deslizaron bajo su mentón y la obligaron a mirarlo de nuevo.

—¡No me toques!

Con un golpe altivo, ella le apartó la mano. Unos instantes después, un dedo largo había retornado y exploraba la mejilla de Jessie, siguiendo el rastro húmedo dejado por la lágrima delatora.

—¡Dije que no me tocases!

—Te lastimé. —Lo dijo con voz tan tenue que Jessie apenas lo escuchó. Parecía arrepentido, pero ella no estaba de humor para preocuparse de los posibles remordi-

—— 306 ——

mientos de Stuart. Se había entregado a él sin reservas, ¡y eso le había provocado dolor físico! ¡El lugar entre sus piernas todavía latía!

—Sí, ¡me lastimaste! ¡Por supuesto, me lastimaste! ¡Tú... tú pusiste esa... esa cosa en mí!

En la oscuridad ella percibió el débil atisbo de una sonrisa. Después, eso se borró. Stuart le tomó la mano y la llevó a sus labios. Aunque Jessie intentó apartar la mano, él no la soltó.

—Jessie... —Oprimió la mano contra sus labios, y después besó gentilmente cada nudillo. Jessie estaba demasiado agotada mental y físicamente para enredarse en el combate que según suponía era necesario para recuperar su mano. De modo que permaneció sentada, mirándolo hostil, mientras él jugaba con sus dedos.

»¿Servirá de algo que diga que lo siento?

—¡No!

—En efecto, eso mismo pensé.

Stuart suspiró. Soltó la mano de Jessie, se cerró los pantalones, y después retrocedió el cuerpo, hasta que quedó sentado de espaldas contra la pared. Entonces, antes de que Jessie comprendiera lo que sucedía, la tomó de la cintura y la puso sobre sus rodillas.

—¡Suéltame!

—Enseguida. Quieta, Jessie. No te haré daño.

—Es un poco tarde para prometerlo, ¿no te parece? —Ella dominaba cada vez con más soltura el bello arte de la burla.

—¿Me permitirás una explicación?

—¿Qué tienes que explicar? Tú... nosotros... fornicamos, y ahora ha terminado, y quiero volver a la casa.

—Hicimos el amor —la corrigió serenamente Stuart.

Jessie emitió un rezongo. Stuart se encogió de hombros. Ella alcanzó a percibir el movimiento de sus hombros con los músculos de la espalda, apoyados contra el pecho de Stuart. Su trasero ahora cubierto decentemente estaba apoyado en esa parte de Stuart que la había lastimado, y las piernas de Jessie cubrían las de Stuart. Habría sido una postura cómoda —si él no hubiese tenido que retenerla allí, cerrando las manos sobre las muñecas de Jessie, de modo que los brazos de la joven formaban una X sobre su propio pecho.

—Tal vez tú fornicaste —dijo Stuart al oído de Jessie—. Yo hice el amor.

—¡El amor! —La palabra misma parecía hiriente.

—El amor. Te amo, Jessie.

—¡Ah!

Hubo un momento de silencio. Después, en una actitud sorprendente, Stuart rio. El sonido fue breve, pero aun así fue inequivocadamente el sonido de una risa.

—¿Sabes cuántas mujeres, mujeres adultas, refinadas y muy hermosas, habrían dado un ojo de la cara para oírme decir eso? Pero, por primera vez en mi vida, desnudo el alma frente a una mocosa inexperta, ¿y qué dice el objeto de mi pasión? «¡Ah!»

—¡No te creo!

—¿Para qué mentiría?

—Para conseguir que yo... ya lo sabes... lo haga de nuevo.

Esta vez él rio en voz alta. A pesar de las muñecas aprisionadas, Jessie consiguió recompensar esa risa irritante con un codazo en las costillas de Stuart.

—¡Ay!

—¡Cesa de reír!

—Oh, Jessie, no me río. Por lo menos, no me río de ti. Por favor, ¿podrías siquiera durante un momento usar ese admirable cerebro tuyo y contestarme esto?: si lo único que yo deseara fuera fornicar, para usar la palabra que tú empleaste, ¿crees realmente que tendría dificultad para encontrar compañeras dispuestas? Querida, eres más que encantadora, pero en general mi preferencia no va hacia las pollitas recién salidas del huevo.

—¡No soy una pollita recién salida del huevo!

—¿Mentías cuando me dijiste que me amabas? Tal vez solo deseabas usarme para... ya sabes.

Ahora él estaba burlándose. ¿Cómo podía reír después de lo que había hecho?

—¡Eso no es cómico!

—Jessie, todo este maldito asunto nada tiene de cómico. Dijiste que me amabas. ¿Hablaste en serio?

Todas las terminaciones nerviosas de su cuerpo, ahora traumatizadas, la incitaban a responder negativamente; pero Jessie descubrió que, abrazada por Stuart y sentada en sus rodillas, con esa voz cálida y turbadora en su oído, no tenía fuerza suficiente para mentir en un asunto tan importante.

—¡Sí! —Pronunció la palabra entre dientes.

—Si me amas, ¿por qué no me crees cuando digo que te amo? —Él parecía sinceramente interesado en la respuesta. Jessie se movió impaciente sobre las rodillas de Stuart, pero descubrió que él la retenía fuertemente. Durante un minuto casi había olvidado que él la tenía prisionera, tan cómoda se sentía.

—Porque tú eres tan... tan... —La voz de Jessie se apagó. Era imposible poner en palabras todo lo que Stuart era.

—¿Tan qué? —Él no estaba dispuesto a dejar allí el asunto.

Muy bien. Se lo diría. Le explicaría detalladamente toda la cuestión, y después vería si él insistía en que la amaba. Pues además de que él afirmaba que era una pollita recién salida del huevo, Jessie no era tan ingenua como para creer que un hombre como Stuart pudiese enamorarse realmente de la muchacha díscola del Valle Yazoo. Sin duda, sus repulsivas necesidades masculinas lo habían inducido a fornicar con ella, y ahora intentaba calmar la inquietud de Jessie adornando con bonitas palabras lo que había sucedido entre ellos.

Era innecesario. Por desagradable que fuese, ella prefería escuchar la verdad antes que una sarta de mentiras consoladoras.

—Tan apuesto, y tan elegante, y tan... tan encantador, y...

—Basta, Jessie, me avergüenzas. —A pesar del tono de broma de su voz, ella tuvo la sensación de que Stuart hablaba en serio. Después, él continuó—: Incluso si eso fuese cierto, ¿por qué yo no podría amarte?

Jessie se mordió el labio inferior. Los defectos que ella padecía eran muchos, y en el curso anterior de su vida otros los habían usado como munición para lastimarla. Pero este era Stuart. Él la había herido físicamente, pero de todos modos Jessie lo amaba más que a nadie en el mundo. Stuart no debía fingir que la amaba, si eso no era cierto. Era importante que entre ellos prevaleciese la verdad, por amarga que pudiera parecer a la propia Jessie.

—Porque yo... supongo que soy bastante atractiva, pero no puedo compararme contigo en ese aspecto, y nunca pasé de Jackson, y... me agradan los perros y los caballos más que las personas, y no sé vestirme, ni peinarme, ni bailar, ni nada.

—Querida, ¿nunca pensaste que estás mirándote en el espejo creado por el rencor de tu madrastra?

La idea sobresaltó a Jessie. Comenzó a decir algo, pero Stuart la obligó a callar con un gesto. Cuando continuó hablando, lo hizo con voz muy dulce.

—¿Te digo lo que veo cuando te miro? Veo una joven con los cabellos del color de la caoba lustrada, con masas de cabellos tan espesas que podrías cabalgar por las calles como lady Godiva sin perjuicio de tu decoro. Veo una piel de porcelana, y ojos castaños grandes e inocentes, y una cara tan delicada como la imagen de un camafeo. Veo hermosos hombros, un busto tan generoso que cualquier hombre que se diga de la condición de tal tiene que relamerse, y una cintura...

—¡Stuart! —protestó Jessie, escandalizada ante el sesgo íntimo que estaba cobrando la descripción.

—No interrumpas —respondió severamente Stuart, y continuó—: ¿Dónde estaba? Oh, sí, una cintura que es tan pequeña que no necesita corsé, lo que de todos modos rara vez usas, ¡oh, no creas que no le he visto!, y un traserito atrevido que me provoca el deseo de apretarlo cada vez que pasa cerca.

—¡Stuart!

—Calla, no he terminado. Para resumir todos estos atributos físicos inquietantes, cuando te miro, veo una joven extraordinariamente bella. Pero, Jessie...

—¿Sí?

—Esa no es la razón por la cual te amo.

—¿No?

—No. —Hizo una pausa dramática. Cuando volvió

a hablar, casi murmuraba al oído de la joven—. Te amo porque eres valiente. Has afrontado todos los obstáculos que la vida puso en tu camino, y saliste vencedora. En el curso de dieciocho años has conocido más inconvenientes que lo que la mayoría de las jóvenes conocerá en una vida, y sin embargo has sobrevivido con tu coraje y tu dulzura intactos. Jessie, eres una persona excepcional, y por eso te amo.

Al terminar, sus labios acariciaron la delicada oreja de la joven. Jessie permaneció sentada, inmóvil un momento, sintiendo apenas el contacto de Stuart, mientras mentalmente vacilaba bajo el influjo de sus palabras.

Quizá, solo quizás, él en efecto la amaba.

Era el pensamiento más hermoso que ella había concebido nunca.

—¿Hablas en serio, Stuart? —preguntó humildemente.

—Hablo en serio, Jessie. —Sus labios se apartaron de la oreja para separar los cabellos y mordisquear la sedosa columna del cuello femenino. Un estremecimiento recorrió el cuerpo de Jessie. Apoyó la cabeza sobre el hombro de Stuart, para facilitarle el acceso a su cuello.

—¿No dices esto solo para conseguir que yo... haga de nuevo el amor contigo?

—Dios sea loado, por lo menos ya hemos dejado atrás la «fornicación». No, Jess, no es eso lo que yo deseo. —Algo que se parecía sospechosamente a la risa venía mezclado con sus palabras. Entrecerrando los ojos, Jessie volvió los ojos para verlo. Él aprovechó el leve giro de la cabeza para recapturar la boca de Jessie.

El beso fue suave y muy dulce, y apartó completamente la mente de Jessie del dolor que sentía entre los muslos. Jessie movió su cuerpo sobre las rodillas de Stuart, y de ese modo pudo rodearle el cuello con los brazos, y cerró los ojos. Cuando él acentuó el beso, Jessie suspiró en la boca masculina. Siempre que ella soñaba con Stuart y con sus besos, imaginaba que él la besaba de ese modo. La ardiente pasión con que él la había besado antes ahora se había suavizado. Tenía los labios blandos mientras se movían sobre los de Jessie, que se le ofrecían tibios y sumisos. Jessie descubrió que el débil sabor de whisky que había persistido en los labios y la lengua de Stuart, después de todo, no era tan repulsivo. Más aún, a ella comenzaba a gustarle de nuevo de ese sabor.

Él se tomó un tiempo con la boca de Jessie, y recorrió el perfil de los labios con su lengua, y exploró suavemente entre ellos, y después se retiró, hasta que ella por propia voluntad le ofreció la boca entreabierta. Aun así, él jugueteó hasta que la respiración de la joven llegó a ser desigual, y ella se estremeció impaciente, movida por el deseo de que él intensificara aún más el beso. Cuando él se retiró otra vez, ella le mordió esa lengua torturadora, para castigarla con su jugueteo.

—¡Ay! —protestó Stuart, y retiró la cabeza. Jessie lo obligó a reacercarse, tirando de los rizos que caían sobre la nuca de Stuart.

—Bésame como es debido —ordenó Jessie, y él se sometió. Cuando su boca reclamó otra vez la de Jessie, esta suspiró satisfecha. Él estaba besándola como él mismo había enseñado a Jessie, besándola de modo que la cálida ansia ahora conocida comenzaba a acentuarse en su interior, para desencadenar la sensación de que sus huesos se derretían. A pesar del hecho de que ella sabía adónde conducirían todos esos besos, a pesar del sufrimiento que como ella sabía la esperaba en la culminación de la dulce ansiedad que comenzaba a reanudarse en sus venas, ella no podía dejar de responder al contacto, del mismo modo que no podía dejar de respirar. Lo amaba. ¡Cómo lo amaba! Si el destino de una mujer era sufrir a manos del hombre a quien amaba, que así fuera.

Él la cubrió de besos cuando la cabeza de Jessie cayó sobre el hombro masculino, en un gesto de absoluta rendición. Un brazo le rodeó la espalda, y la sostuvo mientras ella se apoyaba sobre su cuerpo. La otra mano acarició la piel suave del cuello de Jessie, y después los hombros, y se cerró sobre los senos. El pulgar de Stuart rozó los pezones, frotándolos a través de la fina tela que los cubría, y el calor cada vez más intenso en el cuerpo de Jessie se acrecentó deprisa. Instintivamente, los pechos de Jessie buscaron el refugio de las manos del hombre. Sus pezones ansiaban el contacto. Pero la mano de Stuart ya estaba descendiendo por el valle entre los dos senos, hacia la piel sensible del vientre, y más abajo, mientras ella se estremecía y se contraía y ardía. Solo cuando esa mano se detuvo para presionar con fuerza sobre el lugar secreto, entre los dos muslos, el recuerdo del dolor retornó deprisa.

A pesar de su valerosa decisión, Jessie endureció el cuerpo. Stuart la había lastimado ahí. La joven parpadeó, y después se enderezó.

—No, por favor —murmuró, y cuando él quiso besarla esquivó su boca.

La suave protesta de Jessie y el rechazo del beso cayó como un golpe sobre Stuart. Alzó la cabeza solo lo necesario para mirarla. La cara de Jessie estaba inclinada hacia él, la boca blanda y rosada a causa de los besos, la cabeza apoyada en el hombro de Stuart, la espesa masa de cabellos cayendo como seda oscura y ondulada alrededor de los dos, para descansar sobre los sacos de grano y el piso. Los ojos castaños estaban agrandados por la incertidumbre, y el recuerdo del dolor y el temor actual agregaban oscuras sombras a su profundidad. Las ojeras azuladas demostraban tanto lo tardío de la hora como el trauma que él le había infligido. El resplandor de la luz de la luna en los rasgos de Jessie le confería una inquietante belleza, la que él sabía perduraría en su mente mucho tiempo después de esa noche. Ella tenía los brazos rodeando el cuello de Stuart, y eso indicaba confianza, precisamente por la pasividad que ella demostraba ante el dolor que él ya le había infligido y que, por lo que Jessie sabía, se proponía infligirle de nuevo. La puntilla blanca del cuello del camisón mostraba el suave brote de la garganta. La fina bata de algodón se adhería a la redonda firmeza de los pechos femeninos. Los pezones presionaban sobre la tela, atrayendo la mirada de Stuart. La bata se había desatado en cierto momento, de modo que el camisón era el único velo que cubría la forma de Jessie. El algodón blanco y suave era más bien opaco, pero aun así él podía distinguir la suave curva del vientre, la línea esbelta de las piernas, y el triángulo oscuro entre ellas.

La había lastimado, aunque esa jamás había sido su intención. Se sintió abrumado por la culpa al comprender lo que había sucedido. Esta noche había hecho muchas cosas que no habían estado en su pensamiento: jamás había tenido la intención de acostarse con ella, y apoderarse de su doncellez, de hacerla suya. Pero la combinación de whisky con la promesa de Jessie de unirse con otro hombre había sido explosiva, y había echado a rodar sus nobles intenciones, y desencadenado el fiero apetito de Jessie, que debía incubarlo en su interior desde hacía tanto tiempo.

Se había emborrachado, y después ella lo irritó. Al mismo tiempo que los estribos, había perdido sus buenas intenciones, y en un acceso de locura apasionada se había apoderado de lo que deseaba. Ahora había recuperado la sobriedad, pero pese al carácter despreciable de su gesto al arrebatar la virginidad de Jessie, en verdad no podía lamentarlo. Al menos por el momento. Quizá cuando llegase el alba, y él ya no estuviese aturdido por la luz de la luna y los besos, se criticaría él mismo, pues de nuevo había demostrado que era un canalla egoísta.

Pero ahora no. No podía arrepentirse cuando la muchacha a quien amaba yacía sobre sus rodillas, los brazos alrededor de su cuerpo, el propio de ella casi desnudo, los ojos ensombrecidos por la duda, y el temor, y pese a todo, ardiendo de amor por él.

Si en el curso de su vida otra persona jamás lo había amado realmente, en todo caso él no podía recordarlo.

Los ojos estaban totalmente ocupados con la imagen de Jessie, y su corazón estaba saturado de Jessie. Ella era todo lo que él había deseado siempre, y la había hecho suya.

En algún lugar, los dioses seguramente reían, pero él tomaría ahora todo lo posible, y después se preocuparía por las consecuencias.

Una sola cosa se prometió él y prometió a Jessie: como la había lastimado con su primer avance, tenía la intención de cuidar bien que ni él ni nadie volviese a herirla.

Para bien o para mal, los dados estaban echados y ahora ella le pertenecía. Y si no sabía otra cosa, al menos Clive McClintock sabía cuidar bien de sí mismo y de todo lo que era suyo.

# 33

—Jess. Te enseñaré cómo se hace el amor.

—Yo... yo... ya lo hiciste.

Los ojos de Jessie se apartaron de Stuart. Su pasión estaba debilitándose deprisa, a medida que el recuerdo del dolor se fortalecía. Con la mejor voluntad del mundo, ella no creía posible someterse de nuevo a esa experiencia. Después, ella volvió los ojos hacia la cara de Stuart. Él miraba hacia la ventana, y Jessie podía ver con absoluta claridad su expresión. Por una vez, la cara de Stuart se ofrecía a su mirada, sus ojos tiernos al encontrar los de Jessie, su boca sin sonreír. La luz de la luna pintaba un manchón plateado sobre las ondas negras del cabello, y se reflejaba en los ojos azulados. La exquisita simetría de los rasgos de Stuart estaba bañada por un resplandor suave, y le confería la belleza mágica de un joven dios que ha llegado a la tierra para seducir a una doncella mortal. Tenía el cuello fuerte bajo las manos de Jessie, los hombros y el pecho anchos y sólidos, y, sobre ellos, se apoyaba Jessie. Bajo sus caderas, ella podía sentir la fuerza de los músculos poderosos de sus muslos y la dureza cada vez más acentuada de su masculinidad, entre ellos.

—Yo... no puedo —agregó muy deprimida, e inclinó la cabeza.

Jessie advirtió sorprendida que él la abrazaba, y que la acunaba como si hubiese sido una niña lastimada. Después, aflojó el abrazo, y la obligó a elevar el mentón para depositar un rápido beso en la boca de Jessie.

—Mira, no sufrirás otra vez. En las mujeres, duele únicamente la primera vez. Imagino que para desalentarlas, no sea que se sientan tentadas de llevar una vida de depravación. Pero después... después, Jessie, puede ser tan agradable.

—Y bien, creeré en tu palabra.

Al fin, él sonrió, y en efecto fue como si el sol asomase entre las nubes en un día lluvioso. La belleza misma del hombre aturdió durante unos instantes a Jessie. Comenzó a pensar en que quizá, después de todo, podría complacerlo.

Pero si dolía, quizá no.

—Por ahora, podemos saltar la parte que no te agrada —dijo amablemente Stuart—. Quizá podamos comenzar quitándote ese camisón tan tentador. Me agradaría verte desnuda a la luz de la luna.

Conmovida, Jessie aferró el cuello de su camisón y negó vehemente con la cabeza.

Stuart la miró de arriba abajo con una sonrisa.

—De modo que también eso está excluido por ahora, ¿eh? Está bien, mi tímida violeta. ¿Qué te parece si invertimos las cosas y permito que me veas desnudo a la luz de la luna?

El gesto lascivo que él le mostró era absurdamente

exagerado. De pronto, Jessie pensó que él estaba burlándose. Frunció el entrecejo, y lo miró contrariada.

—Lo haces intencionadamente —lo acusó.

—¿Qué? —Él parecía la expresión misma de la inocencia.

—¡Quieres avergonzarme!

—De ningún modo.

Pero Jessie sabía a qué atenerse. Él se había propuesto intencionadamente irritarla, y de ese modo restablecer un poco el espíritu de lucha de la joven. Y aunque el método era peligroso, había alcanzado su propósito. Ella ya no se sentía tan... trémula. Su enojo se suavizó, y sus ojos examinaron todo lo posible el cuerpo de Stuart, lo cual no fue mucho porque ella estaba sentada en las rodillas de su amado. En todo caso, la idea de verlo desnudo a la luz de la luna era sugestiva. Ella jamás se había atrevido a imaginar cuál era el aspecto de Stuart desnudo, si bien...

—A veces... me pregunté... cómo serías sin tu ropa —confesó, y dijo deprisa las últimas palabras. Sus ojos se apartaron del cuerpo masculino, cuando el recato virginal amenazó imponerse a su súbita audacia.

—¿Quieres verme ahora? Estoy completamente a tu disposición, señora Curiosidad. ¿Por qué no miras por ti misma?

Jessie volvió los ojos hacia Stuart, muy tentada, pero bastante insegura acerca del modo de continuar, o de la conveniencia de hacerlo. Al advertir cl dilema en que ella estaba, Stuart cubrió las manos de Jessie con las suyas y las llevó hasta el lugar en que estaba el primer botón de la camisa, a poca distancia del cuello abierto.

—Bien, adelante —la alentó cuando los dedos de Jessie se apoyaron en la tela arrugada que le cubría el pecho, pero no hicieron ningún movimiento complementario.

—¿Quieres que... lo haga? —La voz de Jessie estuvo muy cerca de ser un graznido.

—¿Sabes desabotonar una camisa?

Esa cortés pregunta indujo a Jessie a dirigir una rápida mirada a Stuart. Parecía que se burlaba, pero la expresión en sus ojos no era burla, ni mucho menos. Tenía los ojos luminosos y relucientes, posesivos, hambrientos... hambrientos de ella. La deseaba fieramente. Eso se veía en sus ojos.

La idea de que podía afectarlo de ese modo infundió a Jessie el coraje que necesitaba. Respiró hondo, volvió la mirada hacia el pecho de Stuart, y sus dedos comenzaron a soltar torpemente el primer botón.

Cuando llegó al tercer botón, Jessie estaba tan interesada en el amplio pecho revelado por su trabajo, que casi había olvidado de qué se trataba. Sus dedos abandonaron la hilera cada vez más reducida de botones para tocar inseguros los rizos de vello negro que habían quedado al descubierto. La sólida pared de músculos irradiaba calor. Jessie continuó explorando, tocando la piel del pecho, que era seda sobre acero, pasando un dedo inquieto sobre la ancha V que ella había abierto en la camisa de Stuart. Él apretó los labios, pero fuera de eso no se movió. Jessie tuvo la impresión de que estaba conteniéndose intencionalmente porque no deseaba atemorizarla.

La idea de que él no intentaría compensarse explorando el cuerpo de Jessie, infundió audacia a la joven. Acarició la piel cubierta de vello, y a cada momento que pasaba, se sintió más embriagada. Le encantaba la sensación, la masculinidad de los músculos fuertes cubiertos de vello, y amaba el olor mismo del cuerpo. Tenía que hacer un esfuerzo para abstenerse de enterrar la nariz en el pecho de Stuart y respirar así.

—¿Ves? No hay motivo para temer —murmuró Stuart mientras las manos de Jessie lo acariciaban. Tenía los ojos levemente entrecerrados, y el azul opalescente se había oscurecido. Ahora, de nuevo era imposible interpretar la expresión de su cara, pero su corazón... Jessie pudo sentir el latido presuroso bajo su mano. Un ritmo intenso y veloz, como si él estuviera participando en una prueba física muy difícil. Una minúscula sonrisa se dibujó en los labios de Jessie. Finalmente, había encontrado un modo de saber lo que él sentía.

—¿Qué te divierte? —En la voz de Stuart había un acento hosco. La mirada de Jessie pasó de ese pecho fascinante a la cara.

—Tu corazón late.

—¿De veras?

—Hum, sí.

—¿Y eso es divertido?

—Hum, sí.

—¿Puedes explicarme por qué?

—Es un secreto.

—¿De veras? —Él la miraba, como si no le agradase mucho lo que oía.

Jessie abrió los dedos de la mano, y los hundió en el espeso colchón de vello. Sus ojos retornaron al objeto de su atención.

—Tienes un pecho magnífico.

—Gracias. Aunque no creo que hayas visto lo suficiente como para formular un juicio fundado.

—Oh.

La sugerencia fue eficaz. Jessie recordó finalmente en qué estaba cuando la atracción del pecho de Stuart la distrajo, y desabrochó los últimos botones de la camisa. Cuando terminó, la camisa de Stuart se abrió, desnudando una amplia extensión, desde el cuello hasta la cintura de los pantalones. Jessie respiró hondo y miró con ojos muy grandes la superficie íntegra de músculos cubiertos de vello. Antes de que ella hubiese reaccionado de la impresión provocada por el espectáculo, como para tocar la carne que ella misma había revelado, Stuart se despojó de la camisa y el chaleco y los arrojó a un costado.

Lo cual dejó a Jessie sentada en las rodillas de Stuart, frente al primer hombre de torso desnudo que jamás había visto. Por lo menos, tan de cerca. Entreabrió los labios, y miró fijamente.

Era hermoso. ¿Todos los hombres lo eran tanto? Jessie estaba segura de que eso era imposible. Lo mismo que su cara, los hombros y los brazos, el pecho y el vientre de Stuart debían ser extraordinarios. Por supuesto, ella sabía que tenía los hombros anchos. Eso era evidente incluso vestido. Pero lo que no sabía era que se trataba de hombros esbeltos y bronceados, y sólidos como una pared de piedra. Había visto cien veces demostrada su fuerza, ejecutando acciones diversas, desde arrancar al señor Brantley de su caballo a cargar sacos de grano en un carro. Pero nunca había sospechado que sus brazos estarían cargados de músculos. Se había apoyado en ese pecho, y nunca había sospechado que estaba cubierto por una alfombra espesa de vello, tan oscuro y espeso como los cabellos de su cabeza. Tampoco había imaginado que su vientre sería duro como una tabla, y surcado por músculos, o que tendría dos duros pezones masculinos, con las areolas más pardas que rosadas.

Mientras Jessie estaba allí sentada, inmóvil, los ojos clavados en ese pecho, Stuart le tomó las manos y las levantó, para apretarlas contra la carne que ella misma había revelado. La joven sintió el calor de la piel contra sus palmas, la fina textura del vello del pecho que se enroscaba contra las yemas de sus dedos, y sintió que se le cortaba el aliento. La emoción que la recorrió al tocarlo fue totalmente imprevista. Se le hincharon los pechos, y ahora la recordada y tierna ansia entre sus muslos se renovó.

Parecía inverosímil, pero se hubiera dicho que su cuerpo había olvidado el sufrimiento que era el complemento de tales emociones. Su mente aturdida también lo olvidó muy pronto.

Al deslizar las manos sobre la anchura de los hombros para acariciar los brazos musculosos, Jessie se maravilló de la dureza de los músculos. Después, sus manos volvieron para descender sobre el pecho hasta el vientre de Stuart, y recorrieron la cintura de los pantalones, y se conmovieron ante la solidez de los músculos que allí encontró. Stuart permaneció sentado, inmóvil, mientras un dedo explorador se hundía bajo el botón de la cintura, parte del cual era apenas visible a cierta altura sobre los pantalones, pues él no había conseguido devolver la prenda a su posición debida. Él parpadeó cuando su dedo realizó un lento movimiento circular antes de retirarse, pero sus manos continuaron descansando sin presionar sobre la cintura de Jessie, permitiéndole conocer el cuerpo masculino de acuerdo con su propia voluntad. Pero, cuando los dedos de Jessie al fin se acercaron a los pezones de Stuart y los tocaron suavemente, al fin él perdió el control, aunque solo un poco. Sus manos se cerraron perceptiblemente sobre la cintura de Jessie, y él contuvo la respiración.

El breve sonido atrajo la atención de Jessie. Dirigió una rápida mirada a Stuart, y se sintió como hipnotizada por el cálido resplandor de los ojos del hombre. Por increíble que pareciera, aunque no hacía el más mínimo movimiento en ese sentido, era evidente que estaba loco de deseo por ella. Jessie comprendió entonces cuán firme era el control que él había ejercido mientras ella lo tocaba y acariciaba. Pero aun así, no había hecho nada que pudiera lastimarla o asustarla, y le había permitido aprender solo lo que ella deseaba aceptar en el amor. Comprendió de pronto que lo que ella quería aprender era lo que la excitaba, y después, concibió una idea tan atrevida que a ella misma la impresionó.

Cuando él la besó en el huerto, había acercado la boca al pezón de Jessie. El incendio consiguiente prácticamente le había derretido los huesos.

¿Quizá si hacía lo mismo con él lo afectaría igualmente?

Jessie inclinó la cabeza y probó.

—¡Por Dios, Jess!

Para decepción de Jessie, las manos de Stuart le encerraron la cara y la apartaron de él. Frunciendo el entrecejo, ella desvió los ojos del pezón distendido al que acababa de lamer y miró la cara del hombre. ¿Lo había lastimado? ¿O quizá las mujeres no practicaban tales intimidades con los caballeros?

—¿Eso no agrada a los hombres?

Él se echó a reír, o por lo menos, Jessie pensó que

reía. Aunque el sonido inquieto igualmente podía haber sido un gemido.

—Demasiado, querida. Creo que será mejor que por el momento olvides eso. A menos que desees terminar muy pronto tendida de espaldas en el suelo.

—Oh.

—Sí, «oh».

La advertencia fue suficiente para disuadirla de la repetición de ese experimento. En cambio, Jessie se limitó a pasar la mano sobre los hombros de Stuart, sobre el pecho cubierto de vello y la espalda musculosa, a lo largo de la fuerte columna del cuello hasta que el brillo de los ojos de Stuart se convirtió en llamarada, y su corazón latió bajo la palma de Jessie como si él hubiese corrido varios kilómetros.

Era agradable disponer de ese medio para juzgar cómo lo afectaban las caricias que ella le prodigaba. Excepto el ardor que se manifestaba en los ojos, la cara de Stuart no ofrecía indicios. Solo el repiqueteo de su corazón revelaba cuánto la deseaba. Una sonrisa satisfecha curvó los labios de Jessie cuando apretó la mano contra esa parte reveladora del pecho de Stuart. Él jamás podría ocultar de nuevo completamente todo lo que sentía.

—Oye, tengo más botones.

La voz de Stuart era ronca. Como la atención de Jessie estaba completamente concentrada en el estado del corazón de Stuart, pasaron unos instantes antes de que el comentario fuese interpretado.

—¿Más...? —La voz de Jessie se apagó cuando elevó la mirada, con cierto asombro. Después, desarrugó el entrecejo. Por supuesto, sabía lo que él quería decir.

¿Pretendía realmente que ella le desabotonara los

pantalones? ¿Y ella lo deseaba? Jessie lo pensó un instante. ¡Oh, sí, lo deseaba!

Llevó las manos al lugar en que el ombligo de Stuart asomaba sobre la línea de la cintura, y buscó y encontró el primer botón. Era mucho mayor que los botones de hueso que habían cerrado la camisa, y por lo tanto sería más fácil manipularlo. Pero sus dedos tantearon y se deslizaron, y lo que hubiera debido ser una tarea sencilla se complicó mucho a causa de la sensación provocada por el abdomen de Stuart, cuando los dedos de Jessie se movieron bajo la prenda. Finalmente, Stuart le apartó las manos y completó él mismo la tarea.

Los lados de los pantalones se separaron para revelar otra parte de la dura carne masculina. La cuña de vello que cubría el pecho se angostó hasta convertirse en una flecha oscura que descendía por debajo del ombligo; lo cubría y desaparecía en el lugar en que los pantalones de nuevo impedían la visión de Jessie. Absorta, los ojos de Jessie siguieron el rastro y se agrandaron cuando ella alcanzó a ver algo que presionaba con fuerza contra la tela oscura, exactamente después de la abertura.

Por supuesto, esa cosa masculina. Temblando, Jessie cerró los ojos.

—Cobarde —se burló Stuart al oído de Jessie. Jessie mantuvo los ojos firmemente cerrados. Él emitió un sonido entre divertido y exasperado, y sus manos apretaron con más fuerza la cintura de la joven, cuando él la apartó de sus rodillas.

Jessie abrió los ojos cuando fue bruscamente depositada sobre el piso.

—Si vamos a continuar este interesante experimento, tendré que quitarme las botas —dijo Stuart, en respuesta al gesto de interrogación de Jessie. Después, mientras ella miraba sin hablar, él procedió a hacer precisamente eso.

Después de descalzarse, él se puso de pie, y acercó la mano a la cintura de sus pantalones. Jessie cerró fuertemente los ojos, pero el roce de la tela le dijo que él estaba quitándoselos.

—Jessie, abre los ojos. —En las palabras había un matiz de burla.

Jessie meneó la cabeza.

—Solo mirar no te hará daño, ¿verdad?

Probablemente no, pero ella no podía decidirse a mirar.

—Vamos, Jess. —A pesar de la gentileza de su tono, era evidente que él no estaba dispuesto a aceptar una negativa. Aferró los brazos de Jessie, y la obligó a incorporarse frente a él. En este proceso, como sin duda había sido la intención de Stuart, Jessie abrió los ojos.

Los mantuvo firmemente sobre la cara de Stuart.

Él estaba sonriéndole, ahora más cerca de la ventana, de modo que la luz de la luna que iluminaba ese rostro bien formado destacaba cada uno de los rasgos. Sus ojos relucían con luz propia, brillando intensamente mientras la miraba. Tenía los labios curvados, formando un gesto que no era precisamente una sonrisa.

Como dotada de voluntad propia, la mano de Jessie fue a descansar sobre el pecho de Stuart, exactamente sobre el corazón. Este latía como un tambor.

Por supuesto, una vez que había comprobado eso, ella hubiera debido retirar la mano. En cambio, los dedos se demoraron, seducidos por el contacto con el cuerpo de Stuart. Tenía la piel tan cálida, los músculos tan duros...

Él levantó la mano para aferrarle la muñeca, y bajó la

mano hacia el centro del pecho, y después hacia el vientre. Los dedos de Jessie se estremecieron en el contacto. Un escalofrío le recorrió la columna vertebral.

—Tócame, Jessie —murmuró Stuart. E incluso mientras los ojos de la joven se cerraban en actitud de protesta, la mano de Stuart condujo la de la joven hacia el objeto masculino que le había provocado dolor.

Los dedos de Jessie lo tocaron y retrocedieron. Pero él no le soltó la muñeca.

—Por favor, Jess.

Los dedos de Jessie se estremecieron, pero ella respondió a ese murmullo ronco del único modo que conocía. Permitió que la mano de Stuart guiase de nuevo la suya, y esta vez, ante la sugerencia implícita de Stuart, la mano de Jessie se cerró sobre él.

Él contuvo la respiración. Ella abrió los ojos.

Stuart tenía la cara inmóvil, los labios apenas entreabiertos mientras respiraba entre dientes, los ojos convertidos en angostas ranuras, más plata que azul mientras la miraban ardientes. Jessie miró esos ojos durante un momento prolongado y estremecido, y después, su mirada descendió a lo largo del cuerpo de Stuart, lentamente, hasta la cosa enorme y pulsante que sostenía en la mano.

En el contraste con la blancura de la piel de Jessie, Stuart parecía muy oscuro. Sus ojos recorrieron la longitud de esa cosa, ahora más fascinados que temerosos. Le había parecido enorme cuando él lo introdujo en el cuerpo de Jessie, pero ella veía ahora que no era tan horriblemente enorme como había creído. Emergía de un espeso colchón de duro vello negro, donde desembocaba la flecha que descendía desde el ombligo. Estaba tan caliente que le quemaba la palma de la mano, pero la piel era suave y aterciopelada, y levemente húmeda. Cuando ella lo apretó, solo para ver qué sucedía, Stuart se estremeció e hizo una mueca. Los ojos de Jessie volaron hacia la cara del hombre. La frente se le había cubierto de sudor, aunque el cuarto de los arneses estaba fresco. A pesar de su reacción física extrema, él la miró fijamente, los ojos relucientes como diamantes a la luz de la luna.

—¿Ves? No hay nada que temer. —Las palabras brotaron inseguras entre los dientes de Stuart. Cuando los ojos de Jessie descendieron de nuevo sobre el cuerpo de anchos hombros y caderas angostas a la cosa que sostenía en la mano, vio que él apretaba los puños a los costados del cuerpo. Pensó entonces que quizá para él era difícil que lo tocasen y no sucediera nada más. Quizá los caballeros necesitaban lastimar con esa cosa a las mujeres, o lastimarse ellos mismos. Tal vez por eso el objeto masculino era tan grande y estaba tan hinchado. Tal vez, si no descargaba su jugo, acababa doliendo.

Por extraño que pareciera, cuanto más tiempo sostenía en la mano el objeto masculino, más se atenuaba su temor.

—No —coincidió Jessie, y apretó de nuevo la mano. Esta vez vio que los músculos de las piernas de Stuart se tensaban, como si desearan resistir lo que ella hacía. Cuando le dirigió una rápida mirada de reojo, vio que él tenía los ojos entrecerrados, y la boca apretada.

—¿Te duele cuando hago esto? —preguntó.

Él meneó la cabeza.

—Me agrada.

Tenía la voz ronca y los ojos cerrados. Después, los abrió de nuevo, y adelantó la mano para aferrar la de Jessie. Y ella vio sorprendida que le apartaba la mano.

—Si te agrada, ¿por qué no puedo hacerlo?

—Me complace demasiado.

Esa explicación gutural pareció absurda a Jessie. Se disponía a pedir aclaración cuando las manos de Stuart se elevaron sobre los brazos de Jessie, hasta los hombros, y allí se deslizaron bajo los bordes de la bata.

—¿Me permites que te quite esto? —En su voz se manifestaba todavía ese acento extrañamente ronco.

Jessie lo miró, insegura. Pero era Stuart, su Stuart, a quien amaba con todo el corazón y el alma. Lo que él deseara que ella hiciera, Jessie lo haría.

—Sí —murmuró. Los ojos de Stuart la miraron con expresión alentadora, y enseguida comenzó a retirar la bata de los hombros de Jessie. La prenda cayó al suelo.

Jessie permaneció de pie frente a él, cubierta con el fino algodón de su camisón de cuello alto y mangas largas, y comprendió lo que se avecinaba.

—Jess, ¿no me temes?

—No. —Ambos estaban murmurando. Jessie estaba hipnotizada por el resplandor cálido y tierno de los ojos de Stuart.

—Permite que te quite el camisón.

Los dedos de Stuart ya estaban sobre el cuello del camisón, desabrochando los minúsculos botones.

—Stuart...

—No haré nada que tú no desees. Solamente quiero verte, ¿sí?

Jessie no habría podido negarse a esa seducción, del mismo modo que no habría podido dejar de respirar. La misma aspereza de la voz de Stuart le provocaba estremecimientos. A pesar de que sabía adónde debía llegar ese juego peligroso, su cuerpo estaba volviendo a la vida, y sus terminaciones nerviosas temblaban expectantes. Se le hinchaban los pechos y se le endurecían los pezones. El dolor entre los muslos ahora tenía otro carácter, y era más grato que doloroso.

¿Era el destino de la mujer desear precisamente lo que la hacía sufrir?

—Está bien, Stuart —murmuró, e inclinó la cabeza.

Él se echó a reír.

—No te asustes tanto, Jessie. No te lastimaré —jadeó, y después le pasó el camisón sobre la cabeza. Fue a reunirse con la bata que estaba en el suelo.

Jessie permaneció de pie, iluminada por la luz de la luna, sintiéndose más vulnerable que lo que jamás había sido en el curso de su vida. Salvo su criada, nadie la había visto jamás completamente desnuda, y someterse a las miradas de Stuart era muy distinto que ser atendida por Tudi o Sissie. Sus manos se movieron instintivamente para proteger el cuerpo, en el antiguo gesto de la mujer. Stuart le aferró las manos y las apartó. Sus ojos recorrieron el cuerpo de Jessie. Demasiado avergonzada por su propia desnudez para contemplar su cuerpo, Jessie miró en cambio la cara de Stuart.

Esa cara inexpresiva continuaba siendo inexpresiva, salvo los ojos entrecerrados y el pequeño músculo que se estremecía en la comisura de los labios.

—Dios, Jessie, me cortas el aliento.

Ahora tenía los ojos fijos en los pechos de Jessie.

## 34

Desnuda, era la más bella criatura que Clive hubiese visto nunca. Bañada en la luminosidad del ambiente, su piel refulgía con una blancura mágica, tan pálida y pura que él sintió que tocarla sería casi un sacrilegio. Mantenía erguidos los hombros de huesos delicados, en una actitud orgullosa y, al mismo tiempo, tímida. Los pechos eran aún más gloriosos que lo que él había imaginado, firmes esferas redondas que sobresalían audaces del tórax, con la forma y el color de los pezones que recordaban a Stuart la forma de las fresas frescas y maduras. Tenía el tórax estrecho, la cintura pequeña y flexible, las caderas suavemente redondeadas. El estómago exhibía la más suave curva femenina, y el ombligo formaba un círculo pequeño y perfecto. El tierno centro de su feminidad estaba protegido por un recatado triángulo de rizos rojizos. Los muslos estaban unidos, con mucha fuerza, como si ella intentara negarse a Stuart. Las piernas eran largas y esbeltas, con hoyuelos en las rodillas y pies pequeños.

Él podía amarla por su mente y su alma, pero en todo

caso el cuerpo de Jessie era ciertamente un regalo maravilloso.

Clive tuvo que hacer un esfuerzo para abstenerse de extender la mano y acariciar uno de los senos, y después acostarla en el suelo e introducir su ardiente forma masculina entre las piernas del modo más rápido y básico posible.

Pero como esa era Jessie, la tierna Jessie, él se contuvo amablemente. Sí, él ya había demostrado más dominio frente a ella que todo lo que había exhibido jamás en presencia de una mujer, y estaba a un paso de estallar a causa del deseo contenido.

Pero como ella le pertenecía, y se mostraba tímida frente a él, Clive se tomaría el tiempo necesario para tranquilizarla. La primera vez había sido consecuencia del whisky, la cólera y el deseo largamente contenido. La segunda sería el contenido propio de los exaltados sueños femeninos. Él tenía la intención de aportar al asunto toda su experiencia, que era considerable.

Pero en ese momento ella se sonrojaba furiosamente, y evitaba mirarlo, en una actitud que parecía la del sufrimiento provocado por la vergüenza. Clive sabía que si él no le hubiese sostenido las manos, ella las habría usado para cubrirse.

—No seas vergonzosa, Jess —murmuró él con expresión seductora. Pero como incluso así ella no lo miró a los ojos, él extendió una mano para sujetarle el mentón. Eso fue eficaz. Cuando los ojos de Jessie se fijaron en los de Stuart, eran muy grandes, y su profundidad relucía en una combinación de pasión que poco antes había despertado y, según creyó Clive, de miedo. Clive se castigó mentalmente por haberla herido antes. Pero, por supuesto, había sido virgen, y el dolor la primera vez era el destino inevitable de la virgen. Con la mejor voluntad del mundo, él no hubiera podido evitar eso.

—No consigo dominarlo —murmuró Jessie, que estaba tan nerviosa como parecía. Clive le sonrió tiernamente. ¡Aún era una niña! Para él sería un placer enseñarle a alcanzar la condición de auténtica mujer.

—Eres bella, Jessie.

—Gracias.

Hablaba como una escolar bien educada, y parecía serlo, excepto por esa deslumbrante desnudez y el sonrojo escarlata que le teñía las mejillas.

—Tus pechos son las cosas más espléndidas que he visto en mi vida.

—¡Stuart!

Ese «Stuart» comenzaba a irritarle los nervios. Con toda la fibra de su ser deseaba que ella lo llamase Clive. Pero, por supuesto, nunca lo conseguiría, y mentalmente desechó la idea como si hubiera sido un insecto molesto.

—Deseo besarlos...

—¡Stuart!

Parecía realmente horrorizada. Tenía los ojos grandes, y conmovidos. Una sonrisa jugueteó en las comisuras de los labios de Clive en el momento mismo en que su mano pasó del mentón de Jessie a la piel satinada del cuello. Le escocía la palma del deseo de cerrar la mano sobre el seno de Jessie, pero sabía que no debía apresurarse. Jessie necesitaba que la sedujeran.

—Quiero besar cada centímetro de tu piel, comenzando por tu boca, y descendiendo más y más. ¿Te opones?

—¡Sí! ¡No! ¡No sé! ¡Oh, Stuart, por favor...!

Él nunca llegó a saber cuál era el pedido que Jessie se

proponía formular, porque en ese momento inclinó la cabeza para saborear la boca abierta de la joven. Solo para saborearla, nada más.

—¿Por favor qué? —Clive tuvo presencia de ánimo suficiente para preguntar esto, un momento después, cuando levantó la cabeza. Los ojos de Jessie miraron aturdidos al hombre, unos buenos treinta centímetros la separaban de él. Solo la mano de Clive sobre el cuello de Jessie los unía. Pero ese beso la dejó mirándolo aturdida. Era un buen augurio con respecto al resultado de la seducción que él ensayaba.

—No sé. Oh, Stuart, sí, te amo, pero...

—Jess, si no supiese a qué atenerme, pensaría que quieres decirme que te resistes un poco. —Inclinó la cabeza y la besó de nuevo, demorándose más esta vez; pero también ahora todo fue poco más que una caricia rápida—. ¿Es así?

—¿Qué? —Después del segundo beso, pareció que ella se veía en dificultades para acompañar el sesgo de la conversación. Le temblaron los labios, y sus ojos mostraron una expresión extraviada que complació mucho a Clive.

—No importa. —La besó por tercera vez, y su lengua apenas rozó la superficie del labio inferior de Jessie. Para satisfacción de Clive, ella suspiró en la boca de su compañero, y se acercó más, sin que él la obligase. Los senos de Jessie rozaron el pecho de Stuart, y ella le echó los brazos al cuello.

»Te amo, Jessie —murmuró esas palabras con acento acariciador contra la boca de Jessie, al mismo tiempo que acentuaba el beso. Todos los instintos masculinos de Clive ahora estaban completamente despiertos y excitados, y le reclamaban que se apoderase sin más trámites de lo que era suyo. Pero aun así, se contuvo. No importaban todos los errores que había cometido en su vida, pero ahora se proponía hacer bien las cosas con Jessie.

—Oh, Stuart. —Fue un suspiro, y ella se apretó más aún contra el cuerpo del hombre. A pesar de sus buenas intenciones, él no pudo evitar que sus brazos la rodeasen y la atrajesen todavía más. Con cada milímetro de su piel sintió el cuerpo de Jessie, el fuego suave de sus pechos con las puntas duras que rozaban los músculos de su cuerpo masculino, el vello delicado del pubis que le acariciaba los muslos. Sufrió, se inflamó y deseó, pero aun así no tomó más que un beso.

La propia Jessie le dijo cuando estuvo preparada para recibir más. Él la abrazó con fuerza, y su lengua exploró la boca de la joven, y entonces ella jadeó y se elevó sobre las puntas de los pies, y sus brazos se cerraron sobre el cuello de Clive.

Clive la sintió temblar en sus brazos. Interiormente se permitió una sonrisa, aunque estaba demasiado transido de pasión para dibujar con los labios una sonrisa física, aun en el caso de que su boca no se hubiese consagrado totalmente al beso. Y, entonces, deslizó una mano por la espalda de Jessie, para acariciar la nalga suavemente redondeada.

Ella tenía la piel sedosa, y la curva era precisamente la adecuada para la mano de Clive. Este cedió a la tentación y la pellizcó. Jessie gritó contra la boca de Clive.

Al margen de sus buenas intenciones, esto era casi más de lo que él podía soportar. Vio sorprendido que sus propios brazos comenzaban a temblar. No había temblado con una mujer desde que era un jovencito inexperto.

—¿Stuart? —Ella sintió los temblores, y estos la inquietaron. Clive aprovechó la ligera curvatura hacia atrás del cuerpo de Jessie para hacer lo que había deseado hacer durante lo que le parecía una eternidad: inclinó la cabeza y apretó con los labios un pezón endurecido.

Jessie gritó y tembló. Hundió las manos en los cabellos de Clive, y tironeó con fuerza, aferrando el cuero cabelludo; pero no intentó apartarlo de ella. En cambio, lo retuvo muy cerca y arqueó todavía más la espalda, ofreciéndole su busto con una voluptuosidad instintiva que lo impresionó más que lo que hubiera podido hacer la cortesana más experta con todos sus ardides. Con la lengua él acarició el pezón, lo sorbió, saboreó su dulzura, y de pronto descubrió que él mismo ya no podía retroceder.

Cuando alzó la cabeza para reclamar de nuevo la boca de Jessie, Clive descubrió que temblaba como un escolar, ardiendo de necesidad por ella, dolorido y punzante, hasta que temió que la parte de su cuerpo más vitalmente interesada en el asunto llegase a estallar.

Si no se aliviaba pronto con ella, derramaría ignominiosamente su simiente en el aire frío de la noche.

Era una situación indigna que él no había afrontado desde que tenía trece años. Y no deseaba soportarla de nuevo esta noche. Sosteniendo en brazos a Jessie, Clive la depositó sobre el jergón de sacos de grano, sin dejar de besarla. Ella se aferró al cuello de Clive y retribuyó sus besos, con toda la tierna pasión que él había descubierto, muy complacido, que la acometía fácilmente.

No protestó una sola vez, cuando él la acostó de espaldas y se arrodilló al lado, ni cuando le acarició los pechos, ni cuando le tanteó el vientre y la piel suave de los muslos. Tampoco cuando él deslizó las manos sobre la cara inferior del muslo, hasta el lugar donde él deseaba entrar, y la tocó allí.

No solo no protestó, sino que emitió una exclamación de complacida sorpresa y arqueó el cuerpo para salir al encuentro de la mano.

Clive cerró los ojos, rechinó los dientes, y bruscamente abandonó la lucha. Ya no podía soportar más. Necesitaba poseerla ahora, o morir.

Aun así, intentó facilitar las cosas a Jessie. Incluso cuando cayó sobre ella, introduciendo sus propias rodillas como una cuña, su mano permaneció sobre el lugar que, como él sabía, era el secreto del placer de las mujeres, acariciando y frotando ese sitio, y preparándolo para su propia entrada.

Por el modo en que ella tembló y jadeó, y por las desordenadas y breves embestidas con que ella respondió a los movimientos de la lengua de Stuart, este llegó a la conclusión de que ella estaba más preparada que nunca para unirse a él.

El corazón de Clive latía tan furiosamente que la sangre le golpeaba en los oídos. Mantuvo el peso de su cuerpo separado de ella con brazos que temblaban, le besó la boca y le abrió las piernas.

Después, la penetró, con la mayor suavidad posible. Pero cuando la fiera humedad de la muchacha lo envolvió, perdió todo el control y se abalanzó fieramente hacia el interior del cuerpo femenino.

Ella lo aferró y se encogió bajo el hombre, enunciando en un gemido ese nombre despreciado que le atribuía. Pero Clive estaba tan perdido en el movimiento de su propio y salvaje placer, que había perdido completamente el sentido de la realidad, mientras empujaba enérgicamente su propio cuerpo hacia el dulce lugar.

En definitiva, cuando él emitió una exclamación satisfecha en la cálida descarga de la simiente, ella también gritó, estremeciéndose entre los brazos de Stuart. ¿Ella gritaba por placer o por dolor? Dios, él esperaba que fuese por placer, pero por el momento estaba tan agotado que no podía averiguarlo, de hecho tan agotado que lo único que pudo hacer fue derrumbarse sobre ella y tratar de respirar.

Un rato después él reaccionó en la medida suficiente para rodar a un costado. Apoyándose en un codo, miró la cara de Jessie.

Los ojos de Jessie estaban cerrados, y las pestañas oscuras formaban medias lunas sobre las mejillas, y los hermosos cabellos se desplegaban en una desordenada maraña alrededor de la cabeza. Algunos mechones estaban enredados en el vello del pecho de Clive y le acariciaban un brazo. Él apartó de la frente de Jessie un rizo díscolo, y contempló el hermoso cuerpo desnudo con un abrumador sentimiento de orgullo y propiedad. Era suyo, estaba manchada con su sudoración, su líquido y sus cabellos. Era suya, y él se proponía conservarla.

—Jessie.

No hubo respuesta. Ella ni siquiera movió las pestañas.

—Jess.

La joven no respondió; ni siquiera se le movió un músculo. Solo el suave movimiento ascendente y descendente de esos pechos maravillosamente bellos dijeron a Clive que ella aún vivía. Él frunció el entrecejo consternado. Después, solo después, Clive concibió la idea de que el amor de su vida se había dormido completamente.

—Santo Dios —exclamó Clive. Después, sus labios formaron una sonrisa. Podía haber esperado diferentes reacciones como consecuencia del acto de amor, pero no el gentil ronquido que en ese momento brotaba de los labios entreabiertos.

Él se inclinó y la besó, muy suavemente, porque no deseaba despertarla. Pocos minutos después estaba vestido. Ahora, recogió el camisón y la bata, los sacudió para desprender las briznas de paja o los granos, y se arrodilló junto a Jessie. La obligó a sentarse, y le pasó el camisón sobre la cabeza.

El movimiento la despertó.

—¿Qué...?

—Chisss —dijo Stuart, sonriendo un poco ante la reacción de Jessie. Después, terminó de pasarle el camisón, colgó del brazo la bata y se puso de pie, levantando a la joven.

—¿Stuart?

—Calla, querida, te llevo a la cama.

—Oh.

Salió del cuarto de los arneses, acalló a *Jasper* con una palabra, y abandonó el lugar. El terreno parecía inundado por la luz de la luna después de la oscuridad del establo. Caminó deprisa hacia la casa, consciente del bulto blando y confiado que sostenía en los brazos. La cabeza de Jessie descansaba sobre el hombro de Clive, los brazos rodeaban flojamente el cuello, y parecía que ella oscilaba entre el sueño y la vigilia. Clive concibió un fiero sentimiento de protección mientras la llevaba a la cama que ella ocuparía sola. Si alguien descubría que Jessie se había acostado con él, ella sería la que padecería las consecuencias. Por tanto, por el bien de la muchacha, nadie debía descubrirlo hasta que él hubiese imaginado el modo de resolver ese espantoso embrollo.

—¿Stuart? —Ella había apartado la cabeza del hombro de Clive, y de nuevo lo miraba parpadeando.

—¿Sí? —Él le sonrió, indulgente.

—Tenías razón.

—¿En qué, querida?

—La segunda vez no dolió en absoluto.

—¿De veras? Espera a que pruebes la tercera.

—No creo que pueda... esperar.

Con discreción o sin ella, esa respuesta impresionante exigía un beso. Stuart se detuvo, respondió cabalmente al envite y reanudó la marcha. Entró con ella en la casa dormida, llegó a la habitación de Jessie y allí apartó la mosquitera y depositó a la joven en su cama.

Cuando él la besó de nuevo, y se dispuso a salir, Jessie le aferró la pechera de la camisa.

—Stuart. —Ahora ella sonreía somnolienta, y ya se acurrucaba en el elegante lecho de sábanas blancas, una mano descansando en la almohada, bajo la mejilla. Al mirarla, manteniendo apartado la mosquitera, Clive pensó que en su vida jamás había visto una mujer que pareciese más deseable que ella en ese momento.

—¿Qué sucede, querida?

—Creo que, después de todo, no me casaré con Mitch.

—No —dijo él con voz firme, frunciendo el entrecejo a pesar del tono despreocupado de Jessie—. Creo que no te casarás con él.

—El perro del hortelano —dijo la joven en voz baja.

Él se inclinó para besarla. Todas las células de su cuerpo ansiaban acostarse con ella en esa cama, pero sabía que, por el bien de Jessie, no debía hacerlo.

—En eso te equivocas —dijo Clive cuando levantó la cabeza—. Sí, quiero que seas mía. Jess, duérmete.

Y la dejó allí, sonriendo sobre la almohada, mientras él se dirigía a su cama solitaria.

## 35

Un pájaro cantaba cuando Jessie despertó, la mañana siguiente. Seguramente se había posado en el frondoso pino que suministraba sombra constante en el costado oeste de la casa, porque ella alcanzaba a oírlo claramente, aun con la ventana cerrada. Jessie estiró los brazos, sonriente, y pensó: ¡qué canto tan oportuno! Ella también sentía deseos de hacerlo.

Abandonó la cama, y caminó hacia la ventana para mirar. Sintió un dolor leve entre los muslos al moverse, y eso le demostró que sus recuerdos de la noche anterior no habían sido un sueño; pero, a decir verdad, no era una sensación demasiado desagradable. Jessie comprobó que a pesar de lo poco que había dormido, se sentía bien, feliz y despreocupada, y desbordante de energía. Afuera, el césped parecía más verde que nunca, y el cielo más azul. Sonriendo tontamente al mundo en general, Jessie se inclinó sobre el alféizar de la ventana. La razón por la cual se sentía tan bien era que se sentía amada. ¡Stuart la amaba! ¿No era ese un auténtico milagro?

Aún era temprano. El sol todavía no iluminaba los

altos robles, y el césped continuaba húmedo de rocío. Había mucho movimiento en las proximidades de la casa. Jessie recordó que se había programado recoger ese día el último algodón. Los carros tirados por mulas, y cargados con grandes canastos tejidos repletos de algodón, estaban alineados frente a la estructura de madera de dos plantas, poco después de las viviendas; en el primer piso de esa estructura estaba la desmotadora de algodón. Después de separar la fibra y la semilla, se la enviaba al cuarto de desfibrar, y después a la prensa. Finalmente, se embalaba el algodón, y se transportaban las balas al embarcadero que estaba de este lado de Elmway, donde atracaban las embarcaciones fluviales. Como sucedía siempre al fin de la temporada de cultivo de algodón, el río hervía de movimiento, mientras el algodón se transportaba de las plantaciones a su gran puerto exportador, como Nueva Orleans. De allí, el algodón viajaba a Inglaterra. El ruido y la actividad que acompañaban al término exitoso de la temporada del algodón siempre habían sido una experiencia que interesaba a Jessie, y este año no era excepción. Pero ahora oía los carros y el relincho de las mulas y olía el algodón recién recogido con una sensibilidad más acentuada que nunca. Era evidente que estar enamorada aumentaba la conciencia que una tenía de los placeres cotidianos de la vida.

Sin duda, Stuart debía estar cerca de la casa de la desmotadora. Jessie se sonrojó un poco ante la idea de encontrarlo a plena luz del día, después de todo lo que había sucedido entre ellos durante la noche, pero el ansia de verlo se impuso a su timidez instintiva. Dando la espalda a la escena que se desarrollaba afuera, se vistió deprisa.

Como de costumbre, Sissie había dejado un cubo de

agua caliente frente a la puerta de Jessie. La joven lo introdujo en su habitación, volcó el agua en la palangana, y se lavó la cara. Sintió el cuerpo un poco pegajoso. Le habría agradado bañarse, pero ordenar un baño por la mañana, cuando su costumbre era bañarse de noche, podía provocar interrogantes en la mente de Tudi o incluso en la de Sissie. Aunque se sentía feliz, Jessie tenía cabal conciencia de que lo que había sucedido entre ella y Stuart durante la noche sería condenado como algo perversamente escandaloso por el resto del mundo. Ya era bastante vergonzoso que ella se hubiera acostado con un hombre con quien no estaba comprometida; pero si ese hombre ya estaba casado, y con la viuda de su padre fallecido... Eso era directamente pecaminoso, y Jessie lo sabía. Si alguien descubría la verdad, dirían que ella era una perdida, y hablarían hasta el cansancio y la condenarían al ostracismo. Pero Jessie se negó a permitir que la sombría realidad amortiguase el placer del momento. Más tarde, dispondría de tiempo suficiente para considerar los aspectos más inquietantes de su amor a Stuart.

Después de recogerse el camisón, Jessie se pasó lo mejor posible una esponja sobre el cuerpo. Las manchas parduscas en la cara interior de sus muslos la desconcertaron un momento, hasta que llegó a la conclusión de que eran sangre. Su sangre virginal, la que debía ser el regalo ofrecido al esposo la noche de la boda. Por primera vez, Jessie comprendió realmente que ya no era virgen. Por lo que se refería al matrimonio formal, ahora podía afirmarse que ella era una mercancía deteriorada. Una punzada de temor agobió a Jessie al pensar en eso. Amaba locamente a Stuart, y confiaba en que él resolvería la situación de un modo aún imprevisto, que permitiría que los dos viviesen siempre unidos; pero la sombría verdad del asunto era que él ya estaba casado, y no podía desposarla. ¿Tendría que pasar el resto de su vida en Mimosa como el amorío de Stuart, mientras la madrastra aprovechaba el honroso título de esposa? ¿El verdadero amor que los unía debía limitarse a los episodios nocturnos a escondidas? ¿Stuart intentaría divorciarse, una idea que provocaba estremecimientos en Jessie? La realidad de la situación en que se había enredado comenzó a asomar su fea cabeza, pero Jessie decidió rechazar todos esos pensamientos tan desagradables.

Por ese día, aunque fuese solamente por un día, se complacería en su propia felicidad. Amaba, y su amor era retribuido. Aunque fuese por muy poco tiempo, ella fingiría que no existía ninguno de los obstáculos que la separaban de Stuart, y que estaban en libertad de amarse como se les antojara.

Jessie vistió deprisa el traje de montar azul que le sentaba tan maravillosamente, y, después, se instaló frente a la mesa de tocador para cepillarse los cabellos. Entre los abundantes mechones había granos de cereal y briznas de paja, y ella agradeció al cielo haber adoptado la costumbre de peinarse sola por las mañanas. Si Tudi o Sissie hubiesen visto esos restos en sus cabellos, Jessie se habría visto obligada a contestar algunas preguntas muy embarazosas.

Cuando terminó de peinarse, Jessie recogió cada brizna de paja y cada grano que se habían desprendido, y los arrojó al fondo del hogar, donde era improbable que nadie los viese. Después, sacudió el camisón y la bata, y buscó manchas de sangre, y comprobó aliviada que no había ninguna. Finalmente, el lienzo manchado de sangre con que se había lavado los muslos sufrió varios enjuagues, hasta que no restaron manchas, y Jessie vació el agua sucia en el cubo de las aguas servidas.

Mientras hacía todo esto, se sentía culpable como una criminal. Pero cuando terminó, y Jessie se acercó al espejo de cuerpo entero para realizar el examen definitivo de su apariencia, de nuevo se sintió reanimada. Pronto, muy pronto, estaría con Stuart. Nada más importaba.

La mañana era fresca, aunque no tanto como la noche. El traje de montar de mangas largas y cintura estrecha venía bien en un tiempo así, y Jessie se había atado los cabellos con una cinta azul sobre la coronilla, permitiendo que el resto de las trenzas castañas rizadas descendiera por la espalda hasta la cadera. Ese estilo le confería un aire muy juvenil, pensó Jessie, mientras se volvía hacia un lado y hacia el otro para admirar su reflejo en el espejo; y también, o por lo menos eso esperaba ella, así se la veía muy bonita.

Stuart había dicho que era una muchacha hermosa. ¿Lo pensaba en serio?

Sonriendo beatíficamente a causa del recuerdo, Jessie abandonó su dormitorio, y después de descender la escalera del fondo, se dirigió al establo. Se encontró con Tudi, que llevaba una carga de ropa blanca, y la sorprendió al darle al pasar un rápido abrazo. De Rosa, que estaba en la cocina, recibió un bollo, y premió a la mujer con una sonrisa radiante. A pesar de que no veían que ella estuviese comportándose de un modo desusado, esa desacostumbrada alegría dejó a las dos mujeres mirando asombradas a Jessie después de que ella continuó alegremente su camino.

—Mi cordero jamás sonríe de ese modo —murmuró sombríamente Tudi sin dirigirse a nadie en especial, y se volvió en el descanso para ver a Jessie que descendía a saltos el resto de los peldaños. En la cocina, Rosa se limitó a menear la cabeza, y continuó preparando el almuerzo.

Jessie, sin advertir las conjeturas que dejaba detrás, continuó caminando hacia el establo, donde saludó alegremente a Progreso, entregó el último pedazo del bollo a *Jasper*, al mismo tiempo que le daba una palmada, y saltó ágilmente sobre la montura. *Luciérnaga* saludó a la joven con un movimiento lateral adaptado exactamente al estado de ánimo de Jessie. Palmeó también a la yegua, y salió del establo casi mareada por la expectativa. En pocos minutos más, vería de nuevo a Stuart.

Celia venía caminando por el terreno que se extendía al costado de la casa, las faldas levantadas con exagerado cuidado, para evitar que tocasen el césped recién cortado. Incluso de lejos se la veía muy contrariada, y aún más delgada que lo que Jessie recordaba.

Entonces, Celia levantó los ojos y vio a su hijastra. Jessie sintió que se desvanecía parte de su precaria felicidad. Se habría alejado de su madrastra sin más que un saludo simbólico, pero Celia le dirigió un gesto. De mala gana, Jessie obligó a *Luciérnaga* a acercarse a la esposa del hombre a quien ella amaba.

—Parece que esta mañana estás de un ánimo excepcionalmente bueno —observó Celia, mirando a Jessie con desagrado, mientras la joven sofrenaba la montura a corta distancia. Tenía la cara muy pálida, y los cabellos un tanto desordenados, lo cual era tan impropio de Celia que Jessie se preguntó si estaría enferma. Y en su tono había algo, un filo, que antes no existía. Por supuesto, Celia generalmente se mostraba desagradable con Jessie, y su animosidad se acentuaba día a día, a medida que la belleza de Jessie comenzaba a eclipsar la de la propia Celia. Pero aun así...

¿Quizá su madrastra sabía lo que había sucedido entre ella y Stuart durante la noche?

No, no podía ser. Solamente ella y Stuart lo sabían. Aun así, Jessie no pudo contener el sonrojo de sus mejillas, fruto del sentimiento de culpa.

—Celia, ¿deseabas algo especial? —preguntó Jessie, con la esperanza de alejarse antes de que Celia viese el sonrojo delator.

—Si te cruzas con mi esposo, como suele suceder, deseo que me lo envíes. Sinceramente, es imposible encontrar a ese hombre... o por lo menos yo no puedo hallarlo. Entiendo que tú consigues verlo bastante. —Jessie se dijo que el tono desagradable de la voz de Celia no era más acentuado que de costumbre. Durante meses, Celia había estado formulando insinuaciones acerca del tiempo y la atención que Stuart consagraba a Jessie. Estos comentarios de Celia no eran más que otra andanada de la misma batalla de siempre...

—Si lo veo, te lo enviaré. —Jessie ya estaba espoleando a *Luciérnaga*.

—Oh, estoy segura de que lo encontrarás. Siempre te esfuerzas por verlo, ¿verdad?

—Le diré que quieres verlo —repitió Jessie con expresión neutra, y obligó a *Luciérnaga* a avanzar hacia el camino.

—Pensándolo bien, no te molestes —le dijo Celia, con evidente malicia en la voz—. ¿Quién más apropiada que tú para transmitir mis buenas noticias? Solamente comunica mi mensaje a Stuart. Di a ese maldito canalla que finalmente consiguió lo que deseaba: no me cabe ninguna duda de que estoy embarazada.

## 36

Jessie abordó temprano esa tarde el *River Queen*.
Después de decidir que abandonar Mimosa era la única
actitud posible en las circunstancias dadas, los detalles
fueron notablemente sencillos. Durante un rato, después
que Celia destruyó el universo de la muchacha, Jessie cabalgó a ciegas, el estómago revuelto, la mente convertida
en un torbellino. Después, cuando se impuso mirar cara a
cara las realidades de la situación, una fría calma descendió sobre ella, y comprendió lo que debía hacer. Regresó
a la casa, preparó una pequeña maleta, y redactó una nota,
que dejó entre el cubrecama y la almohada, de modo que
no la encontraran hasta que Sissie fuese por la noche a
prepararle la cama. Salir de la casa con su maleta no fue
tan difícil como Jessie había temido. La servidumbre estaba atareada con sus ocupaciones habituales, y Celia estaba en su habitación o se había ausentado por completo de
la casa, lo que hacía generalmente durante la mayor parte
de las horas del día. Jessie no encontró a nadie cuando salió por la puerta principal (en lugar de hacerlo por el fondo, que implicaba el riesgo de cruzarse con Tudi o Sissie).

El dinero había sido el principal obstáculo cuando decidió marcharse, pero en definitiva no fue problema. En esa época del año todos, incluso Graydon Bradshaw, que generalmente pasaba la mayor parte de sus horas de trabajo en la oficina de la plantación, estaban atareados en los campos. La oficina, un pequeño edificio de ladrillo a cierta distancia de la casa principal, estaba desierta. También estaba cerrada con llave, pero Jessie sabía dónde se guardaba la llave. Deslizó la mano sobre el borde superior del marco de la puerta, y la encontró donde había previsto que estaría. La llave abrió la puerta. Una vez dentro, Jessie fue directamente al lugar en que la caja de hierro, que contenía efectivo suficiente para cubrir las posibles contingencias, estaba escondida bajo una tabla suelta del piso. Levantó la tabla y retiró la caja, todo en un momento, pero lo mismo que la puerta, la caja de hierro estaba cerrada con llave. Felizmente, la llave estaba en el primer cajón del escritorio de Bradshaw.

El robo fue ridículamente sencillo.

Jessie devolvió la caja a su escondrijo, y cerró la puerta de la oficina después de salir, de manera que nadie comprendiese lo que había sucedido hasta que hallasen su nota. Después, montó en *Luciérnaga* y cabalgó hasta el embarcadero, donde atracaban los buques. Conseguir que *Luciérnaga* volviese sana y salva a Mimosa fue otro problema, si bien ella hubiera podido limitarse a dejar en libertad a la yegua. *Luciérnaga* habría regresado a su establo antes de terminar la jornada, pero también en este caso Jessie no deseaba revelar su plan a ninguno de los habitantes de Mimosa hasta que fuese demasiado tarde para frustrarlo. Felizmente, estaban descargando algunos suministros destinados a la familia Chandler. Jessie conocía a los dos peones de Elmway que estaban apilando las mercancías en la carreta. La solución evidente fue pedir que atasen a *Luciérnaga* a la trasera de la carreta, y por el resto del día la retuviesen en Elmway.

—¿Sale de viaje, señorita Jessie? —preguntó George, uno de los hombres, manifestando cierta sorpresa mientras recibía las riendas de *Luciérnaga*.

—Sí, en efecto, iré unos días a Natchez. ¿No es cierto que es muy agradable? —Jessie abrigaba la esperanza de que la alegría de su voz no pareciera en los oídos de George tan forzada como a ella se le antojaba.

—Así es, señorita Jessie. ¿La joven Sissie la acompaña?

La mitad de los jóvenes del valle rondaban las faldas de Sissie. Jessie se dijo que debía hablar con Stuart acerca de la necesidad de encontrar marido a la muchacha entre la gente de Mimosa, antes de que ella se enamorase de un hombre de otra plantación, lo cual podría provocar interminables complicaciones. Pero un momento después, Jessie recordó que ella se marchaba, y que no tendría oportunidad de hablar con Stuart acerca de nada, y menos aún de la vida amorosa de Sissie, durante mucho tiempo.

La angustia la dominó mientras mentía animadamente, en beneficio de George.

—Ya subió a bordo. Le diré que usted preguntó por ella, ¿eh?

—Hágalo, señorita Jessie.

Con una palmada a *Luciérnaga* y un gesto dirigido a George, Jessie subió por la planchada. Afrontó entonces un momento desagradable, pues se dijo que no tenía la más mínima idea del modo de obtener el pasaje. Felizmente, el capitán estaba más preocupado por su carga que por los pasajeros, y al parecer solo le interesó recibir el pago para permitirle el embarque. Después que el dinero cambió de mano, y cuando ella ya estaba caminando sobre cubierta con la llave de su camarote en la mano, la joven se permitió un momento de tranquilidad. ¿Era extraño, verdad, que fuese tan fácil desarraigar completamente la propia vida?

Excepto la excursión a Jackson con las señoritas Flora y Laurel, Jessie nunca había viajado. Si no hubiese estado tan angustiada por su situación con Stuart, casi le habría agradado el viaje río abajo. El río Yazoo nunca había parecido a los ojos de Jessie un curso de agua especialmente pequeño, pero cuando el *River Queen* salió del afluente y entró en las anchas y lodosas aguas del Mississippi, Jessie se sintió desconcertada por la grandiosidad misma del espectáculo. Había embarcaciones de diferentes tamaños y tipos que ascendían y descendían por el enorme curso de agua. Sobre las orillas arcillosas, la actividad era intensa.

Cuando el *River Queen* amarró brevemente en Vicksburg, Jessie abandonó la cubierta y regresó a su camarote. Las damas rara vez viajaban solas, y esa situación dejaba a Jessie a merced de un insulto. Uno o dos caballeros a bordo ya la habían mirado de un modo que a ella no le agradaba. Era mejor mantenerse encerrada en el camarote todo lo posible, hasta que el *River Queen* llegase a su destino final, que era Nueva Orleans. Ella podía aprovechar el tiempo para proyectar lo que haría cuando al fin tuviese que desembarcar. Los ochocientos dólares que había retirado de la caja de hierro no durarían eternamente.

Era concebible que en cierto momento tuviese que

emplearse, pero ¿en qué condición? Y a propósito, ¿cómo se hacía para conseguir empleo? El pánico empezó a apoderarse de Jessie cuando comenzó a percibir cada vez más claramente que hasta allí ella había llevado una vida muy protegida; pero la joven rehusó amilanarse. Y si estaba mal equipada para abrirse paso en el mundo, pues bien, tendría que aprender cuál era la mejor manera de resolver los problemas. De un modo o de otro se las arreglaría, porque era necesario. Era joven, sana e inteligente, y no temía el trabajo duro. En ese caso, ¿por qué el mundo que se extendía más allá de los seguros límites de Mimosa parecía tan temible?

Por supuesto, siempre podía pedir dinero a Mimosa. Jessie tenía la firme convicción de que Celia pagaría de buena gana para evitar que su despreciada hijastra regresara al hogar. Pero se trataba de un paso que ella no deseaba dar. Pedir fondos significaba que tendría que revelar su paradero a la gente de su hogar. Y, en ese caso, Jessie estaba absolutamente segura de que vendría alguien de Mimosa a buscarla, y que probablemente, sería Stuart.

Jessie no creía posible enfrentarse de nuevo a Stuart. Si lo hacía, caería en sus brazos y le rogaría que la llevase de nuevo a casa. A medida que el *River Queen* se alejaba de Mimosa, Jessie sentía que su decisión se debilitaba cada vez más. Llegó la noche, y la añoranza asomó su fea cabeza, y la cosa empeoró por la conciencia de que ella jamás podría volver a su casa.

Cuando no pudo conciliar el sueño, y se movió y revolvió en su camastro, lo único que impidió que Jessie diese media vuelta y regresara a su casa apenas amaneció, fue la conciencia de que, al abandonar a Mimosa y a

Stuart, había hecho lo que era propio. Lo único que podía hacer.

Celia era la esposa de Stuart, al margen de que ese hecho agradase o no a las dos partes más directamente implicadas en el asunto. No había una solución mágica que pudiese resolver todas las aristas del problema. Ahora que se habían sobrepasado los límites y Stuart se había convertido en el amante de Jessie, estaban reunidos todos los ingredientes del desastre. Si a eso se agregaba el hijo que Celia esperaba —al margen de que fuese o no un hijo de Stuart, y la posibilidad de que no lo fuera había sido concebida desde el principio por Jessie— una cosa era perfectamente clara: no había lugar para Jessie en Mimosa.

Que ella amase o no a Stuart, o que él la amase, poco importaba. Celia era la esposa de Stuart, y Celia esperaba un hijo que sería criado como hijo de su esposo. Lo único que Jessie podía hacer en vista de las circunstancias era desaparecer de la escena.

Si ella no se hubiese acostado con Stuart, se habría casado con Mitch sin demora, y así se habría puesto permanentemente fuera del alcance de Stuart. Pero se había acostado con Stuart, le había sacrificado su virginidad y ofrecido su amor, de modo que esa alternativa ahora estaba vedada. Jessie no acudiría a Mitch en la condición de una mujer mancillada. La única solución que le restaba era organizar su propia vida lejos de Mimosa, por mucho que eso le doliera.

Aunque ella no tenía la más mínima idea, al menos ahora, de lo que esa vida podía ser.

Se le oprimió el corazón cuando intentó obligarlo a aceptar la verdad de que, al renunciar a Stuart, ella renunciaba a todos los seres amados: Tudi, Sissie, Rosa, Progreso, *Luciérnaga* y *Jasper*, Mimosa...

Las lágrimas afluyeron a los ojos de Jessie, mientras una por una las caras bien amadas aparecían en su recuerdo. Trató de omitir la cara de Stuart, pero, en definitiva, perdió la batalla. Lo vio en muchas posturas diferentes: el apuesto extraño a quien había odiado a primera vista, cuando llegó a Mimosa como prometido de Celia; la primera vez que lo había visto dominado por la cólera, después que ella le dijo que Celia era una prostituta; Stuart mostrándose amable con ella esa velada, hacía mucho tiempo, en el jardín de Tulip Hill, donde ella había deseado morir a causa de su horrible humillación; y cuán increíblemente apuesto lo había visto con el atuendo formal para su boda; la expresión de desconcierto en su cara cuando la vio con el vestido amarillo, que era su regalo; la primera vez que él la había besado. La imagen de su persona como ella lo había visto la última vez se dibujó en su mente y rehusó con obstinación desaparecer de allí: Stuart sonriéndole tiernamente cuando la acomodó en la cama, la noche de la víspera, esos ojos celestes que ella sabía que recordaría hasta el fin de sus días resplandeciendo de amor por ella...

Finalmente, las lágrimas que ella había estado conteniendo, irrumpieron y descendieron por sus mejillas. Por una vez, ni siquiera intentó detener el flujo. Con un sollozo se volvió boca abajo, hundió la cara en la almohada y lloró hasta que ya no le quedaron lágrimas. Cuando concluyó el llanto, estaba completamente agotada. Le ardían los ojos, tenía la nariz obstruida de modo que apenas conseguía respirar, y le dolía el corazón. Las lágrimas de nada servían, como ella lo había aprendido mucho tiempo atrás, y hubiera debido recordarlo. Acurrucándose, sumergida en su propio sufrimiento, Jessie finalmente cayó en el sueño del agotamiento.

Jessie permaneció en su cabina hasta que el *River Queen* amarró en Natchez, a principios de la tarde siguiente. A pesar de la depresión que había soportado la noche anterior, se había levantado temprano y se había puesto un vestido de tela verde esmeralda, con mangas blancas adornadas con puntillas, una pechera ajustada al cuerpo, y una falda adornada con cintas y volados alrededor del ruedo. El vestido dejaba sus hombros desnudos, en el estilo que entonces estaba de moda, pero al mismo tiempo era recatado y se adaptaba a las necesidades del viaje. Se había cepillado los cabellos, recogiéndolos sobre la cabeza, y ocupaba la única silla del camarote. Allí permaneció, contemplando el río por el pequeño ojo de buey que le ofrecía un panorama excelente, hasta que el *River Queen* entró en el puerto y fue a ocupar su lugar entre dos buques de vapor, al lado de los cuales el *River Queen* parecía pequeño. Finalmente, cuando se arrojaron cuerdas a los hombres que los esperaban, de pie en el amplio muelle de madera, y nutridos grupos de personas avanzaron hacia la nave, Jessie se puso el sombrero de ala ancha y salió del camarote. Sin duda, en medio de tanta excitación nadie molestaría o siquiera prestaría atención a una joven que viajaba sola.

Mientras se abría paso a través de la multitud que ocupaba la cubierta superior, Jessie advirtió que tenía apetito. Quizá podía desembarcar un momento y comprar algo de comer en uno de los puestos instalados en el muelle, semejantes a los que había visto en Vicksburg. El *River Queen* tenía un comedor, pero Jessie aún no había reunido coraje suficiente para visitarlo. Las complicaciones que tendría que afrontar si se sentaba a comer en un salón público, unidas al hecho de que debería comer sola, eran algo que a ella le parecía excesivo para sus fuerzas, al menos por ahora. Aunque por supuesto, más tarde o más temprano tendría que decidirse. Tendría que aprender a hacer muchas cosas para y por sí misma.

—Eh, señorita, ¿necesita que alguien le muestre los lugares interesantes? —Quien había hablado era un hombre de alrededor de cuarenta años, que vestía el chaleco de colores más chillones que Jessie había visto nunca. Era un chaleco de seda, con audaces rayas rojas y blancas, y casi consiguió distraer su atención de la sonrisa seductora que se dibujaba en el rostro rozagante del individuo, que ahora se le había acercado. Jessie desvió la cara, apenas pudo apartar la mirada del ridículo chaleco, y caminó a lo largo de la cubierta sin contestar. Cuando llegó a la planchada, miró por encima del hombro, y comprobó aliviada que no la seguían.

Se utilizaba la planchada tanto para subir al barco como para bajar, y otra planchada a popa de la nave se empleaba para la carga. Sobre la planchada de los pasajeros mucha gente se movía en ambas direcciones, y, por tanto, el traslado al muelle era inevitablemente lento. Jessie se encontró apretada entre una dama de edad, corpulenta y bien vestida, que sostenía en la mano una sombrilla, y que era dura de oído, a juzgar por el volumen de las observaciones que le gritaba muy cerca su acompañanta no tan bien vestida; y una pareja cuyos miembros tenían ojos solo uno para el otro, y que avanzaban hacia el muelle tomados del brazo.

—No es seguro que una joven como usted se pasee

por Natchez completamente sola. Harley Bowen, a su servicio.

Jessie se sintió horrorizada cuando el hombre del chaleco de colores chillones rodeó a la pareja y apareció junto a ella con una sonrisa triunfal. Con la esperanza de que si ella lo ignoraba ese hombre entendería la indirecta y la dejaría en paz, se apartó deprisa.

—Usted es realmente atractiva, ¿eh, querida? Pero no necesita tratar tan fríamente a Harley Bowen. Hasta ahora ninguna mujer ha corrido peligro conmigo.

Jessie lo miró de reojo, desesperada. No tenía motivo para temer a ese hombre, sobre todo allí, rodeada por la gente, pero en el curso de su vida ella nunca había tenido ocasión de tratar con un individuo de esas características. Siempre con la esperanza de que si ella lo ignoraba, él renunciaría al intento y se alejaría, la joven elevó el mentón y clavó firmemente los ojos en el movimiento de vaivén de la gente a lo largo del muelle.

—En la ciudad hay algunos lugares, y estoy seguro de que le agradará conocerlos.

Jessie avanzó a paso lento, con todo el resto, y al mismo tiempo, trató de fingir sordera y ceguera frente a la terrible criatura que la molestaba. Vio ahora que el *River Queen* era nada más que uno de los muchos barcos amarrados al muelle. Gran parte del movimiento y el ruido que prevalecían en el muelle provenían de los ruidosos peones que cargaban el algodón. Las ruedas de hierro de los carros cargados con ese producto, que rodaban sobre las tablas desiguales del muelle, provocaban un repiqueteo constante. Los gritos frecuentes y groseros de los peones, que se apostrofaban unos a otros, agravaban el escándalo. Los vendedores que pregonaban sus mercancías junto a los carritos, y los amigos y los parientes de los pasajeros recién llegados, que trataban de abrirse paso en la multitud y de reunirse con sus seres amados, se combinaban con todo el resto para provocar un pandemónium general. De un gran barco de paletas que estaba amarrando un poco más lejos llegó una súbita explosión de alegre música negra. Jessie tuvo que resistir el impulso de llevarse las manos a los oídos.

—Y bien, ¿qué dice, hermosa muchacha? —insistió Harley Bowen, y tuvo la audacia de acercar una mano al codo de Jessie.

El gesto provocó un brusco movimiento de la cabeza de Jessie.

—Quíteme la mano de encima —zumbó, cansada de buscar el modo justo de resolver la situación. La reticencia propia de una dama nunca había sido una de sus virtudes, ¡y no veía motivo para practicarla con ese patán!

Los ojos grises casi sin pestañas de Harley Bowen se agrandaron cuando ella se volvió. En lugar de retirar la mano, apretó con más fuerza el brazo de Jessie.

—¡Ah, ah! ¿De modo que es muy altiva? Cuidado con su tono, señorita. No soy hombre de tolerar a las mujeres pretenciosas.

—¡Quite la mano de mi brazo!

—¿Tiene problemas, querida? —La compañera pulcramente vestida de la dama dura de oído se volvió para preguntar. Con los cabellos grises bajo un sombrero que parecía un panqueque chato, y mucho más delgada que la dama a quien acompañaba, esta mujer evidentemente no era del tipo de las dispuestas a soportar tonterías. Al mirarla, Jessie recordó a la célebre gobernanta de los niños Latow. La joven casi esperaba ver cómo la dama separaba de un golpe la mano ofensiva del señor Bowen.

—Bien... —Jessie no deseaba complicar a una extraña en sus dificultades, pero, a medida que pasaban los minutos, confiaba menos en su capacidad de resolver por sí misma la situación. La mano ahora le sujetaba el codo con más fuerza.

—Vieja, ocúpese de sus asuntos —rezongó Harley Bowen.

—¡En efecto! Señor, ¡una joven inocente infortunada es asunto que concierne a todos los ciudadanos temerosos de Dios!

La mujer corpulenta se volvió para mirar, mientras su acompañanta se erizaba e intercambiaba miradas hostiles con el señor Bowen.

—¿Qué sucede, Cornelia? Sabes que me desagradan las voces muy altas. —Dijo estas palabras a voz en cuello.

—Este... caballero —y empleó generosamente el término— está molestando a la joven. —Cornelia resumió la situación en un tono tan alto que Jessie sintió deseos de que el suelo se abriese para recibirla, o mejor dicho, en este caso se trataba de la planchada.

—¿De veras? —Martha pareció interesada, y su mirada pasó del señor Bowen a Jessie, que trataba sin éxito de desprender la mano de su codo. Jessie vio aliviada que casi habían llegado al final de la planchada. Una vez que se desprendiese de toda esa gente, quizás ella lograra desembarazarse del señor Bowen sin provocar la terrible escena que, según temía, era inminente.

Pero ¿y si no lo conseguía?

—¿Quién le pidió que metiese la cuchara, viejo montón de grasa?

Al parecer, la audición de Martha era bastante buena

para escuchar la pregunta. Abrió la boca y sus ojos manifestaron la ofensa que sentía. Antes de que Jessie o el señor Bowen u otro cualquiera tuviese la más mínima certeza de lo que se proponía hacer, Martha descargó con su sombrilla un fuerte golpe sobre la cabeza del señor Bowen.

—¡Oh! ¡Socorro! ¡Perra! —aulló el señor Bowen, elevando los brazos para desviar los golpes que ahora llovían sobre su cabeza. Al retroceder bruscamente, chocó contra la pareja. La dama trastabilló y cayó sobre las cuerdas.

—¡Henry! ¡Socorro!

—¡Caramba, usted...! —El caballero amigo de la dama le aferró una mano y casi al mismo tiempo se volvió amenazador hacia el señor Bowen.

—¡Yo le enseñaré a insultar a la gente! —Con su sombrilla adornada con volados, Martha era la imagen misma de una furia vengadora.

—¡Atrápalo, Martha! —Cornelia prácticamente brincaba, mientras acicateaba a Martha.

En el momento mismo en que el altercado parecía a un paso de convertirse en una riña general, Jessie llegó al final de la planchada, y los combatientes se distribuyeron sobre el muelle, empujados por la gente que venía detrás. Atrapada por el flujo y el reflujo de esa móvil humanidad. Jessie sintió que le aferraban de nuevo el brazo.

Pero el señor Bowen, la cara púrpura de rabia mientras avanzaba sobre Martha que lo miraba como un boxeador dispuesto a afrontar a todos los desafiantes, estaba enfrente. ¿No sería que otro inoportuno pretendía abordarla?

Jessie miró alrededor. Cuando identificó al agresor, su cara palideció y se le aceleraron los latidos del corazón.

—¿Qué demonios sucede aquí? —preguntó Stuart.

## 37

Aunque detestaba reconocerlo, incluso ante ella misma, la primera reacción de Jessie cuando vio a Stuart fue de absoluta alegría. Le latió el corazón, sus labios dibujaron una sonrisa, y le costó esfuerzo abstenerse de abrazarlo. Stuart tenía el aspecto típico del caballero plantador, con el alto sombrero de copa negra, una levita negra, y unos nuevos pantalones marrones, que según el dictado de la moda comenzaba a reemplazar a los pantalones de equitación en el uso cotidiano. El sol intenso de la tarde arrancaba destellos azules a los cabellos negros sujetos por el sombrero. Las largas horas en los campos habían oscurecido el color de la piel, confiriéndole un tono bronceado intenso, y, por contraste, tenía los ojos más vívidamente azules que nunca. Alto, con los hombros anchos y las caderas angostas, era tan apuesto que, incluso Martha, cesó de renegar para mirarlo codiciosa. Jessie apenas consiguió evitar el gesto de echarle los brazos al cuello, pero pocos minutos después todas las razones que le impedían alegrarse de verlo se reafirmaron.

Con la llegada de Stuart a la escena, la riña casi se resolvió sola. Después de echar una ojeada a la apostura y el estilo del caballero que sin duda tenía cierto privilegio sobre el objeto de su interés, el señor Bowen se retiró. La pareja lo siguió poco después. Privada de su presa, Martha estaba dispuesta a aceptar el agradecimiento de Stuart por su intervención en beneficio de Jessie, cuando se le explicó cuál era el origen del desorden. Cornelia examinó atentamente a Stuart. A diferencia de Martha, no se dejaba seducir por una cara apuesta y unos modales elegantes, y así le dijo:

—Querida, ¿estarás bien con este hombre? —preguntó Cornelia a Jessie, ignorando el hecho de que este estaba de pie exactamente al lado de la joven, su mano todavía cerrada sobre el brazo de Jessie.

—Oh, sí, señora. Gracias.

—Entonces, muy bien. ¿Seguimos nuestro camino, Martha? Seguramente ansías una bebida fresca después de tanto esfuerzo.

—Bien, así es. Pero ¿viste qué dirección siguió ese sinvergüenza? ¡Imagino que en adelante lo pensará dos veces antes de insultar a otra dama!

—¡En efecto! Te comportaste de un modo de veras impresionante.

Las dos damas continuaban comentando vivamente los detalles de la lección impartida por Martha al señor Bowen, cuando se perdieron de vista. La mano de Stuart empujó a Jessie en dirección contraria. Él se detuvo solo cuando llegaron a un minúsculo parque que estaba poco después de la agitación del muelle. Había un banco de hierro bajo uno de los tres árboles del parque. Stuart la ayudó a sentarse, y permaneció de pie frente a ella. Jessie tuvo que forzar el cuello para mirarlo.

—Bien —dijo Stuart, cruzando los brazos sobre el pecho. Jessie vio que la sonrisa cortés con que había tranquilizado a Martha y a Cornelia había desaparecido por completo. Tenía una expresión irritada en los ojos celestes, y en la boca un gesto sombrío—. Quisiera que me expliques qué esperabas ganar con esta absurda fuga. Tuve que dejar a Gray y a Faraón a cargo del trabajo de cuatro hombres para venir a buscarte, y a pesar de que me esforcé todo lo posible, parece que llegué justo a tiempo. En Natchez hay lugares en que una joven cruza el umbral y desaparece para siempre, y por el aspecto de las cosas cuando llegué, estabas a un paso de descubrir por experiencia propia uno de esos sitios. Santo Dios, Jess, ¿tienes idea de lo que podía haberte sucedido? No, por supuesto, no lo sabes. ¡Dios me proteja de las mujeres a las cuales todavía no les salió la muela del juicio!

Dijo esto último con un acento de tan terrible cólera, que Jessie comprendió que había sentido temor por ella. Advertir esa reacción fue lo que evitó que él soportara como respuesta una andanada del temperamento de Jessie.

—¿Has terminado? —Jessie se sintió orgullosa de la serenidad de su reacción.

—No, ¡ciertamente no! —Rebuscó en el bolsillo y extrajo una arrugada hoja de papel, y la agitó frente a ella—. ¿Y supongo que esto no es más que basura?

Jessie identificó la nota que había dejado para explicar su partida. En ella decía que no soportaba el pensamiento de lastimar a Mitch rechazando de plano su ofrecimiento, pero tampoco podía casarse con él, por tanto había decidido iniciar un largo viaje con la esperanza de que a su regreso él la hubiese olvidado.

—¿Qué querías que escribiese? ¿La verdad?

—¿Cuál es exactamente la verdad? Por favor, acláralo. —Stuart hablaba entre dientes. La mano que sostenía la nota de Jessie se convirtió en un puño, arrugando de nuevo el papel.

—Celia está embarazada.

—Si es así, nada tuve que ver.

—Que tengas o no que ver no es el problema. El asunto es que yo... que tú... que Celia es tu esposa, no yo.

—Muy aclaratorio. —Esto fue dicho en tono de burla. Él era muy eficaz para burlarse, y Jessie se irritaba en esas circunstancias.

—¡Sabes bien lo que quiero decir!

—No, no lo sé. La última vez que te vi, y me pareciste entonces muy hermosa, por lo que recuerdo, nos juramos amor, y confirmamos del modo más total nuestro vínculo. ¿O la memoria me engaña?

—¡Sabes tan bien como yo por qué me marché, de modo que no continúes fingiendo ignorancia! —Habló en voz tan alta que varias personas que pasaban por la calle empedrada volvieron la cabeza hacia ellos. Jessie disminuyó el volumen de su voz—. ¿Crees realmente que después de eso podríamos continuar como antes? ¡Oh, comprendo, pensaste que podías tener una esposa en la sala y una amante en el establo! ¡Qué cómodo!

Él entrecerró los ojos.

—Jess, el sarcasmo no va contigo.

—¡La burla tampoco te va, y sin embargo la practicas con bastante frecuencia!

Encolerizada, ella se puso de pie bruscamente, pasó junto a él, y salió del parque y comenzó a caminar por la calle hacia la ciudad, y la ancha pluma asegurada al ala de su sombrero se agitaba indignada al compás de su paso.

—Jessie. —Stuart estaba detrás. La nariz de Jessie se elevó aún más, cuando ella lo ignoró intencionadamente—. ¡Jess! —Él le aferró el brazo. La joven se volvió con un movimiento tan rápido que las faldas zumbaron y unos pocos centímetros de la enagua con reborde de encaje se manifestaron claramente, atrayendo las miradas de los transeúntes.

—¡Vete de una vez! ¡Retorna a tu esposa, con quien te casaste por dinero y al hijo, que puede ser o no tuyo, y déjame en paz!

—Si Celia está embarazada, lo que es dudoso, no puede ser mi hijo. No he dormido con ella después de las dos semanas que siguieron a nuestra boda.

—¡Calla! —Cuando el sonido de una exclamación ahogada detrás perforó la barrera de su cólera, Jessie comprendió de pronto que eran el blanco de media docena de pares de ojos. Con las mejillas enrojecidas, ella frunció el entrecejo a Stuart, y después, miró significativamente alrededor, con la esperanza de acallarlo.

—No me agradan las prostitutas, al margen de que esté casado con ella o no.

—¡Stuart!

Dos damas se miraron conmovidas, elevaron la nariz y aceleraron el paso. Una pareja aminoró la marcha, para escuchar, con ojos ávidos. Dolorosamente consciente del público cada vez más nutrido, Jessie, cuyo rostro ya había alcanzado el matiz escarlata, trató sin éxito que Stuart mirase alrededor.

—Me amas, Jess. Y yo te amo.

—¿Quieres tener la bondad de mirar alrededor?

El gemido angustiado de Jessie seguramente llegó al cerebro de Stuart, porque al fin miró alrededor. Cuando vio el pequeño grupo de espectadores que habían amino-rado el paso o se habían detenido por completo para cu-riosear, el cuerpo se le puso rígido. Bajo la mirada hostil de los ojos azules, los transeúntes inmediatamente co-menzaron a dispersarse. Stuart apretó la mano sobre el brazo de Jessie, y la obligó a volverse. Jessie advirtió que la llevaba de regreso al muelle.

—¿Adónde pretendes llevarme?

—Donde podamos tener un poco de intimidad. Pa-gaste una cabina en el *River Queen*, ¿verdad? Termina-remos allí esta discusión.

Como todavía estaba fresco el recuerdo del grupo atraído por la riña con Stuart, Jessie se mordió la lengua y permitió que él la llevase a bordo del *River Queen*. Trató de adoptar una actitud más o menos amable, mien-tras Stuart la empujaba sobre cubierta, en la dirección que ella indicaba de mala gana. No atrajeron demasiada atención, y eso agradó a la joven.

Stuart se detuvo junto a la puerta del camarote, y ex-tendió la mano.

—La llave —dijo.

Jessie extrajo la llave de su bolsillo y la entregó a Stuart sin decir palabra. Él abrió la puerta, empujó hacia el interior a la joven, se guardó la llave como si fuese su dueño, y cerró de nuevo la puerta, apoyándose contra ella al mismo tiempo que miraba a Jessie.

Jessie caminó hacia el fondo del camarote, donde ha-bía pasado la mañana sentada en la única silla, y se volvió para mirar a Stuart con el ancho del camarote entre ambos.

—No volveré a Mimosa. —La voz de Jessie era muy serena.

—Esa es la afirmación más ridícula que yo he escuchado en mi vida. Ciertamente, volverás a Mimosa. Es tu hogar. Amas esa maldita propiedad.

—De todos modos, no puedo regresar allí. ¿Cómo podría hacerlo, en vista de mis sentimientos?

Él maldijo. La grosería tiñó las mejillas de Jessie, pero no apartó los ojos de él.

—Es innecesario insultar.

—Lo haré, si lo deseo. Y, en efecto, así es.

Stuart frunció el entrecejo, después respiró hondo y extrajo del bolsillo la caja de cigarros. Tomar un cigarro y encenderlo fue tarea de unos pocos instantes, pero le dio el tiempo suficiente para pensar.

—¿Nunca pensaste en la posibilidad de que huyamos juntos? ¿Los dos? —La pregunta fue formulada en un tono de cuidadosa indiferencia, pero el nerviosismo con que aspiró el humo del cigarro desmentía su tono.

Jessie necesitó un minuto para entender la pregunta. Al fin, lo miró con los ojos muy grandes:

—¿Renunciarías a Mimosa? —Su voz estaba teñida de incredulidad.

—¡Qué hermosa opinión tienes de mí! Sí, renunciaría a Mimosa. Contigo.

—Te casaste con Celia para conseguir la propiedad.

—Fue un error. Hubiera debido saber que nada en la tierra era tan fácil.

—¿De hecho estás sugiriendo que deberíamos... huir... juntos? —Jessie contuvo el aliento.

—¿Por qué no? —Al fin, él sonrió, con una sonrisa perversa que le confirió un encanto maligno.

—¿Y no regresar nunca? ¿Y qué me dices de Tudi, Sissie y Progreso, y tus tías...?

—Podríamos escribirles todas las semanas. —Hablaba con cierto tono de broma, pero Jessie comenzaba a creer que lo decía en serio.

—¿Cómo viviríamos?

—¿No crees que puedo mantenerte?

—Continuarías casado con Celia.

—Más tarde o más temprano quizá podríamos cambiar eso.

—¿Quieres decir que intentarías divorciarte?

—Algo por el estilo. ¿Qué dices, Jess? ¿Huimos juntos?

—Piensa en el escándalo.

—¿Por qué? No estaríamos aquí para soportarlo.

—Oh, Stuart. —Ella se sentía tentada, horriblemente tentada. Había estado dispuesta a renunciar a todo por él, pero casi no podía soportar que a su vez él pretendiese renunciar a todo por ella.

Stuart chupó por última vez su cigarro, lo arrojó al suelo, y lo aplastó con la punta de la bota. Después, se acercó a Jessie, y en el camino arrojó su sombrero sobre el camastro.

—¿Bien, Jessie? ¿Estás dispuesta a renunciar a tu hogar, a tus amigos y a todo el resto por amor?

—Eso es lo que estoy haciendo. Solo que jamás creí que de ese modo podría tenerte. —La respuesta de Jessie fue casi inaudible. Tenía los ojos grandes como platos, y los clavaba en la cara de Stuart.

—¿Esa es una respuesta afirmativa? —Él le sostuvo las manos. Jessie sintió la calidez y la fuerza de los dedos de Stuart, que se cerraron sobre las manos de la joven, súbitamente frías.

—Stuart, ¿estás seguro?

—¿Si estoy seguro? Jess, todas las cosas a las cuales renuncio, en realidad, nunca fueron mías. Tú eres quien sacrifica el hogar, y los amigos, y la seguridad.

—Nada de todo eso significa algo sin ti.

Ahora él sonrió cálida y tiernamente, y la acercó.

—Es precisamente lo mismo que yo siento —inclinó la cabeza para decir estas palabras en un murmullo, y un instante después, la besaba en la boca.

## 38

Jessie rodeó con los brazos el cuello de Stuart, y lo apretó con tanto fervor que un momento después él alzó la cabeza y, riendo, protestó, puesto que estaba siendo estrangulado.

Después, mirando a Jessie en la cara, vio algo que le interrumpió la risa, y lo llevó a entrecerrar los ojos.

—¿Lloras, Jess? —murmuró, y con el pulgar recogió de las mejillas de la joven la humedad de la cara.

—Creí que... nunca volvería a verte —confesó Jessie, con la frente inclinada sobre el hombro de Stuart, de modo que él no pudiese ver las lágrimas que continuaban brotando entre los párpados medio cerrados.

—Perderme de vista no es tan fácil. Además, hubieras debido saber que vendría a buscarte. ¿Pensaste que te dejaría escapar así, sin más?

—Pensé que permanecerías... en Mimosa.

—Creíste que preferiría a Mimosa antes que a ti. —En el tono de voz de Stuart había un matiz de censura.

—Te casaste por esa propiedad.

—En ese momento no estaba enamorado. Ahora sí.

—La mano bajo el mentón de Jessie la obligó a levantar la cabeza, de manera que él pudiese verle la cara—. Jessie, locamente enamorado.

—Tiene que ser así, si estás dispuesto a renunciar a Mimosa. —Este último pensamiento la indujo a ensayar una risa insegura, seguida inmediatamente por más lágrimas. Stuart gimió, la apretó en sus brazos y se sentó en la silla de respaldo recto, con Jessie sobre sus rodillas. Ella permitió que Stuart la acomodase así, e intentó ocultar la cara en el cuello del hombre, pero se lo impidió la ancha ala del sombrero.

—No me digas que quieres convertirte en una fuente de lágrimas. No soporto a las mujeres que lloran. —Pero las manos de él retiraron suavemente el alfiler del sombrero de Jessie, y arrojaron este a la cama, junto al suyo propio, y después apoyaba la cabeza de la joven contra su hombro.

—Lo siento. —Jessie contuvo un sollozo, e inmediatamente hipó.

—Está bien. —Él le movió la cabeza para besarla de nuevo en la boca, mientras sus manos exploraban los complicados rizos de los cabellos de Jessie, buscando más alfileres—. Estoy dispuesto a hacer una excepción... por ti.

—Stuart, ¿tuviste muchas mujeres? —La observación de Stuart acerca de las «mujeres que lloran» había despertado su curiosidad acerca de otras que, quizás, habían llorado sobre el hombro de Stuart.

—¡Qué pregunta! —Él retiró los últimos alfileres de los cabellos de Jessie. Estos cayeron alrededor de ambos como una especie de manto. Stuart alisó la masa desordenada con una mano acariciadora.

—¿Tuviste muchas?

Stuart suspiró.

—Algunas, Jessie. Tengo casi treinta años, y perdí mi virginidad creo que más o menos por la época en que tú estabas aprendiendo a caminar. Pero nunca poseí a una mujer que no lo deseara, y nunca amé a ninguna, hasta ahora.

—¿Dices la verdad? —Ella se enderezó para mirarlo con sospecha.

—Te doy mi palabra. —Elevó la mano como preparándose para jurar, y en sus labios se dibujó una sonrisa—. Santo Dios, empiezo a creer que eres una mujer celosa.

—Creo que sí. —Jessie le dijo con expresión seria, mientras volvía a acomodarse sobre el hombro de Stuart—. Detesto la idea de que estés con otra persona. Eres mío.

Stuart de pronto adoptó también una expresión seria.

—Jessie, no te engañaré ni te mentiré. Prometo cuidarte. No tendrás lo que tuviste en Mimosa, pero no pasarás necesidad. Dispongo de un poco de dinero propio... Y puedo ganar más.

Jessie volvió a enderezarse cuando concibió un pensamiento inquietante.

—Oh, ¿crees que la señorita Flora y Laurel se sentirán tan disgustadas por lo que hemos hecho que te excluirán de su testamento?

—Es muy probable. —Stuart dijo esto con un gesto muy seco.

—Estás renunciando a tantas cosas...

—Pero de ese modo te tengo, y es lo que yo quiero. Ahora, calla un momento, mujer, y bésame. Todos los movimientos que estás ejecutando me han excitado como a un macho cabrío.

—¡Stuart! ¡Qué grosero!

—Tendrás que acostumbrarte a eso, y también a mis restantes malas costumbres.

—De buena gana. —Los labios de Stuart ahogaron la última palabra. Jessie pasó los brazos sobre el cuello de Stuart y volvió a besarlo. Cuando la boca de Stuart se separó de los labios de Jessie para desplazarse sobre la línea del hombro de la joven, que el vestido no cubría, ella emitió un sonido semejante al ronroneo de un gatito satisfecho.

—No me agrada que muestres tanto en público. —Stuart dijo esto con un gruñido, mientras su boca recorría la línea del escote de la pechera.

—Este vestido es perfectamente recatado —protestó Jessie.

—Si tú lo dices. En el futuro yo te llevaré a comprar ropa. Al parecer, mis tías tienen un criterio bastante amplio de lo que es decente en una dama. —Mientras hablaba, sus dedos encontraron los ganchos de la espalda del vestido, y comenzaron a desabrocharlos, uno tras otro.

—¡Si este vestido fuese un poco más decente, yo estaría cubierta del mentón a los tobillos!

—Eso —dijo Stuart con una sonrisa perversa— es precisamente lo que deseo. En público.

Y dicho esto, le desprendió la pechera. Debajo había una delgada enagua y un sostén de encaje. Stuart los miró —y miró la parte del cuerpo que revelaban tanto como ocultaban— con cierto interés. Jessie se sonrojó, pero no hizo ningún movimiento para evitar la mirada de Stuart.

—Pero en la intimidad —continuó Stuart después de

un momento, durante el cual sus ojos se regodearon clavándose en la superficie de los pechos de Jessie, que presionaban sobre la tela de la enagua—, en la intimidad, quizá, jamás te permita usar ninguna prenda. Es muy posible que te obligue a la desnudez total.

Dicho esto, se puso de pie y depositó en el suelo a Jessie.

El vestido de la joven, que ya estaba desabrochado, cayó bruscamente al suelo. Jessie retiró los pies y con un movimiento apartó la prenda.

—Muy bonito —dijo Stuart con expresión aprobadora, mientras la observaba en paños menores. Pasó las manos tras el cuerpo de Jessie para alcanzar los sostenes de la enagua, y deslizó la prenda hacia abajo, hasta que los pechos de la joven quedaron completamente al descubierto—. Pero eso es incluso más bonito —terminó con un murmullo ronco, y elevó las manos para acariciarle el busto.

Jessie sintió que se le debilitaban las rodillas. Se balanceó hacia él, cerrando los ojos. Él le apretó los pechos, depositó un beso rápido y fuerte en la boca de la joven, y con las manos sobre los hombros de Jessie la apartó un poco.

—Stuart...

—Esta vez lo haremos como debe hacerse: lenta y cómodamente, y en una cama. Espera un momento. Estos lazos están anudados.

Él estaba manipulando las cintas del sostén. Jessie contuvo la respiración al representarse la imagen evocada por las palabras de Stuart, y tuvo que aferrarse del respaldo de la silla para mantener el equilibrio. Cerró los ojos, y los abrió de nuevo, cuando él consiguió soltar el sostén y lo arrojó a un lado. Después, fue tarea de un minuto desprenderle las enaguas. Finalmente, él la obligó a volverse para mirarla de nuevo, y le pasó la enagua sobre la cabeza.

Jessie quedó de pie, desnuda, frente a él; tenía únicamente las medias sujetas por las ligas, y el borde superior llegaba casi hasta el fin de los muslos, y estaba calzada con zapatos puntiagudos. Él adelantó la mano para apartar los gruesos mechones de cabellos que la cubrían parcialmente. Después, durante un momento prolongado, permaneció sencillamente inmóvil, y la miró.

—Eres el ser más hermoso que he visto en mi vida —murmuró, y se arrodilló a los pies de Jessie.

Durante un momento Jessie miró inexpresiva la cabeza cubierta de cabellos oscuros y ondulados. Después, la mano de Stuart acarició el tobillo recubierto de seda, levantó del suelo el pie de Jessie, y retiró el nuevo y elegante zapato. Ella se sostuvo sobre el pie protegido por la media cuando Stuart repitió la maniobra con el otro pie. Después, los ojos de Stuart —y las manos— se elevaron, para acariciar lentamente las pantorrillas, las rodillas y los muslos de Jessie.

Jessie se estremeció cuando los dedos de Stuart, después de retirar las ligas, rozaron la suave piel desnuda entre los muslos. Con la cabeza inclinada, de modo que ella pudiera sentir su aliento cálido sobre las piernas, él ocultaba la expresión de su cara a los ojos de la joven. Pero Jessie podía percibir la aceleración de su respiración, la leve inseguridad de sus dedos mientras le quitaba las medias, primero una y después la otra, y las arrojaba a un lado.

Esperaba que él se pusiera de pie. Pero Stuart continuó de rodillas ante ella. El corazón de Jessie comenzó a latir con más fuerza cuando él elevó la cabeza, y la joven pudo ver que los ojos de ese hombre se habían convertido en verdaderas llamas azuladas.

Desnuda, permaneció de pie frente a Stuart, sin resistirse cuando las manos del hombre se elevaron por los muslos, para curvarse alrededor de las nalgas. Él la atrajo, y aunque Jessie lo amaba, y pese a toda la pasión que estaba acrecentándose por momentos, se sintió sorprendida cuando él apretó su cara sobre el triángulo rizado entre los dos muslos femeninos.

—¡Stuart, no!

Los dedos de Jessie retorcieron los cabellos de Stuart y tironearon, mientras ella lo miraba, los ojos agrandados por el horror, la cara de Stuart hundida íntimamente en ella. Pero en lugar de prestarle atención, él apartó levemente las piernas de Jessie. Ella se disponía a protestar con mayor vehemencia, aun cuando sintió algo tibio y húmedo que le tocaba el lugar secreto entre las piernas.

¡Su lengua! ¡Él la tocaba con su lengua! Jessie trató nuevamente de apartarse, pero él la sostuvo con fuerza. Después, ella ya no quiso huir, ya no deseó hacer otra cosa que aferrarle los cabellos y gemir mientras él la complacía con la lengua y la boca.

En cierto momento, cuando Jessie estaba segura de que sus rodillas ya no podían sostenerla más, él la empujó hacia el camastro, y con movimientos suaves la acostó. Sin saber muy bien cómo sucedió, ella descubrió que estaba tendida de espaldas, con las piernas a los costados del colchón. Cuando la boca de Stuart se separó un instante, el recato amenazó reaparecer y ella intentó cerrar las piernas. Él las apartó con un solo movimiento, pues sabía muy bien dónde tocarla para provocar ramalazos de placer que le recorrían las venas, y la aturdían de tal modo que apenas advirtió cuando él le elevó los muslos para apoyarlos sobre sus propios hombros, dejando que los pies de la muchacha colgasen sobre su espalda. Después, su cara se abrió paso de nuevo entre las piernas de Jessie, y él comenzó a besarla allí.

Jessie temió morir ante el profundo y vergonzoso placer que sentía.

Después, él la empujó más allá de la vergüenza, la llevó a un punto en que lo único que importaba era el temblor exquisito que le sacudía el cuerpo. Ella sollozó y gimió el nombre de Stuart, sin advertir siquiera lo que hacía.

Finalmente, las manos de Stuart comenzaron a acariciarle los pechos, frotándole los pezones entre el pulgar y el índice de cada mano, mientras aplicaba su magia especial entre las piernas de la joven, y la llevaba todavía más lejos.

La sensación estalló en el interior de Jessie como una carga excesivamente apretada de pólvora. Jessie gritó, se retorció, y sus uñas se hundieron en el cubrecama que estaba retorcido y en desorden sobre el lecho.

Mientras ella volvía flotando a la tierra, él se incorporó, la alzó en brazos, devolvió a su lugar el cubrecama y una sábana, y depositó a Jessie sobre el lecho. Ella sintió la suave frescura de una almohada bajo su mejilla carmesí, pero mantuvo bien cerrados los ojos. Se sentía demasiado avergonzada para abrirlos.

El recuerdo de lo que él había hecho, y el modo vergonzoso en que ella había reaccionado, estaban marcados a fuego en el cerebro de Jessie. Era muy posible que ahora nunca más pudiera volver a mirarlo a la cara. Una dama jamás debía gemir, o retorcerse, o... o para empezar no debía permitir que le hicieran una cosa así.

Sin duda, ella no era una dama, sino una hembra desvergonzada y sensual. Deseaba estar muerta.

—Jessie.

Continuó negándose a abrir los ojos.

—Me pareció que eso te agradaba.

Ella se estremeció.

—Si no abres los ojos y me miras, lo haré de nuevo.

La amenaza, formulada con voz decidida, alcanzó el objetivo. Jessie abrió bruscamente los ojos. Stuart continuaba de pie junto a la cama, todavía totalmente vestido, incluso con su chaqueta. El leve desorden de los cabellos era el único signo visible de que había tenido algo que ver con lo que acababa de suceder a Jessie. Sonreía apenas, con una mirada posesiva, mientras sus ojos se desplazaban de la cara de Jessie al resto del cuerpo. Jessie advirtió entonces que ella yacía sobre la cama, desnuda como una recién nacida, sin ninguna prenda que la protegiera de la mirada del hombre. Se sentó bruscamente, aferró la otra sábana del lugar en que él la había arrojado, a los pies del camastro, y con ella se cubrió hasta el mentón.

—¿Eres tímida, Jess? —Él le sonreía, al mismo tiempo que se despojaba de la chaqueta. Jessie recordó que estaban en mitad de la tarde, y que la luz del día entraba por el ventanuco que daba al río, y que los secretos que su cuerpo podía haber guardado frente a él ya no lo eran. Él seguramente ya había visto todo, incluso los lugares que ella misma nunca había mirado, los lugares íntimos que nadie debía ver. La idea le provocó de nuevo el rubor. Pudo sentir el calor del sonrojo, que se difundía desde el cuero cabelludo hasta las puntas de los pies.

—No te preocupes, ya superarás eso.

Si la frase estaba destinada a reconfortarla, no consiguió su propósito. Antes de que Jessie pudiera asegurarle que ella no deseaba superar esa reacción, que no tenía la más mínima intención de hacer nada que la llevase a perder la timidez, vio que él se había quitado la corbata, y que se disponía a desabotonar la camisa.

—¿Qué haces? —Había una inquieta incredulidad en la voz de Jessie. Seguramente él no se proponía...

—Me desnudo. —Stuart se sentó en el borde de la cama para quitarse las botas. Jessie miró con renuente fascinación la ancha espalda desnuda. Mientras él tironeaba de sus botas, flexionaba y movía los músculos bajo la piel. Jessie alargó la mano para tocarle la espalda, pero reaccionó a tiempo y se apartó.

—Seguramente no pensarás...

—Te dije que lo haríamos serena y cómodamente, y en una cama. Lo otro fue solo para saborear el comienzo. No quiero que me rasques la espalda. —Le sonrió, mientras se ponía de pie para quitarse los pantalones. Después, quedó desnudo, y subió a la cama.

## 39

En definitiva, Jessie no le rascó la espalda. Nunca había creído que él podía excitarla de tal modo después del primer episodio, pero así fue. Y con respecto a hacerlo cómoda y serenamente: empezó así, pero al final fue muy distinto. Fue intenso, rápido, glorioso y agotador.

Después, por un rato, ninguno de ellos se movió. Stuart yacía acostado sobre la espalda, y Jessie se había acurrucado al lado. Dormitaron, y medio despertaron para murmurar palabras de amor, y volvieron a dormir. Cuando Jessie abrió los ojos, ahora bastante despierta, el camarote estaba sumido en sombras. Más allá del ojo de buey, lo que ella podía ver del cielo era un grandioso dosel anaranjado y oro.

A juzgar por lo que ella sentía, el *River Queen* estaba en movimiento.

—¡Stuart!

Jessie se sentó en el camastro, apartándose los cabellos de la cara y levantando la sábana para cubrir el busto. Al volver los ojos hacia Stuart, descubrió que su impulso hacia el recato había dejado completamente desnudo al hombre. Tendido sobre la espalda, con los brazos sobre la cabeza, era un espectáculo impresionante. Jessie lamentó disponer de muy poco tiempo para admirarlo.

—¡Stuart! ¡Despierta! ¡El barco se mueve!

—¡Se mueve!

Ahora se decidió a abrir los ojos. Se sentó en el camastro, sacudió la cabeza para aclararla, y miró alrededor con los ojos muy grandes. Sin duda, estaba asimilando la prueba inequívoca de que el barco se movía, exactamente como le había sucedido a Jessie.

—Parece que esta vez viajo muy liviano —dijo, y volvió a acostarse sobre el colchón, sonriendo.

—Pero... ¡ni siquiera tienes una muda de ropa para cambiarte! ¡O nada!

—No te preocupes. No es la primera vez que me encuentro en esta situación. Aunque generalmente esa escasez de medios ha sido el resultado de la necesidad de salir deprisa de cierto lugar. Oh, bien, la posada donde dejé mis cosas seguramente me cuidará la ropa hasta el regreso, y si no es así... —Se encogió de hombros—. No es difícil conseguir prendas de vestir. Entretanto, lavaré la ropa por la noche y me la pondré húmeda por la mañana. Ya lo hice otras veces.

—¿Y *Sable*? Viniste con *Sable*, ¿verdad?

—Empecé el viaje montado en *Sable*, pero perdió una herradura al sur de Vicksburg. Lo dejé allí, en un establo, y alquilé un caballo que ahora está comiendo tranquilamente en otro, detrás de la posada donde pensaba pasar la noche. Cabalgué toda la noche, de modo que estoy un poco escaso de sueño, por eso me adormecí. Querida, me obligaste a hacer un gran esfuerzo.

—¿Lo lamentas? —La pregunta fue formulada en voz baja.

—No. Por Dios, no. ¿Qué es una de las plantaciones algodoneras más importantes de Mississippi comparada con una joven pelirroja que tiene la sangre tan ardiente como los cabellos? Prefiero toda la vida una mujer ardiente a la riqueza.

Estaba burlándose. Pero sus palabras tuvieron el absurdo efecto de tranquilizar por completo a Jessie. Irguió altiva la nariz.

—No es cierto —dijo con aire digno—, no tengo vello rojo.

—Oh, sí, lo tienes. —La miró con una sonrisa perversa—. Y no solo en tu cabeza. Ahí abajo.

—¡Ya es suficiente! —lo interrumpió Jessie, escandalizada, pero no tuvo más remedio que sonreír al ver cómo se divertía Stuart—. Señor Edwards, tu barniz de civilización está desapareciendo.

Al mirarla, los ojos de Stuart parpadearon.

—Jamás un ser humano pronunció palabras más auténticas —murmuró oscuramente Stuart.

Jessie pensó interrogarlo acerca del significado de la frase, pero él extendió la mano y la obligó a acercarse.

—Siempre hueles tan bien —murmuró al oído de la joven, y después comenzó a besarla en la boca.

Si el estómago de Jessie no hubiese interrumpido la escena con un rezongo estridente y rumoroso, él habría hecho algo más que besarla. Pero al oír ese sonido incongruente, él la miró sorprendido.

—Tengo mucho apetito —dijo quejosamente Jessie,

y se apartó de los brazos de Stuart para sentarse. Esta vez ella no se cubrió con la sábana, y los ojos de Stuart se regodearon contemplando los pezones rosados.

—Yo también —dijo Stuart, y la habría atraído de nuevo, si ella hubiese descendido del camastro. Y esta vez ella se llevó consigo la sábana.

—No, hablo en serio —insistió Jessie, envolviéndose el cuerpo con la sábana y caminando hacia el lugar en que la esperaba su maleta con una muda de ropa—. No he comido un solo bocado desde... Dios mío, desde el desayuno de ayer.

—¿Por qué no fuiste al comedor? En el barco hay uno.

—No me agradaba la idea de comer sola. Pensé que a alguien le parecería extraño, sobre todo al verme sola. Además, no sé muy bien cómo... la única vez que estuve en un comedor público fue cuando las señoritas Laurel y Flora me llevaron a Jackson, y ellas se ocuparon de todo.

—Santo Dios. —Stuart volvió a sentarse y moviendo el cuerpo apoyó los pies en el suelo. Se puso de pie, en lo más mínimo avergonzado por su propia desnudez en presencia de Jessie, y se acercó a la jarra y la palangana depositadas en un rincón, y procedió a salpicarse con agua la cara. Jessie le miró las nalgas con mucho interés. Ya sabía que eran delgadas y duras al tacto, pero esta era la primera vez que podía verlas bien. Llegó a la conclusión de que eran esbeltas, muy esbeltas.

Él se volvió, la sorprendió mirándolo, y sonrió mientras Jessie se sonrojaba y desviaba los ojos.

—Será necesario que comas algo. Lamentaría mucho que por falta de alimento te desvanezcas en el aire. Me agrada que mis mujeres tengan formas de mujer.

Jessie trató de vestirse al mismo tiempo que mantenía

la sábana cubriéndola recatadamente, pero era difícil. Stuart terminó mucho antes que ella, y permaneció de pie, mirándola, con una sonrisa que jugueteaba en las comisuras de los labios. Finalmente, exasperada, ella soltó la camisa que había intentado pasar sobre la cabeza y habló a Stuart.

—¿Quieres hacerme el favor de ir a pasear por cubierta... u otro lado cualquiera? Consigues que me sienta nerviosa.

—Tendrás que acostumbrarte a mí.

Pero se apoderó de su sombrero y salió. Jessie pudo vestirse, y atender otras necesidades personales sin la presencia inquietante de Stuart.

Cuando al fin salió del camarote, lucía un vestido escotado de seda roja intenso, lo que ella consideraba más apropiado para ir a cenar, entre todos los que había traído consigo. Tenía los cabellos recogidos sobre la cabeza, y en la mano sostenía el bolso adornado con cuentas.

Stuart estaba apoyado contra la baranda, a la salida del corredor, fumando uno de sus eternos cigarros. Cuando la vio, se le abrieron enormemente los ojos y él se apartó de la baranda, y arrojó al agua el cigarro.

—Me pareció oírte decir que querías vestirte.

—¡Este vestido es perfectamente decente!

—¿No tienes un chal o algo parecido para acompañarlo? —La mirada de Stuart se deslizó por la hendidura entre los pechos de la joven, visible para él solo a causa de su estatura, o por lo menos eso pensó irritada la propia Jessie. De todos modos, ella no pudo evitar el gesto de ajustarse la pechera. Stuart sonrió.

—Si quieres adoptar una actitud ridícula, comeré sola.

Se apartó de él.

—Te muestras muy irritable cuando tienes apetito, ¿eh? Tendré que cuidar que siempre estés bien alimentada. —La alcanzó, le tomó la mano, la llevó a sus propios labios, y la depositó en el hueco de su brazo—. Te ves hermosa, Jessie. Me agrada el vestido... es decir, hasta donde hay vestido.

—¡Oh! —Ella intentó soltar su mano, pero él la mantuvo en el mismo lugar, sosteniéndola con fuerza. Cuando ella quiso golpearlo con su bolso, Stuart alzó una mano para defenderse.

—Solo estoy bromeando. Ven, vamos a comer. Parece que yo también tengo mucho apetito.

Deseosa de satisfacer cuanto antes su necesidad de alimento, Jessie permitió que él la calmase. Cuando llegaron al salón comedor, Jessie se alegró realmente de la presencia de Stuart. Se acercó un poco más a él, mientras esperaba que les asignaran una mesa. En el comedor había abundancia de candelabros encendidos, y cristalería y manteles blancos... y gente.

La comida fue excelente. Stuart insistió en que ella probase un extraño plato francés que, según pudo comprobar, estaba formado por caracoles cocidos en manteca, y rio estrepitosamente cuando llegó la fuente y ella rehusó comer. Para calmar a Jessie, él consumió los caracoles y le cedió el sencillo y tradicional siluro del Mississippi, un manjar que ella devoró complacida. Solo cuando llegó al final, satisfecha después del último bocado, Jessie concibió la idea de que su irritante pareja había tenido desde el principio la intención de canjear los platos. Él tenía muchas más probabilidades que ella de ser aficionado a los caracoles.

Stuart bebió la mayor parte de una botella de vino, pero rehusó servir a la joven más de un vaso. Jessie estuvo a un paso de recordarle que ahora él era el amante ilícito, y no el guardián de la moral de la propia Jessie; pero en beneficio de la armonía, prefirió callar. Después, cuando trajeron a la mesa un pastel cubierto de melaza, ella pensó rechazarlo, pero él insistió en que le sirvieran una porción.

Era delicioso, y el sabor la reconcilió de nuevo con él.

El comedor estaba en la cubierta inferior. Cuando salieron, Stuart habló en voz baja con el comisario de a bordo. Sonreía cuando regresó a donde ella lo esperaba, junto a la puerta.

—¿Cuánto dinero tienes encima? —preguntó, mientras salían del salón.

—Unos setecientos dólares, ¿por qué?

—Y yo tengo un poco más de mil. Será suficiente.

—¿Para qué? —Jessie estaba completamente desconcertada.

—Para elevar nuestra apuesta. Vamos, Jess, ampliaré un poco tu experiencia.

Se negó a decirle más, y en cambio la condujo a un saloncito que estaba hacia el extremo de proa de la cubierta superior. Allí llamó a una puerta cerrada, y fue admitido en una habitación saturada de humo que a primera vista parecía poblada por caballeros en diferentes estados de embriaguez, jugando a los naipes.

—Guarda silencio, quédate a mi lado, y si llegas a ver los naipes, no ofrezcas indicios que revelen cuál es mi mano —murmuró a Jessie, mientras atravesaba con ella la habitación para acercarse a la mesa donde al parecer acababa de comenzar una partida de naipes.

»¿Puedo unirme a ustedes? —dijo Stuart a uno de los hombres sentados frente a la mesa.

—¿Tiene mil?

—Sí.

—En ese caso, tome asiento. Me llamo Harris, este hombre de aquí es Ben Jones. No conozco al otro, y no creo que importe. También tiene mil.

Stuart acercó una silla para Jessie, detrás de la que él ocupaba, la instaló allí, y después pareció que se olvidaba de la joven. Jessie observó un rato el desarrollo regular del juego, y después se aburrió, y permitió que su atención se dispersara. Sabía de los naipes tanto como sabía del manjar francés que Stuart había pedido durante la cena. Pero él parecía totalmente concentrado en el juego, y era evidente que lo había jugado antes. Jessie comprendió que había muchas cosas de la vida de Stuart antes de su llegada a Mimosa que ella ignoraba.

Jessie vio también que había mujeres en la habitación, quizás una media docena... ¡y qué mujeres! Ataviadas con suntuosos vestidos de seda y satén, conseguían que el atuendo de Jessie pareciera casi monacal; reían y bebían exactamente como los hombres cuando finalizaba una mano, y permanecían en silencio detrás de las mesas durante el juego. Jessie las observó con cierto interés, preguntándose si eran mujeres de mala reputación. Seguramente no, pero, en todo caso, exhibían un comportamiento muy atrevido.

Parecía que Stuart tenía ciertas dificultades con la mano herida cuando le tocaba el turno de barajar y dar cartas. Jessie comprendió que la herida había afectado de un modo relativo pero evidente la destreza de los músculos que controlaban los dedos. Compensaba la lesión sosteniendo las cartas con la mano herida y realizando con la otra la mayoría de los movimientos necesarios en el juego. Pero la postura forzada que debía adoptar para sostener los naipes, sin duda, tensionaba los músculos, porque una media hora después de iniciado el juego pasó discretamente los naipes a la otra mano, y descendió la mano herida bajo el nivel de la mesa. Durante un momento flexionó los dedos, extendiéndolos, y después sacudió enérgicamente la mano. El primer instinto de Jessie fue aferrar esa mano y masajearla para aliviar el espasmo de los músculos, como ya había hecho una vez, un tiempo atrás, pero en el mismo instante en que concibió la idea supo que él no apreciaría que lo mimase en presencia de una habitación repleta de extraños. De modo que permaneció sentada, y unos segundos después él reanudó el juego, sin que nadie hubiese prestado mayor atención al breve movimiento lateral de su mano.

—Usted tiene un as en su manga. —El comentario, formulado por Stuart, fue hecho con voz muy tranquila, pero la voz tenía un filo que inmediatamente atrajo hacia él la atención de Jessie. Se dirigía al hombre que estaba directamente enfrente, y que en ese momento parecía tener apilado frente a él la mayor parte del dinero del juego. Cuando habló, la cara de Stuart era la máscara dura e inexpresiva que ella había visto ya una o dos veces. Parecía un hombre distinto del alegre amante que había sido pocas horas antes, y Jessie sintió que se le endurecía el estómago. Cuando Stuart adoptaba esa expresión, había problemas en perspectiva.

—¡Al demonio con eso!

—Sacuda su manga.

Los dos hombres restantes sentados a la mesa volvían sus miradas suspicaces entre Stuart y su antagonista.

—No vi hacer trampa —dijo obstinadamente el

hombre a quien Stuart había hablado la primera vez. Jessie creía recordar que había dicho que su nombre era Harris.

—Yo sí. —La voz de Stuart era muy fría, y los ojos estaban clavados en el hombre a quien había acusado—. Siempre puede demostrar que estoy equivocado. Sacuda su manga.

—No lo perjudicará hacer eso —dijo Harris, como razonando en voz alta. El tercer hombre asintió, pero el individuo acusado por Stuart se puso bruscamente de pie.

—¡Nadie me acusará de tramposo! —rugió, echando mano al cinturón. Jessie contuvo un grito cuando Stuart se puso de pie de un salto, se inclinó sobre la mesa, aferró la mano del hombre y la retorció. Un cuchillo cayó al suelo. Después, aún sosteniendo la mano del hombre en un apretón que provocó un gesto de dolor en la víctima, Stuart desabrochó el puño del hombre y le sacudió el brazo.

Un naipe cayó al suelo, al lado del cuchillo.

—¡Por Dios, en efecto hacía trampas! ¡Le debemos una, señor!

Stuart se inclinó, recogió el cuchillo y el naipe, que era el as de corazones, y después soltó la mano de la víctima. Con el rostro enrojecido, el hombre se apartó de la mesa, se volvió y salió deprisa de la habitación.

—¿Cómo lo supo? ¡Yo no vi nada!

Con una mirada a Jessie, la que aparentemente le reveló que ella por el momento se arreglaba bastante bien, Stuart volvió a ocupar su asiento.

—En mis tiempos he jugado un poco a los naipes —dijo Stuart como respuesta. Él y los dos jugadores restantes recuperaron el dinero del pozo, y dividieron entre ellos las apuestas del tramposo, con la misma actitud indiferente como si eso hubiera sido lo más normal del mundo, y por lo que Jessie sabía, quizás así lo era. Un hombre que había estado de pie junto a la puerta, al parecer, esperando su oportunidad, se acercó a la mesa.

—Parece que ustedes pueden aceptar un cuarto jugador.

—¿Tiene mil dólares? —Al parecer, era la actitud preferida de Harris.

—Así es.

—Tome asiento.

Se barajaron y dieron las cartas, y el juego estaba desarrollándose de nuevo cuando una mujer se acercó a la mesa. Stuart tenía la cara hundida en su mano, pero Jessie, que no tenía otra cosa que hacer, la vio acercarse. Sonreía de oreja a oreja, una mujer voluptuosa que exhibía la mayor parte de sus considerables encantos.

—¡Clive! —exclamó cuando estuvo bastante cerca, y se acercó a Stuart, que finalmente levantó los ojos—. ¡Clive McClintock, en cuerpo y alma! ¿Dónde estuviste escondido, querido?

—Santo Dios —dijo Stuart, mirándola—. ¡Luce!

## 40

El primer y absurdo impulso instintivo de Clive fue alegrarse de verla. Luce era una antigua amiga de los tiempos en que él había trabajado intensamente, cuando era uno de los mejores jugadores del río; más aún, era una persona por la cual sentía cierta debilidad. Pero cuando comenzó a ponerse de pie para darle un gran abrazo, recordó a Jessie, sentada, silenciosa y recatada detrás. Apretó los labios, vaciló desconcertado, y miró a Luce con tanto horror como podría haber mirado a un escorpión que aparecía entre los naipes.

Por supuesto, podía haber fingido que no la conocía, pero él había pronunciado el nombre de la dama en el primer movimiento de sorpresa, y, de todos modos, a pesar de su juventud, Jessie no era tonta. Por el modo en que Luce se inclinó para darle un sonoro beso en la boca, era muy evidente que esos dos se conocían bien. Clive soportó el beso porque no sabía qué otra cosa hacer, al mismo tiempo que la piel entre los omóplatos le cosquilleaba, porque imaginó los ojos de Jessie taladrándolo.

Y entonces, advirtió algo, Luce lo había llamado Clive. Al principio él no lo había advertido; su principal preocupación había sido la reacción probable de Jessie al encontrarse con una de las antiguas amantes de Clive. Él había sentido que era Clive, es decir él mismo, después que esa tarde adoptó la decisión de derrotar en su propio juego a los dioses burlones, arrojándoles a la cara su grandioso regalo de riquezas. Estaba harto de representar el papel de Stuart Edwards, que había sido un ladrón traicionero, y en general un inútil, si cabía juzgar por todo lo que el propio Clive había podido descubrir acerca de él. Ciertamente, no era el primer hombre que aprendía a su propia costa que el dinero no era todo, y ni siquiera lo que más importaba. Lo que más importaba era esa mocosa inexperta que estaba detrás.

Él había concebido la intención de decírselo, lo había pensado realmente, pero contemplaba la posibilidad de iniciarla poco a poco en la idea de que él no era en absoluto lo que ella creía. Primero, la iniciaría en las complicaciones del amor, de modo que ella lo amase tan apasionadamente como él la amaba, y al mismo tiempo la iniciaría un poco en la vida que él había llevado antes, de manera que cuando le revelase la verdad —a saber, que él era sencillamente Clive McClintock, rata del río y ex jugador, y no Stuart Edwards, descendiente de los Edwards de Carolina del Sur y heredero de Tulip Hill— la cosa no le impresionara tanto.

De todos modos, no esperaba muy complacido que llegase el momento del desenlace. Y ahora tenía que afrontar el asunto sin tiempo para prepararse.

—Veo que tu mano se curó bastante bien —dijo Luce, sonriéndole. Clive depositó los naipes sobre la mesa y se puso lentamente de pie. Temía mirar atrás, temía lo que leería en la cara de Jessie, de modo que, en cambio, decidió mirar a Luce.

—Se curó —coincidió con voz opaca, y después hizo un gesto a los hombres con quienes había estado jugando—. Lo siento, caballeros, me retiro.

Recogió su dinero, y lo guardó cuidadosamente en el bolsillo del chaleco. Entonces, y solo entonces, se volvió para mirar a Jessie.

Ella tenía los ojos muy grandes y estaba pálida, y permanecía inmóvil, como si la llegada de Luce la hubiese clavado a la silla. Salvo los intensos reflejos de las masas de cabellos que llevaba recogidos sobre la cabeza, y los trazos oscuros de las cejas sobre los ojos enormes, hubiera podido decirse que la habían tallado en mármol blanco. En sus mejillas no restaba el más mínimo vestigio de color.

—Jess. —La voz de Clive no era la habitual en él. Sonaba más bien como si hubiese pertenecido a una rana que croaba o al tembloroso cobarde que Clive McClintock jamás había sido hasta ese momento.

—Oh, Dios mío, Clive, ¿estoy trayéndote problemas? —Luce habló medio divertida, medio renuente, mientras miraba la cara de Clive, después la de Jessie, y nuevamente la del hombre.

Ninguno de los dos se molestó en contestar. Los ojos clavados en él, Jessie se puso lentamente de pie, con gracia casi siniestra.

—¿Clive? —dijo entonces—. ¿Clive?

—¿Qué le pasa? —preguntó Luce, desconcertada—. Parece que no conoce tu nombre.

—¿Clive? —Jessie estaba elevando la voz. Ahora, Clive se movió deprisa, advertido de la atención que comenzaban a concitar, pero tampoco preocupado por eso. Se acercó al lado de Jessie e intentó aferrarle el brazo. Ella se desprendió, retrocedió un paso, y lo miró como si jamás lo hubiese visto antes en su vida.

»¿Clive? —El nombre, que ahora incluía un matiz de cólera, parecía ser todo lo que ella estaba en condiciones de decir.

—Puedo explicarte, Jess. —Las palabras sonaron débiles, incluso en los oídos del propio Clive, y él no se sorprendió cuando la joven lo desechó para fijar los ojos enormes en Luce.

—¿Se llama Clive? ¿Clive... McClintock?

Luce se volvió deprisa hacia Clive. Era una buena amiga, y no le provocaría problemas si podía evitarlos, pero era evidente que estaba en un aprieto. Clive se encogió de hombros, impotente. No había modo de que la verdad fuese más asimilable para Jessie.

Interpretando su encogimiento de hombros como una autorización, Luce asintió. Su cara era la síntesis misma de la fascinación, mientras paseaba la mirada entre Clive y Jessie.

—¿Hace mucho que lo conoce?

Clive no intentó impedir las preguntas de Jessie. Como Shakespeare —o alguien— había dicho otrora, la verdad se revelará. Y ahora le había llegado la verdad, una verdad incontenible, que sobrepasaba de lejos la capacidad de Clive de contenerla e incluso debilitar el daño.

De nuevo, Luce buscó la guía de Clive. Como no recibió ninguna señal, contestó incómoda:

—Unos diez años.

—Usted ha conocido a Clive McClintock durante unos diez años. —Era una afirmación, no una pregunta.

Si tal cosa era posible, Jessie palideció aún más que antes—. Pero no lo ve desde hace unos meses, ¿eh? ¿Precisamente desde que se hirió la mano?

—En efecto. —Luce parecía tan desconcertada como intrigada.

—Entonces ¿quién es Stuart Edwards? —dijo Jessie, yendo al nudo del problema, y desviando al fin los ojos de Luce a Clive—. ¿O ustedes sencillamente lo inventaron?

Esto último fue dicho con voz sibilante.

—No, yo... —Por una vez en su vida Clive tuvo que esforzarse para hallar las palabras. Pero Luce, que decidió ir al fondo del asunto, contestó por él. Y al oírla Clive se estremeció.

—¿Stuart Edwards? ¿No era el nombre del ladrón a quien mataste? Oh, ¿conseguiste recuperar tu dinero?

—Tú, canalla tramposo... mentiroso... fornicador... —Jessie ni siquiera gritaba. Tenía los puños cerrados a los costados, y los ojos miraban enfurecidos a Clive, pero su voz era apenas más estridente que un murmullo, pese a que flagelaba a Clive con la fuerza candente de un látigo. La habitación se había sumido completamente en el silencio, mientras un par de ojos tras otro cobraba conciencia de lo que sucedía en el centro. Ni Jessie ni Clive advirtieron que contaban con un público nutrido y fascinado. Luce lo supo, pero ser el centro de la atención jamás le había molestado.

—¡Nos mentiste a todos desde el principio! ¡A todos... a Celia... a las señoritas Flora y Laurel... y a mí!

—Jessie, sé que eso tiene mal aspecto, pero...

—¡Tiene mal aspecto! —Aquí ella se rio, con una risa aguda e histérica que alarmó a Clive. La joven parecía estar al borde de un ataque de histeria, con los ojos ne-

gros como carbones, y relucientes en esa cara muy pálida, y el cuello erguido sobre los hombros tensos, de modo que los tendones se destacaban muy visibles. El
recuerdo de otras mujeres histéricas a las que había visto,
desgranando risas que eran como aullidos antes de disol-
verse en alaridos insensatos, determinaron que a Clive se
le erizara el vello de la nuca. Tenía que sacar de allí a Jessie, llevarla a un lugar donde pudiese hablarle, si era necesario obligarla a escuchar razones. Convenía en que lo
que él había hecho tenía mal aspecto, y una vez que le
hubiese explicado todo, seguramente ella vería que el
asunto no era ni mucho menos como parecía.

Esa era su esperanza.

—Puedo explicarlo —dijo de nuevo con voz débil. Y
de nuevo Jessie se echó a reír.

Clive no tenía más alternativa que llevarla de regreso
a su camarote, sentarla en la cama y explicarle las cosas.
Estaba seguro de que lo que confería un aspecto tan ingrato al asunto era el temor que ella sentía de que, si él
había mentido acerca de todo el resto, le hubiese mentido también acerca del amor que le inspiraba.

Incluso si gran parte de todo el resto era mentira, esa
afirmación especial era la verdad.

—Vamos, Jessie. Tenemos que hablar —dijo, con la
esperanza de detener la explosión inminente con una actitud razonable y serena; y ahora le aferró de nuevo el
brazo.

Jessie miró la ancha mano bronceada sobre la piel
blanca desnuda como si fuese una víbora venenosa dispuesta a picarla.

—Nunca más vuelvas a ponerme la mano encima
—dijo con voz clara mientras separaba el brazo.

Después, se volvió y caminó hacia la puerta. Un desordenado coro de vivas y aplausos surgió de los espectadores para saludar su salida. Si Jessie escuchó eso, lo ignoró con un gesto grandioso, y se desplazó hacia la salida en una actitud tan majestuosa como la de una reina. Clive, que por primera vez prestaba una atención un tanto más definida a los espectadores, sintió la necesidad de preservar en lo posible su propia dignidad masculina. Tratando de que Jessie no lo viese, se encogió de hombros, como diciendo «¡Las mujeres!» y la siguió en dirección a la puerta.

Ella casi había llegado a la salida, y él estaba casi sobre ella, cuando de pronto Jessie se volvió. Sus ojos llameaban furiosos, y su cuerpo temblaba. Estaba tan enojada que hasta los cabellos parecían desprender chispas.

—Tú, sucio canalla —dijo Jessie con los dientes apretados. Y entonces, antes de que Clive tuviese la más mínima sospecha de lo que ella se proponía hacer, echó hacia atrás el puño cerrado y descargó un feroz puñetazo que dio en el centro mismo de la nariz de Clive.

Fue un puñetazo digno de un campeón. Clive pegó un alarido y retrocedió trastabillando, y se llevó la mano a la nariz herida, que le dolía como si la tuviese rota. Cuando retiró la mano, vio incrédulo que tenía los dedos manchados de sangre.

Jessie ya le había vuelto la espalda y salía por la puerta. Los espectadores gritaban y reían, aullaban a Clive y lo bombardeaban con consejos, la mayoría obscenos, que él ni siquiera alcanzaba a escuchar. Luce también se reía, aunque intentó disimularlo mientras corría en ayuda de su amigo. Con un movimiento de la cabeza y palpándose la nariz sangrante, Clive rechazó el ofrecimiento de ayuda de la mujer. En ese momento, tenía que ocuparse de cosas más importantes que una nariz herida... por ejemplo, obligar a Jessie a pensar un poco. Clive comprendió que al golpearlo Jessie en realidad le había hecho un favor. Ya no era el pecador arrepentido que había sido unos momentos antes. Comenzaba a manifestarse su propio temperamento.

¡No estaba dispuesto a soportar muchos más insultos de una mocosa inexperta!

Mientras salía por la puerta en persecución de Jessie, escuchó una última contribución a la hilaridad general.

—Un brindis por la dama —gritó uno de los hombres.

Clive rechinó los dientes. Sabía que en algún sitio los dioses continuaban riéndose. Casi alcanzaba a escuchar las bromas dichas a su costa con voz confusa por el aguardiente.

# 41

Jessie cerró con fuerza la puerta de su camarote, giró la llave en la cerradura, y se apoyó contra la hoja de madera, todavía conmovida. La rabia burbujeaba como líquido hirviente en sus venas, pero por encima de todos los restantes sentimientos prevalecía la incredulidad total y conmovida. El hombre, a quien ella había amado, nunca había existido. Stuart Edwards era nada más que un papel que Clive McClintock había representado para adueñarse de Mimosa. Y Clive McClintock era un estafador sinuoso y perverso cuyo trabajo era aprovechar a todos los seres humanos con quienes se relacionaba, incluida ella misma.

En resumen, la habían estafado, y en más de un sentido.

Una seca llamada la apartó bruscamente de la puerta, y Jessie se volvió para comprobar si la madera de pronto había cobrado vida e intentado morderla.

—Jessie, déjame entrar.

¿Cómo se atrevía incluso a ensuciar su nombre pronunciándolo? Jessie miró el panel cerrado como si sus ojos pudieran perforarlo y apuñalar a Clive.

—Jessie. Abre la puerta. Por favor.

¡Ah! Era lo único que ella podía decir, pero se negaba a otorgarle la satisfacción de cambiar siquiera fuese una sola palabra más con ella. Volvía a su casa, a Mimosa y a la gente que era lo que parecía ser, al margen de que la amase o no; volvería apenas el condenado barco tocase tierra nuevamente. Y con respecto a ese hombre... ¡Jessie se complacería mucho anunciando a los cuatro vientos su infamia! Si él se atrevía a mostrar de nuevo su cara en el valle Yazoo, ¡tendría suerte si no le expulsaban de allí atado con una cuerda!

—Jessie. Hablo en serio. Abre esta puerta.

De modo que creía que aún podía impartirle órdenes y conseguir que ella lo obedeciera, ¿eh? ¡Le esperaba una gran sorpresa! El hombre a quien ella obedecía era el hombre a quien había mirado con enfermiza adoración, y ese hombre no era Clive McClintock, ¡maldito sea!

—¡Jessica! —Movió el picaporte. Un gesto de burla se dibujó en los labios de Jessie.

»¡Maldita sea, Jess! —Agitó de nuevo el picaporte—. ¡Si no abres ahora mismo esta condenada puerta, la derribaré!

La voz sonaba progresivamente más colérica. De manera que Clive McClintock estaba nervioso, porque se había revelado el juego antes de que él hubiese terminado la partida, ¿eh? Jessie se preguntó cuál habría sido el paso siguiente. Después de seducirla y arruinarla, ¿él la habría abandonado por allí y regresado a Mimosa para representar el papel de Stuart Edwards hasta que ya no le conviniese más? ¿O se apoderaría del efectivo que había en la plantación y de las ganancias del algodón antes de marcharse con la intención, no de desaparecer definitivamente, sino más bien de vivir de las rentas de Mimosa, hasta que pudiera identificar a otra víctima?

Hubo un fuerte golpe, y la puerta se sacudió como si él hubiese arrojado su peso sobre ella. Con los ojos agrandados, Jessie retrocedió otro paso, pues comprendió que él se proponía realmente derribar la puerta. Al tercer intento se rompió la cerradura, y la puerta se abrió sobre sus goznes, y apareció Clive McClintock, corpulento y amenazador, en el hueco. Durante un momento él fue una forma más oscura sobre la oscuridad del fondo, y después entró, caminando casi indiferente, en el camarote. Un hecho irritante, ni siquiera parecía haber perdido el aliento.

—¡Fuera de aquí! —exclamó Jessie. Él no la miró siquiera mientras con un movimiento suave cerraba la puerta dañada. Con la cerradura rota, la puerta volvió a abrirse inmediatamente. Stuart atravesó el camarote con un paso decidido que indujo a Jessie a apartarse de un salto, tomó la silla que buscaba, y la puso bajo el picaporte; de ese modo, cerró eficazmente la puerta.

»¡Sal de aquí o grito!

—En tu lugar yo no haría eso. —En su voz se manifestaba un levísimo filo.

—¡Lo haré! ¡Gritaré! ¡Gritaré tan alto que me oirán hasta el puente!

—Si lo intentas, te amordazaré y maniataré, y tendrás que escucharme. Si no me crees, intenta gritar.

Por extraño que pareciera, el mismo tono neutro de la voz de Clive pareció convincente. Jessie no dudó de que ese cerdo realmente cumpliría su amenaza si ella gritaba. De modo que se abstuvo prudentemente.

—Siéntate. —Era una orden, no una invitación. Como Jessie continuó de pie donde estaba, desafiándolo en silencio, él avanzó un paso. La cabina estaba a oscuras, y ella no podía ver más de Clive que una sombra grande y amenazadora. De pronto, Jessie pensó que no conocía en absoluto a ese hombre. Ese no era Stuart Edwards, a quien amaba. Era Clive McClintock.

»¡He dicho que te sientes! —Las palabras restallaron como un latigazo. Jessie estaba de pie sobre un extremo del camastro, y allí se sentó bruscamente—. Muy sensato de tu parte.

Clive atravesó la cabina y se acercó al lugar en que la lámpara colgaba de la viga central. Se oyó el roce del pedernal sobre el acero, y después se encendió la lámpara. Su resplandor parpadeó, y aumentó gradualmente, iluminando la cabina. Jessie permaneció sentada, como él había ordenado, observando cautelosamente la ancha espalda, mientras él se inclinaba para correr las cortinas sobre el ojo de buey, y así excluir la visión de la noche.

—Si te escapas por esa puerta, te atraparé apenas des tres pasos.

O él tenía ojos en la nuca, o sabía exactamente cómo funcionaba la mente de Jessie. Sospechando que era esto último, Jessie miró la nuca de Clive con renovada cólera. Sí, había estado pensando en intentarlo, pero como él la había amenazado, la alcanzaría en pocos segundos. Incluso si conseguía escapar durante un momento, él la atraparía. En una embarcación de las proporciones del *River Queen* no había donde esconderse.

Clive se volvió para mirarla. Jessie contuvo una exclamación cuando vio el daño que había provocado en ese hermoso rostro.

La sangre lo manchaba alrededor de la boca y sobre las mejillas, y la nariz ya estaba hinchada a causa del golpe que ella le había asestado. De las fosas nasales brotaba más sangre. Mientras Jessie lo miraba, un poco pesarosa ante su propia acción, pese al hecho de que él merecía cumplidamente lo que había recibido, Clive se acercó a la palangana, hundió un pedazo de lienzo en el agua y lo acercó a la nariz. Al mirarlo, Jessie experimentó cierta vacilación. ¿Qué haría él para vengarse? Ella nunca le había temido físicamente... pero de nuevo recordó que no era el hombre que ella creía conocer.

Pero entonces levantó los ojos. Sobre esa nariz herida estaban los ojos azules y los cabellos negros del hombre amado. Podía ser un canalla mentiroso y tramposo, pero Jessie de pronto ya no le temió.

—Ojalá te duela. —Y lo decía en serio.

—Me duele, muchas gracias.

—Lo merecías, y más aún.

—Si no estuviera de acuerdo contigo, ya te habría calentado el trasero.

—Si llegas a ponerme una mano encima...

Él suspiró, y movió el lienzo bajo la nariz.

—No me amenaces, Jess. Si me permites explicar, verás que toda esta situación infortunada no es más que un... malentendido.

—¡Vaya malentendido! —rezongó Jessie—. Imagino que intentarás explicarme que te presentaste como Clive McClintock, y nosotros, pobres tontos atrasados que somos, nos confundimos y creímos que eras Stuart Edwards, ¿eh?

Él la miró de un modo que le dijo que su sarcasmo no era apreciado.

—Mira, te amo. No importa lo que pienses, en eso no mentí.

—Oh, te creo. —Por el tono de Jessie, era evidente que no le creía.

Retiró el lienzo de la nariz, la que al parecer ya no sangraba, y se miró al espejo, sobre la palangana, para limpiarse las manchas de la cara. No podía hacer mucho con las manchas de la camisa. Las frotó con el lienzo, sin resultado visible. Con una mueca, decidió dejarlas así.

Dio la espalda a Jessie, se acercó al camastro y permaneció de pie frente a ella. Con los puños apoyados en las caderas, la miró con expresión reflexiva. Jessie tuvo que ladear la cabeza para verle la cara, e inmediatamente se encontró en situación de desventaja. Pero si se ponía de pie estaría prácticamente en los brazos de Clive, y ella ya no podía soportar esa idea. De modo que permaneció en su lugar.

—Soy todavía el mismo hombre que era hace una hora. No he cambiado, solo cambió mi nombre. ¿No fue Shakespeare quien dijo que una rosa con otro nombre cualquiera huele igualmente bien? —Había un acento persuasivo en estas últimas palabras. Si él intentaba mostrarse humorístico, el esfuerzo había fracasado lamentablemente.

—O hiede igualmente mal —replicó secamente Jessie, y cruzó los brazos sobre el pecho, como deseosa de levantar un obstáculo simbólico frente a él.

—Pensaba explicarte todo.

—Oh, ¿sí? —preguntó cortésmente Jessie—. ¿Cuándo? Me parece que desaprovechaste varias oportunidades excelentes... por ejemplo, antes de seducirme.

—No te seduje —dijo él, con voz nerviosa—. Maldita sea, Jessie, me enamoré de ti. Y tú te enamoraste de mí. De mí, no de Stuart Edwards. De mí.

—Ni siquiera te conozco. Clive McClintock y yo jamás hemos sido presentados.

—Estás decidida a tener dificultades, ¿verdad?

—Imagino que sí. Sé que no es propio de mi carácter, pero me parece difícil ignorar el hecho de que todo lo que me dijiste siempre es mentira.

—No todo.

—Tendrás que disculparme si no te creo.

—¿Deseas la verdad? Te diré la verdad. Soy jugador, y solía trabajar en los ríos que navegan por el Mississippi. Una noche gané una suma considerable, suficiente para instalarme si administraba con cuidado el dinero. Pero ya era tarde, y tuve que llevar encima mis ganancias hasta la mañana. Esa noche, dos hombres entraron en mi camarote, robaron el dinero que yo había ganado, y me clavaron un puñal en la mano. Los perseguí y maté a uno —el verdadero Stuart Edwards—, pero el otro huyó con mi dinero. Después, descubrí que mi mano... no me permitiría nunca más ganarme la vida como jugador profesional. Estaba muy dañada.

—De modo que decidiste fingir que eras una persona respetable. ¿Supongo que Stuart Edwards era realmente sobrino de las señoritas Flora y Laurel? ¿No mentiste también en eso? ¿No? Y de ese modo, si no podías robar a la gente exactamente como tú lo habías sido, tratarías de hacerlo de un modo levemente más caballeresco.

—Pensé que yo relataba esto, no tú.

Jessie realizó con la mano un gesto que indicó a Clive que podía continuar.

—Con mi mano así... demonios, sabes bien de lo que hablo... no podía ganarme la vida.

—¿El trabajo honesto jamás te pasó por la cabeza? —Jessie descubrió que el sarcasmo estaba convirtiéndose en uno de sus rasgos naturales.

—¿Me permitirás terminar?

—Disculpa. Por favor, continúa. Realmente, estoy fascinada.

—Con el dinero que había ganado proyectaba comprar una propiedad y establecerme como plantador. Oh, por supuesto, nada semejante a Mimosa, pero sí un lugar que con el tiempo podría prosperar. Estaba harto del juego, harto del río. Pero nunca encontré al canalla que escapó con mi dinero. En todo caso, descubrí que Stuart Edwards tenía dos ancianas tías que pensaban legarle todo lo que poseían. Stuart Edwards había muerto. Pero yo no. Pensé que podía ir a ver a las ancianas, y convencerlas de que yo era el sobrino. Si estaban al borde de la muerte, me pareció que una visita del sobrino incluso podía reconfortarlas.

—¡Cuánta nobleza! —se maravilló Jessie.

Clive levantó una mano, como reconociendo que había sido tocado.

—Está bien, pensé que podía heredar la propiedad de las tías en lugar del auténtico Stuart Edwards. Después de todo, él me había robado lo que era mío. Y estaba muerto. Alguien tenía que heredar la propiedad de las ancianas.

—No es necesario que te defiendas así. Estoy segura de que cualquiera habría pensado exactamente lo mismo.

La mirada que él le dirigió consiguió silenciarla.

—Entonces, llegué a Tulip Hill. Era evidente que las

señoritas Edwards aún vivirían varios años. Pensé alejarme otra vez... y entonces conocí a Celia.

—Por lo menos, tus modos de pensamiento son consecuentes. Consecuentemente oportunistas.

—Cierra la boca, Jessie, y permíteme hablar. Conocí a Celia. La tía Flora es una casamentera inveterada, y ella me dijo que la viuda Lindsay era rica como Midas. Eché una ojeada a Mimosa y lo que vi me agradó. Caramba, hace meses que sabes que la única razón por la cual me casé con Celia fue Mimosa. Casarse por dinero no es delito.

—No.

—No la obligué a contraer matrimonio conmigo. Yo le interesé apasionadamente desde la primera vez que me vio... me costó mucho mantenerla apartada de mi cama hasta la boda.

—Seguramente fue una tarea difícil. El oficio de cazador de fortunas tiene sus problemas.

—Jessie, si no te callas te estrangulo. Celia y yo obtuvimos del matrimonio exactamente lo que cada uno deseaba. Por tanto, ¿qué había de malo en eso?

—Tú conseguiste exactamente lo que deseabas. Celia ansiaba casarse con Stuart Edwards, el caballero Edwards. No con la rata Clive McClintock.

—Está bien. Te concedo que probablemente no se habría casado conmigo si no hubiese creído que mi estirpe me convertía en una persona socialmente igual a ella. Pero ¿la perjudiqué, o perjudiqué a Mimosa? Jess, ¿yo te perjudiqué?

Ahí la tenía atrapada. Ahora, ella era una persona distinta que la muchacha primitiva a quien él había protegido. Si él hubiese permitido que la relación entre ambos se mantuviese en el nivel de la amistad, Jessie lo habría defendido ahora a capa y espada, en lugar de alimentar el vivo deseo de destruirlo.

—Mi propósito fue mejorar la vida de todos vosotros. Incluso la de Celia. Pero ella... sabes lo que ella es. Cuando terminó nuestra luna de miel, yo tenía que hacer un esfuerzo para abstenerme de asesinarla. En todo caso, nada hice contra ella. Me encargué de administrar Mimosa... ese condenado supervisor que vosotros teníais estaba saqueando la propiedad, al mismo tiempo que se acostaba con Celia, y traté de ayudarte a vivir una vida más feliz que la que habías tenido antes. Demonios, te compadecí. Sabía que Celia seguramente se había dedicado a torturarte.

—¿Me compadeciste? —Si él había creído calmarla con esa afirmación, se equivocaba de medio a medio.

—Solo al principio. —Clive vio su propio error, y rápidamente trató de repararlo—. Bien, en realidad, al principio, creí todo lo que Celia me dijo de ti, y llegué a la conclusión de que eras una mocosa desagradecida. Después, cuando vi que... bien, que estabas aislada de todo el mundo, te compadecí. Pensé que debías tener la oportunidad de vivir como otras muchachas de tu edad, de bailar y de coquetear en las fiestas, de encontrar un joven simpático con quien casarte. Descubrí que en realidad eras una joven muy dulce bajo toda esa cabellera y esa agresividad, y que, a tu propio modo, eras bonita. Lo único que necesitabas era que te diesen las ropas apropiadas, y que te permitieran adquirir un poco de experiencia en algunas situaciones sociales; y después, todo funcionaría bien. Me ocupé de facilitarte ambas cosas, ¿eh? Pero dejaste de ser una joven torpe y te convertiste en una hermosa mujer. En un mes o dos, ante mis propios ojos. Eso fue algo completamente imprevisto para mí.

Jessie guardó silencio. Él hizo una pausa y permaneció de pie, mirándola durante un minuto. Después, antes de que ella advirtiese su intención, él se inclinó, de modo que puso la cara al mismo nivel que la de Jessie. Apoyó las manos sobre los costados de la joven, y de ese modo la inmovilizó eficazmente.

—Tú destruiste todo lo que yo había conseguido. Era más rico que lo que jamás había imaginado posible. Tenía todo lo que deseaba y aún más... y entonces tuve que venir a enamorarme de ti. Jessie, esa nunca fue mi intención.

Si esperaba una respuesta de ella, no obtuvo ninguna. Jessie lo miró, se limitó a mirarlo, esforzándose para endurecer su corazón y rechazar lo que él decía. Clive era un mentiroso veterano, pero ella no se dejaría engañar dos veces. No volvería a salir del paso con su verborrea elocuente.

—Entonces decidiste agregarme a la lista de cosas que el falso Stuart Edwards había adquirido.

Aquí él se movió impaciente, y sus manos se cerraron sobre los brazos de Jessie, unos centímetros encima de los codos. Inclinándose hacia delante, él se mantuvo en equilibrio sobre las puntas de los pies.

—No fue así, y tú lo sabes. Demonios, Jessie, ¡esta misma tarde renuncié a todo por ti! Tengo poco más de mil dólares en el bolsillo, y algo más a mi propio nombre en un banco de Nueva Orleans, y la ropa que llevo puesta. Si no te amara hasta la locura, ¿por qué renunciaría a Mimosa? Vale una fortuna, y mientras yo continúe siendo Stuart Edwards es mía. ¡Solo un loco o un hombre enamorado perdidamente renunciaría a una cosa así por la mujer amada!

Jessie lo examinó. A pesar de la nariz lastimada, ella llegó a la conclusión, aunque de mala gana, que continuaba siendo el hombre más apuesto que ella había conocido nunca. ¡Y también el mentiroso más grande!

—No creo una palabra de lo que dijiste —anunció fríamente. Después, cuando él abrió la boca para continuar argumentando, ella adelantó las manos y lo empujó con fuerza. Con una exclamación de sorpresa, él cayó al suelo. Antes de que pudiera reaccionar, Jessie se puso de pie, apartó del camino la silla y abrió la puerta.

Las maldiciones de Stuart vibraron en el aire.

—¡Maldita sea, Jessie, vuelve aquí! —rugió, pero Jessie se alzó las faldas y corrió. Sabía que él la perseguiría, tenía absoluta seguridad en ese sentido, y se proponía salvarse mediante la huida.

# 42

Por supuesto, la alcanzó. Necesitó a lo sumo tres pasos, pero la alcanzó antes de que ella pudiese llegar al final de la escalera que conducía al puente. Ella había tenido la intención de acudir al capitán y pedirle ayuda. Después de todo, había pagado el camarote, y Stuart —¡no, maldita sea, Clive!— no tenía ningún derecho de estar allí. Pero, no logró su propósito.

—Maldita seas, Jessie, traes más dificultades de lo que vales —gruñó furioso Clive, mientras aferraba un retazo de la tela del vestido y tiraba. Ella había ascendido cuatro peldaños, subiendo ágilmente hacia el puente, y el tirón la desequilibró. Con un salvaje grito de miedo cayó hacia atrás, en los brazos de Clive.

Con amenazas o sin ellas, Jessie gritó. Él la silenció instantáneamente cubriéndole la boca con la suya. Jessie descargó puntapiés, golpeó con la cabeza y los puños, pero él la sometió con ridícula facilidad. Los brazos que la sujetaban le impedían luchar. La lengua de Clive aprovechó bien el grito interrumpido para introducirse en la boca de Jessie.

—¿Hay problemas allí? —Un oficial del barco seguramente había oído el grito. Había descendido del puente para asomarse a la baranda que corría al final de la escalera, y los miraba con el entrecejo fruncido.

La reacción de Clive fue mucho más rápida que la de Jessie. Levantó la cabeza, sonrió al hombre y dijo:

—Nada más que una discusión de enamorados. —Y metió de nuevo la lengua en la boca de Jessie antes de que ella pudiese formular la más mínima protesta.

El oficial se retiró. Jessie hirvió de rabia, y mordió esa lengua invasora con tanta fuerza que fue extraño que no la partiese en dos. Él pegó un alarido y echó hacia atrás la cabeza. Apenas sintió la boca libre, ella volvió a gritar. Esta vez, Clive la silenció poniéndole la mano sobre la boca.

—Gata salvaje, te lo advierto, la próxima vez que me lastimes te daré tu merecido.

Él caminaba sosteniendo el brazo de Jessie contra su propio pecho. La falda de la joven casi le cubría el brazo, y ella tenía la cabeza apoyada contra el hombro de Clive, en lo que debía parecer una postura afectuosa al observador casual. En el cielo brillaban intensamente las estrellas, visibles por varios kilómetros en ambas direcciones sobre la corriente del río. La luz intensa de la luna se reflejaba sobre la superficie oscura del agua, y así la cubierta parecía más luminosa que lo que habría sido el caso en otras condiciones. El viento cada vez más intenso habría provocado frío en Jessie si ella hubiese estado en condiciones de sentirlo. Pero estaba tan irritada que ardía con el calor de su propia cólera, y el descenso de la temperatura que sobrevino al caer la noche pasaba inadvertido. Casi habían llegado a la cabina de Jessie cuando apareció otra pareja, que se acercaba hacia ellos. Jessie se debatió y trató de descargar puntapiés, chillando contra la mano de Clive en un esfuerzo por denunciar su situación. Pero los brazos de Clive se cerraron sobre ella con tanta fuerza que le dolieron, y su mano sobre la boca de la joven aumentó la presión hasta que ella apenas pudo respirar. Jessie tenía la cara contra el hombro de Clive, y la pareja pasó de largo, al parecer sin advertir nada fuera de lo normal.

Llegaron al camarote, y Clive la introdujo allí.

La dejó caer sin ceremonias sobre el camastro. Jessie gritó al caer y rebotar, pero ya estaba preparándose para incorporarse de un salto cuando Clive se arrojó sobre ella, sofocándola con las manos.

—Ya estoy harto de tus rabietas esta noche —dijo entre dientes—. Dame más motivos y te calentaré el trasero hasta que no puedas sentarte por varias semanas. Te lo aseguro.

Tenía los ojos brillantes de cólera. A Jessie le bastó una mirada para saber que hablaba en serio. Se sentó cuando él la soltó, y fue a poner la silla cerca de la puerta, pero no hizo otros movimientos para huir.

—Desvístete. —Él se había vuelto para mirarla. Tenía los pies separados, y los puños descansaban sobre las caderas. La actitud misma de su mentón expresaba belicosidad.

—¡No lo haré!

—¡Oh, sí, lo harás! —En los ojos de Clive había un brillo casi predatorio mientras la miraba.

—¡No lo haré!

—¡Al demonio con eso! —rugió él, y cayó sobre Jessie en un solo movimiento. Jessie se resistió salvajemente, pero antes de que ella pudiera hacer nada, él la puso boca abajo, la cara hundida en el colchón, de modo que no pudiese gritar. Después, se sentó sobre la espalda de la joven.

Fue suficiente el peso de Clive para sofocar la resistencia de Jessie.

Jessie se vio obligada a yacer impotente, ardiendo de furia, mientras él la desnudaba, dejándole solo la enagua. Cuando apartó la última prenda, ella supuso que inmediatamente quedaría desnuda. En cambio, él se levantó y la obligó a acostarse de espaldas.

Enfurecida, Jessie se sentó, y trató de golpearle otra vez la nariz. Esta vez, él estaba preparado. Aferró el puño en el aire, apretó la otra mano y la sostuvo el tiempo suficiente para anudarle la media de seda alrededor de las muñecas, atando juntas las manos.

—¿Qué demonios estás haciendo? —preguntó Jessie, mirando asombrada sus propias manos atadas.

—Preparándome para dormir —dijo Clive entre dientes, y apoyando la mano en el centro del pecho de Jessie la obligó a acostarse—. Dormiré mejor si sé que estás segura a mi lado, y no puedes cometer travesuras.

—¡Cómo te atreves a atarme! Yo...

—Grita y te amordazaré —advirtió Clive, y al ver la expresión en los ojos del hombre, ella le creyó. Hirviendo de cólera, Jessie no protestó mientras él usaba la otra media para asegurar a la cabecera del camastro las manos atadas de Jessie.

Después, se puso de pie y se quitó las ropas. Jessie rehusó mirar. En cambio, clavó furiosamente los ojos en la pared contraria, hasta que sintió que él retiraba la ropa de cama arrugada. Lo imprevisto del movimiento la indujo a mirar alrededor. Clive estaba desnudo, y se inclinaba sobre ella.

Intentó golpearlo con los pies. Fue un error. El ruedo de su camisa terminó en las cercanías del ombligo. Impedida de cubrirse porque tenía las manos atadas, Jessie solamente podía mirar sus largas piernas desnudas y el triángulo de vello rizado entre ellas, y sentía verdadera mortificación. ¿Cómo se atrevía a hacerle eso? ¡Era verdaderamente el canalla que ella pensaba! Si la tocaba, si se atrevía...

Clive apoyó una rodilla en la cama y se acercó más.

—Si me tocas, te mataré. Dios me perdone, te mataré. —Fue un sonido sibilante y fiero.

Clive se limitó a enarcar burlonamente el ceño. Después, su mano se apoderó del ruedo de la enagua y lo bajó, de modo que otra vez ella exhibió una apariencia más o menos decorosa.

—Lamento decepcionarte, Jessie, pero estoy muy cansado para hacer otra cosa que dormir. Aunque si lo deseas, de buena gana te satisfaré por la mañana.

Dicho esto, apagó la lámpara y se acostó en el camastro, junto a Jessie. Se durmió en un lapso relativamente breve, mientras Jessie, que yacía rígida en el angosto espacio del colchón, permanecía con los ojos clavados en la oscuridad, y evitaba que su cuerpo se deslizara hacia la depresión provocada por el peso de Clive en la cama. La furia y el sentimiento de ofensa se disputaban el terreno en ella, pero cuando al fin cerró los ojos, la furia se impuso al resto.

En cierto momento de la noche él rodó sobre sí mismo, y apartó las mantas del cuerpo de Jessie. Medio dormida, Jessie percibió poco a poco que tenía frío. Por sí mismo, su cuerpo buscó la fuente de calor más próxima.

Por supuesto, Clive. Él le daba la espalda, y ella se acurrucó al lado, de cara a esa espalda. Después, también se durmió.

Jessie soñó que estaba de nuevo en Mimosa, sana y salva en su propia cama, que era muy cómoda. Miraba a Stuart que le sonreía, una mano sobre su propia cabeza, mientras apartaba el mosquitero. Después, se metía en la cama al lado de Jessie, la buscaba con las manos, y le acariciaba el cuerpo, que estaba misteriosamente desnudo; le acariciaba los pechos y el vientre y los muslos, hasta que ella acababa gimiendo de deseo.

Se inclinaba sobre ella, y su rodilla se deslizaba entre las piernas de Jessie para separarlas, y la exploraba buscando penetrarla. En su ensoñación, Jessie sintió el calor ardiente de Stuart, la humedad de su boca en los pechos femeninos.

Y, de pronto, él encontró la abertura y penetró. ¡En la impresión provocada por el ataque, Jessie abrió bruscamente los ojos y descubrió que no era un sueño!

Estaba tendida de espaldas, y él la cubría, la poseía besándole los pechos al mismo tiempo que estaba penetrando con movimientos lentos y cuidadosos. Parte de Jessie deseaba golpear la cabeza de Clive, gritar que la violaba, pero el ansia estremecida de su cuerpo le decía que eso no era una violación. Aunque él había actuado mientras Jessie dormía, la había excitado hasta el punto febril en que la furia de la muchacha contra él ya no importaba, comparada con los urgentes reclamos de su carne. Ella ya no tenía las manos atadas, como lo descubrió cuando él se retiró casi totalmente y Jessie le aferró los hombros para impedirlo. Mientras ella dormía, él le había desatado las muñecas.

Esta vez él actuó con movimientos lentos, cuidadosos e inexorables, llevándola casi hasta el borde del goce una y otra vez, solo para retirarse, hasta que ella perdió todo control, y rogó que él terminase, y al mismo tiempo rogó que continuase hasta el infinito.

Los brazos de Jessie rodearon el cuerpo de Clive, y sus piernas se cerraron alrededor de la cintura de su compañero. Con cada movimiento lento y seguro ella gritaba, arqueando la espalda. Finalmente, él apartó su boca de la de Jessie, para murmurarle al oído.

—Di que me amas —ordenó con voz ronca.

Aturdida por la necesidad, ella obedeció.

Él la penetró de nuevo, y después se retiró casi del todo.

—Dilo de nuevo.

—¡Te amo! ¡Te amo! ¡Oh, Stuart, te amo!

Él se hundió nuevamente en Jessie, una vez, dos veces, llevándola hasta el límite mismo.

—Clive —murmuró al oído de Jessie—. Di: te amo, Clive.

—Te amo, Clive —jadeó ella obediente en la boca de Clive, y después lo repitió una y otra vez, sin medirse, mientras él la llevaba al límite y lo sobrepasaba, los dos juntos.

## 43

Por la mañana, cuando despertó, Clive permaneció acostado un momento, con un sentimiento de placentera paz, los ojos todavía cerrados, antes de percibir que Jessie ya no estaba acurrucada a su lado. Abrió los ojos para asegurarse. Excepto la media de seda que todavía colgaba donde él la había atado, en la cabecera del camastro, no había rastros de la joven en el camarote. Le había atado las manos solo porque estaba furioso e irritado, y tan fatigado que no había podido pensar otro modo de retenerla, por lo menos hasta que se calmase. Cuando despertó durante la noche y vio qué incómoda estaba, tuvo un achaque de conciencia y le soltó las manos. Después, una cosa llevó a otra, y él creyó que la situación entre ellos se había resuelto. Era evidente que estaba equivocado.

Clive se sentó, miró alrededor y maldijo. El camarote estaba vacío, y no vio rastros de Jessie ni de sus pertenencias. Los ojos de Clive se abrieron incrédulos cuando saltó del camastro para asegurarse.

¡Esa perrita se le había fugado! Mientras él dormía pacíficamente, para reparar el cansancio que ella misma le había provocado, la joven se había vestido, guardado sus cosas y desaparecido!

Solo entonces Clive advirtió, con un intenso malestar en la boca del estómago, que el *River Queen* ya no vibraba con el impulso de sus máquinas, y se balanceaba suavemente al compás de la marea fluvial.

¡Mientras él dormía habían amarrado otra vez! Cuando Clive comprendió la situación, saltó en dirección a la puerta, apartó de un puntapié la silla, la que aparentemente ella había situado lo mejor posible maniobrando desde fuera, y, cuando abrió la puerta, permaneció de pie, desnudo, en la abertura, contemplando el activo puerto que él conocía muy bien.

Maldición, ¡necesitaría buscar mucho para encontrarla en una ciudad como Baton Rouge!

Las risitas avergonzadas de un terceto de mujeres que pasaban le aportó cabal conciencia de su propia situación. Se reían disimulando la boca con la mano, y dos de ellas desviaron los ojos al pasar, y en cambio la tercera lo examinó codiciosamente. ¡Por cierto esa no era una dama!

Un sonrojo poco usual en Clive le tiñó las mejillas cuando volvió al interior del camarote y cerró la puerta, la cual por supuesto inmediatamente volvió a abrirse. Con una maldición, le descargó un puntapié y apoyó la silla para mantenerla cerrada. Esta vez, cuando la atrapase, la joven podría considerarse afortunada si él no apelaba a los golpes para devolverle la sensatez. La amaba, maldita sea, y ella lo amaba. Fuese Stuart o Clive, él sabía que ella lo amaba, y para el caso poco importaba si Jessie lo reconocía o no. La única dificultad era esa rabieta totalmente innecesaria con la cual ella lo castigaba por el

pequeño engaño que él le había infligido; y si no le ense-
ñaba una lección que ella no olvidaría, no sería por falta
de deseo.

Se vestiría y... ¿Dónde demonios estaban sus ropas?

¡La pequeña sinvergüenza se había llevado sus ropas!
¡Todo, desde la camisa hasta los pantalones e incluso las
botas habían desaparecido!

También su billetera, donde estaba hasta el último
centavo que tenían entre los dos.

Estaba desnudo, sin dinero y tan furioso que ansiaba
morder las tablas que formaban el camarote. ¡Ya vería
cuando la atrapase! Cuando le pusiera las manos encima,
le retorcería el cuello... ¡por Dios que lo haría!

Clive se paseó por el camarote, maldijo, y finalmente
descargó un puntapié sobre el extremo del camastro para
aliviar sus sentimientos, pero lo único que consiguió fue
lastimarse el dedo gordo del pie.

Cuando dejó de saltar en un solo pie, arrancó el cubrecama del camastro, se lo envolvió alrededor del cuerpo como una túnica, y salió a cubierta en busca de ayuda.

Su única esperanza era que Luce todavía estuviese a
bordo.

Jessie sentía tanta fatiga como desánimo, de pie, apoyada en la baranda del *Delta Princess*, hacia el final de la
tarde siguiente. Sabía que había hecho lo debido al separarse de Clive McClintock —¡ese cerdo sucio!— y emprender el regreso a su casa. Pero saberlo no mejoraba su
ánimo. Por mucho que lo intentaba, no podía dejar de
confundir a ese canalla traicionero con el Stuart a quien
había amado, y por eso sentía una dolorosa punzada en
el corazón.

Lo único que mejoraba un poco su humor era imaginar la cólera que seguramente habría experimentado al despertar y descubrir que ella, las ropas y todo el dinero habían desaparecido. Se preguntaba cómo se las arreglaría para salir del *River Queen*, o si en efecto había conseguido desembarcar. Quizá sencillamente habría aceptado lo inevitable y permitido que el barco lo llevase a Nueva Orleans.

Y, al llegar allí, de todos modos tendría que desembarcar desnudo.

La escena imaginada por Jessie consiguió que en sus labios se dibujase una sonrisa renuente. El *Delta Princess* remontaba el río Yazoo en busca del muelle que estaba al oeste de Elmway, y Jessie ya comenzaba a ver las plantaciones conocidas a lo largo del río. Makepeace, la propiedad de los Benson, llegaba hasta la orilla del río, lo mismo que Beaumont, de los Culpepper, y Riverview, de los Todd. Mimosa estaba a cierta distancia del río, frente al camino, de modo que la casa misma no era visible desde la cubierta del *Delta Princess*. Pero Jessie supo cuándo estuvieron a la altura de las tierras de Mimosa. ¡Casi había regresado! Su corazón se inflamó ante la idea. ¿Cómo era posible que hubiese concebido jamás la idea de marcharse de allí?

Por supuesto, la Mimosa a la cual regresaba no era la misma que ella había abandonado. Stuart no estaba allí, y Celia sería de nuevo la autoridad principal, y con respecto a ella misma, ¿cuál sería ahora su lugar? No era, ni mucho menos, la niña que había sido antes. Stuart, no Clive, ¡maldita sea!, la había ayudado a crecer.

Con el corazón oprimido, Jessie trató de imaginar lo que sería Mimosa en el futuro. La anterior actitud superior de Celia frente a su hijastra en el curso de los últimos meses se había convertido casi en odio. Haría todo lo posible para convertir la vida de Jessie en una tortura, sobre todo cuando Jessie le dijese la verdad acerca de Stuart, ¡no, Clive! (¿Ella misma llegaría a acostumbrarse a pensar en él con ese nombre terrible?) O quizá, como el matrimonio de Celia sin duda había sido poco feliz desde hacía tiempo, Celia le agradecería que fuese el catalítico que había cerrado ese episodio. Pero, en todo eso, ¿dónde quedaba el hijo de Celia? Al margen de que Stuart/Clive fuese o no el padre —y Jessie tendía a creer en la palabra de Clive en ese asunto, pues conocía muy bien las inclinaciones de Celia—, el niño sería el blanco de la infamia desde su nacimiento si llegaba a saberse la verdad. Para complicar todavía más la situación, si Stuart no era Stuart, sino Clive, podía cuestionarse la legalidad del matrimonio de Celia. ¿Ese niño, incluso como supuesto hijo de Stuart/Clive, podía ser legítimo si el matrimonio no lo era? Jessie se preguntó con amargura si Clive McClintock, quienquiera que fuese, se complacería contemplando el desastre que había dejado detrás.

Cuando estallase el escándalo, sería un episodio memorable. Cuando se difundiese la noticia de que Stuart Edwards no había sido más que un impostor, que había quedado al descubierto y después desaparecido, la murmuración se difundiría por doquier durante mucho tiempo. Celia no agradecería a Jessie que hubiese puesto al descubierto todo el asunto, y a Jessie misma la idea no le agradaba demasiado.

Pero si ella no hablaba, Clive McClintock podría regresar y volver a su papel de Stuart Edwards mientras eso le acomodase. Jessie no creía posible soportar una situación así. Verlo todos los días, tener que tratarlo en público demostrando por lo menos cierto respeto, y observar cómo él representaba la mentira de que era el marido de su madrastra, y el sobrino de las señoritas Edwards, y para ella... ¿qué? Nada. Stuart, o Clive, poco importaba. Ya no era nada para ella.

Salvo un fraude, un tramposo y un mentiroso.

Si ella hablaba, Clive estaba definitivamente acabado en el valle Yazoo. Si no hablaba, él podía regresar. Pero también era posible, pensó Jessie esperanzada, que él no retornara. Quizás ella debía limitarse a mantener la boca cerrada y esperar los acontecimientos. Podía decir que no lo había visto mientras ella estaba fuera de Mimosa, y que había decidido regresar al hogar por propia iniciativa. Podía permitirse que Stuart Edwards sencillamente se desvaneciera, y en el curso del tiempo fuese olvidado.

Tal vez eso fuese lo mejor, mientras él no regresara.

Jessie se aferró a esa idea hasta que el *Delta Princess* se acercó al muelle. Estaba de pie frente a la baranda de proa, el viento soltándole los cabellos, el sombrero de paja de ala ancha colgando de su cinta alrededor del cuello, porque deseaba recibir en la cara la caricia del sol. Una fila de carros tirados por mulas, cargados de algodón, esperaban la descarga en la orilla; un agricultor y su familia permanecían de pie a un costado, observando la aproximación del barco de paletas. Un poco más lejos, un hombre montado en un gran caballo negro.

Jessie miró con ojos muy grandes. Se inclinó hacia delante y clavó la mirada, como si no pudiese creer lo que veía. El caballo negro era *Sable*, ¡y el hombre era Clive McClintock!

El *Delta Princess* fue amarrado, bajaron la planchada y los pocos pasajeros que estaban a bordo desembarcaron. Pero Jessie continuó en el mismo lugar, paralizada por la incredulidad. Tenía los ojos fijos en Clive, que había desmontado de *Sable* y caminaba tranquilamente hacia ella.

—Señorita, ¿necesita que la ayude a llevar la maleta? —El que había hablado era uno de los oficiales del barco. Jessie apartó los ojos de Clive para mirar inquieta al oficial.

—No, yo... —empezó a decir.

—La dama ya tiene ayuda, gracias —dijo la voz suave que ella había creído que jamás volvería a escuchar. Mientras Jessie se volvía para mirar, Clive se acercó por detrás, despidió al hombre con una sonrisa y un gesto y se inclinó para recoger la maleta, depositada sobre la cubierta a los pies de Jessie. Después, apoyó la mano en el brazo de la joven, exactamente encima del codo.

»Espero que hayas traído mis botas. Simpatizo mucho con ese par.

—¿Cómo conseguiste...?

—Enseguida, Jessie, enseguida.

Sin provocar una escena, Jessie no podía hacer más que permitirle que la acompañase al desembarcar. La mano que le sostenía el codo era perfectamente cortés, y la sonrisa amable. Pero él no volvió a hablar. Tampoco ella. Cuando estuvieron en tierra firme, él la condujo hacia *Sable* en silencio total.

Después de que llegaron al costado del corpulento animal, él depositó la maleta sobre el pasto y se volvió para mirarla, llevándose una mano al sombrero. Los ojos de Jessie recorrieron el cuerpo de Clive, con una expresión incrédula. ¿Cómo se las había arreglado para llegar allí antes que ella, y además completamente vestido?

—¿Cómo llegaste aquí? —preguntó Jessie, porque esa era la pregunta que la apremiaba, con exclusión del resto.

—¿Creíste que no podría? Me costaste otra noche de sueño, pero sobreviviré.

—Tus ropas... —Vestía un traje gris perla con un chaleco color crema que era tan elegante y sencillo como las prendas que usaba normalmente. Necesitaba un afeitado, pero el comienzo de la barba en las mejillas y el mentón a lo sumo acentuaban su atractivo. ¡Incluso el sombrero de copa gris que le cubría la cabeza parecía nuevo!

—Jessie, llevarte mis ropas no fue un gesto amable. Tuve que pedir prestadas algunas prendas al actual amigo de Luce, una persona excelente, pero un poco escaso de estatura.

—Pero... —La mirada de Jessie lo recorrió de nuevo. Ella estaba prácticamente muda de asombro. Lo había dejado hacía poco más de un día, desnudo y sin un centavo, a unos trescientos kilómetros río abajo. Ahora lo veía allí, no solo completamente vestido, sino ataviado con elegancia inmaculada, y ¡habiendo llegado a destino antes que ella! ¡Y si esas prendas pertenecían a un caballero de estatura un poco escasa, ella no lo creía!

—Felizmente, pude recoger mis propias cosas cuando pasé por Natchez. Estuve cabalgando casi constantemente desde que te fuiste, Jessie, y usé tres caballos distintos. De modo que si compruebas que mi humor no es precisamente muy agradable, sin duda lo comprenderás.

La impresión comenzaba a disiparse. Allí estaba, y no era una aparición, sino Clive McClintock, la auténtica rata, sonriéndole suavemente, mientras los ojos azules emitían una advertencia en el sentido de que estaba lejos de ser el caballero civilizado que aparentaba.

—¡Supe que no eras un caballero desde la primera vez que te vi!

—Qué sagaz de tu parte.

—No deberías haber vuelto. Cuando todos sepan lo que hiciste, las consecuencias no serán agradables.

A pesar de todo lo que él había hecho, un lugarcito minúsculo y ridículamente blando del corazón de Jessie no veía con agrado la idea de que él fuera expulsado del valle, o arrestado, o lo que fuera su destino definitivo. Su mente sabía quién era ese hombre, pero un fragmento inquieto de su corazón continuaba confundiéndolo con el Stuart a quien ella había amado.

—¿Quieres decir cuando todos sepan que Stuart Edwards ha muerto hace algún tiempo, y que yo soy realmente Clive McClintock? —Él continuaba hablándole con esa horrible afabilidad, mientras sus ojos relucientes transmitían otro mensaje.

—Sí. Es precisamente lo que quiero decir.

—¿Y cómo lo sabrán todos? ¿No querrás decir que me denunciarás? —Clive enarcó el ceño en actitud de fingida sorpresa—. ¡Seguramente no! Piensa en las consecuencias... para ti misma.

Jessie se sintió desconcertada durante unos instantes.

—¿Cuáles podrían ser las consecuencias para mí?

—Bien, querida, aunque me duela hacerlo, si tú empiezas a contar cuentos, me veré obligado a tomar represalias.

—No te entiendo.

—¿No? Te lo explicaré claramente. Si consideras necesario informar al mundo, o incluso a una sola persona, que no soy Stuart Edwards, vaya, tendré que revelar ciertos actos... íntimos entre nosotros dos. ¿Quién saldrá peor?, ¿el impostor, o la joven otrora virginal que se degradó hasta convertirse en la amante de ese hombre?

Cuando comprendió el sentido de las palabras de Clive, Jessie sintió que una oleada de sangre le subía a la cabeza.

—¡Eres un canalla inmundo! —exclamó.

—Adoptaría esa actitud tan poco caballeresca si me obligases. —El tono de disculpa que él adoptaba era pura burla—. ¿Qué dices, Jessie? ¿Guardamos cada uno los secretos del otro?

—Te odio y desprecio —dijo ella con expresión amarga.

—Ya lo superarás —contestó él, al aparecer interpretando las palabras de Jessie en el sentido de que aceptaba el trato. Se inclinó, alzó la maleta y la enganchó al cuerno de la montura—. ¿Puedo llevarte a casa?

—¡No!

—Vamos, Jess, no seas infantil. Es un trayecto largo.

—¡Prefiero caminar hasta Jackson antes que cabalgar contigo!

—Como te parezca. —Encogiéndose de hombros con gesto lánguido, montó a caballo, saludó a la joven y se alejó.

Jessie quedó atrás mirándolo contrariada, y no supo hallar las palabras insultantes que podían describir a ese hombre, incluso ante ella misma. Pensó pedir que la llevase uno de los carros tirados por mulas, pero descubrió desalentada que todavía no estaban descargando.

Si deseaba llegar cuanto antes a Mimosa, tendría que caminar.

En realidad no era tan lejos, se dijo mientras se internaba por el camino de tierra que, con sus charcos de lodo y los surcos recientes, aportaba la prueba muda de una lluvia caída la noche anterior. Pero el tiempo era húmedo, y aunque los altos pinos a cada lado del camino impedían el paso del sol, representaban poca protección contra la pesadez del aire.

Mimosa no estaba a mucho más de ocho kilómetros de distancia, según calculó Jessie, pero ella estaba usando los zapatos nuevos con los elegantes tacos franceses, y al cabo de un rato el calzado comenzó a apretarle los pies. El vestido, comprado en Jackson al mismo tiempo que los zapatos, era una prenda a la última moda. Era una hermosa tela azul oscura, y dejaba los hombros desnudos, según la moda. Pero la falda era más larga detrás que adelante, y ella tenía que recogerla constantemente para evitar que se arrastrase por el lodo. La cinta del sombrero comenzó a irritarle al cuello, y cuando se encasquetó el sombrero, solo consiguió sentir más calor. Se sentía deprimida, y le dolían los pies, y como todo lo demás estaba mal en su vida, ¡Clive McClintock era el culpable de su situación!

Aquí, Jessie oyó el débil retumbo de un trueno. E incluso cuando elevó los ojos al cielo, temeroso, se abrieron las nubes y la lluvia comenzó a caer formando una gran cortina plateada.

Cuando rodeó el recodo del camino, y vio a Clive esperando, montado en *Sable*, bajo la protección de algunos árboles, Jessie ya estaba empapada hasta los huesos. Su sombrero se había arruinado hacía mucho, y el ala se inclinaba a los costados y permitía que el agua bañase los dos hombros. Su vestido, mojado como el sombrero, parecía pesar una tonelada. El agua se le metía en los zapatos. El cuerpo húmedo le provocaba ampollas en los pies.

De todos modos, ella no estaba dispuesta a renunciar a la lucha. Cuando vio a Clive esperándola, levantó la nariz y pasó altiva frente a él. La conciencia de que debía ofrecer un aspecto completamente ridículo, empapada hasta el tuétano y chapoteando a través de la lluvia torrencial, la irritó todavía más. Cuando él espoleó a *Sable* y se puso a la par de la joven, ella le dirigió una mirada con odio.

El único consuelo de Jessie era que él estaba tan mojado como ella. Aunque, por supuesto, su sombrero no se había encogido. ¡Seguramente no se atrevía a eso!

—¿Todavía no cambiaste de idea? —La pregunta llegó con un acento amable que la irritó aún más. Jessie le dirigió una mirada que habría pulverizado el granito, y continuó caminando bajo la lluvia con la nariz en un gesto altivo.

»¿Tienes una piedra en el zapato? —La pregunta falsamente solícita provocó en ella el deseo de recoger una piedra y arrojársela. Sin hacerle caso, continuó caminando.

Entonces *Sable*, en una reacción que ella sospechó no era mera casualidad, se encabritó. El corpulento caballo ejecutó un breve paso de costado antes de que Clive pudiese controlarlo. Al final del movimiento, la grupa del animal había girado lo suficiente para chocar de pleno con la espalda de Jessie. Sorprendida, ella trastabilló y perdió pie, y cayó de cara en un charco.

En los instantes que transcurrieron antes de que ella pudiese recuperar el aliento e incorporarse, Clive había desmontado y se inclinaba al lado de la joven.

—¡Jessie! ¿Estás herida?

—¡Hiciste eso a propósito! —lo acusó Jessie, volviéndose y sentándose para mirarlo con hostilidad.

—Es evidente que no —dijo Clive respondiendo a su propia pregunta, y después la examinó más detenidamente, y vio el ala del sombrero ya arruinado, que se inclinaba ahora sobre la nariz de la muchacha, y el lodo rojizo que le cubría el cuerpo desde las cejas hasta el ruedo de la falda, y comenzó a sonreír.

—Si te ríes, Dios me ampare, te mataré —advirtió ella entre dientes, y la expresión de su cara sugería que estaba dispuesta a hacer precisamente eso.

—Creo que tendré que correr el riesgo —consiguió decir Clive, antes de sucumbir a un acceso de risa que indujo a Jessie a mirar codiciosa la nariz de Clive, todavía un poco descolorida.

Jessie lo miró contrariada. Antes de que ella pudiese hacer otro movimiento o ejecutar su amenaza, él la levantó del charco y, siempre riendo, la depositó sobre la grupa de *Sable*.

Si ella no hubiese estado tan empapada, sucia de lodo y tan cansada —y si él no hubiese mantenido su mano fijamente sobre la rienda— habría espoleado a *Sable* para que se lanzara al galope antes de que él pudiese instalarse detrás, y lo habría dejado allí, abandonado.

Pero no hizo nada de eso. Clive se instaló detrás, y la acomodó de modo que ella se sentó de costado entre el cuerpo de Clive y el cuerno de la montura, y después deslizó los brazos a los costados del cuerpo de Jessie, para sujetar las riendas.

La única satisfacción de Jessie fue que, al hacer esto, él se ensució con lodo tanto como ella.

—Te odio —dijo Jessie mirando los árboles al costado del camino, negándose a mirar a Clive, y manteniendo el cuerpo rígido, porque no deseaba tocarlo más que lo que fuese absolutamente necesario.

—No, no me odias. Solo estás enojada —dijo él con voz agradable. Jessie tuvo que mantener las manos aferradas a su propio regazo para abstenerse de golpearlo.

Y así salvaron el resto del camino hasta Mimosa, con Jessie, cubierta de lodo y hosca, evitando apoyarse en el cuerpo de Clive, y este, sonriendo ampliamente, gozando de la situación por primera vez en dos días.

Pero cuando llegaron al recodo que desembocaba en Mimosa él endureció el cuerpo.

—Algo ha ocurrido —dijo.

Jessie se movió en la montura para mirar hacia la casa. Media docena de carruajes estaba estacionada en el sendero, y unos veinte habitantes de Mimosa se habían reunido en el patio del frente, a pesar de la lluvia.

—El carruaje pertenece al doctor Crowell —dijo pronto Jessie, al identificar el maltratado vehículo que era una imagen conocida en las casas en que había nacimientos, enfermos o agonizantes.

—Santo Dios. —Clive espoleó a *Sable*, que inició un trote corto. Jessie se aferró del cuerno de la montura para evitar una caída mientras el animal se deslizaba y resbalaba en el sendero lodoso, hasta que Clive lo frenó al pie de la escalera. Allí, ella se deslizó al suelo, esquivando el brazo de Clive antes de que él pudiera ayudarla.

—¡Señorita Jessie, oh, señorita Jessie! —Amabel, esposa de Faraón, era una de las personas que formaba el pequeño grupo frente a la casa—. ¡Faraón lo descubrió!

—¿Descubrió a quién, Amabel? —preguntó Jessie,

tratando de conservar la calma. Clive estaba al lado, y ataba la rienda de *Sable* al poste de la baranda, en vista de la ausencia de Thomas o Fred, que en esa situación crítica al parecer habían abandonado sus puestos.

—¿Qué ha sucedido? —preguntó ásperamente Clive.

En ese instante el doctor Crowell, acompañado por Tudi y Rosa, apareció en el porche, sobre ellos.

—Oh, cordero, ¿dónde estuviste? —Sin hacer caso de la lluvia, Tudi descendió la escalera deprisa en dirección a Jessie.

—¿Qué ha pasado? —preguntó de nuevo Clive, con más rudeza esta vez, mientras Tudi abrazaba a Jessie, sin hacer caso del vestido manchado de lodo.

—Lamento ser portador de malas noticias, señor Edwards —dijo con voz ronca el doctor Crowell, mientras Stuart subía la escalera para acercarse a él—. Pero mucho me temo que su esposa ha muerto.

## 44

Celia yacía en la sala principal, en el diván donde Jessie se había sentado mientras esperaba que Mitch llegase para recibir la respuesta a su pedido de mano. Una manta cubría el cuerpo, pero la punta de un zapatito cubierto de lodo era apenas visible. Jessie sintió que se le encogía el estómago. Era imposible aceptar que Celia estaba muerta.

Con el doctor Crowell que murmuraba algo al lado, Clive se acercó a Celia. Retiró la manta para descubrir la cara. Jessie desvió deprisa los ojos.

—¡Santo Dios!

Al parecer, a juzgar por el tono de la voz de Clive, lo que le había sucedido a Celia no era agradable. Jessie sintió que se le revolvía al estómago, y se llevó la mano a la boca, para reprimir la náusea. Clive la miró con dureza.

—No es necesario que veas esto —le dijo, y después, por encima del hombro, habló a Tudi, que estaba detrás de la joven—. Llévela arriba, y ayúdela a cambiarse.

—Sí, señor Stuart.

—¡Oh, Dios mío! —Al recordar que Stuart no era

Stuart, Jessie experimentó otra oleada de náuseas. Se sintió agradecida porque el abrazo de Tudi la ayudaba a subir la escalera.

Tudi la desvistió mientras Sissie, traída desde el fondo, donde los criados se habían reunido, le preparaba el baño.

—¿Fue a causa del niño? —preguntó Jessie mientras se sumergía en el agua caliente.

—¿El niño? —preguntó Tudi, que parecía no entender. Jessie, todavía afectada por lo ocurrido, podía mover la cabeza sin sentir deseos de vomitar, se recostó sobre el borde de la tina, mientras Tudi la lavaba como si hubiese sido una niña pequeña.

—Tudi. ¿Qué ha ocurrido? ¿Hubo un problema con el niño?

Tudi y Sissie se miraron sobre la cabeza de Jessie.

—No, cordero —dijo Tudi, pasando suavemente el lienzo húmedo sobre el cuello de Sissie—. No fue el niño.

—¡La mataron! —agregó de pronto Sissie, que estaba preparando ropa limpia para Jessie.

—¡La mataron! —Jessie se enderezó bruscamente y con ojos como platos miró primero a una mujer y después a la otra.

—El médico ha dicho que alguien la mató a golpes —dijo Tudi. Después, antes de que ninguna de ellas pudiese decir más, se oyó un golpe a la puerta. Sissie fue a atender, y habló en voz baja con la persona que estaba del otro lado. Cuando cerró la puerta y volvió al centro de la habitación, tenía los ojos muy abiertos.

—El doctor Crowell dice que cuando esté preparada, debe bajar a la biblioteca. Ha llegado el juez Thompson.

—¡El juez Thompson!

—Cordero, han asesinado a la señorita Celia. Probablemente él ha venido para ver si puede descubrir al culpable.

—¡Ayadadme a vestir!

Algo se agitaba inquieto en el fondo de la mente de Jessie. No atinaba a percibirlo con claridad, para inspeccionarlo bien; pero de todos modos estaba allí. Fuera lo que fuese, debía descender deprisa, antes de que se desencadenaran hechos que ella no podría detener. Aunque la propia Jessie no sabía muy bien cuáles podían ser esos acontecimientos.

Jessie se puso de pie bruscamente y salió de la tina. Tudi dijo algo en voz baja a Sissie. Mientras Tudi envolvía a Jessie en una toalla, Sissie salió de la habitación. Cuando regresó, unos diez minutos después, con un vestido negro colgado del brazo, Jessie se había puesto la ropa interior y Tudi estaba sujetándole los cabellos.

Jessie abrió enormemente los ojos cuando vio el vestido negro. Pero, por supuesto, tenía que usar ese color. Su madrastra había muerto, y ella estaba oficialmente de duelo.

—Perteneció a la señora Elizabeth —dijo Tudi respondiendo a la pregunta implícita de Jessie, mientras con movimientos hábiles pasaba el vestido sobre la cabeza de Jessie—. Cuando murió la abuela.

El vestido era un poco corto y un poco holgado en el busto, pero eso no importó a Jessie. Mientras se miraba en el espejo de cuerpo entero, cubierta desde el cuello hasta los tobillos con el vestido negro, como un cuervo, la realidad de la situación cayó sobre ella como un golpe: Celia había muerto.

—Cordero, puedo decirles que no te sientes bien

—propuso Tudi cuando Jessie vaciló al salir de la habitación.

Jessie respiró hondo.

—No. Estoy bien.

Después, seguida por Tudi, descendió la escalera.

Como le habían dicho, el juez Thompson estaba en la biblioteca. Después de abrir la puerta, Jessie comprobó que también se hallaban el doctor Crowell, Seth Chandler y Clive. Seth Chandler parecía tenso; Clive mostraba su máscara de hielo. La tensión en la habitación era evidente.

Los cuatro caballeros se volvieron para mirarla cuando ella entró. Tudi cerró la puerta detrás de Jessie, pero permaneció afuera, en el corredor.

—Caballeros. —La voz de Jessie era serena a pesar de las contracciones en el estómago, que no se disipaban.

—Ah, señorita Lindsay. —El juez Thompson saludó a Jessie—. Por favor, acérquese. Le expreso mi más profundo pésame ante la pérdida de su madrastra.

Seth Chandler y el doctor Crowell expresaron sentimientos análogos. Jessie se sentó en el sillón de cuero que estaba más lejos del escritorio, en una de cuyas esquinas se había instalado Clive, e inclinó la cabeza para responder a los saludos.

Con un extraño sentimiento de distancia, vio que, a diferencia de ella misma, Clive no había podido cambiarse. Aún estaba mojado, y las manchas de lodo afeaban su traje gris. Por una vez tenía los cabellos en desorden, formando rizos irregulares en la cabeza al secarse. Tenía el rostro sereno, pero estaba muy pálido.

—Lamento tener que molestarlos con estos detalles —continuó el juez Thompson después de que Jessie se sentó. Acercó una silla a la joven y bajó la voz, como respetando el sombrío tema que debía abordar—. La señora Edwards fue descubierta hoy poco después del mediodía, tendida en el suelo detrás del retrete. El criado Faraón encontró el... bien, la encontró. ¿Entiendo que él está con la familia desde hace mucho tiempo?

—Toda su vida. Nació en Mimosa.

—Ah. ¿Y ustedes tienen motivos para sospechar que él pueda desear mal a la señora Edwards?

Jessie lo miró con los ojos agrandados.

—¿Faraón? No. Jamás haría daño a nadie.

El juez Thompson cruzó una mirada con el doctor Crowell.

—Señorita Lindsay, de nuevo lamento molestarla, pero entiendo que usted salió de la casa hace unos cuatro días en un estado de... perturbación emocional.

Clive esbozó un súbito movimiento, como si pensara protestar, pero el doctor Crowell se puso a su lado y lo obligó a callar apoyando una mano en el brazo de Clive.

La atención de Jessie retornó al juez Thompson.

—Sí.

—¿Y el señor Edwards fue a buscarla?

Jessie dirigió una mirada fugaz a Clive. Los pensamientos de Clive estaban ocultos por la máscara inexpresiva que, como ella comprendía ahora, era el rasgo típico del jugador profesional. Pero ¿qué tenía que ocultar ahora?

—Sí.

—¿Cuándo y dónde la encontró el señor Edwards?

—En Natchez, anteayer.

—Comprendo. ¿Y desde entonces estuvo con usted?

Jessie comprendió de pronto adónde conducían las preguntas del juez Thompson. Estaba tratando de comprobar si el esposo de Celia tenía una coartada que cubría el momento del asesinato. Felizmente para Stuart, había estado con Jessie. Pero se le heló la sangre en las venas cuando comprendió la verdad: no había estado con ella cuando asesinaron a Celia: Jessie había huido de Clive la mañana de la víspera, y había vuelto a verlo en el muelle, unas dos horas antes. Por supuesto, había venido cabalgando desde Baton Rouge durante ese lapso. Pero ¿quizás había encontrado tiempo para detenerse en Mimosa y matar a golpes a Celia antes de reunirse con Jessie en el muelle?

¡Absurdo! ¿O no?

—Sí, estuvo conmigo desde entonces —contestó con voz clara Jessie, y sus ojos volvieron a detenerse en Clive. ¿Fue su imaginación, o le pareció que él sentía un levísimo alivio ante la respuesta? Esperó, pero él no la desmintió.

—Comprendo. Muchas gracias, señorita Lindsay. Por supuesto, el señor Edwards nos dijo lo mismo, pero necesitamos confirmarlo todo, ¿verdad?

Cuando el juez Thompson se puso de pie, al parecer aliviado, Jessie miró de nuevo a Clive. Él afrontó la mirada de la joven, y su expresión era tan indescifrable como cuando ella había entrado en la habitación. Esos ojos azules eran insondables como el mar.

Podría haber dicho muchas cosas al juez Thompson, más allá y por encima del hecho de que el marido de Celia no tenía coartada para la hora del crimen. Pero necesitaba mantener quieta la lengua, e incluso mentir. La pregunta era, ¿por qué?

Jessie temía conocer la respuesta. Y mucho temía que también la conocía Clive.

Estaba en los extravíos de su absurdo corazón.

## 45

Celia fue sepultada al día siguiente en el pequeño cementerio donde descansaban los padres y los abuelos de Jessie. Llovía, no la lluvia torrencial de la víspera, sino una llovizna constante. Como todos los presentes, Jessie tenía frío y estaba completamente empapada. A su lado, Clive, sobriamente vestido de negro, como correspondía a un hombre que había enviudado poco antes, sostenía el sombrero e inclinaba la cabeza, mientras escuchaba las palabras solemnes del reverendo Cooper. Parecía totalmente indiferente a la lluvia. Las gotitas de agua le salpicaban los cabellos negros y rodaban como lágrimas por su cara.

Representaba tan bien al esposo dolorido, que Jessie curvó los labios en un gesto desdeñoso. ¡Tramposo! Esa era la palabra que deseaba arrojarle a la cara, en el momento mismo en que él echaba sobre el ataúd la primera palada de tierra. No había amado a Celia; más aún, la había odiado. No había disimulado el hecho de que se había casado con ella solo por Mimosa. Y ahora, puesto que era el pariente más cercano de Celia, Mimosa le pertenecía.

El interrogante era: ¿había asesinado a Celia para apoderarse de Mimosa?

Las señoritas Flora y Laurel estaban de pie detrás de Clive, en sus caras una expresión preocupada por el hombre que, si bien no lo sabían, no era en absoluto el sobrino de ambas. Los vecinos se habían reunido en la pequeña parcela de la familia. Más allá de la verja de hierro estaban Tudi, Sissie, Rosa, Progreso, Faraón, y todo el resto de los habitantes de Mimosa, formando un grupo nutrido y silencioso. Jessie pensó que hubiera sido preferible estar con ellos y no allí. Ahora, eran su familia, las personas que realmente la amaban y a quienes ella amaba.

Excepto que ya no eran su gente, sino la de Stuart. No, ¡maldita sea!, la de Clive.

El cazador de fortunas había maniobrado perfectamente, y se había retirado de la mesa con el botín.

—Vamos, Jess, esto ha terminado.

Los pensamientos habían alejado mucho a Jessie del suelo lodoso del cementerio. La mano de Clive sobre el brazo y las palabras que él murmuró la devolvieron bruscamente a la realidad. El servicio religioso había terminado, él se había encasquetado firmemente el sombrero, y los vecinos se separaban para permitir el paso de la familia agobiada por el dolor. Jessie mantuvo los ojos bajos mientras Clive le sostenía el brazo con una mano, la inducía a volverse y la acompañaba a través de la gente reunida que murmuraba su simpatía, e iniciaba del descenso de la pendiente, hacia el carruaje que esperaba abajo, en el camino. La distancia hasta la casa era corta, un trecho cómodo con buen tiempo, y muy conocido por Jessie; pero en los momentos trágicos la familia invariablemente prefería el carruaje. Hoy, la lluvia hacía aún más necesario ese recurso.

Ahora, de acuerdo con la costumbre, todos irían a Mimosa para manifestar su apoyo a los parientes, y compartir algunos refrescos. En ese caso, estaría la atracción suplementaria de formular conjeturas acerca de la identidad del asesino. El candidato más evidente, el nuevo esposo que lo heredaba todo, quedaba excluido con la coartada de la hijastra. Eso abría campo a las teorías más exageradas. Jessie no dudaba de que la gente reunida en los salones de Mimosa se entretendría un buen rato explorando todas las posibilidades.

—¿Te sientes bien? —preguntó Clive a Jessie en voz baja, mientras la ayudaba a ocupar el asiento delantero, donde ella se instalaría al lado de su padrastro.

Las señoritas Flora y Laurel, en su carácter de supuestas tías del viudo, viajaron en el carruaje con ellos. La presencia de las ancianas permitió que Jessie respondiese brevemente.

—Estoy muy bien —dijo. Sin hacer caso del entrecejo fruncido de Clive, ella volvió a guardar silencio, mientras las ancianas se acomodaban en sus asientos.

El resto del día fue una pesadilla. Obligada por la cortesía normal a atender a los vecinos que se habían reunido en la casa, Jessie finalmente tuvo que soportar una terrible jaqueca. Ya era bastante difícil fingir un dolor que no sentía. Excepto la impresión provocada por la tragedia, y la inquietante sospecha de que quizá, solo quizá, la infamia de Clive podía llegar al extremo de matar a golpes a su esposa, en realidad ella no podía sentir la desaparición de Celia. Pero ver a Clive fingiendo que era Stuart, aceptando elogios en vista del modo en que afrontaba la prueba, y mostrándose adecuadamente grave era suficiente para que Jessie deseara gritar la verdad a los cuatro vientos. Más que en otro momento cualquiera, en el curso de esa tarde interminable Jessie tuvo la oportunidad de observar de primera mano que ese hombre era un actor consumado. Por supuesto, en todas las ocasiones anteriores en que él había representado el papel del caballero Stuart Edwards, Jessie no conocía la existencia de Clive.

Después, cerca de la hora de la cena, y cuando la gente había comenzado a retirarse, Jessie vio que Clive se separaba con el señor Samuels, el abogado de Celia, para hablar en voz baja. Jessie curvó los labios. Sin duda, Clive deseaba comentar el testamento.

—Cordero, ¿por qué no subes ahora? Ya hiciste lo que debías, y nadie pronunciará una palabra contra ti si te acuestas.

—Oh, Tudi. —Jessie depositó sobre una mesa la taza de café intacta que sostenía en la mano, y se volvió para apoyar la cabeza sobre el hombro acogedor de Tudi. Estaba cansada, mortalmente cansada, no solo física sino también espiritualmente. En ese momento lo único que deseaba era ser de nuevo una niña pequeña, y permitir que Tudi la defendiera de todas las cosas desagradables.

—Vamos, niña, vamos. —Tudi le palmeó la espalda, y, durante un segundo, Jessie se sintió reconfortada. Entonces, apareció la señorita Flora.

—Jessie, Stuart me pidió que por favor te reúnas con él y el señor Samuels en la biblioteca.

Jessie enderezó el cuerpo y se volvió para mirar a la señorita Flora. Tudi inclinó la cabeza y se alejó.

—¿De veras? —Ella sintió la profunda tentación de

rechazar el pedido. Quizá Clive McClintock era ahora el amo de Mimosa, pero a ella no le impartiría órdenes, y jamás lo haría.

Pero finalmente fue. La señorita Flora la acompañó tan amablemente que Jessie no tuvo valor para rechazarla. Además, ¿en qué podía cambiar eso las cosas? Debía ir, y representar su papel un rato más. Después, al día siguiente, o quizá dos o tres días más tarde, esa sensación de entumecimiento tal vez desapareciera, y ella podría decidir lo que tenía que hacer.

La señorita Flora llamó a la puerta, y la abrió.

—Aquí está Jessie —dijo, y empujó suavemente a la muchacha cuando esta se demoró en entrar.

De modo que Jessie se encontró de nuevo en la biblioteca, y ahora Clive estaba sentado detrás del amplio escritorio, y el señor Samuels ocupaba un sillón que él mismo había acercado por el otro lado. La señorita Flora cerró suavemente la puerta detrás de Jessie, dejándola a solas con los dos hombres, que amablemente se pusieron de pie cuando ella entró.

—Señorita Lindsay, le ruego acepte mis condolencias por la muerte de la señora Edwards —dijo el señor Samuels. Jessie había escuchado tantas veces las mismas palabras desde la víspera, que apenas les prestó atención; pero de todos modos consiguió pronunciar un cortés:

—Gracias.

—¿Usted me llamó? —preguntó entonces, mirando a Clive.

La expresión de Clive continuaba siendo apropiadamente grave, pero en sus ojos había un destello que indicó a Jessie que se recuperaría de la muerte de su esposa con una rapidez indecente. En realidad, aunque eso jamás lo percibiría quien no lo conociera tanto como ella, Jessie pensó que parecía casi aliviado.

—Siéntate, Jessie.

Los caballeros no podían sentarse hasta que no lo hiciera ella. Aunque eso no habría sido obstáculo para Clive, que no era un caballero, si hubiesen estado solos. Jessie ocupó el mismo sillón que antes, cuando había mentido al juez Thompson. Clive frunció un poco el entrecejo cuando vio que ella se sentaba tan lejos, pero no formuló comentarios mientras él y el señor Samuels ocupaban sus lugares.

—Por supuesto, usted sabe que soy, era, el abogado de la señora Edwards. —El señor Samuels se volvió apenas en su sillón, para hablar a Jessie. Ella inclinó la cabeza—. Por solicitud del señor Edwards, he estado examinando con él las cláusulas del testamento de la difunta. No incluye sorpresas. Por supuesto, cuando la señora Edwards contrajo nuevo matrimonio, la propiedad de Mimosa pasó al señor Edwards, y la muerte de la señora no modifica eso. Tampoco modifica la cláusula contenida en el testamento de su padre, que estableció el derecho de su hija Jessie a vivir en Mimosa por el resto de su vida. Como eso puede ser problemático ahora que el señor Edwards, que no es realmente su pariente, estará viviendo en la misma casa pero sin esposa, le propuse que comprase la parte que usted tiene. Si él aceptara esa sugerencia, usted podría vivir donde quisiera, cómodamente, por el resto de su vida.

—¡Comprar mi parte! —Jessie casi perdió el habla. Además de todo lo que había sucedido, ¿perdería a Mimosa? Volvió los ojos enormes hacia Clive. Seguramente él no le haría eso.

—Jess, escúchalo hasta el final —aconsejó serenamente Clive. Después de dirigirle una rápida mirada, el señor Samuels continuó.

—Pero por sus propias razones, que sin duda son serias, aunque contrarían totalmente sus propios intereses, y más aún mi consejo, el señor Edwards se ha negado a seguir ese curso. El que eligió, en cambio, a mi juicio, no es el que más le conviene, pero, por supuesto, yo estoy aquí únicamente para aconsejar.

El señor Samuels y sus frases ampulosas comenzaban a aturdirla. Jessie llegó a la conclusión de que Clive se había negado a comprar la parte de su hijastra, y consideró que eso era positivo. ¿O tal vez se proponía expulsarla sin la más mínima retribución? ¡Seguramente no podía hacer eso! Pero ese no era el hombre a quien ella había creído conocer. Ese hombre era un extraño, y sería capaz de todo.

—Lo que el señor Samuels intenta decir tan noblemente es que, Jessie, he traspasado todo a tu nombre. Tierras, casas y bienes; sin condiciones. —Clive la miró con el aire de un gato que vigila la cueva del ratón. Jessie frunció el entrecejo. Oyó las palabras, pero estas carecían de sentido. Como ella no reaccionó, Clive continuó con un leve toque de impaciencia—. Mimosa es tuya, como debió serlo desde el principio.

Jessie miró al señor Samuels.

—¿Entiende lo que acaba de escuchar, señorita Lindsay? —preguntó amablemente el señor Samuels, sin duda creyendo que la incomprensión de la joven era imputable al reciente y doloroso golpe—. El señor Edwards ha renunciado a todos los derechos a Mimosa. La propiedad le pertenece.

Los ojos de Jessie se agrandaron. Lentamente volvió a clavarlos en la cara de Clive. Él no le sonrió, pero podría haberlo hecho. En esos ojos azules había una regocijada satisfacción.

—Debo decir que es un gesto magnífico —continuó el señor Samuels, meneando la cabeza—. Y, por supuesto, no necesitaba dar ese paso. Todo le pertenece. Perfectamente legal. Pero pensó, en vista de que él ha llegado hace muy poco tiempo a Mimosa, que la propiedad debería ser suya, señorita Lindsay.

La admiración y el respeto por el hombre, dispuesto a renunciar a una propiedad tan valiosa como Mimosa, eran evidentes en el tono del señor Samuels. Jessie no dudaba de que esta prueba de la auténtica nobleza de carácter de Stuart Edwards se habría difundido por todo el valle Yazoo al anochecer del día siguiente. Todos dirían: «¡Qué caballero!»

—Es todo tuyo, Jessie. —Clive habló muy amablemente, como si creyera que la impresión provocada por el gesto magnánimo era la razón del silencio de la joven.

Tampoco ahora Jessie pronunció palabra. Tenía los ojos muy abiertos y casi extraviados mientras miraba a Clive. Con su traje negro bien cortado, era de la cabeza a los pies el caballero elegante, y tan maravillosamente apuesto como siempre. Su expresión era serena, pero en sus ojos había un destello que indicó a Jessie que se sentía muy complacido consigo mismo.

Y entonces ella pensó que el jugador del río estaba realizando la jugada más arriesgada de su vida: estaba exponiéndolo todo a una sola carta. Y por la expresión de sus ojos era evidente que esperaba ganar.

Jessie se echó a reír.

## 46

Histeria, dijeron todos, mientras Clive, seguido por la ansiosa Tudi, llevaba a su cama a Jessie, que continuaba riendo. Apretada contra el pecho de Clive, jadeando para respirar entre los accesos de risa que se sucedían incontenibles, Jessie se preguntó si quizá tenían razón. Pero ella misma no lo creía.

Era todo tan divertido. Tan histéricamente divertido.

De modo que Clive había creído que le traspasaría su hogar como prueba concreta de que él ya no era el jugador y cazador de fortunas que, a fuerza de mentiras, se había adueñado de Mimosa. Ese era el juego, ¿eh? ¡Qué estrategia magistral! De veras, tendría que felicitarlo cuando recuperase el aliento. Pero, por supuesto, un leopardo no pierde las manchas, y un jugador no pierde el golpe de vista cuando se le ofrece la principal oportunidad. Sin duda, él sabía que su engaño, si se lo descubría —y Jessie ciertamente podía descubrirlo cuando quisiera—, determinaría que heredar Mimosa no fuese una cosa segura, ni mucho menos. De hecho, era probable que él no heredase nada. Lo cual tendía a dejarlo limpio, por lo menos en lo que se refería al asesinato de Celia. Pero, por otra parte, si en efecto él había cometido el crimen, Jessie no dudaba de que había llegado a eso en un acceso de cólera, sin premeditación, de modo que quizá no había tenido tiempo para considerar que estaba destruyendo su medio de vida.

En todo caso, ahora que Celia estaba muerta y que Jessie ya sabía que era un canalla oportunista, era muy posible que perdiese todo lo que le había costado tanto trabajo conseguir. Entonces ¿cómo podía conservarlo?

Caramba, cediéndolo a la dulce, pequeña e ingenua Jessie, que se sentiría tan conmovida por el gesto, con todas sus consecuencias, que se derretiría de amor por él y se apresuraría a aceptar la propuesta matrimonial que sin duda llegaría de inmediato. Y entonces, Clive McClintock, rata del río, recuperaría todo: Mimosa y la respetabilidad. Y esta vez, Jessie tenía la certeza de que él adoptaría todas las medidas necesarias para asegurar que, al margen de cualquier tropiezo, el matrimonio fuese completamente legal.

El cazador de fortunas siempre era cazador de fortunas. Solo que esta vez se había superado. Jessie no veía el momento de decírselo.

—Traigan al doctor Crowell —dijo Clive por encima del hombro de uno de los presentes, mientras entraba con Jessie en el dormitorio de la joven. Tenía la cara tensa y ansiosa, mientras la depositaba cuidadosamente en el lecho y permanecía un momento inclinado sobre ella.

»Jess, todo se arreglará —murmuró, y su mano acarició brevemente la mejilla de la muchacha. Y, entonces, antes de que ella pudiera pensar siquiera en apartar de un golpe esa mano o enrostrarle sus bajas intenciones, o limitarse simplemente a reír y resoplar, el doctor Crowell entró en la habitación. Tudi, escandalizada ante la idea de que en el dormitorio de su cordero hubiese otro hombre fuera del médico, expulsó a Clive.

A juzgar por la oscuridad de la habitación y el silencio total de la casa, era muy tarde en la noche cuando Jessie despertó, una vez que pasó el efecto del somnífero que le había administrado el doctor Crowell. Necesitó unos minutos para orientarse, pero al fin recordó lo que había sucedido, y comprendió también que había dormido en su propia cama. Los suaves ronquidos que venían de un camastro armado al fondo de la habitación le dijeron que no estaba sola. Jessie se puso de pie, y se acercó en silencio allí, y descubrió que Tudi dormía profundamente.

La buena de Tudi, protegiendo a su cordero.

Jessie volvió a su cama, y encontró la bata pulcramente tendida a los pies del lecho. Se la puso, se ajustó el cinturón, y después salió de la habitación sin hacer ruido. Tudi creía firmemente en la eficacia del aire fresco de la noche para la salud, y había dejado entreabiertas las ventanas a pesar del frío de noviembre. Por las ventanas había entrado en el dormitorio el olor acre de la tierra mojada, mezclado con el aroma del humo de un cigarro.

Clive, que al parecer no podía dormir, fumaba en la galería alta. Jessie se proponía verlo allí.

Unas pocas lámparas estaban encendidas en el vestíbulo, y en el interior de la casa flotaba el aroma de las flores del funeral, que aún no habían sido retiradas. Una extraña quietud prevalecía por doquier, como si la casa en cierto modo percibiera que su ama había muerto apenas la víspera. La reina había muerto. ¡Viva el rey!

La puerta que llevaba a la galería alta estaba entreabierta. Jessie salió por allí, en silencio, y se volvió en busca de Clive.

Él estaba sentado, lo mismo que antes, en la mecedora que se encontraba en el fondo de la galería. Descalza, Jessie se acercó a él caminando sobre las tablas húmedas de lluvia. Todavía ignorante de la presencia de la joven, él se balanceaba lentamente hacia delante y hacia atrás, mirando el aire cargado de llovizna y fumando su cigarro.

Cuando al fin la vio, la mano que sostenía el cigarro se detuvo antes de llegar a la boca, y los ojos de Clive se agrandaron. Jessie comprendió que con la bata blanca y las sombras oscuras de la galería que a esa distancia disimulaban su identidad, ella debía tener el aspecto desconcertante de un fantasma. La idea la complació, y Jessie sonrió. Pero la alarma de Clive, si eso fue, no duró mucho. En menos de un minuto sus ojos se entrecerraron al reconocer a Jessie, y su cigarro reanudó el desplazamiento hacia los labios.

—¿Creíste que era Celia? —Fue casi, pero no del todo, un desafío.

Él ignoró la pregunta.

—¿Qué haces levantada?

—Olí tu cigarro.

Él la miró de nuevo, y una tenue sonrisa le curvó los labios.

—Y entonces viniste a reunirte conmigo. ¿Eso significa, Jess, que decidiste perdonar y olvidar?

—Significa que creo que debemos hablar.

—Habla. —Él dio otra chupada a su cigarro.

—Comienza diciéndome si asesinaste o no a Celia.

Él curvó los labios.

—De modo que será esa clase de conversación, ¿eh? Te haré una pregunta, Jess; ¿tú qué piensas?

—Esa no es una respuesta.

—Es todo lo que estoy dispuesto a ofrecer. Por el momento, no estoy de humor para ser interrogado.

—Deseabas que yo mintiera al juez Thompson.

—¿De veras?

—Tú mismo ya le habías dicho eso.

—Quizá solo deseaba comprobar si a pesar de nuestra discrepancia me amabas tanto que estabas dispuesta a mentir para protegerme.

—No lo creo.

—Entonces, ¿qué crees? ¿Que cabalgué casi trescientos kilómetros en dos días para traerte de regreso, y en el camino decidí hacer un desvío y asesinar a mi esposa?

—Pudiste haberte detenido para cambiar de ropa y haberla descubierto... con... alguien. —Jessie recordaba vívidamente cuán furioso había estado él cuando descubrió a Celia con Seth Chandler. La había amenazado entonces con la muerte... y había parecido perfectamente capaz de ejecutar su amenaza.

—Pude haberlo hecho.

—¿Por qué no me ofreces una respuesta directa? —Jessie cerró los puños, sintiéndose frustrada.

—Porque estoy cansado de tus preguntas. —De pronto se puso de pie, arrojó el cigarro sobre la baranda, y la tomó por los brazos antes de que ella pudiese siquiera retroceder un paso—. En realidad, estoy cansado de toda la charla. Jess, ven a acostarte conmigo.

—¡No puedes hablar en serio!

—Oh, sí, créeme, muy en serio.

—¡Hoy enterramos a Celia!

—Yo no la amaba, y tú tampoco. No seas hipócrita, Jessie.

—¡Hipócrita!

—Una hermosa y pequeña hipócrita. —Antes de que Jessie tuviese el más mínimo indicio de lo que él se proponía hacer, la alzó en brazos y comenzó a caminar con ella a lo largo de la galería.

—¡Suéltame! —Él estaba introduciéndola en la casa.

—¡Calla! Despertarás a Tudi. Piensa qué sorprendida se sentirá si sabe que te llevo a la cama conmigo.

—¡No quiero ir a la cama contigo!

Él dobló por el corredor que conducía a su propio dormitorio.

—Una cosa que he aprendido de ti, querida, es que no sabes muy bien qué demonios quieres.

Ahora, él inclinó la cabeza para alcanzar la boca de Jessie. Ella ni siquiera intentó volver la cara. De pronto, comprendió la verdad: esta, esta era la razón por la cual ella había ido a la galería para reunirse con él. Su dolorido corazón ansiaba los besos de Clive, y Jessie lo descubrió cuando la boca del hombre buscó y encontró la que ella le ofrecía. Su cuerpo ardía del deseo de que él la tocase.

Por la mañana habría tiempo suficiente para hacer lo que ella debía hacer, y terminar con la farsa. Esa noche cedería a la tentación del demonio por última vez.

Mientras él pasaba por la puerta de su dormitorio, siempre sujetándola, Jessie deslizó los brazos alrededor del cuello de Clive, y a su vez lo besó.

—Sabes que me amas, Jess —murmuró él, con su voz enloquecedora cerca del oído de la joven, mientras besaba el suave hueco debajo del lóbulo. Después, él encontró de nuevo la boca de Jessie, y ella no pudo retribuirlo. Su bota cerró la puerta después de que los dos hubieron entrado. El cerrojo ocupó su lugar con apenas un suave chasquido.

Lo que sucedió entre ellos fue salvaje, glorioso y desenfrenado, vergonzoso y regocijante. Clive no dejó sin explorar ni un centímetro del cuerpo de Jessie e insistió en que ella retribuyese del mismo modo las caricias. Cuando al fin él le permitió dormitar, el cielo mostraba los primeros fulgores, en preparación para el alba.

Jessie no durmió mucho, a lo sumo una hora, pero cuando abrió los ojos el cielo a través de las ventanas del dormitorio ya exhibía un color sonrosado. Clive ya estaba despierto, sentado en la cama, desnudo excepto la sábana que lo cubría hasta la cintura, y fumaba uno de su cigarros. Los ojos que la miraban tenían una expresión posesiva, y, en ese momento, ella se estiró como un gato satisfecho contra el costado del hombre.

—¡Santo Dios! Tengo que regresar a mi cuarto. Tudi probablemente ya está despierta. —Comprendiendo de pronto que estaba amaneciendo, Jessie se sentó mientras decía estas palabras. Estaba desnuda, los pechos sonrosados en los lugares en que el mentón de Clive los había frotado la noche anterior, la boca un tanto hinchada por los besos, los cabellos convertidos en una masa de rizos enmarañados.

—Si se escandaliza, siempre puedes decirle que piensas casarte conmigo.

Esta frase de pronto paralizó a Jessie. Volvió la cabeza y miró a Clive sin contestar. Con las espaldas anchas y la cintura delgada, la piel oscura contrastando con la blancura de las sábanas, era tan apuesto que casi le cortaba el aliento. Los cabellos negros, los ojos azules, incluso el cigarro encendido, eran la sustancia de todos los sueños de adolescente que ella había alimentado en el curso de su vida.

¿Permitiría que Clive McClintock la deslumbrase hasta el extremo de que ella le ofreciera en bandeja de plata todo lo que él había conseguido mediante su conspiración, sus engaños y sus trampas?

Jessie descendió de la cama, encontró su camisón donde él lo había arrojado al suelo, y se lo pasó sobre la cabeza. Después, recuperó también su bata, y se la puso.

—¿Es una propuesta?

—Sí. ¿Aceptarás?

El sonido que brotó entonces de los labios de Jessie fue la razonable imitación de una risa.

—Reconozco que soy una estúpida, pero no tanto como para aceptar el matrimonio con un cazador de fortunas confeso, cuando acabo de recibir una fortuna. Me traspasaste Mimosa, ¡muy generoso de tu parte, en vista de que el matrimonio con mi madrastra probablemente fue ilegal!, ¡y ahora quieres casarte conmigo para recuperar la propiedad! ¿Lo que sucedió esta noche estaba destinado a seducirme y llevarme a aceptar? Pues no lo logró. En realidad, puesto que has sido tan amable que me devolviste mi propiedad, quiero que salgas de aquí antes de la noche.

Él pareció paralizado. Incluso la mano que sostenía el cigarro pareció inmóvil. Al observar sus ojos, Jessie vio que centelleaban. Después, todos los signos externos de lo que él sentía desaparecieron bajo un velo de hielo azul plata.

—Si quieres destruir tu propia vida, adelante. Ahora, sal de mi habitación. Porque si no lo haces, puedo perder los estribos y castigar el trasero muy bonito de la nueva propietaria de Mimosa.

## 47

Clive jamás había sentido una cólera tan intensa. Estaba tan furioso que necesitó hacer un enorme esfuerzo para contener el ansia de renegar, insultar y maldecir, de descender por el corredor, abrir de un puntapié la puerta de Jessie y descargar la mano sobre las nalgas de la muchacha, hasta que la piel suave y blanca quedase enrojecida y con ampollas. Amaba a esa sinvergüenza, maldición, la amaba como nunca había amado a una mujer en su vida. Después de la noche que ambos habían pasado, verse obligado a soportar que ella dijese que era un cazador de fortunas, y con gesto burlón le arrojase a la cara su amor y la única propuesta de matrimonio que él había realizado sinceramente en su vida, lo enfurecía. Si la razón por la cual estaba tan furioso era que ella lo había herido profundamente, bien, era algo en lo cual Clive se negaba siquiera a pensar.

Su corazón ahora vulnerable no estaba lastimado; era sencillamente que Clive estaba dominado por la cólera.

De modo que se vistió, metió deprisa unas pocas pertenencias en una maleta, se encasquetó el sombrero, y salió bruscamente de la casa. Sin esperar la ayuda de Progreso, a quien podía oír moviéndose en el desván, porque aún no había descendido la escalera, ensilló a *Sable* (había entregado todo el resto a Jessie; ¡pero no le regalaría el caballo, ni siquiera si lo perseguían por cuatrerismo!), aseguró la maleta a la montura, y se marchó.

Ella deseaba que saliera de Mimosa, y por Dios que él accedería al reclamo, ¡y que esa mujer se fuese al infierno!

Jessie, todavía vestida con el camisón y la bata, estaba de pie frente a una ventana de su dormitorio cuando Clive, montado en *Sable*, descendió por el sendero y viró hacia el oeste, en dirección a Visksburg, menos de una hora después de que ella hubiera huido del dormitorio. Jessie le había dicho que se fuera, y él se iba. La joven hubiera debido sentirse profundamente feliz. Había adoptado la única actitud sensata. Y entonces ¿por qué se sentía tan triste?

Detrás de Jessie, Tudi también vio alejarse a Clive.

—Es el señor Stuart —dijo Tudi, sorprendida—. ¿Adónde irá a esta hora de la mañana y con tanta prisa?

—Lo eché —dijo Jessie con una voz que, a pesar de todos sus esfuerzos, sonó sospechosamente tétrica.

—¡Cordero, no habrás hecho eso! —La mano de Tudi sobre el brazo de Jessie obligó a la joven a volverse—. Vaya, ¡es muy evidente en tu cara que estás completamente enamorada de ese hombre! Mientras vivió la señorita Celia yo temí lo que podía suceder, pero jamás dije nada. Y ahora... ¿por qué demonios le dijiste que se marchara?

Jessie vaciló, pero la tentación de confiar en alguien era muy profunda. Además, Tudi era la única persona que podía ayudarla a aclarar sus propios sentimientos. Y Jessie sabía que sus secretos descenderían con Tudi a la tumba.

—Oh, Tudi, él no es lo que tú crees —dijo Jessie. Se sentó en la cama, y relató detalladamente a Tudi todo lo que se refería a Clive McClintock y sus planes.

—¡Ese muchacho es malo! —exclamó Tudi cuando Jessie terminó, y la mujer tenía los ojos agrandados por la impresión.

—Pero lo amo —concluyó Jessie con expresión dolorida—. O por lo menos lo amaba cuando creía que era Stuart. Pero a cada momento me digo que ni siquiera sé quién es Clive McClintock.

—Cordero, también te acostaste con él, ¿verdad? Anoche fuiste a reunirte con ese hombre, y no saliste a la galería como me dijiste.

Jessie inclinó la cabeza. Tudi la abrazó.

—No te inquietes demasiado. Muchas damas han hecho cosas peores. Solo confiemos en que no haya que lamentar consecuencias. Si tuvieras un hijo en esta casa y permanecieras soltera, tu abuelo se alzaría de la tumba durante la noche y me perseguiría enfurecido.

—¡Oh, Tudi! —Ante la idea de que el fantasma del abuelo, el hombre más bondadoso del mundo, pudiera atemorizar a Tudi, de quien se sabía que era capaz de perseguir a una víbora venenosa con una escoba, Jessie tuvo que sonreír. Después, cuando pensó en el resto de lo que Tudi había dicho, su sonrisa se desvaneció—: Jamás pensé en la posibilidad de tener un hijo.

—Bien, cruzaremos ese puente cuando sea necesario.

No tiene sentido que te preocupes por el asunto, porque ahora está en las manos de Dios.

Jessie miró a Tudi con ojos grandes y expresión pesarosa.

—Jamás creí que el amor pudiese doler tanto.

Tudi meneó la cabeza y apoyó sobre su hombro la de Jessie.

—Cordero, el amor a todos nos hiere. No podemos hacer nada al respecto.


Pasó una semana, después otra y una tercera. La vida en Mimosa retomó el ritmo de costumbre. Por lamentable que fuese, nadie extrañó demasiado a Celia, aunque continuó la investigación acerca de las circunstancias de su muerte. Con el paso de los días, Jessie se convenció cada vez más en su propio fuero íntimo de que Clive no podía haber asesinado a Celia. Era un mentiroso sin escrúpulos, un disipado y un canalla; pero ella no creía que fuese un asesino. Si él hubiera regresado a Mimosa y descubierto a Celia con un amante, probablemente habría molido a golpes al hombre, pero dejando relativamente indemne a Celia. Y si en efecto había sorprendido a Celia con un hombre, ¿dónde estaba él?

Si Clive no había asesinado a Celia, ¿quién era el culpable?

La idea de que podía haber un asesino suelto en las proximidades de Mimosa determinó que Tudi comenzara a dormir todas las noches en la habitación de Jessie. Como precaución especial, Progreso renunció a su rincón preferido en el desván y durmió en el cuartito que estaba al fondo del corredor. Esa prueba de la abnegación de los dos servidores conmovió profundamente a Jessie.

Gray Bradshaw y Faraón hicieron todo lo posible para afrontar el trabajo cotidiano de la plantación. Jessie agradecía diariamente a Dios que Clive no se hubiese marchado durante la temporada del algodón. La sorprendió, en vista de que él había estado un período tan breve en Mimosa, cuánto había aprendido ese hombre y qué proporción considerable de las tareas concretas de la plantación había asumido. Ahora que solamente Jessie podía adoptar decisiones definitivas acerca de distintos asuntos, desde el libro de arneses nuevos que había que comprar a la mejor oportunidad para ahorrar las mulas, ella llegó a juzgar con más precisión las responsabilidades que Clive había asumido al casarse con Celia para apoderarse de Mimosa.

En todo caso, y a pesar de su buena apariencia y tolerancia, ese hombre trabajaba como un caballo, y no había más remedio que concederle ese mérito. Pero también era un oportunista astuto y tramposo, decidido a conquistar riquezas apelando a todos los recursos. Fuese el hecho de que en la plantación se sentía su ausencia, de que los criados, las señoritas Edwards, y de que la propia Jessie lo extrañaban (si bien se resistía a reconocerlo incluso en su fuero íntimo), ella había hecho lo justo, absolutamente lo justo al despedirlo. Entonces ¿por qué su corazón le dolía así, y cada día más y no a medida que pasaba el tiempo?

En general, se creía que el aspecto deprimido de Jessie era el signo del auténtico dolor provocado por la desaparición de su madrastra, y por eso mismo la comunidad la rodeó con su afecto y apoyo y Mitch era el visitante más frecuente, y venía regularmente para reanimarla. El fiel y leal Mitch, que después de decidir que Jessie era la esposa que le convenía, parecía incapaz de abandonar la idea. Cuando Jessie huyó de Mimosa, Clive había ordenado enviar a Riverview un mensaje que, en pocas palabras, anulaba el compromiso de Jessie, pero Mitch no guardaba rencor a la joven. En todo caso, parecía que esa actitud convertía a Jessie en una candidata aún más valiosa al matrimonio.

Jessie dijo a los vecinos únicamente que Stuart se había alejado para atender algunos asuntos comerciales de su incumbencia. Era cosa sabida que él había traspasado a Mimosa a manos de Jessie, y todos coincidieron en que esa actitud revelaba una honorable honestidad, de modo que su imagen en la comunidad ahora era más luminosa que nunca. De hecho, reflexionó amargamente Jessie, mientras escuchaba al duodécimo visitante que acumulaba elogios sobre la cabeza del ausente. ¡Si Clive regresara, probablemente sería recibido como un auténtico héroe, más que como el canalla que solo ella conocía!

Entretanto, Clive se entregaba cada vez más a la bebida, y se lo veía más desaliñado y desalentado. Había ido a Nueva Orleans la primera semana y retornado a su antiguo ambiente y a los viejos amigos. El problema era que ya no se sentía como antes. Para bien o para mal, Clive McClintock no era el jugador despreocupado que había sido menos de un año atrás. Jessie y Mimosa lo habían marcado con su impronta, y cuando estaba tan borracho que no tenía más remedio que reconocer ante sí mismo la verdad, Clive tenía conciencia de la añoranza por el hogar.

¡El hogar! El hogar representado por los dilatados algodonales con la música de los espirituales flotando en la atmósfera, y una gran casa blanca de frescos porches y el olor de los deliciosos platos preparados por Rosa. El hogar, para lidiar con los interminables problemas de los gorgojos del algodón y los gusanos y el mal del tabaco. El hogar para afrontar el trabajo físico esforzado y tener el premio de una noche de buen descanso.

Y, sobre todo, el hogar para ver de nuevo a Jessie. En sus momentos de más profunda embriaguez, Clive pensaba que sabía exactamente cómo se habían sentido Adán y Eva cuando Dios los expulsó del Jardín del Edén. Él se sentía igualmente desvalido y tan solo como ellos.

Vivía en un agujero cerca de la muralla del Vieu Carré, en una habitación individual sobre un salón, porque no se había preocupado por hallar nada mejor, y porque de ese modo vivir borracho era más fácil. Habían pasado días o quizá semanas desde la última vez que se había bañado, y que fuera una cosa o la otra poco le importaba. Cuando estaba más o menos sobrio jugaba a los naipes en el salón, para ganar un poco de dinero destinado a su sustento, pero ahora descubrió que ni siquiera los naipes le interesaban mucho.

¡Santo Dios, quería volver al hogar! Pero Jessie había dicho que era un cazafortunas, un canalla, un mentiroso y un ladrón. Lo peor del asunto, pensó desalentado al recordar los rasgos de su personalidad anterior, era que ella tenía por lo menos parte de razón.

Por mucho que detestase reconocerlo, lo que había hecho le avergonzaba. Y no había modo de aceptar la posibilidad de regresar a Jessie con la cola entre las piernas, y rogarle que lo aceptara de nuevo.

Clive McClintock volvería con la frente alta, o no volvería.

Pero aun así, ansiaba regresar al hogar.


Las señoritas Flora y Laurel fueron las primeras que comunicaron la noticia a Jessie. Llegaron en carruaje, como hacían a menudo, para comprobar si Jessie tenía noticias del supuesto sobrino. Aunque Jessie había acabado por cobrar afecto a las ancianas, siempre se sentía incómoda en presencia de las dos damas. ¿Qué podía decirles cuando le preguntaban la fecha en que el querido Stuart regresaría a casa? ¿Quizá: «nunca, y además no se llama Stuart sino Clive»?

Pero esa tarde, casi un mes después del funeral de Celia, las señoritas Flora y Laurel estaban más interesadas en comunicar las noticias que acababan de recibir que en hablar de Stuart.

Le aseguraron que ella nunca lo creería, pero lo habían oído de labios de Clover, que lo sabía por su hermana Pansy, que estaba casada con Deacon, un servidor de los Chandler. Sí, esa misma mañana se había realizado una inspección en Elmay. Encontraron oculto en un invernadero un atizador con manchas de sangre, ¡y habían arrestado a Seth Chandler por el asesinato de Celia!

¿Jessie creía que él podía ser culpable?


Al principio, Clive ni siquiera demostró interés en jugar. Era una partida de veintiuno, un juego que no merecía su favor, porque exigía suerte mucho más que habilidad, y él había estado bebiendo el día entero, y se sentía muy decaído. El hombre que propuso la partida insistió, y como no tenía nada mejor que hacer, Clive aceptó. Después, los dos comenzaron a jugar. Clive pronto comprendió que su oponente había intentado arrastrarlo al juego, creyendo que ese borracho inútil era una presa a la cual podía desplumar fácilmente.

El interés de Clive por el juego se avivó en el acto. Había estado retirando dinero del caudal depositado en el banco solo a medida de sus necesidades, pero tenía cierta suma encima, y decidió usarla para castigar a ese individuo altanero, que se creía capaz de saquear a Clive McClintock.

Al principio, perdió intencionadamente pequeñas sumas, hasta que el tonto se sintió seguro de sí mismo. Después, Clive permitió que su antagonista lo convenciera de que valía la pena aumentar las apuestas.

Cuando el otro perdió, pareció creer que era nada más que un golpe de mala suerte, y que las cosas pronto mejorarían. Permaneció obstinadamente jugando, y perdió un poco más.

Clive se sentía cada vez mejor. Si había en el mundo un hombre que merecía una lección, era ese torpe estúpido que había pensado aprovecharse de un pobre borracho.

Finalmente, Clive se adueñó de todo el dinero de su contrario, unos tres mil dólares, y ahora estaba dispuesto a interrumpir el juego. Pero, como muchos aficionados, ese individuo no sabía cuándo debía detenerse.

Según dijo, tenía otro objeto valioso: el título de una propiedad al norte de Nueva Orleans. Valía mucho, él no sabía cuánto, porque acababa de ganárselo a otro individuo dos días antes, pero estaba dispuesto a apostarlo contra los tres mil dólares que había perdido, y además tres mil dólares de dinero de Clive.

Clive era un jugador bastante veterano para saber que incluso cuando la Diosa de la Fortuna sonreía a un hombre, podía ser una dama muy tornadiza. También era muy posible que el título esgrimido por su antagonista correspondiese a una parcela miserable con un valor aproximado de pocos centavos. De todos modos, los naipes habían estado favoreciéndolo, y él sentía que la suerte le sonreía.

De modo que empujó su dinero hacia el centro de la mesa, y el otro depositó encima el título. Y una vez que tiraron las cartas y jugaron, Clive ganó tres mil dólares y un título de propiedad.

Dos días más tarde reaccionó en la medida suficiente para ir a visitar la propiedad recientemente adquirida. Después de retirar a *Sable* del establo donde lo había mantenido en un lujo que Clive se negaba a sí mismo, cabalgó hacia el norte, hasta que llegó al lago Pontchartrain. Unas pocas millas hacia el este, a lo largo de un camino que seguía el perfil del río, llegó a la propiedad, la cual, de acuerdo con las coordenadas del mapa que había comprado antes de salir de Nueva Orleans, ahora era suya.

Tuvo que consultar dos veces las coordenadas. No, no se había equivocado. Ese era el lugar.

Por supuesto, comparada con Mimosa, no era muy grande. Unas quinientas hectáreas, con los campos cubiertos de malezas y las construcciones muy necesitadas de reparación. La casa era una estructura amplia de dos plantas, bastante sólida, aunque le vendría bien una capa de pintura y probablemente algunos arreglos adentro. El lugar estaba desierto. Era evidente que desde hacía un tiempo no se trabajaban las tierras. Pero con esfuerzo y peones, y el propio Clive supervisando y proyectando, tendría una propiedad que podría enorgullecer a cualquiera.

En algún sitio, los dioses habían estado riendo, pero esta vez, por Dios, no se habían reído de él. ¡Había obtenido sencillamente el medio de volver al hogar con la cabeza alta!

## 48

Cuando Jessie recibió la nota que le pedía ir a Tulip Hill esa misma tarde para conversar un asunto muy urgente con las señoritas Edwards, se le contrajo el rostro. Sin duda, las ancianas se proponían interrogarla acerca del paradero de Clive. En Mimosa, ella siempre había conseguido esquivar las conversaciones que eran demasiado difíciles, alegando los apremios del trabajo. En Tulip Hill, ella estaría a merced de las damas.

Pero no tenía alternativa. Si ellas le pedían que acudiese, no tenía más remedio que ir.

Por tanto, se puso uno de los vestidos negros de mangas largas, anchas faldas y cuello alto, que eran su atuendo cotidiano, y continuarían siéndolo durante el año de luto por Celia. Sissie le peinó los cabellos, recogidos en un rodete sobre la nuca, y ordenó los rizos a los costados de la cara. Jessie había adelgazado después de la muerte de Celia; ella misma lo comprobó, sin que el asunto le interesara demasiado, cuando echó una última ojeada a su aspecto, de pie frente al espejo, mientras se ajustaba el gorro. Ahora se la veía demasiado delgada, con profundas ojeras que conferían una expresión melancólica a su cara. La piel era muy blanca, casi traslúcida, por contraste con la seda negra del vestido.

Tudi, que la cuidaba como una gallina cuida a su único pollito después de la partida de Clive, la acompañó a Tulip Hill. Usaron el carruaje, y Progreso empuñó las riendas. En la casa, la señorita Laurel recibió a Jessie en el vestíbulo, mientras Tudi se dirigía a la cocina para charlar con Flora el tiempo que durase la visita.

—Hola, querida. ¿Cómo estás? —La señorita Laurel la saludó con un beso en cada mejilla.

—Muy bien, gracias. Han sido ustedes muy amables por invitarme.

—Bien, sabemos cómo son las cosas durante un duelo. No hay muchas oportunidades de salir.

La señorita Laurel parecía un poco nerviosa, y Jessie nunca se había visto obligada a permanecer de pie en un vestíbulo. Frunció el entrecejo.

—¿Usted y la señorita Flora están bien?

—Oh, sí, sí... oh, Dios mío, aquí está Flora. Flora, llegó Jessica.

—Bien, tonta, llévala al salón.

—No quise hacerlo sola...

—¿Qué es lo que no quiso hacer sola? —preguntó Jessie, intrigada. Nadie contestó. La señorita Flora le indicó con un gesto imperioso a Jessie y la señorita Laurel que se acercaran al salón.

—Oh, querida, confío en que no te enojarás demasiado. No deseaba hacerlo así —murmuró la señorita Laurel, y Jessie se sintió profundamente desconcertada, mientras la señorita Flora abría las puertas y entraba en

— 480 —

la habitación—. Pensé que debíamos recibirte primero, de modo que te acostumbrases a la idea.

Jessie había estado muchas veces en esa habitación desde aquella velada desastrosa en que habían retirado los muebles y ella había bailado con Mitch y Clive. Era una hermosa habitación, decorada en el estilo que prevalecía unos veinte años antes, pero se la mantenía tan limpia y fresca con los jarrones de flores recién cortadas, que parecía que nunca envejecían. Ahora habían abierto las cortinas (generalmente se las mantenía cerradas, de modo que el sol no decolorase los muebles), y podía tenerse una hermosa vista del jardín principal en pendiente. Un pequeño fuego ardía en el hogar.

La señorita Flora había cerrado las puertas, y estaba de pie, de espaldas a ella. La señorita Laurel permanecía junto a Jessie, las manos unidas al frente. Ambas damas estaban absurdamente nerviosas. Con un sentimiento de sospecha, Jessie abrió la boca para pedir una explicación. Pero no llegó a decir nada.

—Hola, Jess —dijo una voz ronca. El corazón de Jessie pegó un brinco. Se volvió tan rápidamente que sus faldas se elevaron en el aire, y entonces vio la forma conocida de un hombre alto, de cabellos negros, que se ponía de pie, para apartarse de uno de los sillones que estaba junto al fuego.

—¡Clive! —exclamó la joven, e inmediatamente se llevó la mano a la boca, pues comprendió que de hecho estaba denunciándolo frente a las supuestas tías.

Extrañamente él sonrió, una sonrisa torcida que le iluminó la cara y le confirió una expresión encantadora.

—Está bien. Ya lo saben.

—¡Lo saben! —Jessie miró a la señorita Flora y Laurel. La señorita Laurel asintió enérgicamente.

—Querida Jessie, nos lo dijo todo —afirmó la señorita Flora—. Por supuesto, no debió haber fingido que
era nuestro sobrino. Pero mira, el auténtico Stuart no
nos visitó jamás, y probablemente nunca lo habría hecho. Este Stuart es lo que hubiéramos deseado que fuese
nuestro sobrino. Jessica, él ha sido bueno con nosotros,
y hemos llegado a amarlo. Nuestros sentimientos no han
cambiado, solo porque su nombre es otro.

—No, no han cambiado —hizo coro la señorita Laurel.

—Y hemos hablado del asunto, y llegado a la conclusión de que es nuestro sobrino, como siempre. En nuestro corazón, que es lo que importa.

—Oh, sí —dijo la señorita Laurel.

—Jessica, él quiere decirte algo. Y creemos que deberías escucharlo.

—Estaremos afuera, por si nos necesitas —agregó la
señorita Laurel mientras su hermana volvía a abrir las
puertas.

—Y bien, ¿por qué tendría que necesitarnos? —la reprendió la señorita Flora, en voz baja, mientras las dos
damas salían de la habitación.

—No lo sé. No me tomes demasiado en serio, hermana. Sucede que... —El resto del argumento se perdió
cuando las puertas volvieron a cerrarse.

El corazón de Jessie comenzó a latir desordenadamente. Estaba sola en la habitación con Clive. Clive, a quien
había deseado tanto ver, al mismo tiempo que lo temía...

Lentamente, volvió la mirada hacia él. Se lo veía tan
apuesto como siempre, los cabellos negros perfectamente peinados y dejando al descubierto esa cara bien formada, con esos inverosímiles ojos azules. Se lo veía muy alto y masculino en esa habitación coqueta y femenina.

Jessica tuvo que contener el impulso de arrojarse en los brazos de ese hombre.

—No pongas esa cara de susto, Jessie. No pienso comerte. —Él se apartó del sillón y fue a detenerse en el centro de la habitación, a corta distancia del lugar en que estaba Jessie. Tenía la cara afeitada, y su atuendo era tan inmaculado como siempre, pero cuando Jessie lo miró con más atención, comprendió que, como ella misma, había adelgazado bastante desde la última vez que ella lo había visto. Comprendió también otra cosa: a pesar de la sonrisa torcida que le curvaba los labios, y del resplandor burlón de los ojos azules, estaba por lo menos tan nervioso como ella.

—No tengo miedo —dijo Jessie, aunque esa no era exactamente la verdad. Temía, no a Clive, sino a su propia reacción y los sentimientos que él le provocaba.

—Me alegro de que uno de nosotros no tema —murmuró Clive, y Jessie no supo si esas palabras estaban dirigidas a ella.

Durante un momento embarazoso, simplemente se miraron. Muchas palabras se agolparon en los labios de Jessie, pero ella las rechazó por diferentes razones. La maldición de la mudez, que ella creía haber superado mucho tiempo antes, volvía a afectarla como le había sucedido en esa misma habitación muchos meses antes, hasta que concibió la idea de que también Clive se vería en dificultades para hallar las palabras adecuadas. Clive McClintock, el hombre de la dicción fluida, la expresión misma de la elocuencia.

—La señorita Flora me informó que deseabas decirme algo —explicó Jessie. La idea de que Clive se sentía incómodo frente a ella alivió un poco su propia incomodidad. Jamás habría concebido la posibilidad de que Clive no supiese qué decir, y menos a causa de ella.

—Así es. —Pero él no dijo más.

—Bien, ¿de qué se trata? —Esa vacilación de Clive era tan extraña que Jessie comenzó a inquietarse. Quizá no era por embarazo en presencia de Jessie que él demostraba esa desacostumbrada reticencia. Ojalá no se tratase de otra terrible confesión que ella prefería ignorar.

—Gané una propiedad, jugando a los naipes. Por supuesto, no puede compararse con Mimosa, pero con tiempo y dinero se convertirá en un lugar próspero.

—Qué bien. —¿Era eso lo que deseaba decirle? No, no podía ser eso.

—También tengo algo de dinero en un banco de Nueva Orleans. Dinero mío. Ni un centavo proviene de Mimosa.

—Oh, ¿sí? —Seguramente sus preguntas demostraban el desconcierto que en efecto sentía, porque, de pronto, los ojos de Clive parpadearon.

—No me estoy explicando muy bien, ¿verdad? Lo que quiero decir es que no necesito tu condenado dinero, ni Mimosa. Puedo arreglarme perfectamente por mi cuenta.

—Me alegro de saberlo —¡Si había realizado todo el viaje para decirle que no la necesitaba...!

—No te irrites, Jess. No he terminado. También quiero aclararte que yo no maté a Celia.

—No necesitas decírmelo. Ya había llegado a la conclusión de que tú no fuiste. Además, arrestaron a Seth Chandler.

—¿Chandler? —Clive se distrajo un instante—. No había creído que él era el hombre que... bien, no importa. Lo que importa es que yo no la maté.

— 484 —

—En realidad, nunca creí que hubieras sido tú.

—Por tanto, no necesito tu dinero, y no asesiné a tu madrastra. ¿Tienes que oponerme otras objeciones importantes?

Jessie lo miró asombrada.

—¿Qué?

Él apretó los labios.

—Oh, siéntate, Jessie. Si tengo que decir esto, más vale que lo haga bien.

—¿De qué hablas? —preguntó Jessie, completamente desconcertada. Estaba tan asombrada por los circunloquios de Clive que le permitió que la tomase de las manos y la llevase al diván, donde la obligó a sentarse. Cuando él dobló la rodilla ante ella, mientras le retenía las manos, ella aún no se había repuesto de su asombro.

—Te amo, Jessie, y pido tu mano —dijo en voz baja—. Yo, Clive McClintock. No Stuart Edwards.

—¡Oh, Dios mío!

—Esa no es una respuesta. —Los ojos de Clive no se apartaron de la cara de Jessie, mientras llevaba las manos de la joven, una por una, a sus labios. Le besó el dorso de las manos, y Jessie sintió un estremecimiento que le recorrió la columna vertebral ante ese suave contacto. Solo Clive la había afectado de ese modo. Y era probable que solo Clive lo consiguiese jamás.

—¿Y qué diremos a los vecinos? —murmuró la joven.

Pasó un minuto antes de que él entendiese. Cuando comprendió, los ojos azules la miraron ardientes.

—¿Es una respuesta afirmativa?

Jessie asintió. Él sonrió, se puso de pie, y la atrajo hacia sus brazos.

—¿Hablas en serio?

—Sí, por supuesto.

—Oh, Dios mío. —La abrazó con fuerza. Jessie le rodeó el cuello con los brazos, y cerró los ojos. Junto a su busto pudo sentir el intenso latido del corazón de Clive. Al oír ese latido, una sonrisa le curvó los labios. No era la única que estaba arriesgándolo todo, por lo menos, eso parecía. Absurdo o no, estaba dispuesta a arriesgar su corazón en una sola jugada.

—Te he echado de menos —murmuró Jessie. Él le besó la sien, la mejilla, el lóbulo de la oreja—. Siento haberte dicho que te fueses. Fue estúpido de mi parte. Pero en realidad no creí que te marcharas.

—Yo también te encontré a faltar —dijo él, en voz muy baja—. Más de lo que puedes imaginar.

Y entonces, cuando Jessie creyó que él la besaría, Clive la apartó un poco apoyando las dos manos en los brazos de la joven. Durante un minuto la miró sin hablar, la expresión muy seria.

—Jessie, puedes confiar en que te cuidaré bien. He llegado a la conclusión de que cuando se ofrece la oportunidad de engañar, el riesgo no vale la pena.

—Confío en ti —dijo ella con expresión muy dulce. Deslizó las manos sobre los anchos hombros de Clive, y alisó distraídamente la tela oscura de la chaqueta. Después, elevó una mano para apretar muy suavemente el lóbulo de la oreja de Clive—. Amigo, solo tengo que hacerle una pregunta: ¿pasaste este último mes con esa amiga tuya que se llama Luce? Porque si es así...

Tiró con fuerza de la oreja de Clive. Él gritó, le atrapó la mano y sonrió.

—He practicado un celibato riguroso como el de un

monje, te lo aseguro. Más aún, estoy deseoso de demostrarlo cuando lo desees.

Jessie lo miró.

—Eres un hombre afortunado —dijo, satisfecha, y le rodeó el cuello con los brazos para besarlo. Después, él la acercó e inclinó la cabeza buscando la boca de Jessie. Cuando al fin él alzó la cabeza, Jessie estaba jadeante y conmovida.

»Te amo —murmuró ella, emocionada, la boca pegada a la piel tibia del cuello de Clive, bajo el mentón. Ella apretó con fuerza.

—Dilo de nuevo —murmuró al oído de la joven—. Pero ahora dilo como corresponde.

¿Como corresponde? De pronto, Jessie comprendió y sonrió.

—Te amo —repitió obediente. Y después agregó lo que sabía que él deseaba oír—. Clive.

Él la besó de nuevo. En el momento mismo en que Jessie sintió que se le aflojaban los huesos y las rodillas amenazaban ceder, oyó un débil ruido detrás. Clive al parecer también lo escuchó. Levantó la cabeza, y Jessie miró hacia atrás.

El ruido que habían escuchado era la puerta que se abría. Las señoritas Flora y Laurel, y Tudi estaban a la entrada de la habitación, y en las tres mujeres había una actitud idéntica de expectativa.

—Dijo que sí —informó Clive por encima de la cabeza de Jessie, y las señoritas Flora y Laurel inmediatamente sonrieron. Pero Tudi avanzó hacia delante. Al ver acercarse a su anciana niñera, Jessie experimentó un acceso de alarma. Nadie sabía lo que Tudi podía decir o hacer en defensa de su cordero.

—Bien, Tudi... —comenzó a decir, con la esperanza de detenerla.

—Señorita Jessie, esto es entre él y yo —dijo Tudi, y se acercó para enfrentar a Clive, que medía unos buenos treinta centímetros más, pero no parecía en ese momento tan seguro de sí mismo.

—Está bien —dijo Clive a Jessie, pero la joven pensó que él se había estremecido un poco al ver la expresión severa en los ojos de la anciana.

—Lo que usted hizo no está bien, ni para mí ni para nadie. —Había un acentuado matiz de reprimenda en la voz de Tudi—. Pero le digo la verdad: si usted no hubiese aparecido en poco tiempo más, yo misma habría ido a buscarlo. Mi cordero lo ha extrañado muchísimo.

Clive sonrió entonces, una sonrisa lenta y encantadora que conmovió el corazón de Jessie.

—Gracias, Tudi, aprecio que diga eso —afirmó con voz serena. Después, apartando a Jessie, ofreció la mano a Tudi. Ella la miró un momento, y después la rechazó.

—Señor Clive, usted es miembro de la familia —dijo, y abrazándolo, casi lo alzó en el aire. Él la abrazó a su vez, sonriendo, y Jessie sintió que los ojos se le humedecían al ver unidas a esas dos personas que la amaban más que nadie en el mundo. Tudi retrocedió, frunció el entrecejo y dijo como de pasada—: Es decir, mientras usted sea bueno con mi cordero.

Clive rio con fuerza.

—Tudi, seré bueno con ella, se lo prometo.

Después, abrazó de nuevo a Jessie, y Tudi se alejó, satisfecha.

# Epílogo

Habían pasado nueve meses desde la muerte de Celia, y ocho desde el matrimonio de Jessie con Clive McClintock. Dadas las circunstancias, se había celebrado la boda en la sala del tribunal de Jackson, y habían asistido únicamente las señoritas Flora y Laurel y Tudi, que rehusó permitir que la joven se casara si ella no estaba presente. Pero la luna de miel —en el magnífico vapor *Belle of Louisiana*— había sido una experiencia digna de recordar por más de una razón.

Como Jessie había profetizado, explicar el cambio de nombre de su marido a los vecinos había sido un tanto complicado. Pero, con el apoyo de las tías Flora y Laurel, sin hablar de la firme solidaridad de los habitantes de Mimosa y Tulip Hill, fue posible afrontar sin excesivas dificultades la embarazosa situación. La aceptación por la comunidad de la nueva identidad de Stuart Edwards se vio facilitada considerablemente por el interés que concitaron en todos los pobladores los hechos relacionados con el juicio a Seth Chandler, acusado del asesinato de Celia. Y poco antes de que el juicio desembocara en la conclusión prevista, Lissa Chandler confesó entre lágrimas que ella y no su marido había sido la autora del crimen.

Jessie y Clive no habían sido los únicos testigos de la cita de Seth Chandler con Celia la noche de la fiesta de cumpleaños. Sin que nadie la viese, Lissa había presenciado la escena del beso. Más tarde, había pedido explicaciones a su marido, que no solo confesó que mantenía una relación con Celia, sino que afirmó que estaba contemplando el divorcio para casarse con ella. Lissa, aterrorizada por la perspectiva, aprovechó la primera oportunidad para ir a Mimosa y tratar de razonar con Celia. Pero antes de llegar a la casa, vio a Celia que caminaba hacia el retrete. De modo que había esperado la salida de Celia, y pasó esos minutos mirando distraída un montón de desechos acumulados a poca distancia. Entre los objetos había un viejo atizador con el mango roto. Cuando Celia salió, Lissa le reveló lo que sabía, y le rogó que dejase en paz a su marido. Celia se echó a reír, y se burló, y después comenzó a alejarse, siempre riendo. Lissa, fuera de sí, se apoderó del atizador y lo descargó sobre la cabeza de Celia. El primer golpe probablemente fue fatal, pero en un ataque de histeria, Lissa golpeó diecisiete veces a Celia.

Lissa era la hija del juez del distrito de Vicksburg, y pronto se la declaró mentalmente inestable. Era dudoso que jamás fuese juzgada.

Cuando el asunto quedó definitivamente resuelto, los ciudadanos del valle Yazoo respiraron aliviados. Entre el asesinato de Celia y el juicio de Chandler, nunca habían presenciado episodios tan emocionantes en esa pequeña comunidad. En el contexto de esos hechos, el cambio de nombre de Stuart Edwards no mereció más que unos gestos preocupados y un encogimiento de hombros. Un hombre podía llamarse como se le antojara. Pero ¿qué sería de esas pobres niñas Chandler?

Ese día de mediados de agosto, Jessie estaba sentada, abanicándose, en la galería alta, y sentía desagrado porque debía permanecer en el hogar, mientras Clive salía a los campos. Pero ya llevaba ocho meses de embarazada —un recordatorio viviente de la luna de miel—, y él insistía en tratarla como un objeto de fino cristal. En realidad, le había prohibido cabalgar en *Luciérnaga* durante el embarazo, una actitud que ella consideraba absolutamente autoritaria. Apoyado por Tudi, que era la aliada de Clive en todas las decisiones que él adoptaba acerca del bienestar de Jessie, Clive se mostró inflexible. Jessie viajaba en el carricoche, o se quedaba en casa.

Pero eso no tenía por qué agradar a la joven.

La campana que anunciaba el fin de la jornada había sonado pocos minutos antes. Clive llegaría de un momento a otro. Los peones, a pie y en carros tirados por mulas, ya afluían por el camino que llevaba a Mimosa. Thomas esperaba en el patio para recibir a *Sable*. De la casa llegaba el incitante olor del jamón y los ñames, las comidas más apreciadas por Clive.

Cuando al fin apareció, saludó a Jessie con un gesto de la mano, después desmontó y cambió unas pocas palabras con Thomas antes de que el muchacho se llevase a *Sable*. Finalmente, ascendió los peldaños de la escalera. Jessie se acercó a saludarlo.

—¿Cómo está mi pequeña sandía? —preguntó Clive con una sonrisa, apoyando la mano sobre el vientre redondo de Jessie, mientras se inclinaba para darle un breve beso en la mejilla.

Jessie sonrió ácidamente.

—No de humor para bromas acerca de mi vientre —replicó.

—Irritada, ¿verdad? —comentó Clive—. Anímate, querida, pronto terminará. Tudi dice que lo llevas muy bien.

—¿De veras? —murmuró Jessie mientras lo seguía al interior de la casa. Él se bañaba y cambiaba antes de cenar, y Jessie se acostaba en la cama y lo miraba. Clive ni siquiera le permitía cepillarle la espalda. Y Tudi era casi peor que Clive. Cuando ella estaba cerca, no permitía a Jessie ni siquiera que se anudase los cordones de los zapatos.

Jessie y Clive compartían ahora el dormitorio de la joven esposa. Como siempre, allí lo esperaba un baño caliente. Comenzó a quitarse la camisa apenas entró en la habitación. Jessie cerró la puerta detrás de su marido y se apoyó en ella, y lo vio desvestirse.

Clive estaba sucio y empapado en sudor, y su cuerpo desnudo mostraba una magnífica masa de músculos. Nada más que mirarlo mientras él se quitaba las botas, y después se bajaba los pantalones, ella sintió de nuevo una oleada cálida en todo el cuerpo. Lo único que él no le había prohibido durante el embarazo era hacer el amor. Jessie sospechaba que él creía que era conveniente abstenerse, pero cuando sufría la tentación, sencillamente no podía. En todo caso, el hecho de que aún se las arreglaban para mantener relaciones íntimas, era la única información acerca del embarazo que él no compartía con Tudi.

Tudi se había mostrado muy franca con él acerca de la necesidad de abstenerse de prodigar sus atenciones a la esposa durante los últimos meses. Jessie había escuchado el sermón que recibió Clive, y cada vez que pensaba en el asunto, sonreía. Desde que lo conocía, era la única vez que había visto sonrojado a Clive.

De tanto en tanto, cuando se acercaba a ella y Jessie sentía un impulso perverso, amenazaba revelar el asunto a Tudi.

—Jess, ¿no deberías recostarte? —dijo Clive desde la bañera.

No se ganaba nada discutiendo. Si ella no se acostaba, él sencillamente saldría de la bañera, la alzaría en brazos y la depositaría sobre la cama. Lo cual podía ser interesante a veces, pero no cuando ella se sentía tan satisfecha viéndolo en el baño.

Jessie estiró obediente el cubrecama, la mano sobre el vientre, mientras lo miraba enjabonarse enérgicamente los brazos.

—He estado pensando —comenzó a decir mientras él se enjuagaba la cara.

—No te oigo.

—Digo que he estado pensando —repitió ella en voz más alta.

—Ojalá no hicieras eso.

—¡Oh, tú! —Jessie tomó la almohada que tenía bajo la cabeza y la arrojó a su esposo—. Hablo en serio, Clive.

—En serio, Jess —repitió Clive, imitándola con una sonrisa mientras se ponía de pie, se envolvía con una toalla asegurándola a la cintura, y venía a sentarse en la cama al lado de Jessie. Apoyó una mano sobre el vientre agrandado de Jessie, y ella lo guio hasta el lugar en que él podía percibir los movimientos del niño.

—¿Qué has estado pensando esta vez?

—Si es varón, sé cómo lo llamaremos.

—¿Cómo? —Se le agrandaron los ojos mientras el niño realizaba sus movimientos. Al observar a Clive, sintió que el corazón se le llenaba de amor.

—Stuart —contestó, y sonrió perversamente.

Clive la miró, gimió y rio, y se inclinó para besarla.

—Seguramente bromeas.

Pero no bromeaba, y en efecto así lo llamaron: Stuart Clive.